KB178805

# 해방 공간의 한국 시사

송기한

지식과교양

# 머리말

해방 공간의 시문학사라는 제목으로 책을 내게 되었다. 이 시기의 문학들이 가장 관심이 승했던 때는 잘 알려진 대로 1980년대 후반 전후였다. 그것은 두 가지 이유 때문에 그러했는데, 하나는 이 시기의 자료들이 처음으로 제대로 발굴, 공개 되었다는 점이다. 한국 현대사는 질곡의 역사였다는 것이 말해주는 것처럼, 험난한 것의 연속이었다. 편편치 못한 역사에서 이를 거슬리는 것들은 가급적 피해야 했다. 권력을 잡은 층과 마주하는 것들은 되도록 수면 아래에 있어야 했던 것이다. 그러던 것이 1980년대 후반 민주화의 바람을 타고 숨어있어야만 했던 자료들이 비로소 수면 위로 떠오르게 된다. 그것이 해방 공간의 문학을 연구하게 된 주요 계기 가운데 하나로 자리잡는다.

그리고 다른 하나는 남과 북 사이의 해빙 무드이다. 1980년대 들어 강고했던 군사정권은 민주화의 흐름 속에서 강권 통치만이 능사는 아님을 알게 된다. 다시 말해 절대적인 힘으로 통치할 수만은 없다는 현실을 깨닫기 시작한 것이다. 이 도정에서 과거의 정권과는 구별되는 정책들이 드러날 수밖에 없었는데, 그 일환으로 제기된 것이 이른바 북방 정책이었다. 휴전선을 기점으로 남과 북뿐만 아니라, 북으로 통칭되는 여러 지역들에 대한 해빙의 무드가 시작된 것이다. 이런 것들이 복합적으로 작용하여 해방 공간의 역사들, 그 속에서 치열하게 살아갔던 문인들의 숨결이 배어있던 작품들이 비로소 우리 앞에 등장하게 된 것이다.

문학사란 단지 과거의 기록들을 사실적으로 나열하는 것에서 그쳐서는 안 된다. 이런 전제에 설 때, 이 문학사에 들어오는 것들은 아무런 여과 장치없이, 다시 말하면 선택과 배제라는 원리 없이 그저 수평적으로 나열된다는 한계를 가질 수밖에 없다. 지난 시절 쓰여졌던 해방 공간의 운동사라든가 문학사는 대개 이런 범주로부터 벗어나지 못했다. 이런 한계로부터 벗어나는 것이 이 문학사를 쓰게 된 동기 가운데 하나이다.

두 번째는 문학사를 쓸 때에 기준점이 마땅히 있어야 한다는 점이다. 이 문제는 수평적 나열이었던 기왕의 문학사들과 차별되는 경우라 할 수 있는데, 그 기준점이 세계관에서 오는 이데올로기이든 혹은 그 반대의 경우든 반드시 있어야 한다는 점이다. 이번 문학사에서 선택과 배제의 기준도 하나의 뚜렷한 기준점이 있어야 했다. 이 기준점을 우선 민족주의로 하고자 한다. 이유는 한반도의 역사가 이를 꼭 필요로 했다는 점때문이다.

민족주의란 긍정과 부정이라는 양가적 속성을 갖고 있다. 근대 초기 거대 문화권이 붕괴되면서 민족주의 열풍이 분 것은 잘 알려진 일인데, 이때의 민족주의란 어느 특정 국가를 만들기 위해 그 나라만의 고유한 정체성을 정립하기 위한 수단으로 기능했다. 이는 민족주의가 갖고 있는 긍정성 가운데 가장 대표적인 것이라 할 수 있다.

그러나 다른 한편으로 보면, 민족주의는 근대 초기 지역 국가가 성립하는 과정에서 보여준, 그러한 긍정성과 달리 부정적인 면 또한 분명 내재되어 있었다. 그 대표적인 사례가 근대 국가 형성 이후에 나타난 제국주의 형태이다. 제국주의란 통상적인 의미에서 민족주의 없이는 성립 불가능하며, 민족에 대한 자만스러울 정도의 극심한 애정이 빚어낸 부정적 결과이다.

이런 양면성을 갖고 있는 것이 민족주의이지만, 이를 모든 지역에 일괄적으로 적용하는 것은 어려운 일이다. 특히 반도적 특수성으로 말미암아 외세의 침략이 잦은 우리 사회와, 남북이 분단된 현실에서는 더욱 그러하다고 하겠다. 대외적으로 우리 사회를 지켜낼 수 있는 것은 민족주의 없이는 불가능하거니와 이러한 단면들은 역사를 통해서 이해할 수 있는 부분이다. 뿐만 아니라 남과 북 사이에 진행되고 있는 분단의 역사, 혹은 분열의 역사 역시 민족주의를 제외하고는 마땅히 해결할 방법이 없다는 사실도 염두에 두어야 한다고 본다.

해방 공간의 역사는 현재 진행형인 남북 분단의 전사에 해당된다. 그러니까 현재의 모순을 극복하는 해법이랄까 수단 역시 이 역사를 제외하고 생각하는 것은 어불성설이다. 특히 이 시기, 갈등을 딛고 하나가 되고자 했던 시인들에게 통합적 감수성이 중요했던 것도 이 때문이라 할 수 있다. 이념과 계급을 초월해서 하나의 공통 분모를 가질 수 있는 것은 이 민족주의 말고는 마땅한 대안을 찾을 수가 없는 까닭이다.

지금 우리 사회는 또 다시 민족이라는 특수성, 반도라는 특수성이 부정되는 현실을 목도하고 있다. 이런 부정이랄까 민족의 특수한 것들에 대한 물타기는 또 다른 위기의 심연 속으로 우리를 몰아넣을 위험이 있다. 그래서 지금 이 사회에서 가장 중요한 것이 이 민족주의에 대한 새삼스러운 환기인 것도 이와 무관하지 않다.

이 문학사는 해방 공간에 활발히 전개되었던 운동 중심의 것들은 되도록 배제 했다. 대신 각 시인들이 가지고 있었던 정신사적 흐름을 해방 이전의 사유와 결부시켜 그 변모랄까, 해방 공간에서 이루어졌던 현실 적응력이라는 부분에 그 초점을 맞추어 이해해보려고 했다. 그 연장선에서 이들이 표명했던 민족주의가 어떤 함의를 갖는 것이고, 어떤 배경 하에서 표출되었는가 하는 점을 중점적으로 살폈다. 이 과정에서 문제되었던 것이 일부 친일 작가들이다. 이들이 분명 단죄되어야 하는 것은 당연하다. 하지만 어쩔 수 없는 강요에 의해 더러운 곳에 발길을 들일 수밖에 없었던 것에 대해서는 한발 물러설 필요도 있다고 본다. 노천명의 말대로 남들보다 좀더 알려져 있다는 사실만으로 이들은 불가피한 고통을 받았을 수도 있었기 때문이다. 친일에 대한 냉정한 비판보다는 해방 이후 이들이 조국에 대해 가졌던 기대치를 희열로 표명한 것들에 대해서는 긍정적으로 응시할 필요가 있다고 보는 것이다. 이런 전제하에서 친일 행위로 가치평가되지 못했던 시인들에 대해서도 그 나름 정당한 평가를 하고자 했다. 이는 다른 말로 하면 통합에 대한 모색일 수도 있겠다. 어떻든 그러한 모색을 통해서 향후 다가올 통합의 문학사가 어떤 것이 되어야 비로소 올바른 방향이 되는 것일까에 대해서 이해하고자 했다. 그런 방향성이야말로 민족주의 없이는 불가능하다는 것, 그것을 이해한 것이 이 문학사의 가장 큰 장점이라고 생각한다.

미완인 채로 끝난 해방 공간의 역사. 그것은 지금 우리 민족의 현실을 말해주는 데 필요 충분조건을 갖추고 있다. 그 상징적 사건이 안중근 의사 의거와 그 사후의 과정이다. 물론 그 핵심은 안의사 유해의 국내 봉환 문제이다. 이 문제는 여전히 해결되지 않고 있다. 독립운동의 거대한 산맥이자 구국의 영웅이었던 안중근은 여순 감옥에서 순국하면서 이런 말을 했다고 전해진다. "조국이 독립되는 날 자신은 천국에서 춤을 추겠노라"고 말이다. 그리고 이때 자신의 유해를 고국으로 옮겨달라고도 했다. 해방이 되는 날, 서울역 광장에서 온 나라 백성들이 해방의 감격으로 눈물을 흘릴 때, 안의사도 분명 천국에서 동일한 감정을 느끼며 기쁨의 춤을 추었을 것이다. 그런데 이는 일회성에 불과한 감격에 불과한 것이었다. 남북은 분단되었고 그가 간절히 소망했던 자신의 유해가 조국으로의 귀환되지 못한 것이다. 그는 아직도 저 차가운 여순 감옥 근처에 묻힌 상태로 놓여 있다. 고국의 백성들은 그를 애타게 부르지만 정치는 부르지 못하고 있다. 그의 유해가 들어올 때, 남북은 비로소 하나의 민족으로 거듭 태어날 수 있을 것이다. 그 날을 향한 발걸음은 계속 진행되어야 한다. 그리고 그 전사인 해방공간의 역사. 그 이념적 표현인 시문학의 역사 역시 흘러가고 있다. 해방 공간 시문학의 역사를 끊임없이 연구해야 하는 중요한 이유가 바로 여기에 있다.

# | 차례 |

# 해방 공간의 한국 시사

# 제1장
# 해방 시단의 형성

## 1. 해방의 의미

1945년 빼앗긴 산천이 돌아왔다. 이때의 감격은 어느 하나의 정서로 표현할 수 없을 만큼 복합적이고 또 모두를 열광시키기에 충분한 것이었다. 그러한 단면을 잘 보여주는 것이 정인보(1893- )의 「광복절 노래」이다. 이 시가에 담겨 있는 내용대로 일제로부터 해방, 광복은 전일적인 것이었다. 다시 만져보는 흙, 그 흥분을 배가시키는 바닷물의 춤, 이 모두가 합쳐져서 흥분과 환희의 지대를 만들었다.

흙 다시 만져보자 바닷물도 춤을 춘다
기어이 보시려던 어른님 벗님 어찌하리
이날이 사십 년 뜨거운 피 엉긴 자취니

길이길이 지키세 길이길이 지키세[1)]
- 정인보, 「광복절 노래」

이러한 감격을 위해 심훈(1901-1936)은 자신의 몸을 던진다고 했다. 「그 날이 오면」에서 '그 날'이 바로 그것이다. "나는 밤하늘에 날으는 까마귀와 같이/종로의 인경을 머리로 들이받아 울리오리다./두개골은 깨어져 산산조각이 나도/기뻐서 죽사오매 오히려 무슨 한이 남으오리까/"라고 말한 정도로 광복은 우리 민족이 기다렸던 간절한 소망이었다.

그 날이 오면 그 날이 오면은
삼각산이 일어나 더덩실 춤이라도 추고
한강물이 뒤집혀 용솟음칠 그 날이
이 목숨이 끊기기 전에 와 주기만 할량이면
나는 밤하늘에 날으는 까마귀와 같이
종로의 인경을 머리로 들이받아 울리오리다.
두개골은 깨어져 산산조각이 나도
기뻐서 죽사오매 오히려 무슨 한이 남으오리까.

그 날이 와서 오오 그 날이 와서
육조 앞 넓은 길 울며 뛰며 딩굴어도
그래도 넘치는 기쁨에 가슴이 미어질 듯하거든

---

1) 해방된 날을 "삼십 육년"이 아니라 "이 날이 사십 년"이라고 한 것은 이 시가 만들어진 시점이 1949년이기에 그러한 것이다.

드는 칼로 이 몸의 가죽이라도 벗겨서
커다란 북을 만들어 들쳐 메고는
여러분의 행렬에 앞장을 서오리다.
우렁찬 그 소리를 한 번이라도 듣기만 하면
그 자리에 거꾸러져도 눈을 감겠소이다.
　　　　　　　　　　　　　－ 심훈, 「그 날이 오면」

　그 날이 왔지만, 심훈이 기대했던 간곡한 열망이, 정인보가 느꼈던 흥분이 우리 것으로 되었는가. 이런 감정은 현실과는 무관한 마음 속의 것, 곧 심정적인 차원의 것이었다. 현실은 이러한 흥분과는 별개였고, 뿐만 아니라 일제로부터의 벗어남은 냉정한 이해를 필요로 하는 것이었다. 1945년 을유 해방은 자생적인 힘으로 이루어진 것이 아니라 연합국의 승리에 따른 부산물이었기 때문이다. 그것은 분명 여러 제약과 제한적인 요건을 요구하는 것들이었다. 하지만 그렇더라도 해방이라는 현실이 우리 민족에게 많은 가능성을 부여해 주었다는 사실은 부정하기 어려울 것이다. 새로운 국가 건설에 대한 여백의 장이 그 어느 시기보다 높았던 까닭이다. 특히 개항 이후 물결쳤던 우리만의 민족주의를 실현시킬 수 있는 절대 기회를 맞이한 것이다.

　문제는 그 여백의 장을 어떻게 이 시기에 적합한 주의로 채우느냐에 있을 것이다. 이 여백, 즉 공간을 '어떻게' 하느냐에 따라 해방이 주는 의미를 다음 세 가지 측면에서 살펴볼 수 있다. 우선 해방이 제2차 세계 대전의 종전에 따른 세계 질서의 재편 과정에서 우리 민족에게 다가왔다고 하는 점이다. 이러한 상황적 의미는 해방 이후 미소 양군의 남북한 분할 점거와 38선의 성립으로 현실화된다. 이러한 새로운 국제 관계와 세계사적 질서 재편 과정은 해방 직후 새로운 국가 건설이라는 우리의 꿈과 거리를 갖게 하는 제한적 요인으로 작용했으리라는 것은 어렵지 않게 짐작할 수 있는 일이다.

둘째로는 이러한 상황적 의미에 대한 우리 민족의 대응 방식에서 읽어낼 수 있는 해방의 의미이다. 이에 대해서는 해방공간이 주는 의미를 자기화하는 과정에서 보인 〈문학가동맹〉 계의 현실 대응 방식을 살펴볼 수 있다. 이 그룹은 해방 공간을 부르주아 민주주의 혁명 단계로 설정했다[2]. 이들은 조선 혁명의 당면 과제였던 반일의 과제에서 프롤레타리아 혁명이라는 보다 높은 단계의 과제로 전환하는 계기로 해방의 의의를 두고 있었던 것이다. 그러나 이후 조선 공산당의 행로에서 알 수 있는 것처럼, 해방의 '주어진' 의미란 진정한 해방의 성취와 모순되는 것이란 점에서 이들에게 비극성이 있었다. 실제로 조선 공산당은 정판사 위폐 사건과 인민 항쟁을 거치면서 역사의 전면에서 후퇴하게 되는 비극을 맞게 된다.

그리고 마지막 세 번째로 해방이 주는 의미는 결과론적인 측면에서 찾아진다. 비록 표면적으로 드러난 것은 아니긴 해도, 해방이 된 시점에서 단정 수립에 이르기까지 한반도 전역이 아닌 남한만의 실제적인 권력을 획득하는 과정에서 부여된 해방이다. UN에 의한 신탁 통치라는 국제 질서의 논리와 긴밀히 결합된 이 과정에서 해방은 일제로부터의 독립이라는 명제적, 선언적 차원에 있는데, 여기에서는 단정 수립이라는 현실적 과제만을 완성한다면 해방은 완결되는 것으로 간주될 수 있다

---

2) 이는 박헌영의 「8월테제」에 잘 나타나 있다.

는 사실이다[3]. 현재 진행형인 상태가 말해주는 것처럼 이는 분명 불완전한 정권 수립일 것이다.

이상에서 알 수 있는 것처럼 해방이 주는 의미는 사실상 한 가지 의미, 곧 주어진 해방의 변주곡일 뿐이라는 데 해방의 근본적인 한계가 있다고 할 수 있다. 결국은 국제 질서의 자기화 과정이면서 민족에게는 단지 체제의 공백이라는 진공 상태로 다가왔던 것, 그것이 해방이 주는 의미였던 것이다. 특히 민족 개개의 구성원에게는 주어진 해방의 의미는 보이지 않은 채, 무정부 상태만으로 보여졌던 것이 해방 직후 기간의 민족사가 가지는 근원적 비극성이 아닌가 한다. 해방 공간이란 한 개인의 측면에서는 이념 선택이 가능한 특이한 공간임에도, 그러한 선택이 자의적인 것이 아닌 타의적으로 주어진 질서 아래의 선택일 경우, 결국 그 선택이란 질서를 부여한 세력에 의해 제한될 수밖에 없다는 점은 강조되어야 할 필요가 있다.

어떻든 민족 구성원들에게 해방 공간이 빈 여백으로 다가왔을 때, 그들은 체제의 간섭 없이 자의로 자신의 이념의 방향을 설정할 수 있었으며, 이를 위해 여러 활동을 계획할 수 있었다. 이럴 경우 현실보다는 이념이 우선시될 수밖에 없었으며, 그 이념을 실현하기 위해 정치가 앞장서는 것은 당연한 일이라 할 수 있다. 그러나 시간이 흐를수록 그러한 이념들은 해방을 가져다 준 세력, 곧 현실의 근원적인 힘과 대결하거나 타협하게 되고, 그 결과 여하에 따라 개인은 자신이 선택한 이념에 보다 적합한 것으로 옮겨가게 된다. 이것이 바로 개인의 자의적인 정치적 선

---

3) 이러한 점은 이승만이 중심이 된 〈독립촉성중앙협의회〉의 활동에서 단적으로 알 수 있는 것이다.

택이 주어진 질서에 의해 제한되는 과정일 것이다.

문학계 역시 이러한 제한적 과정에서 예외가 될 수 없었다. 해방 직후 여러 문학 예술 단체들의 성립과 소멸, 혹은 통합과 대결 과정은 체제의 공백 상태라는 현실의 외피 차원에서 가능한 것이었다. 〈조선문학건설 본부〉, 〈조선프롤레타리아문학동맹〉, 〈조선문학가동맹〉, 〈전조선문필 가협회〉, 〈조선청년문학가협회〉, 〈북조선문학예술동맹〉, 〈한국문학가 협회〉 등으로 표출되는 이들 단체들은 각각 새로이 조성된 해방 직후의 현실에 대응하는 문학인들의 모습을 여러 측면에서 보여주는 것이었다. 이러한 문단의 전개 과정이 해방 정국의 전개 과정과 긴밀히 접합되어 있다는 점이야말로 해방 직후의 정치 우월성을 단적으로 보여주는 것 이라 생각된다.

특히 감정의 순간적 포착에 의해 언어로 구상화되는 시 장르의 경우 는 해방 정국에서 여타의 장르에 비해 정치에 더욱 구속되는 양상을 빚 었다. 이는 정치의 우월성에서 오는 해방 정국의 특이한 상황에서 기인 하는 것이기도 하면서, 경험의 순간적 통일성에 기대고 있는 서정시의 특성에서 기인하는 것이기도 했다.

시의 특성이 서정의 순간적 황홀이나 극적 순간에 만들어지는 것이라 해도 해방 공간이 주는 의미를 비껴나가는 것은 어려운 일이었다. 그것 은 다음 두 가지 이유 때문에 그러하다. 하나는 해방 공간이 새나라 건 설과 밀접하게 연결되어 있었다는 사실이다. 실상 이 부분은 다른 어느 것보다 강조되어야 하는 부분이다. 정치 현실이 그러하듯 이에 조응하 는 문학 또한 새나라 건설에 적극적으로 부응해야 하는 것이었기 때문 이다. 그 임무가 바로 민족 문학 건설이라 할 수 있다.

민족의 요구에 부응해야 하는 것이 민족 문학의 임무라면, 해방 공간

이 요구하는 민족이란 어떤 것이어야 하는 것인가가 중요한 문제로 대
두될 수밖에 없는 일이었다. 일찍이 임화는 민족이나 민족 문학 건설에
있어서 세 가지 요건을 제시한 바 있는데, 이는 어느 정도 이 시기가 요
구하는 것들에 부응하는 것이었다고 하겠다. 그가 민족 문학의 요건, 곧
민족의 구성 요건으로 내세운 것은 다음과 같은 것들이었다. 봉건 유제
의 청산, 민족 반역자라든가 친일분자가 제외되는 민족의 필요성, 그리
고 그에 기반한 민족 문학의 건설이었다[4]. 그러니까 이 시기 가장 중요
했던 것은 민족주의와 관련될 수밖에 없었던 것인데, 이는 해방 직후가
일제로부터의 벗어남이라는 사실과 분리하기 어려운 현실과 맞물리는
것이었기 때문이다. 실제로 해방 공간에서 펼쳐진 여러 문학 운동이 궁
극에는 친일파냐 아니냐의 문제로 귀결된 것도 이와 밀접한 관련이 있
다고 하겠다. 그만큼 이 시기 민족 모순과 관련된 민족주의는 매우 중요
한 요소 가운데 하나였다.

두 번째는 자기비판 문제이다. 이는 민족 문학 건설에 있어서 갖추어
야 할 민족의 개념과 분리되는 것이 아니다. 과거에 시적 주체에게 어떤
상황 속에서 불가피하게 친일의 길을 가게 되었다면, 그에 대한 해명이
랄까 용서의 과정이 반드시 필요했다고 할 수 있다. 만약 이러한 과정이
소외된다면, 그것은 민족 문학 건설에 있어서 결코 허락될 수 없었기 때
문이다. 해방 공간에서 문학자의 결함없는 윤리성, 곧 자기 비판이 중요
했던 것도 이런 이유 때문이라고 할 수 있을 것이다.

---

4) 임화, 「현하의 정세와 문화운동의 당면 임무」, 『문화전선』 창간호, 1945.11.

## 2. 해방 공간의 시문학의 특수성

### 1) 시와 정치의 자연 발생적 결합

과거의 행위에 대한 여러 형태들의 자기비판이 있었지만 그것이 어떤 뚜렷한 결말에 이르는 것은 쉽지 않은 일이었다. 해방 공간이란 한가롭게 도덕이나 윤리 문제에 집착할 만큼 더디게 진행되는 것이 아니었기 때문이다. 누구나 변모하는 현실에 발빠른 대처를 할 수 있다면, 권력의 주체들은 자신들에게 당연히 돌아올 수 있는, 쉽게 먹을 수 있는 과일과 비슷한 것처럼 보였을 것이다. 그러니 빠른 정치 감각으로 조직을 결성해서 이 시대가 요구하는 것들에 충실히 복무하면 그만이었다. 민족을 위한, 민족만의 문학을 만들면 되었기 때문이다. 해방 직후 가장 먼저 활발하게 움직인 것은 임화를 비롯한 카프계 문인들이었다. 해방 다음 날 임화는 〈조선문학건설본부〉를 결성하여 해방 공간의 현실에 대해 조직적으로 대응하기 시작한 것이다. 이런 행보는 마치 조선의 해방이 마치 예견된 것이고, 그리하여 해방 이전부터 준비한 듯한 인상을 주기에 충분할 만큼 발빠른 것이었다. 우선, 그 조직에 참여한 인물들을 볼 필요가 있는데, 이는 이 단체의 방향을 알 수 있는 시금석이 된다고 할 수 있다.

중앙위원장 : 이태준
서  기  장 : 이원조
소  설  부 : 이기영(위원장), 김남천, 박태원, 안회남, 한설야
시      부 : 김기림(위원장), 김광균, 오장환, 임 화, 정지용
평  론  부 : 이원조(위원장), 박치우, 서인식, 조윤제

외국문학부 : 김진섭(위원장), 김삼규, 김광섭, 배 호, 이양하, 최정우

이 단체의 정확한 결성일자는 1945년 8월 16일이었고, 여기서 발행하는 기관지는 『문화전선』이었다[5]. 우선 이 조직도에서 알 수 있는 것처럼 몇 가지 특징적인 단면이 드러나는데, 그 하나는 이념의 색채를 최대한 배제하고 있다는 점이다. 특히 이태준이나 정지용, 김광섭과 같은 인물은 소위 문학에서 현실정향적인 것들과는 일정 정도 거리를 두고 있던 문인들이다. 이 뿐만이 아니다. 전공을 달리할 경우에도 그 특이성이 드러난다. 고전문학자인 조윤제나 외국문학 비평가인 이양하 역시 이념의 편린과는 무관한 인물들이다. 반면, 일제 강점기에 친일에의 혐의가 있거나 적극적으로 이에 가담한 흔적이 있는 문인들은 철저히 배제되어 있음 또한 알 수 있다.

이렇게 출발한 〈조선문학건설본부〉는 발전적 해체를 하고 이듬해 〈조선문학가동맹〉으로 재탄생하게 된다. 그럼에도 불구하고 이 단체가 갖고 있었던 문학 강령 등이 이 시기 대표적 좌익 단체였던 〈조선문학가동맹〉의 근본 강령이 되었다는 점에서 그 의의가 크다고 하겠다. 잘 알려진 바와 같이 이 단체가 추구했던 기본 강령은 민족반역자와 친일분자, 그리고 국수주의자의 배격이었는데 이는 그대로 계승되기 때문이다[6]. 이런 선언은 해방 공간이라는 현실을 감안하면 지극히 당연한 것인데, 과거의 문학관에 대한 일대 반성이다.

해방 공간의 특징은 무엇보다도 새 나라 건설의 벅찬 기대가 모든 문

---

5) 기관지로서 이 잡지의 첫 간행은 1945년 11월에 이루어졌다.
6) 이러한 단면이 가장 잘 나타난 글이 이 시기 발표된 임화의 「문학의 인민적 기초」(《중앙신문》, 1945.12.10.)이다.

인들의 의식에 깊숙이 자리잡고 있었다고 하는 점이다. 그것은 암울한 식민지 시대의 청산에 따른 새 나라에 대한 기대 혹은 열정에서 오는 당연한 귀결이었다고 할 수 있다. 이러한 시대적 현실 속에서 문인들에게 주어진 임무는 무엇보다도 그러한 시대적 요구에 맞는 새로운 민족 문학의 건설에 있었을 것이다. 문인들은 새 나라 건설과 그에 부응하는 정치의 논리를 끌어들이는 계기를 만들었다. 문인들은 이미 식민지 시대의 순수 문학에의 경사를 일제의 억압으로부터 예술을 지키는 마지막 보루라는 논리를 펴왔던 터다. 이러한 순수 문학에 대한 옹호는 역설적이게도 해방 공간의 현실에서 강력한 사회적 논리, 정치적 논리를 문학 속에 끌어들이려는 논리적 준거틀로 삼으려는 예비 단계였음은 어렵지 않게 짐작할 수 있는 일이다.

공동한 운명 아래 짓눌렸던 민족의 반항의식은 해방과 함께 불시에 무제한한 건설의 가능성을 예기하면서 동시에 민족의 양심은 이 위대한 건설을 어떤 일부 특권층의 독점이나 횡령에 맡겨서는 안되겠다는 것, 민족의 공동한 참여와 소유를 만들어야 되겠다는 것을 사람들로 하여금 직감시켰던 것이다. 이러한 감정과 의식의 가장 뚜렷한 대변자의 하나는 시인이었다는 것은 그리 놀랄 일이 아니다. 누구보다도 순정과 천진 속에 살기를 원하는 시인들로서는 그 밖에 다른 도리는 없었던 것이다. 그리해서 민족의 공동의 감정과 염원을 노래했으며 호소하는 것을 그들의 새로운 천직으로 여겼던 것이다. 누구나 다 민족 시인인 듯했다[7].

문인들에게 해방의 가능성에 대한 열정은 해방이 주는 의미나 사회

---

7) 김기림, 「시와 민족」, 『신문화』, 1947.

구성체에 대한 객관적인 해석 혹은 평가보다는 주관적인 감정의 영역
에서 이루어진 것이 일반적인 현실이다. 김기림의 지적처럼 일제 강점
기 동안 짓눌려 왔던 반항 의식이 해방과 함께 무한한 건설의 가능성과
겹쳐지면서 객관보다는 주관, 현실보다는 감정의 반응으로 표출하게 된
것이다.

　그리하여 정치적인 감격을 읊조린 정치시와 상황시 등이 미학적, 예
술적 장치와는 무관하게 창작되고 발표되었다. 오직 정치만이 전부였고
그 외의 비정치적인 것들이나 심미적인 것들은 예외적인 것으로 비춰
진 것이다.

　　오늘에 있어서 정치란 우리들 자신의 손으로 하는 우리들의 생활의 설
　　계와 조직이어야 되게 되었으며, 이러한 정치의 단계에 있어서는 시가 시
　　의 왕국을 구름 속에 꾸미는 것보다는 한 새나라 건설이야말로 가장 시
　　의 창조 의욕에 불을 질러놓은 것이다[8].

　해방 공간에서 이러한 시 창작관은 "시가 시의 왕국을 구름 속에 꾸미
는 것보다는 한 새 나라 건설이야말로 가장 시의 창조 의욕에 불을 질러
놓은 것"이라는 김기림의 언급에서 단적으로 알 수 있다. '시가 시의 왕
국을 구름 속에 꾸미는 것'이라는 의미는 해방의 현실에는 전혀 들어맞
지 않는 식민지 시대의 순수 문학을 지칭하는 것임을 알 수 있다. 이러
한 예술지상주의는 새로운 시대, 곧 해방공간의 현실에서는 더 이상 의
미가 없다는 논리가 된다. 순수가 미덕인 식민지 시대와는 달리 이제는

---

8) 김기림,「건설기의 조선문학」,『해방공간의 비평문학』1(송기한외편), 태학사, 1991.

정치가 곧 미덕인 시대가 온 까닭이다.

> 과학과 정치와 경제와 역사와 민족의 추진 비약기에 있어서 문화의 전
> 위인 시와 문학이 일체를 포기하고 일체를 획득하는 혁명적 성능을 최고
> 도로 발휘할 운명적 과업을 위하여 무엇보다도 예술적 이념과 감각이 첨
> 예 치열하여지는 것은 차라리 자연 발생적인 것이다. 시인의 민감이 생리
> 적 조건이라면 왜 이 생리를 거부하려는 것이냐[9].

  정지용이 말하고 있는 생리론에서 알 수 있듯이 사회적 조건에 시가
자연스럽게 반응한다는 이 관점은 일체의 미학적 논리를 뛰어넘는다는
데 그 의미가 있다. 그것은 이념적 무장이나 사회 구성체에 대한 정확한
논리적인 체득에서가 아니라 자연 발생적인 현상에서 오는 감성적인
것이었다.
  그러나 시의 이러한 생리 반응적인 심정적 정치 논리에의 편향성에는
몇 가지의 문제점 역시 드러내고 있었다. 예술적 의장을 무시한 시란 더
이상 존립하기 어렵다는 점과 객관적 현실을 무시한 주관적 반응에서
오는 현실의 왜곡 문제 등이 바로 그것이다. 전자의 경우는 주로 미학적
관점을 중시하는 예술지상주의자들의 관점이었고 후자의 경우는 주로
객관적 정세의 변화에 따른 결과에서 오는 현실주의자적인 관점이었다.
  김광균은 예술성을 상실한 시는 정치에 기여하는 것은 고사하고 모
체인 문학까지 상실하는 우스꽝스러운 결과로 이어진다고 하면서 해방
공간에서 운위되는 문학의 시대적 욕구, 곧 문학과 현실의 관계에 대해

---

9) 정지용, 「조선시의 반성」, 『문장』27, 1948.

비판을 가한다.[10] 그에 따르면 예술은 시대를 초월하는 항구적인 본질
들을 추구하는 것이기에 어떤 특정의 이념들로 예술을 해석하고 평가
하는 행위들은 결과적으로 유형화된 문학들만 기계적으로 양산하게 된
다는 것이다. 이런 근거에 바탕을 두고 김광균은 해방 공간의 시단에서
지도 이론의 부재와 유형화에 따른 개성의 상실을 지적하고 있다.

　해방 공간에 있어서 주관적 반응에 따른 현실 왜곡의 문제는 주로 상
황 논리에 따라 많은 편차를 갖는 것이 사실이다. 이는 해방이 주는 의
미가 자생적 힘에 의해 전취된 것이 아니라는 현실적 논리와 밀접한 연
관을 갖고 있는 문제이기도 하다. 여기에는 세계관상의 혼란에서 오는
비평의 모순 문제[11]가 있었는가 하면, 해방의 막연한 열정에서 오는 상황
시, 정치시들이 갖는 한계 등이 포함된다. 상황시 등의 한계는 오장환의
적절한 지적처럼 해방 직후 이구동성으로 결혼식장에서의 축사와 같은
말을 노래하였을 뿐 객관적 현실에 입각한 시는 존재하지 않았다[12]는
비판과 밀접한 연관을 갖고 있다.

---

10) 김광균, 「문학의 위기」, 『신천지』 1권 11호, 1946.12.
11) 이러한 관점을 갖고 있는 대표적인 평자로 김동석을 들 수 있을 것이다. 그는 이용악
　　의 시 「38도에서」와 정지용의 시에 대해서는 부르주아적 세계관에 입각한 예술지상
　　주의적 입장을 보이다가도 오장환의 「병든 서울」에 대해서는 현실반영론적인 입장
　　을 취하는 모순을 보이고 있는 것이다. 김동석, 「시와 정치」-이용악의 시 「38도에서」
　　를 읽고」, 『해방공간의 비평문학1』(송기한 외편, 태학사, 1991), pp.173-175.
12) 오장환, 「시단의 회고와 전망」, 《중앙신문》, 1945.12.28.
　　해방 직후 상황시나 정치시가 갖는 한계를 보여주는 대표적인 시 가운데 하나가 이
　　용악의 「38도에서」가 아닌가 한다. 이용악은 잘 알려진대로 식민지 시대에는 동반
　　자적 성향을 보인 시인이기도 하며 해방 공간에서는 「기관구에서」 같은 시를 쓸 만
　　큼 계급적 의식이 남다른 사람이었다. 그러던 그가 인민위원회 등을 비판하는 「38도
　　에서」와 같은 시를 쓴 것은 객관적 정세 판단을 하는데 있어서 얼마나 미숙했는가를
　　여실히 보여주는 면이라 할 수 있다. 이는 그가 계급주의자가 아니라 민족주의자였
　　기 때문에 이런 시각을 보인 것이 아닌가 한다.

　주관적 반응에 따른 심정적 현실 인식은 사회 정세가 급박하게 되어 감에 따라 좀 더 정확하고 구체적인 현실 인식을 통해 새로운 단계를 맞이하게 된다. 즉 정판사 위폐 사건, 그에 따른 남로당의 신전술 채택과 인민 항쟁 등을 거치면서 이러한 심정적 인식들은 사라지고 구체적인 현실에 입각한 시와 비평의 논리가 등장하게 되는 것이다.

## 2) 시와 공동체의 논리

　해방 공간에서 구체적인 현실에 입각한 시와 비평의 전개는 사회 정세의 인식 변화에 의한 것이었다. 아무런 인식적 판단 없이 민족 공동의 감정과 염원을 노래한 것이 해방 직후의 일이다. 그것은 식민지 시대에 그토록 비판의 대상이 되었던 시의 비순수성에 대한 자책이기도 했다.

　그러나 공동체 의식이 해방 직후 시단의 가장 크고 귀중한 보화[13]이기는 했지만 객관적 정세의 급격한 변화는 막연한 공동체 의식만으로 해결될 수 없는 여러 가지 난제를 배태했다. 민족 속에서 반민족적인 요소들이 사회 정세의 변화 속에서 수면 위로 부상하기 시작한 까닭이다.

　　시인이 감정의 분류 속에서 다시 자세를 바로 갖추었을 적에 그가 그렇게 열렬하게 껴안았던 민족 그 속에 반민족적인 요소가 어느새 심각하게 머리 든 것을 그는 보았다. 이 민족과 그 공동체 의식을 지니고 나가며 나아가야 하던 또 나갈 수 있는 것은 다름 아닌 인민 대중이며 인민 대중이야말로 역사적, 사회적, 현실적 민족의 중추며 공동체 의식의 유지자였

---

13) 편석촌, 「시단별견」, 『문학』1호, 1946.7.

던 것이다. 반민족적인 요소를 제외한 연후에 민족 전체의 유례없는 복리 위에 세울 민족의 공동 의식과 연대감의 연면한 응결로서의 우리 민족의 실체였던 것이다. 사회적으로는 자연 발생적인 민족에의 확대로부터 인민에의 재결정이었으며, 민족에 대한 파악이 현실의 시련을 거쳐서 막연한 관념으로부터 실체에로 순화 앙양되는 과정이었다[14].

  김기림은 인용된 글에서 해방 직후 시의 변화를 크게 두 가지로 요약, 정리하고 있다. 민족 공동체의 발견은 해방이 가져다준 선물이긴 하지만 이것은 어디까지나 민족 공동의 막연한 감정, 가령 해방의 감격이나 새 나라 건설에 대한 열정, 순국 선열들에 대한 추모 등 자연 발생적인 현상이라고 보고 있다. 그러나 해방 공간의 시련을 거치면서 민족에 대한 막연한 관념이 구체적인 실체로 다가옴에 따라 소위 비민족적인 요소들을 직시하게 되었다는 것이 김기림의 판단이었다. 이 연장선에서 그는 민족의 개념을 새롭게 정의한다. 그에 의하면 착취와 피착취, 지배와 피지배가 없는 세상 속에서만이 동일한 민족의 범주로 묶일 수 있는 까닭에 비민족적인 요소를 제거해야만 동질성이 보장되는 하나의 민족으로 성립된다는 것이다.

  실상 김기림의 이같은 진단은 일본 제국주의 잔재의 소탕, 봉건주의 잔재의 청산, 국수주의 배격 등을 슬로건으로 내세웠던 남로당과 〈문학가동맹〉의 지도 이론과 일맥 상통하는 것이기도 하다. 그리고 초기의 포괄적인 인민성을 미학적 기초로 삼았던 〈문학가동맹〉의 지도 노선의 변화와 분리하여 생각할 수 없는 문제이기도 하다.

---

14) 김기림, 「시와 민족」, 앞의 글.

해방 직후 문학 운동에서 현실 추구적인 타협적 인민성이 사라지고 노동 계급의 영도성이 부각되기 시작한 것은 10월 인민 항쟁을 거치고 나서부터이다. 그것의 기본적인 방향은 정치적으로는 "노동자 계급의 이데올로기를 농민층 소시민의 이데올로기로 하는 것"[15]이었다. 이를 계기로 민족 문학 건설에 있어 인민성을 영도하는 계급성의 문제가 전면적으로 등장하는 바, 임화의 다음 글은 이러한 단면을 잘 보여준다.

> 근대 서구에 있어서는 시민 계급이 노동자, 농민, 소시민 등을 인솔하고 반봉건 투쟁을 영도한 전형적인 자본주의 국가 건설 운동이었기 때문에 시민 계급이 민족을 대표하였고, 시민 계급의 이념이 곧 민족 형성의 이념이 될 것이다. 그러나 현대 식민지에 있어서는 시민 계급 대신에 노동 계급이 농민과 소시민을 인솔하고 반제, 반봉건 투쟁을 영도하는 민주주의적인 독립 국가 건설 운동이 되기 때문에 노동 계급이 민족을 대표하고 노동 계급의 이념이 곧 민족 형성의 이념이 되는 것이다[16].

시민 계급의 시대에는 시민 계급의 이념을 포괄한 문학이 민족 문학을 될 수 있지만, 식민지 국가에 있어서는 시민 계급 대신에 노동 계급이 농민과 소시민을 인솔하고 반제, 반봉건 투쟁을 영도하는 민주주의적인 독립 국가 건설 운동이 되기 때문에 노동 계급이 민족을 대표해야 한다는 것이다. 임화의 이러한 논지는 인민성이 무계급성을 띠게 된다는 비판에 맞서 노동 계급의 이념만이 현대의 모든 계급을 포괄하는 이념이 될 수 있다는 것으로 귀결된다. 즉 인민성과 계급성을 일치시키면

---

15) 김영진, 「민족문학론」, 『문학평론』3호, 1947.4.
16) 임화, 「민족문학의 이념과 문학 운동의 사상적 통일을 위하여」, 『문학』3호, 1947.4.

서 아울러 노동 계급의 이념이 보다 항구적이며 영도적임을 암암리에 내비치고 있는 것이다.

이러한 논리는 구체적인 실천 방안으로서 현정세에 대한 정확한 인식과 그에 대한 시인들의 책무로까지 확대된다. 곧 현정세와 거리가 있는 시는 시가 될 수 없다는 극단적인 정치적 논리와, 권력을 인민 대중에게로 돌려주는 시인의 선도적 역할론이 바로 그것이다.

이 시기 이런 논리를 한층 강화한 것이 박세영이었다. 그는 현정세를 가장 냉철하고 예리하게 판단할 수 있는 시인의 역량을 강조하면서 시 창작에 있어서의 막연한 감상의 배제를 역설하였다[17]. 그의 이 같은 판단은 해방의 기쁨만이 전부가 아니라는 막연한 공동체 의식과 보수적 민족주의에 대한 경계 의식에서 나온 것이었다.

결국 해방 공간의 시문학은 정치와 공동체 의식에 대한 탐색이었다는 특징으로 귀결된다. 다만 그러한 논리가 사회 정세와 조직의 전술적 변화에 따라 그 내용과 질은 시기마다 많은 편차를 가지고 있었다는 것은 부인할 수 없는 사실이기도 하다.

---

17) 박세영, 「현단계와 시인의 창작적 태도」, 『예술』, 1946.2.

# 제2장
# 자기비판의 유형들

## 1. 자발적인 자기비판-봉황각 좌담회

지배가 있으면 저항이 있을 수 있고, 또 그러한 지배에 찬동하는 행동이 있을 수 있을 것이다. 그런데 문제는 지배 세력이 어느 날 갑자기 물러 갈 때, 그러한 지배에 빌붙어서 배를 불리던 자들이다. 이들이 존재하는 하는 한, 해방이란 결코 완성된 것이라 할 수 없을 것이다. 해방 공간에서 민족 문학 건설에 있어서 무엇보다 중요한 문제로 다가온 것이 바로 이 윤리 문제였다. 특히 민족 문학 건설의 핵심 기제 가운데 하나가 민족주의에 놓여 있었던 이상 이 문제를 그냥 흘려보낸다는 것은 민족의 자존심이 결코 허락할 수 없는 일이었다. 상황 여하에 따라 적당히 넘어가거나 포기될 수 있는 성질의 것은 아니었기 때문이다. 그래서 이 시기 민족 문학의 범주에서 윤리라든가 당위성의 문제들이 거듭 등장했던 것은 이런 저간의 사정과 밀접한 관련이 있는 것이라 할 수 있다. 이는 친일문제를 제기했던 〈문학가동맹〉계뿐만 아니라 서서히 승기를 굳혀가고 있었던 우익 진영에서도 예외일 수는 없었다. 전자는 당위와 관련되는 것이었고 후자는 면피와 관련되는 것이었기 때문이다. 어쩌면 친일청산의 문제는 후자에게 더 절실한 문제였는지도 모른다. 정권을 잡은 주체야말로 그것이 가짜이든 진실이든 간에 정당성을 확보해야 했기 때문이다. 이런 저런 사정에 비추어 볼 때, 해방 공간에서 자기 비판의 문제는 피할 수 없는 절대 영역의 하나로 자리하게 됨은 당연한 것이었다.

침략자에 의해 주도되는 식민지 정책이 성공하기 위해서는 다음과 같은 전제가 필요하다. 우선 상대방을 압도할 수 있는 물질적인 힘이 있어야 한다. 상대를 제압하지 않고 어느 특정 지역을 지배한다는 것은 있을 수 없는 일이기 때문이다. 하지만 이것은 어디까지나 초기의 상황에 적용되는 일일 뿐, 어느 정도 시간이 지나면 이 물리적 힘만으로 지배 체제가 유지되는 것은 불가능하다. 그래서 필요한 것이 협력자 혹은 동반자를 받아들이는 일이다. 식민 지배를 용인해주는 조건으로 이들에게 여러 혜택을 주고 그들의 협조를 받아내는 것이야말로 물리적 힘 못지 않게 중요한 일이기 때문이다. 이는 힘들이지 않고 반대편을 자기화할 수 있는 매우 중요한 일이라 할 수 있다.

조선이 일제와 병합된 것이 1910년이니까 식민 통치 기간이 통합 36년이라고 알려져 있다. 하지만 이는 어디까지나 표면적인 현상에서 바라본 것일 뿐 실질적으로는 그 보다 훨씬 긴 시간이라고 보아야 한다. 1910년 이전 등장하는 온갖 친일파들의 인물 목록만 보아도 그러하거니와 실질적으로 국권을 행사하지 못한 일들이 이 이전에 비일비재했다는 점에서 그러하다. 그 오랜 세월 동안 얼마나 많은 친일 부역자들이 존재해 있었겠는가.

이제 해방이 되었으니 새로운 민족 국가를 위해서, 민족 정체성을 확보하기 위해서 이들에 대한 처분이 이루어져야 했다. 또 그래야만 하는 당위성들은 차고 넘쳐났다. 그래서 이 문제는 민족 문학 건설에 있어 가장 중요한 요인 가운데 하나로 자리하게 된다. 이는 형벌의 차원에서도 당연히 그러해야 하지만 윤리적인 문제에서도 그러해야 했기 때문이다. 하지만 문학사적으로 내성이라든가 자기 고백의 문제가 관습화되지 않은 이 땅의 문학적 상황에서 이를 실행하는 일이란 결코 만만한 것이 아니었다. 그렇다고 해서 이를 적당히 넘길 일도 아니었거니와 민족의 자존심 측면에서도 이에 대한 단죄가 있어야 했다. 뿐만 아니라 이들에 의해 좌절된 수많은 민중들의 원한 또한 깊이 남겨져 있는 터였다. 38선 이북에선 이미 친일분자들에 대한 척결이 조직적으로 진행되고 있었기에 정통성의 확보 차원에서라도 이에 준하는 심판이 이곳 남쪽에서도 내려져야 마땅했다.

문학은 글로 하는 행위이다. 그러니 친일에 대한 문인들의 자기비판이 글을 통해서 무엇보다 선행되어야 했다. 그러한 까닭에 해방 직후 당위적으로 떠오른 이 자기 비판의 문제는 여러 각도에서 시도되었다. 그하나가 좌담회 형식의 비판인데, 이를 대표하는 것이 소위 봉황각 좌담회이다.

이 좌담회가 해방 직전에 개최되었지만 그 개최된 시기가 정확히 언제인지 알려진 것이 없다. 다만 좌담회에서 오고간 발언들이 잡지에 발표되었는데, 『중성』 창간호의 자리였다. 이 잡지가 나온 것이 1946년 2월이니까 좌담회가 이루어진 시기는 아마도 그 이전으로 추정하고 있을 따름이다. 그래서 1945년 12월 말쯤이 아닌가 하는 추측이 제기되기도 한다[1]. 이 좌담회의 글은 발언 순으로 실려 있는데, 김남천, 이태준, 한설야, 이기영, 김사량, 이원조, 한효, 임화의 순번이 바로 그러하다.

우선, 제목이 문학자의 자기비판이었으니까 여기서는 일제 강점기에 시도되었던 제반 문학 행위에 대한 반성 내지는 비판이 주로 문제시되었다. 뿐만 아니라 앞으로 창작될 것들에 대한 창작방법이나 세계관 등등이 함께 제시되기도 했다. 이 가운데 관심을 끄는 부분이 바로 문학 환경의 변화에 따른 작가들의 내면적 대응이었다. 이 변화란 것이 해방 공간의 현실이거니와 하나는 일제 강점기와 다른 환경이고, 다른 하나는 이 시대가 요구하는 윤리적 의무에 관한 것이었다. 먼저 전자의 경우로 한정하게 되면, 이 좌담회에서 주목을 요하는 것이 이태준과 이기영의 발언이다. 그 가운데 이태준의 발언이 무엇보다 관심을 끌게 된다.

> 8.15 이전 우리는 소극적인 생활을 해 왔으나 우리는 앞으로 크게 반성하지 않으면 안되게 되었습니다. 8.15 이전엔 우리가 그들의 검열탄압으로 쓰고 싶은 것을 못쓰고 다만 그들에게 비협력태도로서 사소설 정도로 우리 문학의 명맥만을 연장시켜 왔을 뿐이니까, 이제부터야말로 본 궤도 올라 작품활동을 하지 않으면 안되리라고 생각합니다.[2]

실상, 이태준의 발언은 해방 공간의 현실이라면 당연히 해야할 수준 이상을 넘지 못하는 것이었다. 이런 정도의 변명은 몇몇 시인들에 의해 시도되었던 일제 강점기의 순수에 대한 옹호와 그 정당성 확보에 대한

---

1) 김윤식, 『해방공간의 문학사론』, 서울대 출판부, 1989, p. 87. 김윤식은 이보다 앞서 있었던, 비슷한 형식의 좌담회였던 아서원좌담회가 1945년 12월 12일에 열렸기에 봉황각좌담회는 이보다 늦은 12월 30일쯤 개최된 것으로 이해하고 있다.
2) 이태준, 「문학자의 자기비판-봉황각좌담회」, 『중성』, 1946.2.

논리에도 미치지 못하는 것이었기 때문이다. 뿐만 아니라 이 좌담회가 열리게 된 이유와도 거리가 있는 것이었다. 이태준의 뒤를 이어 발언한 이기영의 경우도 마찬가지이다. 그는 일제 강점기에 쓰여졌던 자신의 농민 소설이 관념에 의한 것이었기에 실제 농민 생활과는 거리가 있었고, 그러한 까닭에 생생히 살아있는 농촌을 그리지 못한 것으로 이해했다. 실상 이기영이 고민했던 것은 카프 시절부터 끊임없이 제기되었던 관념위주의 창작방법과 하등 다를 것이 없었기에 해방 공간이 주는 특수한 현실을 대변하는 문제라고 보기는 어려운 것이었다. 게다가 문학자의 자기비판이라는 이 좌담회의 성격과도 거리가 있는 것이기도 했다. 환경적인 변화에 의한 창작행위, 혹은 문예학상의 창작방법에 초점을 둔 이러한 담론들은 굳이 해방 공간이 아니더라도 얼마든지 제기될 수 있는 것들이라는 점에서 그 유효성이랄까 시효성에 의문점이 놓이게 된다.

그런 면에서 이 좌담회에서 주된 관심을 끄는 것은 김사량이 시도한 창작 언어에 관한 문제라든가 임화의 솔직한 자기비판에 놓여지게 된다. 김사량은 해방 직후 상해 등지를 전전하다가 귀국한 인물이다. 그런데 이 좌담회에서 그의 작품이 문제되었던 것은 그가 쓴 창작물들이 일본어로 쓰였다는 점이다. 그리고 그것이 민족적인 관점에서 볼 때, 일본어의 사용은 배반의 역사 가운데 하나일 수 있다는 점이 지적된 것이다. 김사량은 자신이 일본어로 작품 활동을 한 것은 큰 오류였다고 했고, 이에 대해 이원조와 한설야 등의 동조 발언이 또한 이어졌다[3].

하지만 김사량을 둘러싼 이런 담론들은 친일 문제에 대한 피상적인

---

3) 윗의 글 참조.

차원의 접근이라는 점에서 그 한계가 있는 것이라 할 수 있다. 우선, 일본어로 썼다는, 이 지워지지 않는 증거야말로 김사량으로 하여금 틀림없는 반민족적 성향으로 낙인찍을 수 있는 결정적 증거일 수 있었다. 이 좌담회의 참석자들은 바로 회피할 수 없는 증거점에 대해 냉정하게 지적하고 있었던 것이다. 그런데 일제 강점기에 일본어로 작품활동을 한 것은 김사량 하나에서 그치는 문제가 아니었다. 이상도 일본어로 글을 썼거니와 이광수도 그러했다. 뿐만 아니라 소위 암흑기라 할 수 있는 1940년대에는 대부분의 작가들이 일본어 글쓰기를 한 것으로 알려져 있다[4]. 따라서 일본어 글쓰기에 두고 있는 이런 비판이랄까 지적은 감상적인 민족주의 안에 갇히는 결과일 뿐이다. 따라서 친일에 대한 반성적 차원이라는 이 본질적 문제에는 한참 뒤처지는 것이라 할 수 있다. 중요한 것은 이런 표면적인 문제가 아니라 보다 근원적인 것에 대한 비판이랄까 내성이 있어야 하기 때문이다. 이런 맥락에서 임화의 자기 비판이 주목의 대상이 된다.

> 가령, 이번 태평양 전쟁에 만일 일본이 지지않고 승리를 한다.――이렇게 생각해 볼 순간에 우리는 무엇을 생각했고 어떻게 살아가려고 생각했느냐고 묻는 것이 자기비판의 근원이 되어야 한다고 생각합니다. 이때 만일 내가 한 명의 초부로 평생을 두메에 묻혀 끝내자는 한줄기 양심이 있었는가? 아니면 내 마음 속 어느 한귀퉁이에 강렬히 숨어있는 생명욕이 승리한 일본과 타협하고 싶지는 않았던가? 이것은 내 스스로도 느끼기 두려웠던 것이기 때문에 물론 입 밖에 내어 말로나 글로나 행동으로 표

---

4) 김윤식은 이들의 이러한 창작방법론을 이중어 글쓰기라는 명칭으로 유형화한 바 있다.

시되었을 리 만무할 것이고 남이 알 리도 없을 것이나, 나만은 이것을 덮어두고 넘어갈 수 없을 겁니다. 이것이 자기비판의 양심이 아닌가 하고 생각합니다[5).

임화의 이 글은 내면과 외피가 분리되지 않는 솔직성으로 높게 평가받았고, 또 해방 공간에서 할 수 있는 최고의 양심적 고백으로 인정받았다. 실제로 좌담회에 참석했던 문인들이 임화의 말에 대해 모두 공감한 것도 이와 무관하지 않을 것이다. 고백은 그 담론이 직접성에 노출될 때 의심받지 않고 진정성이 확보될 수 있을 것이다. 그러니까 여기에 어떤 문학적 장치나 의장으로 덧씌우는 것은 그 진정성에 대해 의심받을 수 있다. 따라서 그러한 고백들을 두고 문학성 여부를 따지는 것과는 사뭇 다른 형국이 된다. 임화의 글은 산문적 진술이고, 그래서 어떤 문학적 의장을 요구받지 않는 형식을 갖추고 있다. 이는 형식의 깔끔함이거니와 내용 또한 이에 비례하는 면을 보여준다. 그러한 면들이 겹쳐져서 그의 발언들은 솔직성, 진솔성이 느껴지게끔 만들어준다. 이런 감각은 이 시기 내성 형식으로 발표된 채만식의 「민족의 죄인」이나 육당의 「자열서」와는 분명 구분되는 것이라 할 수 있다. 뿐만 아니라 과거의 친일 경력에 대해 단 한마디의 윤리적 반성이 없었던 문인들과도 전혀 다른 차원에 놓이는 수준 높은 것이라 할 수 있다.

임화의 자기 비판은 어쩌면 그가 카프 계열의 문인이었기에 가능했던 행위가 아니었을까 한다. 잘 알려진 것처럼, 카프의 작가들이 가장 강조하는 문학적 응전이랄까 태도가 작가적 실천과 문학적 실천이었다.

---

5) 송기한 외편, 『해방공간의 비평문학2』, 태학사, 1991, pp.168-169.

그리고 그 최고의 모습은 두 가지 실천이 공존하는 것이었다. 그 단적인 사례를 보여주는 것이 김남천과 임화 사이에 벌어졌던 「물논쟁」이다. 임화는 여기서도 작가적 실천과 문학적 실천을 함께 하는 양상을 강조한 바 있는데, 이는 이 시기 카프 작가가 할 수 있는 최고의 이상적인 모습이라고 진단한 바 있다[6]. 다시 말하면, 리얼리즘 문학은 실천이 중요한데 이는 문학 자체 뿐만 아니라 생활 속에서도 그대로 유효해야 한다는 것이었다. 만약 그렇지 않으면 그러한 문학은 관념지향적이거나 추상적인 면을 벗어나지 못한다고 본 것이다. 그래서 강조되었던 것이 문학적 실천과 공존하는 작가적 실천이었던 것이다.

그런데 이런 실천의 모습들이 해방 공간의 현실에서도 그대로 재현되었다고 보는 것이 옳을 것이다. 임화의 새로운 민족 국가건설을 위한 여러 실천적 행위가 이 시기에 있었던 것은 잘 알려진 일이다. 그는 이때 여러 문학 관련 조직을 만들고 이끌었으며, 이런 일련의 행위들이야말로 작가적 실천과 분리하기 어려운 것들이었다. 이에 덧붙여 문학적 실천 역시 필요했을 것이다. 그것이 솔직한 담론 형식을 빌려오는 방식이 아니었을까. 이는 일제 강점기 김남천 등과의 논쟁에서 볼 수 있었던 것처럼, 임화에게는 생리적인 문제였던 것처럼 보인다. 그런 반응이랄까 임무가 내성이라는 문학적 형태로 잘 드러난 것이 아닐까 한다. 그러니까 봉황각 좌담회에서 있었던 고백은 솔직성과 더불어 문학적 실천이라는 면에서 의의가 있는 것이었다고 할 수 있다. 임화는 이를 바탕으로 민족 문학 건설을 위한 방향으로 누구보다도 먼저 나아갈 수 있었던 것이다. 진실한 고백, 솔직한 반성이 봉황각 좌담회의 의의라 할 수 있으

---

6) 임화, 「6월중의 창작」,《조선일보》, 1933.7.18.

며, 그 선구는 이렇듯 임화에게서 찾아볼 수 있는 것이었다.

## 2. 일제 말기 '순수'에 대한 자기 옹호

해방 공간에서 문학자들의 당면 과제는 민족 문학의 건설이었다. 그 것이 새 시대, 새로운 국가 건설에 부응하는 시인들의 임무였다. 그러기 위해서는 어떠한 형태로든 이 시대가 요구하는 인간형으로 거듭 태어 나야 했다. 그러한 존재의 변이 가운데 가장 주목을 끄는 것이 해방 이 전 자신들이 행했던 문학 행위에 대한 반성이었다. 특히 행동이 아니라 언어적 표현으로 해야만 했던 것들에 대한 반성적 형식들이 바로 그러 하다. 이런 형식은 좌담회 형식으로도 제기된 바 있지만, 문학자는 무엇 보다 글을 매개로 하는 집단임이 강조되어야 한다. 여기서 문학관이라 든가 일제 강점기 문학에 대한 자기 반성이라든가 경우에 따라서는 옹 호의 포오즈가 있어야 했던 것이다. 이런 필요적 요구에는 두 가지 사항 이 내포될 수밖에 없는데, 하나는 새 나라 건설에 있어 일종의 자기 모 랄과 관련되는 것으로서 일제 강점기의 친일 행위와 순수 문학에 대한 반성적 사유에 따른 결과에서 기인한다. 친일 행위에 대한 자기 비판은 순일한 정치 공백을 메우기 위한, 그리하여 그 정치의 장에서 주체가 되 기 위한 동기에서 촉발된 것이었음은 이미 잘 알려진 일이다[7]. 그리고 일제 강점기의 순수 문학에 대한 자기 옹호 역시 미학적 동기에서가 아

---

7) 일제 강점기하의 친일 행위에 대한 비판은 몇몇 글에서 확인할 수 있는데, 우선 「문학 자의 자기비판」(『인민예술』2호, 1946, 10)과 채만식의 「민족의 죄인」 등등이다.

니라 정치적 동기에서 기인한 것임을 부정하기 어려울 것이다. 정치와 문학을 분리시켜 순수를 지향한다는 것, 그것이 문학의 정치에 대한 예속을 피하면서 동시에 일제에 대한 부역을 피할 수 있었던 수단이었다는 것이다. 이같은 이들의 인식은 다음의 글에서 잘 확인할 수 있다.

> 이 기간(일제 강점기:인용자)을 통하여 작가들을 지배한 공통된 특징의 하나로 우리는 먼저 문학이 될 수 있으면 정치라든가 사상이라든가 하는 요컨대 사고의 근본 문제를 애써 회피한 점을 들지 않을 수 없다.
>
> 작가들의 이러한 비정치주의에는 다른 원인도 들 수 있으나 주요한 것은 정치나 사상에의 접근이 곧 문학의 예술적 사멸을 의미했기 때문이다. 그때에 있어 문학이 정치로 접근한다는 것은 제국주의 일본의 정신적 용병이 되는 것이요 조선어를 버리고 일본어를 사용하게 되는 까닭이었다. 우리는 그러한 경향이 어떠한 결과를 낳는가를 최근 수년 간에 우리 문학계를 독점했던 소위 '국민 문학'에서 더 설명할 필요가 없는 예증을 볼 수 있다[8].

인용된 임화의 주장은 두 가지로 요약된다. 하나는 정치와 문학을 분리시켜 의도적으로 순수를 지향했다는 것이고, 다른 하나는 그것을 통해 우리 언어와 문학을 지켜냈다는 것이다. 일제 말기 순수에의 지향은 예술적 사멸뿐 아니라 일본의 정신적 용병과 일본어의 사용으로부터 피하기 위한 최대한의 자구책이었다는 것이다. 그리고 그러한 과정을 통하여 미약하긴 하지만 우리 문학과 조선어를 지키는 애국적, 민족적 노력이 있었음을 말하고 있다. 임화의 이러한 진단은 그 자신뿐만 아니

---

8) 임화, 「문학의 인민적 기초」, 《중앙신문》, 1945.12.10.

라 식민지 말기에 순수를 지향했던 모든 문인들이 정치의 논리가 지배하는 해방 공간에서 가장 하고 싶었던 말이었을 것이다.

해방 공간에서 순수 문학에 대한 문제는 시와 정치와의 관계 문제보다도 더 첨예한 것 가운데 하나로 자리한다. 여기에는 두 가지의 의미가 내포되어 있는데, 하나는 시와 정치의 문제에서 그러하고 다른 하나는 우익 문학자들과의 문학적, 세계관적 차이에서 그러했다. 문학이 순수할 때의 의의와, 그렇지 않을 때의 의미에 대해서 먼저 이야기를 꺼낸 것은 김남천의 경우였다.

> 신문학 수입 초기에 당시 계몽 운동에 종사한 문학가들이 문학의 순수성을 부르짖은 것은 신문학 수립을 위한 진보적인 약진을 천명하는 하나의 전투적 구호이었다. 왜 그런가 하면 신문학은 봉건 세력과의 투쟁에 있어서 여태껏 봉건 상층 계급의 독점적인 애완물이요, 또 반동적 정치 이념의 직접 도구였던 문학을 근대적으로 해방하기 위하여 문학의 순수성을 부르짖었던 것이니 이 구호의 구체적 내용은 반봉건의 옳은 사상이었던 것이다[9].

김남천의 이 글은 근대 예술이 갖는 특징적 단면에 대해 이야기한 것이다. 칸트가 말한 예술의 자율성, 곧 무목적이 합목적성이라는 관점에서 예술을 이해한 것이다. 봉건 예술이 도구적 성격에서 자유로운 것이 아님을 상기하게 되면, 근대 예술이 갖는 비도구성이야말로 예술의 존재 의의가 될 것이다. 그는 이 부분에 이어서 일제 강점기 문학이 순수했던 시기들을 사례로 들어 이야기하고 있는데, 그 요체가 객관적 상황

---

9) 김남천, 「순수문학의 제태」, 《서울신문》, 1946.6.30.

이 열악할 때, 곧 일제와의 타협의 여지가 있을 때, 이를 우회하기 위해 예술이 순수해지려고 노력했다는 것이다. 김남천의 이런 사유는 이 시기 순수문학에 대해 본격적으로 비판하기 시작했던 김동석에 의해 다시금 반복된다. 김동석은 플레하노프의 순수 예술에 대한 비판을 근거로 해서 이 시기 이 분야의 주도적 위치에 오른 인물이다. 플레하노프의 말대로 사회 현실에 대해 긍정할 수 없을 때에는 순수 문학이 의미가 있지만 그렇지 못할 때에는 순수 문학은 가치가 없다는 것이다[10].

어떻든 해방 초기의 순수 문학 문제는 주로 윤리의식과 깊은 관련을 맺고 있었다. 이후 우파 진영과의 논쟁을 통해서 순수 문학은 윤리성을 초월해서 새로운 단계를 맞게 되는데, 그것이 문학과 정치의 결합이었다. 이는 일제 강점기의 순수 문학과는 또다른 차원의 문학관을 요구하는 것이었다.

순수 문학에 대한 윤리적 잣대랄까 항변은 임화와 김남천을 거쳐서 정지용과 오장환으로 계속 이어져서 논의를 이어가게 된다. 우선 정지용이 말한 순수 문학은 어떠한 것이었고, 해방 공간에서 그가 의도했던 순수문학이란 어떠한 것이었을까.

정지용은 「장수산」, 「백록담」 등의 시편에서 보듯 식민지 시대에 대표적인 순수 시인으로 분류되었던 작가였다. 그러던 그가 해방 공간에서 그러한 경향의 시를 버리고 정치와 산문의 세계로 뛰어들었던 것은 잘 알려진 일이다. 정지용의 이러한 변신 역시 꼼꼼히 따져보면 임화가 주장한 것과 크게 다르지 않다. "사춘기를 훨씬 지나서부텀은 일본 놈이

---

10) 김동석, 「순수의 정체」, 『신천지』, 1947.9. 순수 참여 논쟁은 민족주의 진영, 곧 우파의 문학관을 이야기할 때 자세히 검토하기로 한다.

무서워서 산으로 바다로 회피하여 시를 썼다. 그런 것이 지금 와서 순수 시인 소리를 듣게 된 내력이다"[11]라고 했기 때문이다. 정지용도 임화의 논리처럼 시를 의도적으로 정치에서 분리시키는 것만이 우리 언어와 문학을 지키는 것, 곧 예술성을 보존하는 것으로 이해했던 것이다.

정지용이 임화의 자기고백보다는 우회적이면서도 그 나름대로의 논리를 갖고 식민지 시대에 예술의 순수성을 옹호했다면 오장환의 경우는 미학적인 논리로 이에 접근한 경우로 주목을 요한다. 그는 자신의 이런 논거를 펼쳐나가기 위해 소월의 「초혼」, 「무덤」 등의 작품을 예로 들어 설명한다. 오장환은 김소월의 시에서 효과적으로 구사되고 있는 상징의 형식에 주목하면서 그것에 구현된 식민지 시대 지식인의 내적 고뇌를 읽어낸다. 그는 조선의 현실에 있어서 상징시 등장의 의의를 서구처럼 형식의 완벽을 위한 심벌리즘이나 아서 시몬즈가 보들레르의 영향을 받아 세기말의 일파와 행동을 함께 한 그러한 상징의 세계와도 다른, 이 땅의 역사적 환경에서 발생할 수밖에 없었던 필연적 소산이라고 보고 있다.

> 우리의 정치적인 환경이 양심적인 자의사를 표시하려면 저절로 작가가 그 작품 세계에 상징적인 가장을 하지 않을 수는 없었다. 그러나 이 땅의 시인은 누구 하나 상징의 세계의 핵심을 뚫는 이도 없었고 또 이 세계를 형상적으로도 완성한 사람은 없다.
> 이것은 물론, 사상의 후진성과 형식의 미성숙에 연유된 것이다. 이 땅에서 상징의 세계를 받아들인 처음의 본의는 그 받아들인 사람들의 경제적 토대가 아무리 유족한 것이라 하여도 그것은 유락을 구하는 것이 아

---

11) 정지용, 「산문」, 『문학』, 1948.4.

니라 견딜 수 없는 식민지의 백성으로서의 내면 모색과 정신적 고뇌의
발현 내지 합일로 볼 수 밖에는 없을 것이다.[12]

인용된 글은 조선에 있어서 상징주의가 갖는 의미를 정치와의 연관성
속에서 찾고 있다. 다시 말하면 현실에 대해 직접적인 발언을 할 수 없
을 때 그것에 대한 간접적인 발언의 장치로 상징의 기능적 의미를 살펴
보고 있는 것이다. 문학적인 가장을 할 수밖에 없는 불합리한 정세 속에
서는 여기에 우회적으로 접근하는 것이 가장 효과적인 방법이라는 것
이다. 오장환은 조선에서의 상징의 역할을 서구에서의 그것이 담당했
던 역할과 대비시킴으로써 상징이 갖는 조선적 의미를 더욱 구체화시
키고 있다. 다시 말해 서구에서의 상징주의는 당시의 지배 계급이었던
부르주아가 그 진보적인 역할을 다하고 행동적인 면을 포기하는 데서
오는 현실 도피적인 형상이었던 반면, 조선의 상징주의는 식민지에서의
정당한 자의사와 공통된 민족 감정을 걸고 나와 합법적으로 싸우는 데
에 그 거점이 있었다고 이해하는 것이다.

실상 오장환이 이 글에서 말하고 싶었던 근본적인 의도들이 있었던
것으로 판단된다. 하나는 식민지 시대에 자신을 포함한 모든 문인들에
게 내재되었던 정신적인 고뇌를 정당하게 평가받고 싶은 계산이 깔려
있었다고 하는 점이다. 해방 공간의 현실에서 거의 모든 문인들은 친일
의 부담에서 벗어나지 못하고 피해의식에 젖어 있었던 것이 사실이다.
그들은 이러한 우울증 속에서 식민지 시대에 자신들이 가질 수밖에 없
었던 정신적 고뇌가, 비록 우회적이긴 하지만 분명 내재하고 있었음을

---

12) 오장환, 「조선시에 있어서의 상징」, 『신천지』, 1947.1.

알리면서 친일에 대한 부담으로부터 벗어나고 싶었을 것이다. 따라서 비극적인 삶을 살았던 일제 강점기 시대에 자신을 포함한 시인들에 대한 변호라는 측면이 은밀히 내재되어 있었던 사실은 부인하기 어렵다 할 것이다[13].

그리고 다른 하나는 임화나 정지용과 마찬가지로 오장환도 시와 정치가 직접적으로 만나는 해방 공간에서 시를 정치에 자연스럽게 접근시키고자 하는 의도에서 이런 발언을 한 것처럼 보인다. 이들은 문학이 자율적 기능을 갖는다는 형식 미학이 일절 부정되는 해방 공간에서 식민지 시대의 시의 순수성을 의도적으로 부각시킴으로써 시는 정치에 복속되어야 한다는 편내용주의 문학의 정당한 등장을 알리고자 했던 의도 역시 있었던 것으로 보인다[14]. 어떻든 일제 강점기 순수 문학에 대한 옹호는 해방 공간이 요구했던 자기반성의 차원에서 이루어졌다는 점에서 그 시사적 의의가 있는 것이라 하겠다.


## 3. 책임에서 자유롭기-최남선의 「자열서」

조선의 해방은 어느 날 갑자기 온 것이기에 그것은 조선의 모든 사람

---

13) 윤여탁, 「해방 정국 문학가동맹의 시단 형성과 시론」, 『한국의 현대문학』2호, 모음사, 1992, p.328.

14) 이러한 관점은 모더니즘의 기수였던 김기림에게서도 발견할 수 있다. 그는 식민지 시대의 시의 순수성을 다른 논자들과 마찬가지로 예술을 지키는 행위로 파악하고 있다. 곧 "피해를 적게 하기 위하여 이러한 의미의 정치로부터 비통한 대피와 퇴각을 결행"한 것이 식민지 시대 시의 순수성이 갖는 의의라는 것이다. 김기림, 「우리 시의 방향」, 『건설기의 조선 문학』, 앞의 책, 1946.

들에게 매우 당혹스러운 경험이 되었다. 준비된 해방이 아니라 하늘에서 툭 던져진 해방이야말로 조선의 앞날을 예단키 어려운 난맥상 그 자체였기 때문이다. 좌우익의 대립이나 민족진영 내부의 분열이야말로 그 갑작스러움의 결과가 가져온 단적인 예증이 아닐 수 없다. 그러나 그 경로야 어떠하든 간에 결과는 이승만의 〈독립촉성회〉가 해방 공간의 정치적 주인공이 되었고, 이후의 모든 것들은 이 노선이 지시하는 대로 움직여 나아갔을 뿐이다. 그 대표적인 사례 가운데 하나가 바로 1948년 9월에 제정된 반민족행위처벌법의 제정과 그에 따른 반민족특별위원회의 활동이었다.

해방 공간에 놓인 가장 중요한 당면과제 가운데 하나를 꼽으라면 단연 친일파의 청산문제라 할 수 있을 것이다. 이는 민족 자존심의 문제이며 민족 정기의 문제이기도 하고 새나라의 정체성과 관련된 문제이기도 한 것이기에 다른 어느 요인보다도 우선시되는 것이었다. 1948년 대한민국 정부가 출범하자마자 곧바로 제정한 것이 반민족행위처벌법이었던 것도 이런 사정을 잘 대변해주는 것이라 할 수 있다. 이 법의 제정은 개인의 윤리 문제를 포함하여 공적인 윤리, 더 나아가 민족의 윤리를 여과하는 근본 장치였다고 하겠다.

그러나 이런 거대한 이상과 목적에도 불구하고 이 법의 한계는 분명한 것이었다. 정치의 주인공이 되었던 이승만의 노선이 친일분자들을 포섭하고 있는 것이어서 이 법이 나아가야할 방향이란 어느 정도 정해져 있었기 때문이다. 실제로 이 법에 의해 구성된 반민특위가 제대로 가동되지 못했을 뿐만 아니라 이 법에 근거하여 처벌받은 사람도 없었던 까닭이다. 그러나 그 결과가 어떠하든 간에 형식적으로나마 이 법에 저촉된 인사들이 있었던 것은 당연한 일이거니와 최남선의 경우도 여기서 예외가 아니었다.

육당 최남선은 60세가 되던 1949년 2월, 그러니까 반민족행위처벌법이 시행된 이듬해 2월 반민족행위처벌법으로 서대문형무소에 수감되는 신세가 되었다. 그러나 다른 인사들과 마찬가지로 그의 감옥 생활 역시 오래 지속되지는 않는다. 이해 3월에 일제 말기 자신의 행적, 보다 정확하게는 친일 행적에 대한 자신의 반성을 적은 「자열서」를 특별재판소에 제출한 뒤 한 달 만에 보석으로 풀려났기 때문이다.

육당의 석방과 더불어 반민특위의 활동 또한 오래 지속되지 못했다. 반민특위는 그해 8월 제대로 된 친일의 찌꺼기들을 여과시키지 못하고 활동을 종료했기 때문이다. 36년이라는 긴 세월동안 행해졌던 미묘한 문제들을 제대로 밝혀내기 위해서는 적어도 몇 년에 걸쳐 이루어져야 할 일들이 1년도 채 안 되는 활동만으로 종료되었다는 것은 그만큼 이 특위의 역할이 형식적인 측면에 국한되었다는 것의 반증이라 할 수 있다. 국민의 눈을 적당히 속이는 차원에서 종료함으로써 정치의 주인공들만을 위한, 친일에 대한 면죄부를 주는 것으로 그 임무를 다한 것이었다. 이런 맥락에서 보면, 육당의 「자열서」는 과거 친일행적에 대한 면죄부 내지는 석방을 위한 요식 행위에 불과했다는 것을 알 수 있다. 그럼에도 이 「자열서」는 이 시기를 전후해서 쉽게 볼 수 없는 내성의 기록이라는 점에서 그 의의가 있는 것이었다.

육당의 「자열서」는 이후 1949년 3월 10일 《자유신문》에 발표됨으로써 세상에 공개되었다. 반민특위 재판장에게 보내진, 탄원의 형식을 취한 「자열서」는 육당 자신의 참회록 내지는 반성문이라는 차원을 넘는 매우 귀중한 것이라 할 수 있다. 우선, 이런 내성의 글 자체가 우리 문학계에서는 매우 드문 일이라는 점에서 그러하고, 또 일제 강점기 자신의 행적에 대해 참회의 형식으로 쓰여진 글이라는 점에서 그러하다. 특히 일제 강점기의 현실에 대한, 부역의 정서를 말한 글이 지극히 희소하다는 점에서 그 의의가 더 있는 것이라 할 수 있다.

육당의 「자열서」는 채만식의 「민족의 죄인」이나 '봉황각좌담회'에서 문제시되었던 소위 생존의 조건과 모럴의 감각 사이에 놓인 갈등과는 전연 무관한 것이었다. 물론 그 이면에 놓인 것이 이 두 감각 사이에서 갈등하는 치열한 대결의식이었을지언정 적어도 표면상으로는 이 둘의 관계가 명백하게 드러나지는 않고 있기 때문이다. 그것이 어쩌면 「자열서」만이 갖는 특징이라고 할 수 있는데, 육당이 초지일관하게 이 글에서 주장하고 싶었던 것은 일본에 대한 전투의식과 민족에 대한 뚜렷한 자의식의 드러냄이었다. 그는 여기서 어떤 경우라도 현실조건과 모럴의 팽팽한 긴장관계에 대해서는 아무런 답변을 내놓고 있지 않기 때문이다.

그렇다면, 「자열서」와 다른, 채만식이 「민족의 죄인」에서 말했던 생존조건과 「봉황각 좌담회」에서 임화가 언급했던 소위 촌부의식, 그리고 이에 기반한 일상에의 타협이란 무엇을 말하는 것인가. 궁극적으로 그것은 다름 아닌 친일에 대한 긍정, 현실에서 살아남기가 아니었겠는가. 현실의 열악성으로 그들은 어쩔 수 없이 친일환경을 수용할 수밖에 없었다는 것인데, 이 논리야말로 친일에 대한 엄연한, 그리고 솔직한 태도였을 것이다. 물론 「자열서」의 문맥이 그러하지 않았기에 육당을 윤리의 엄정한 늪으로부터 자연스럽게 일탈시키고자 하는 의도는 전혀 없다. 역사는 드러난 현실과 텍스트만이 우리에게 말해주는 것이기에 이를 왜곡할 수도 없고, 또 부재한 사실을 존재하는 것처럼 포장할 수 있는 것도 아니기 때문이다.

이런 전제하에서 육당이 「자열서」에서 말하고자 했던 것은 무엇인가를 탐색해 들어가야 할 것이고, 또 여기서 어떤 유의미한 것들을 얻어내면 그만일 것이다. 우선 그가 말한 「자열서」의 내용이 무엇인지 살펴보자.

육당이 「자열서」에서 말한 친일에의 혐의 혹은 오해는 크게 다섯 가지로 요약된다. 첫째는 관변단체인 조선사편수회에 가입한 것이고, 둘째는 역시 관변단체였던 중추원참의에 참여한 사실을 이야기했다. 셋째는 제국주의의 합리화를 위해 건설되었던 만주국과 그 이데올기적 실천을 위해 설립되었던 만주건국대학의 교수로 간 행위, 넷째는 학병권유를 위해 일본으로 떠난 행위, 다섯째는 단군을 무고하여 일본의 내선일체 사상의 이론적 근거를 제시했다는 것 등등이다.[15] 이를 바탕으로 그는 다음과 같이 변명함으로써 안팎으로 쏟아지는 비난의 화살을 피해가고자 했다. 우선 조선사편수회에 가입한 것은 학문연구와, 생존을 위한 급여에의 필요성 때문에 그러한 것이지만, 조선사를 위해서는 또 다른 중요한 기여를 했다고 보았다. 여기에 참여하지 않았으면 할 수 없었던 조선사연구를 지속적으로 수행할 수 있는 공간으로 활용했다고 해명했다.[16] 그리고 중추원 참의 참여문제에 대해서는 불출석의 상황으로 대응했다고 한다. 곧 한 번도 여기에 출근한 적이 없기에 관변단체에 가입된 사실만으로 친일의 근거를 찾을 수 있는 것은 아니라고 변명하고 있는 것이다. 그리고 만주건국대학에 간 것은 조선의 대표로 간 것이

---

15) 최남선, 「자열서」, 『근대문명문화론』, 경인문화사, 2013, pp.232-234.
16) 육당이 이 단체에 가입한 것에 대해서는 다음 두 가지 관점이 존재한다. 하나는 친일 행위로 보는 비판적 평가가 있고, 다른 하나는 관변단체에 참여하긴 했지만, 조선의 역사와 문화연구에 업적을 남겼다는 것이 바로 그러하다. 류시헌, 『최남선 평전』, 한겨레출판, 2011, p.174.

고, 또 이를 바탕으로 단군학이라든가 조선학에 대한 입장을 지속적으로 개진할 수 있었기에 전연 문제될 것이 없다고 했다. 그리고 마지막으로 학병권유의 길을 떠난 것은 이삿짐을 옮기는 도중에 잡혀 갔을 뿐 자발적인 의사로 간 것이 아니었다는 것이다. 그러면서 학병참여를 권유한 것은 이 전쟁의 참여를 통해서 새로운 국가건설을 예비할 수 있는 경험축적의 필요성 때문이었다고 해명했다. 전투능력을 배양해서 임박해오는 새로운 현실, 곧 조국 독립에 대비하는 차원에서 학병 지원을 권유했다고 한다. 친일에 대한 치명적 약점으로 작용할 수 있는 학병권유의 연설은 이후 육당의 연설을 들은 증인들이 등장함으로써 어느 정도 그 혐의를 벗기도 했다.[17]

이상이 「자열서」에 나온 육당의 친일행위에 대한 진위와 그에 대한 변명의 변이다. 이외에도 친일에 대한 육당의 흔적들은 김병걸, 김규동이 편한 『친일문학작품선』에서도 보이는 바, 다음과 같은 것들이 거론되고 있다. 수필 「아세아의 해방」[18], 「성전의 설문」[19], 「신의 뜻 그대로의 옛날을 생각함」[20] 등등 친일 부역에 대한 글들이고, 이외에도 몇 편의 글이 더 있는데, 이들은 모두 태평양전쟁과 그 과정 속에 이루어진 것들이 대부분을 차지하고 있다. 육당은 「자열서」에서 이러한 글들이 자신

---

17) 강영훈, 「3·1절 60주년을 맞이하여 은사 육당 선생을 추모함」, 『육당이 이 땅에 오신 지 백주년』, 동명사, 1990, p.127. 최학주, 『나의 할아버지 육당 최남선』, 나남, 2011, p.227. 육당의 손자인 최학주는 그 대표적인 사례로 장준하의 경우를 들고 있다. 장준하가 학병으로 참여했다가 탈출하여 광복군의 일원이 된 것이 바로 그러하다는 것이다. 실제로 장준하는 육당이 서거했을 때, 그가 발행하고 있던 『사상계』에 육당에 대한 추모의 글을 애절하게 읊어낸 바 있다.

18) 《매일신보》, 1944년 1월.

19) 『신세대』, 1944년 2월.

20) 김병걸 외, 『친일문학작품선집』, 실천문학사, 1986, pp.104-111.

의 명의 도용에 의해 이루어진 것으로 파악하고 있으나 글의 내용이나 구성상 육당이 직접 쓴 것도 제법 많은 것으로 판단된다.

육당의 친일적 발언들은 이때 발표된 몇몇 수필에서 어느 정도 노골화되는데, 가령 「아세아의 해방」에서는 일본을 아시아의 맹주로 인식하고 동서양의 대립구도에서 동양의 거시적인 독립의 필요성을 역설했다. 그리고 「성전의 설문」에서는 "대동아전에서 팔굉위우의 대정신과 아울러 그를 실현하기에 족한 일본 제국의 실력에 있어서 신뢰와 향응이 나날이 심후"해진다고 하면서 제국주의로 가는 일본을 찬양하기도 했다. 「신의 뜻 그대로의 옛날을 생각함」에서는 "내지의 고대전설이 어찌 내지의 독특한 것이라고만 생각할 수 있겠습니까"라고 하여 소위 내선일체라든가 대동아공영권의 이론적 근거를 소박하게나마 제시하기도 했다.

개항 이후 육당이 전개시켜온 조선과 민족, 그리고 조선학이라는 거대한 흐름에서 보면, 1940년대 초반에 보이는 이러한 친일에의 혐의가 매우 낯설고 어색하게 느껴지는 것은 사실이다. 그런 낯설음에 대한 변명은 어쩌면 문학 외적인 요인에서 발견할 수 있는 것이 아닐까 한다. 객관적 현실이 점점 열악해지고, 카프 문학과 같은 진보적 문학이 더 이상 앞으로 나아갈 수 없는 현실에서 육당의 한국학 또한 더 이상 나아갈 출구를 찾지 못한 것은 아닌가 생각된다. 이런 폐쇄적인 흐름과 경로들이 육당으로 하여금 일상으로의 전화 내지는 타협의 길로 나아가게 한 것은 아닐까 한다.

그러나 중요한 것은 이런 단편적인 사실이 육당의 사상이나 학문을 전부 말해줄 수는 없다는 것이다. 그러한 결론에 이르기 위해서는 그의 필생의 과업이었던, 조선학이나 단군학 등등이 어떤 경로를 거치고 있는가 하는 판단이 더욱 중요하리라고 본다. 전진을 위한 후퇴라든가 정체성을 위한 상호텍스성은 어느 정도 용인되어야 하기 때문이다. 생명을 위한 끈, 존재의 생존을 위한 끈이 미세하게라도 있다면, 그리고 이를 붙들 경우 살 수 있다는 희망이 어렴풋이나마 존재할 수 있다면, 다른 것은 어느 정도 포기되어도 가능한 일이 아닐까. 그런 면에서 육당은 구제받을 수 있는 것인가. 어떻든 조선학과 일본학의 처절한 싸움, 민족적인 것과 친일적인 것이 구분되지 않는 환경 속에서 육당이 선택할 수 있는 최선의 길이란 과연 무엇이었을까. 그리고 이에 응전해나갈 수 있는 정당한 해법이란 무엇일까. 1930년대 말기를 전후해서 육당 앞에는 이렇게 무거운, 감당하기 힘겨운 과제가 놓여 있었던 것이다.

따라서 육당에 대한 어떤 결론에 도달하기 위해서는 그가 아주 강력하게 옹호하고 있는 한국학, 곧 단군학에 대한 경로가 전후기에 어떤 길을 걷게 되었는가를 파악하는 것은 매우 중요한 준거틀이 된다고 할 수 있을 것이다. 육당 자신도 「자열서」에서 가장 심혈을 기울여 변명하고 항변하고 있는 것이 단군론의 왜곡과 그에 따른 내선일체 사상에 동조했다는 비판의 담론들이었다. 실상 육당에게서 친일이냐 아니냐 한국의 제퍼슨인가 변절자인가를 가름하는 기준이 여기서부터 분기한다고 해도 과언이 아닐 정도로 이 부분은 매우 중요한 논란거리가 되어 온 것이 사실이다.[21]

---

21) 내선일체에 비판적이었다는 논리와 내선일체에 동조했다는 논리가 그것인데, 가령, 전자의 경우에는 임돈희, 「최남선의 1920년 민속연구」, 『민속학연구』, 국립민속박물관, 1995, 전성곤, 『근대조선의 아이덴티티와 최남선』, 제이앤씨, 2008, 조현설, 「민족과 제국의 동거」, 『한국문학연구』32집(동국대학교, 2007) 등이 있고, 후자의 경우로는 곽은희, 「만몽문화(滿蒙文化)의 친일적 해석과 제국 국민의 창출-최남선의 「滿蒙文化」와 「滿洲 建國의 歷史的 由來」를 중심으로」, 『한민족어문학』 47집, 한민

육당에게 단군이란 그의 필생의 주제였을 뿐만 아니라 그의 한국학의 정점이었다. 만약 그러한 단군론이 변질된다면, 그리하여 내선일체론의 사상적 근거가 되어버린다면, 그의 학문은 그 이론적 근거를 뿌리채 잃어버릴 뿐만 아니라 풍부한 상상력과 넓은 지식으로 새롭게 정초된 '불함문화론' 역시 단지 일본 제국주의를 위한 길을 닦아 놓은 아첨의 수단으로 전락할 처지에 놓일 것이다. 이런 위기감이 육당으로 하여금 「자열서」를 쓰게 한 근본 동기가 되었을 것이다. 이는 그에게 학병권유를 연설케하고, 대동아성전을 외치고 승리를 기원하는 감성적 차원과는 전연 다른, 절체절명의 위기의식이었다고 할 수 있다. 육당이 「자열서」에서 이 부분에 대해 심혈을 기울여 할애하고 있음도 이와 무관하지 않다.

나에게 모아진 죄목은 국조(國祖) 단군을 무고하여 드디어 일본인에게 소위 '내선일체론'의 보강 재료를 주었다 함이다. 위에서 몇 항목의 일이 다만 일신의 명절(名節)에 관계될 뿐이며, 그 동기 경과 내지 사실 실태에 설사 진술할 말이 있을지라도 나는 대개 참고 침묵하고 만다.

그러나 이 국조 문제는 그것이 국민정신의 근본에 저촉되는 만큼 한마디 설명을 해야 할 것이 있다. 대저 반세기에 걸치는 나의 일관된 고행(苦行)이 국사 연구, 국민 문화 발양(發揚)에 있었음은 아마 일반의 승인을 받을 것이다. 또 연구의 중심이 경망한 학도(學徒)의 손에 말살, 폐각되려 한 국조 단군의 학리적 부활과 그를 중핵으로 한 국민정신의 천명에 있었음은 줄잡아도 내 학문 연구의 과정을 보고 아시는 분이 부인치 아니할 바이다.[22]

---

족어문학회, 2005, 박성수, 「육당 최남선연구 자열서 분석」 『국사관 논집』 28집, 국사편찬위원회, 1991. 류시헌, 『최남선 연구』, 역사비평사, 2009. 등이 있다.
22) 「자열서」, 앞의 책, p.234.

육당은 이런 전제하에 자신이 만들어내었던 단군론이 오용된 사례나 그것의 진의가 무엇인지를 분명하게 말하고 있다. 그는 여기서 두 가지 사실을 말하고 있는데, 하나는 단군을 일본의 조신(祖神)에 결탁하려 했다는 말이 유행의 정도로만 돌아다닐 뿐 그 본질에 대해 말하고 있는 경우가 거의 없다는 사실이다.[23] 그런데 육당의 이러한 항변은 어느 정도 설득력이 있는 것으로 보인다. 친일의 혐의가 다소 풍겨나는 건국대학 시절의 강연을 묶어낸 『만몽문화』에서도 단군과 일본 건국신화와의 연관성을 설파한 대목은 거의 찾아내기 어렵기 때문이다. 그리고 다른 하나는 일본도 단군 중심 문화의 일익(一翼)임을 언급함으로써 단군이 불함문화권의 중심임을 내세우고자 했다는 것, 그것이 곧 단군론에 대한 진의라는 것이다. 단군이 이 문화권의 중심이 되어버리면, 이 신화가 갖는 보편성의 함의는 더욱 넓어지게 되고, 조선만의 고유성이라든가 특수성은 현저히 약화되는 단점이 있긴 하다. 어떻든 그의 해명은 내선일체와 동조되는 단군이 아니라 그것에 반하는 단군상이었다는 것이다. 그런데, 이런 주장이 어느 정도 설득력을 갖기 위해서는 앞서 언급했던 『만몽문화』에서 피력된, 비중국중심의 문화 혹은 반일본중심의 단군상이 고유의 독자성으로 정립되어야 할 것으로 보인다. 그는 「자열서」에서 다음과 같이 말함으로써 자신이 의도한 진의가 무엇인지에 대해 이야기한다.

나는 분명히 일평생 한길로, 일심으로 매진한 것을 자신하는 사람이다. 중간에 어려운 환경, 유약한 성격의 내외 원인이 서로 합쳐져서 내 의

---

23) 위의 글, p.234.

상에 흙을 바르고 내 행적에 올가미를 씌웠을지라도 이는 그때그때의 외
적 변모일 따름이요, 결코 내 마음과 행동의 변전 전환은 아니었다. 이 점
을 밝히겠다 하여 이 이상 강변스런 말은 더 하지 않겠다.[24]

조선과 민족을 위해 초지일관한 삶을 살았다는 것인데, 과연 그의 삶
의 진실성이나 윤리성은 1930년대 후반과 그 이전이 분기하는 그의 사
상적 흐름이 지속성을 갖고 있었던가 그렇지 아니한가하는 점이 명백
히 드러나야 담보될 수 있을 것이다. 이런 관점이야말로 유행이나 고정
된 선입견, 양도논법적인 잣대를 뛰어넘는 새로운 준거틀이 될 수 있기
때문이다.

「자열서」는 일종의 반성문이었다. 마치 범죄를 저지른 자가 자신에게
주어진 형을 감면받기 위한 절차 가운데 하나가 반성문의 제출이다. 일
상에서 그러한 일들은 얼마든지 벌어질 수 있는 행위였고, 실제로 그 효
력 또한 어느 정도 인정받았다. 그런 면에서 「자열서」에는 몇 가지 혐의
가 내포된다. 하나는 어떤 강요에 의해서 작성된 것일 수도 있고, 면죄부
를 받기 위해서 강요에 따른 행동의 결과일 수도 있을 것이다. 이런 절
차에 있어 진실성이 담보될 수는 없을 것이다. 둘째는 진정한 반성의 결
과로 제출되었을 개연성이 있다는 점이다. 반민특위의 활동과 그에 따
른 수감이 그로 하여금 어떤 심경의 변화를 가져오게 했을 가능성의 경
우이다. 하지만 앞서 살펴본 것처럼, 후자의 필연성은 설득력이 떨어진
다고 하겠다. 「자열서」의 내용을 읽어 보면 금방 알 수 있는 일이지만 여
기에는 어느 사건에 대한 해명들이 직접성을 갖고 있다는 점에서 그러

---

24) 위의 글, p.237.

하다. 이는 문학이라는 의장에 기대어 보게 되면 더욱 그러하다. 솔직성이 우회적으로 작용하게 되면 변명처럼 들리는 것도 이 때문이다.

이런 여러 미흡한 요인에도 불구하고 해방 공간에서 제기된 최남선의 「자열서」는 매우 의미있는 것이라 할 수 있다. 비록 강요에 의한 색채가 짙게 묻어나 있는 것이 사실이긴 하지만, 과거의 친일 행적에 대해 이만한 정도의 반성을 한 경우는 드물었기 때문이다. 실제로 춘원을 비롯한 적극적 친일주의자들이 자신들이 보여주었던 불온한 흔적들에 대해 단 한마디의 반성을 하지 않은 것에 비추어 보면 더욱 그러하다고 할 수 있다.

두 번째는 국가 건설이라는 커다란 그림에서 볼 때, 좀 부정적인 측면에서의 의의이다. 해방 직후 시행된, 친일에 대한 윤리들은 모두 새로운 국가 건설, 올바른 민족 문학에 대한 방향을 충실하게 진행시키기 위한 의도에서 시작되었다. 이런 면에서는 육당의 「자열서」도 하등 다를 것이 없다고 하겠다. 그의 내성 행위 역시 새로운 국가 건설의 도정에서 이루어졌기 때문이다. 하지만 그의 「자열서」가 제출되던 시기는 이미 남쪽만의 단정 수립이 끝난 직후에 벌어진 일이다. 좀 더 확장해서 말하자면, 이 글을 쓴 시기가 남쪽만의 국가 건설기에 해당하는 시점이 된다. 그런데 그는 이 시기에 과거의 친일 행위에 대한 반성이랄까 변명을 시도했다. 이런 행위들은 어쩌면 정치적인 의도와 교묘히 맞물려 있는 것처럼 보인다. 도덕적, 윤리적으로 문제가 많은 이승만 정권이 성립하기 위해서는 이에 걸맞은 합리화가 필요했을 것이다. 그런데 그 합리화란 다름아닌 과거의 행위에 대한 자기 변명이었다. 그러한 변명을 대표하는 것이 아마도 「자열서」의 형식이었을 것이다. 말하자면, 「자열서」란 이승만 정권의 도덕적 결함을 메워주기 위한 변명거리였다고 할 수 있다. 그것이 「자열서」가 갖는 최대의 한계였다고 하겠다.

## 4. 관념적 용서와 현실적 선택–노천명의 「아름다운 새벽을」과 채만식의 「민족의 죄인」

작가는 작품으로 자신의 내면을 이야기하는 것이 마땅하고 또 그래야만 정합성이 있다. 스스로에 대한 고백의 형식이 낯선 우리 문학에서 이런 내성을 이야기하는 것 자체가 쉽지 않은 일이다. 그런 맥락에서 노천명의 시와 채만식의 소설이 갖고 있는 의의가 있을 것이다.

노천명은 자신에게 다가온 운명에 대해 맞서고, 또 어찌할 수 없는 현실에 대해 좌절하기도 했다. 그러한 몸짓의 발로가 다음과 같은 시를 생산하게 된다.

내 가슴에선 사정없이 장미가 뜯겨지고
멀쩡하니 바보가 되어 서 있습니다

흙바람이 모래를 끼얹고는
껄걸 웃으며 달아납니다
이 시각에 어디메서 누가 우나봅니다

그 새벽들은 골짜구니 밑에 묻혀버렸으며
연인은 이미 배암의 춤을 추는 지 오래고
나는 혀끝으로 찌를 것을 단념했습니다

사람들 이젠 종소리에도 깨일 수 없는
악의 꽃 속에 묻힌 밤

여기 저도 모르게 저지른 악이 있고
남이 나로 인하여 지은 죄가 있을 겁니다

성모 마리아여
임종모양 무거운 이 밤을 물리쳐주소서
그리고 아름다운 새벽을
저마다 내가 죄인이노라 무릎 꿇을
저마다 참회의 눈물 뺨을 적실
아름다운 새벽을 가져다 주소서
　　　– 노천명,「아름다운 새벽을」부분

　과거의 행적에 대한 윤리적 성찰이란 어떻게 해야 비로소 진정성 있
게 다가오는 것일까. 그리고 그러한 진정성을 믿어줄 만한 대상들이란
또 어떤 존재이어야 하는 것인가. 여기에 마땅한 해법이란 실상 부재한
것이나 다름없는 것이라 할 수 있다. 내면의 깊이를 정확히 알 수 없는
것이거니와 이에 대한 정답 또한 뚜렷하게 내릴 수 없는 까닭이다. 그러
한 상황 속에서  서정적 자아가 기댈 수 있는 것은 적어도 현실에서는
없는 것처럼 보인다. 실상 노천명은 이미 그런 불온한 현실들에 대해 경
험적으로 똑똑히 목격해왔거니와 그러한 현실을 뚫고 나아가고자하는
노력도 꾸준히 해 온 터이다. 그러한 내성이나 성찰이 쉽게 이루어질 수
없는 것임을 알기에 시적 자아가 기대는 것은 인과론적 합리성은 아니
었을 것이다. 이를 대신해서 들어올 수 있는 것이 현실의 영역이 아니라
주로 관념의 영역이 될 수밖에 없음도 이 때문이다. 시인이 윤리적 성찰
을 전제로 신의 영역, 곧 형이상학적 관념에 기댄 것은 이와 무관한 것

이 아니었다.

지금 시적 자아가 처한 현실, 아니 현재에 이르기까지 그가 겪은 현실은 해소되지 않았고, 계속 진행 상태에 놓여 있다. 외부 현실이 그러하고 자아 내부 또한 그러하다. 이럴 때 자아가 할 수 있는 일이란 우선 윤리 감각을 자기 자신의 문제로 한정하는 일이다. 그것이야말로 내성의 가장 첫 번째 단계가 아닐까 하는데, "연인은 이미 뱀의 춤을 춘 지 오래"이지만 자아는 그러한 춤으로부터 일정 정도 거리를 두는 것도 여기에 그 원인이 있다고 하겠다. 그런 다음 "나는 혀끝으로 찌를 것을 단념"하는 이유도 이와 밀접한 관련이 있을 것이다.

이 과정 속에서 서정적 자아는 자신의 행적에 대해 속죄하려 했고, 그가 저지른 악에 대해서 무릎을 꿇고자 했다. 이런 면은 과거에 행한 죄에 대한, 노천명이 할 수 있는 최대한의 포오즈 가운데 하나일 것이다. 그럼에도 그의 고백이나 성찰이 사회 속으로 고스란히 수용되는 것은 어려운 일 뿐만 아니라 이런 현실적 상황을 자아가 고스란히 담당할 수 있는 사안도 아니었다. 그런 한계 상황이란 현실적인 차원에서는 불가능하기 때문이다. 이럴 때 필요한 것이 관념의 영역, 곧 형이상의 영역일 것이다. 서정적 자아가 자신이 저지른 행위에 대해 신의 영역에 기대는 것은 이 때문이라 할 수 있다.

두 번째는 서사형식에서 내성을 살펴볼 수 있는 것인데, 그런 면을 유일하게 담은 것이 채만식의 「민족의 죄인」이다. 이 작품은 내성 소설의 백미이다[25]. 자기 고백체의 소설이 마땅히 존재하지 않는 한국의 현실

---

25) 「민족의 죄인」은 1948년 『백민』 특집호에 전반부가 발표되고, 이후 49년 신년호에 후반부가 발표되었다.

에서 이런 정도의 고백체 소설이 존재한다는 것 자체가 놀라운 경우라고 할 수 있다. 한국 근대 문학사에서 소설이란 전지적 작가 시점이나 계몽 위주의 소설, 곧 타자지향적인 시점에서 출발했다. 그러던 것이 김동인에 이르러서 1인칭 시점들로 서사의 자리를 잡기 시작했다. 물론 김동인 작품들이 1인칭 시점을 표나게 주장한 것은 아니다. 이른바 자전적 이야기들을 담아내면서 비로소 작가의 내면을 들여다 볼 수 있는 소설 형식이 등장했다는 것이고, 그것이 김동인 소설이 갖는 소설사적 의의라고 할 수 있다.

이러한 전통은 신경향파 시기의 한설야, 30년대의 이상을 거치면서 자리를 잡기 시작했는데, 이는 주로 외부 현실과의 조응에서 오는 것들을 충실히 담아낸 것이었다. 자기 고백체의 형식이 바로 그러했는데, 그 정점을 이룬 것이 해방 직후 채만식의 「민족의 죄인」이었던 것이다.

이런 의의를 갖고 있는 「민족의 죄인」의 줄거리는 이렇게 진행된다. 등장인물은 작가인 주인공과 그의 친구인 P신문사의 기자 김군, 그리고 전직 기자였던 김군의 친구 윤이다. 우선 주인공인 작가는 일제강점기에서 자발적이긴 하지만 적극적으로 이에 가담하지 않은 친일분자였다. 그런 그는 한때 조선 학생들에게 징병에 갈 것을 은근히 종용하기도 했다. 그것이 연설회의 형식이었고, 그는 여기서 몇 차례 이런 취지의 말을 했다. 하지만 연설 이후 그의 태도는 사뭇 달라지게 된다. 연설회가 끝난 후 그는 조선 학생들과의 만남의 장소에 와서는 이전과는 다른 소리를 하게 된다. 그들이 어떻게 행동하는 것이 진정 옳은 일인가에 대한 답으로 일본 제국주의에 적극적으로 가담할 필요가 없음을 역설하는 것이다. 이렇게 말한 다음, 그는 홀로 남은 채 자신이 징용에 가라고 한 연설에 대해 자책감을 갖게 된다.

두 번째 인물군은 일종의 대결 형태로 나타난다. 우선 작가의 친구인 P신문사의 기자인 김군과 또 다른 지인인 전직 기자 윤과의 만남이다. 윤은 이 자리에서 친일 지식인들의 행위에 대해 규탄하기 시작한다. 윤은 일제에 협력하지 않기 위하여 신문사를 사퇴했다고 하며, 그렇게 하지 못한 인물군들에 대해 비판의 화살을 돌린다. 이에 대한 반박이 김군으로부터 나오게 되는데, 그는 대부분의 기자나 지식인들이 호구지책의 수단으로 일제에 협력한 것일 뿐 그들에게 전정 협력하기 위하여 직장에 머문 것은 아니라고 응대한다.

> "의식적이건 무의식적이건…… 그리구 둘째루 자넨 자네의 결백을 횡재한 사람."
>
> "결백을 횡재하다께?"
>
> "자네와 나와 한 신문사의 같은 자리에 있다가 자넨 사직을 하구 나가는데 난 머물러 있지 않았던가?"
>
> "그래서?"
>
> "그것이 난 신문기자의 직업을 버리구 나면 이튿날버틈 목구멍을 보전치 못할 테니깐. 그대루 머물러 있으면서 신문을 맨들어냈구, 그 신문을 맨드는 데에 종사한 것이 자네의 이른바 나의 대일 협력이 아닌가?"
>
> "그렇지."
>
> "그런데 자넨 월급봉투에다 목구멍을 틀었지 않드래두 자네 어룬이 부자니깐, 먹구 사는 걱정은 없는 사람이라 선뜻 신문기자의 직업을 버리구 말았기 때문에 자넨 신문을 맨든다는 대일 협력을 아니한 사람, 그렇지 않은가?"
>
> "그래서?"
>
> "그렇다면, 걸 재산적 운명이라구나 할는지, 내가 결백할 수가 없었다

는 건 가난했기 때문이요, 자네가 결백할 수 있었다는 건 부잣집 아들이 었기 때문이요 그것밖엔 더 있나? 자네와 나와를 비교  대조해서 볼 땐 적어두 그렇잖아? 물론 가난하다구서 절개를 팔아먹었다는 것이 부끄런 노릇이야 부끄런 노릇이지. 또 오늘이라두 민족의 심판을 받는다면, 지은 죄만치 복죄할 각오가 없는 배두 아니구. 그렇지만 자네같이 단지 부자 아버질 둔 덕에 팔아먹지 아니할 수가 있었다는 절개두 와락 자랑거린 아닌상부르이."[26]

여기서 알 수 있는 것처럼, 실상 윤은 부유한 가정 환경 때문에 굳이 신문사 일을 하지 않아도 되는 처지의 인물이었다. 김군이 지적한 부분 도 여기에 있다. 가령 윤처럼 부유한 자들, 지식인들은 삶에 여유가 있기 때문에 일로부터 거리를 두는 것, 곧 일제와 협력하지 않아도 되는 상황 에 놓여 있을 수 있다는 것이다. 반면 그렇지 못한 사람들은 호구지책으 로 어쩔 수 없이 일상의 생활을 지속해나갈 수밖에 없었음을 이야기하 고 있다. 이는 솔직성이거니와 다른 한편으로는 친일에 대한 일종의 부 끄러움이다. 이런 내성이 있었기에 「민족의 죄인」이 갖는 의의가 있을 것이다.

아마도 이런 논의랄까 서사성은 다음과 같은 점에서 중요하다. 이런 논의를 통해서 주인공은 자신의 해방의 현실과 지나온 과거에 대한 반 성을 하게 된다는 점이다. 주인공은 다시 한번 이들의 대화랄까 논쟁을 통해서 심한 자괴감을 느끼게 되는 것도 이 때문이다. 이는 곧 이 시기 채만식만이 갖는 윤리의식이라 할 수 있다.

이렇든 이런 논쟁을 거친 후 주인공은 고향으로 돌아가게 된다. 주인

---

26) 채만식, 「민족의 죄인」, 『백민』, 1948.

공이 고향에서 자숙하고 있을 때 그의 조카가 갑자기 나타난다. 그것은 학교가 어떤 문제로 동맹휴학을 하게 되었고, 자신은 거기에 가담하지 않았다고 했다. 그 이유는 자신만의 공부를 위해서 조용히 주인공의 집으로 왔다는 것이다. 이에 주인공은 격분하게 되는데, 동맹휴학에 함께 참여하지 않고 개인행동을 한 사실에 대해 못마땅해하고 있는 것이다.

「민족의 죄인」에서 김군과 P군의 논쟁은 별반 주목의 대상이 되지 못한다. 이 시기에 이런 정도의 인물 구도는 일상화된 것 가운데 하나였기 때문이다. 중요한 것은 주인공의 입장이랄까 행동에 있다고 할 수 있다. 대부분의 친일 행위가 강요와 협박, 그에 따른 불가피한 선택에 이루어진 것이 대부분일 것이고 주인공 또한 이 부류에는 속하는 까닭이다. 문제는 적극성과 지속의 관점에서 살펴보아야 할 것이다. 그럴 경우 주인공은 여기서 한발자국 물러서 있는 형국이다[27].

문인은 선언이나 진술이 아니라 작품을 통해서 자신의 내면 세계를 밝혀야 한다. 그것이 작가가 가질 수 있는 최소한 윤리감각이며, 그럴 경우에만 그 진실성을 보증 받을 수 있을 것이다. 「민족의 죄인」이 의미있는 것은 이 때문인데, 어떻든 채만식은 작품을 통해서, 제목이 일러주는 것처럼, 민족 앞에 속죄의 길을 걸었다. 이 형식이 작품으로 보여준, 친일 행위에 대한 내성의 길을 걸은 유일무이한 것이었다는 점에서 그 의미가 있는 것이었다. 그의 문학이 민족 모순에 입각한 민족문학의 주요 근거틀이 될 수 있음은 이로써 증명되는 것이라 하겠다.

---

27) 이런 면은 육당에게서 볼 수 있는 면이다. 그는 표면적으로는 징병이라든가 학병 등에 참여하는 연설을 하고 다녔지만, 그 이면에서는 조선인들에게 향후 몇 년안에 이루어지는 독립에 대해 준비하라고 했다는 것이다. 「자열서」, 앞의 글 참조.

# 제3장
# 민족문학을 향한 길

## 1. 〈문학가동맹〉의 민족 문학론

민족 문학이란 민족의 이해에 기반한 문학이다. 그렇다면 민족이란 무엇일까하는 문제가 제기될 수밖에 없는데, 이는 크게 두 가지 관점으로 생각해볼 수 있을 것이다. 하나는 혈연 중심으로서의 민족이고 다른 하나는 이념 중심으로서의 민족이다. 민족이 혈연이나 영토 등과 밀접한 관련을 맺고 있는 것은 부정하기 어려울 것이다. 하지만 그것이 이민족과의 관계라든가 계층적인 문제로까지 확대시키게 되면, 민족을 더 이상 혈연 등으로 묶어내는 것은 불가능하게 된다. 그래서 민족을 규정할 때, 이념적인 부분이 중요한 요인으로 제기될 수밖에 없는데 일제 강점기로부터 벗어난 해방 직후에는 이 부분이 특히 강조될 수밖에 없었다. 이 시기 〈문학가동맹〉의 주요 이론가였던 임화가 민족을 규정하는 데 있어서나 민족 문학의 매개로서 반민족적인 부분을 특히 강조한 것도 이와 밀접한 관련이 있다고 하겠다.

조선문학의 발전과 성장의 가장 큰 장애물이었던 일본제국주의가 붕괴된 오늘 우리 문학의 이로부터의 발전을 방해하는 이러한 잔재의 소탕이 이번엔 조선문학의 온갖 발전의 전제조건이 되는 것이다. 그러므로 이것의 제거 없이는 어떠한 문학도 발생할 수도 없고 성장할 수도 없는 것이 현실이다. 그러면 이러한 장애물을 제거하는 투쟁을 통하여 건설될 문학은 어떠한 문학이냐? 하면 그것은 완전히 근대적인 의미의 민족문학 이외에 있을 수가 없다. 이러한 민족문학이야말로 보다 높은 다른 문학의 생성 발전의 유일한 기초일 수가 있는 것이다.[1]

해방직후 문단에 총체적으로 제기된 과제가 우선 일제 강점기를 통해 억압되었던 민족의 문학을 재건하는 것, 곧 민족문학 수립에 있을 것임은 당연한 일이다. 그러나 민족문학을 어떻게 건설할 것인가의 방법론이 초점으로 떠오를 때, 그 구체적인 배경은 대략 다음과 같은 범주에서 결정되었던 것으로 보인다.

이는 우선 앞에서 강조해온 바와 같이 정치와의 밀접한 관련성을 들 수 있는데, 그것은 당대 현실을 어떻게 볼 것인가 하는 점과 직결된다. 어떻게 현실을 판단할 것인가의 여하에 따라 정치적 전략전술이 결정될 것이며, 문학의 위상 역시 그 전략전술에 따라 결정될 수밖에 없는 것이기 때문이다. 그러나 당대의 구체적인 문학의 위상이 단지 정치적 범주에 의해서만 결정 되었다고 한다면, 문학 자체의 특수성을 무시하는 태도로 비판될 수도 있을 것이다. 곧 문학 자체의 현실 대응력이 문제시되는 바, 일제 강점 하에서 시도되었던 문학의 현실대응력과 해방

---

1) 임화, 「조선 민족문학건설의 기본과제에 관한 일반 보고」, 『건설기의 조선문학』, 1946. 6.

직후의 문학운동의 연관성을 어떻게 구분할 것인가 하는 의문이 남긴
한다. 해방 직후 문학운동이 카프의 성원들을 중심으로 수행되었음을
볼 때, 일제 강점 하의 문학운동의 의의와 한계들이 곧바로 드러나는 것
이기 때문이다.

> 문학이 인민에게로 간다는 것은 다시 말하여 문학이 현대의 사회적 모
> 순에 해결의 일단과 관계를 맺는다고 생각할 수 있다.
> 그것은 문학자가 속한 국가 사회 전체의 진보와 발전 행복과 융성을
> 위한 행동임과 동시에 문학이 자기 자신의 문제를 해결하기 위한 행동인
> 것은 먼저도 말한 바와 같다. 그러나 인민의 사회계급적 내용이 먼저도
> 언급한 것처럼 단일하지 않다는 것을 여기서 지적하지 않을 수 없다. 노
> 동자계급 농민계급 중간층 등의 각기 다른 사회계급적 차이는 어떻게 또
> 해결짓겠는가. 우리는 이 가운데서 노동자계급이 가장 혁명계급이란 것
> 을 잘 알고 있다. 그들은 잃을 것이라고는 철쇄밖에 아니 가진 계급이기
> 때문이다[2].

해방정국에 있어서 가장 첨예하게 등장한 문제가 예술과 정치성의 관
계였다. 그런 미묘한 관계에 대해 임화는 예술과 사회와의 필연적 친연
성을 강조한다. 이는 계급론자 임화에게는 당연한 것이었는데, 사실 이
때까지만 해도 그의 예술론의 방향이라든가 예술에서의 당파성의 문제
는 매우 원론적인 수준에 머물고 있었다. 중요한 것은 예술의 범주와 그
것이 사회부면에서 담당할 수 있는 역능들만이 해방공간을 지배하고
있었던 커다란 관심사였기 때문이다. 따라서 예술과 사회와의 관련성은

---

2) 임화, 「문학의 인민적 기초」,《중앙신문》, 1945. 12. 8-14.

원칙적인 문제에서만 접근되었을 뿐 그것이 나아가야할 선도성에 대해
서는 언급되지 않았다. 여기에는 아직 해방공간에서 정세 파악이 제대
로 이루어지지 않았고, 그래서 어떤 수준의 현실 대응력이 필요한가에
대한 인식도 제대로 성립되지 않은 이유가 내재해 있었을 것이다. 중요
한 것은 민족 모순에 기반했던 현실적 상황과, 이를 청산하는 데에서 민
족 문학의 기본 방향이 결정될 수 있다는 원론적 수준만이 반영되어 있
었다. 그러한 분위기 속에서 나온 임화의 이 글은 해방공간에서 예술론
이 나아갈 방향성을 제시했다는 점에서 매우 의미있는 글이었다고 생
각된다.

어떻든 해방공간의 당면문제는 예술론의 범주였다. 그 가운데 우선
쟁점으로 등장한 것은 예술의 정치성 문제였다고 할 수 있다. 그 결과
문학의 현실 정향성은 다음 몇 가지 방향으로 나뉘게 된다. 다같이 〈조
선 공산당 8월 테제〉의 정세판단에 기초하면서도, 문학 예술의 이데올
로기적 특수성을 주장하는 그룹과 부르주아 혁명단계의 통일전선에 기
여하는 것으로 문인들을 조직화하자는 그룹으로 〈문학가동맹〉계의 문
인들은 구분된다. 이러한 논쟁의 중심에는 조직문제와 예술의 위상이라
는 첨예한 미학적 문제의 맹아가 가로놓여 있다. 물론 이러한 논의가 발
전한다면 정치의 문학적 소화라는 당대의 과제가 해결될 수도 있었을
것이다.

한편 이러한 문제의 해결에는 기존의 카프계 문단의 이론적 수준이
뒷받침되어야 할 것인데, 그런 점에서 1930년대 중반의 사회주의 리얼
리즘 논의를 주목할 필요가 있다. 이 논의는 당시 창작방법론의 타개와
정치일변도였던 카프를 반성하면서, 정치적 목적성을 문학이라는 특수
한 범주 안에서 반영할 수 있는 계기로서 시도되었던 것으로 보인다. 그

러나 이 논의가 채 무르익기 전에 카프는 해산되며, 문단은 전형기로 옮아가게 된다. 여기서 당시 김남천이나 안막이 사회주의 리얼리즘의 적용가능성에 회의를 품고,[3] 나아가 사회주의 리얼리즘을 문학의 우경화 혹은 정치성을 탈색할 수 있는 계기로 삼는 것에 경계를 보인 점은 당시의 상황을 감안한다 하더라도 아직 사회주의 리얼리즘에 대한 이해의 수준이 낮은 것이었음을 알게 해 준다. 사실 해방 직후 문학의 특수성을 둘러싼 두 그룹 간의 대립이 미학적 문제의 천착으로 전화될 수 있는 계기를 마련하지 못한 것은 이러한 문학사적인 제한점이 작용한 것으로 볼 수 있다. 그러면 이제 구체적인 조직문제를 둘러싼 카프계의 대립양상을 살펴보기로 하자.

먼저 〈조선문학건설본부〉는 해방 이튿날 이태준을 위원장으로 하여, 임화와 김남천 등을 중심으로 결성되었다. 이 단체는 비단 카프계열 외에도 이태준, 정지용, 김기림 등 과거 카프와 대립되는 문학론을 폈던 문인들도 참여한 것이었다. 이런 점은 조선공산당이 추진했던 통일전선의 맥락과 일치한다. 그러나 이 점 때문에 카프계열의 또다른 인사들은 이기영, 한설야, 한효 등을 중심으로 1945년 9월 17일 〈조선프롤레타리아문학동맹〉을 결성케 하는 구실을 제공한다.[4] 이 두 단체의 기본적 입장의 상이함은 다음 두 인용문에서 단적으로 드러난다.

왜 그러냐 하면 본래 우리 문학이 이러한 모든 후(後) 역사적인 요소는

---

3) 김남천, 「창작방법에 있어서의 전환의 문제」(『형상』2, 1934.3) 및 안함광, 「창작방법 문제 신이론의 음미」(《조선중앙일보》,1934.6.17-30」) 등을 참조.

4) 〈문학가동맹〉은 그 『선언』에서 1935년 카프 해산 이후 10년간 조선 프롤레타리아문학이 침체되어왔다고 한 다음, 다시 프롤레타리아 문학동맹이 결성되었다고 밝혀, 카프의 후신임을 분명히 드러내고 있다(『예술운동』창간호, 1945.12. 참조).

본래 프롤레타리아의 손으로 청산될 것이 아니라 부르조아지-자신의 손
으로 했어야 할 것인 만큼 아직도 진보적 민주주의 작가, 평론가의 혁명
적 요소는 십분 인정해야 할 것이며 또한 그러한 혁명적 요소가 실지에
있어 발휘되고 있는 것도 사실이다.

그러니 여기에 프롤레타리아 작가, 평론가의 영도성이 문제되는 것은
그들의 이데올로기가 맑시즘이 가지는 학문적 우위성, 다시 말하면 인류
문화의 최고 표식인 맑시즘으로 무장되었다는 것과 따라서 프롤레타리
아트만이 가장 비판적이요 혁명적인 계급인 때문이다.[5]

프롤레타리아예술은 프롤레타리아계급의 현실에 대한 태도, 즉 그 계
급의식의 형태인 동시에 그 행동의 형태이다. 이러한 형태를 정상(正常)
히 파악하지 못하고 여기에 모종의 가식이 필요하다고 생각하는 것은 도
저히 용인할 수 없는 일이다. 구체적으로 말하면 어떠한 정치적 목표를
위하여 우리의 예술을 떳떳이 내세우지 못하고 막연한 민족문화니 문화
의 인민적 기초이니 하는 따위의 허식이 필요하다고 생각하는 것은, 실로
프롤레타리아트의 현실에 대한 태도를 비계급적인 것으로 또는 반프롤
레타리아트적인 것으로 변경해야 된다는 생각과 동일하다고 말하지 않
을 수 없다. 따라서 그것은 우리의 주체적인 예술운동과 계급의식의 형태
로서의 예술의 본질성을 거부하는 가장 위험한 경향이다.[6]

〈조선문학건설본부〉가 조선공산당이 제시했던 당면과제인 조선의
부르주아지 혁명단계를 위해서 프롤레타리아 주도권 하의 통일전선에
입각한 문화혁명을 내세운 것이라면, 〈조선프롤레타리아문학동맹〉은

---

5) 이원조, 「조선문학의 당면과제」,《중앙신문》, 1945.11.10.
6) 한 효, 「예술운동의 전망」, 『예술운동』창간호, 1945.12.

그것이 정치적인 것일 뿐, 문학의 리얼리즘적인 원칙과는 어긋나는 것이라는 점을 내세운다. 이런 점은 〈조선문학건설본부〉가 인민성을 강조하는 측면에, 〈조선프롤레타리아문학동맹〉이 계급성을 강조하는 측면에 있었다는 평가를 내리는 근거가 된다.[7] 곧 조직이 재건되면서 당면한 정치적 과제의 문학적 수용을 위한 관건으로 문학 및 문학자의 위상을 문제삼는 것이다.

이 경우 〈조선문학건설본부〉의 노선은 8월테제의 문면에 철저히 종속되어있는 것으로 볼 수 있다. 곧 문학에 있어서의 통일전선을 조직 중심으로 짜고 있는 것이며, 이는 정치적 우월의 한 단면을 드러내준다. 그러나, 이러한 조직우월주의가 실제로 프롤레타리아의 주도권하에 있는 문화통일전선을 담보할 수 있는가 하는 것은 별개의 문제라 할 수 있다. 실제로 위에 든 이원조의 글에서 당면과제를 해결할 중심적 역할이 오히려 소부르주아인 진보적 작가와 비평가에 있음을 말한 것을 볼 때, 〈조선문학건설본부〉에 대한 〈조선프롤레타리아문학동맹〉의 비판이 적실한 것임을 알 수 있다.

한편 〈조선프롤레타리아문학동맹〉은 얼핏 통일전선과는 상이한 입장에 서 있는 것으로 보일 수도 있을 것이다. 이런 점을 보완해주는 것으로서 한효의 글이 주목되는 것도 이 때문이다. 그는 통일전선의 성립이 작가가 '실천적인 전위로서 대중에 접근하고 그 조직화를 위한 투쟁을 전개하는 데 있다'고 보고, 과거 카프의 문학이 정치적 선전도구에 그쳤을 뿐 인민대중의 편에 서지 못했음을 반성한다. 그것이 통일전선

---

7) 이양숙, 「해방 직후 문학이념과 논쟁」, 『해방공간의 민족문학 연구』, 열음사, 1989 참조.

을 주장한 9월테제에 더 적합하다는 것이다. 그러나 그는 이러한 문학적 실천이 어떻게 당대의 부르주아 혁명단계에 있는 조선 현실에 적합할 수 있는지에 대한 구체적 전망은 제시하지 못한다. 비록 대중에의 접근을 강조하더라도 그것은 프롤레타리아계급에의 접근을 뜻하는 것인지 '인민' 전체에 대한 접근은 아니라는 점에서 과거 카프의 종파적 논리로 되돌아갈 위험을 안고 있는 것이다. 요컨대 〈조선프롤레타리아동맹〉은 프롤레타리아의 주도권만을 강조한 추상적인 수준에 머물렀다고 할 수 있다. 그런 추상성에 대한 대안으로 제시된 것이 '인민성'이고, 여기에 민족 모순에 대한 민족주의가 내재되어 있었음은 주목할 필요가 있다. 그것이 어떻든 해방공간의 민족문학 건설에 있어 커다란 지표가 되어야 했기 때문이다. 인민성은 계급성보다는 해방 공간이 요구했던 민족주의적인 요소를 두드러지게 드러낸 면은 마땅히 강조되어야 할 것이다.

1945년의 좌익문단은 조직의 재건문제에 봉착해 있었으며, 이는 문화의 통일전선과 밀접한 관련을 맺고 나타난다. 반면 아직 문학에의 미학적 접근은 제대로 이루어지지 않았으며,[8] 단지 그 단초가 인민성과 계급성의 대립으로 나타났다고 할 수 있다. 그렇다면 이러한 대립이 문학적으로 해소되는 방향은 어떠한 것일까. 그것은 계급성과 인민성이 결합되는 것이며, 이 결합의 요소로서 당파성이 주도하는 양상을 보여야만 할 것이다. 그러나 이후의 문학운동은 이러한 대립을 해소할 미학적 천착의 기회를 갖지 못한 채, 〈조선문학건설본부〉과 〈북조선예술총동맹〉으로 분리되고 만다. 그리고 민족문학의 재건 역시 남과 북이 분리되

---

8) 김경원, 「해방직후 문학과 정치의 일원론과 이원론」, 『한국학보』60, 1990. 가을, p.260.

어, 한쪽은 사상성을 강조한 계급적 성격의 민족 문학으로, 한쪽은 인민성을 강조한 민족 문학으로 분리되어 추구되게 된다.

민족문학의 수립이 조직문제와 분리하기 어려운 것이었고, 이 문제의 근원이 인민성과 계급성의 불일치에 있었다면, 그에 따른 미학적 문제가 규명되어야 함은 당연한 수순이라 할 수 있을 것이다. 그럼에도 이두 단체는 이러한 불일치를 자체적으로 해소하지 못한 채, 1945년 12월 16일 하나의 단체인 〈조선문학가동맹〉으로 발전적 승화의 과정을 거치게 된다. 여기에 찬동하지 않는 문인들이 북쪽으로 넘어가게 되는 일차적인 계기가 된다. 표면적으로는 「문화전선도 통일완성'이라는 제하의 『예술』2호의 기사는 양 단체의 합동위원 11명이 참석하여 〈조선문학건설본부〉와 〈조선프롤레타리아문학동맹〉의 통합을 결정한 것으로 되어 있다. 그러나, 이후 1946년 초까지 임화, 김남천과 한효의 논지가 거리가 있는 것을 참조한다면, 그리고 〈조선프롤레타리아문학동맹〉의 실제적 세력인 이기영, 한설야 등이 1946년 3월 〈북조선예술총동맹〉을 결성한 것을 본다면, 실제적인 통합이 아니라 〈조선문학건설본부〉가 확대개편 된 것으로 보아야 한다.[9]

두 단체의 통합 이후 〈문학가동맹〉이 중심이 된 해방 직후의 문학운동은 민족 문학 건설의 주요 매개로서 인민성이 전면에 나서게 된다. 그것은 〈문학가동맹〉의 노선이 〈조선문학건설본부〉의 연장선에 놓여 있는 것이고, 아울러 조직문제가 전면에서 사라짐에 따라 좀 더 깊은 수준의 논의가 가능하게 된 계기를 마련하게 된다. 민족문학론이 1946년 초

---

9) 또한 〈문학가동맹〉의 당면임무가 일본 제국주의 잔재의 소탕, 봉건주의 잔재의 청산, 국수주의의 배격으로 나타날 뿐, 과거 〈조선문학건설본부〉가 내걸었던 프롤레타리아 문학의 건설이 제외된 사실만으로도 이 점은 확인될 수 있다.

의 문학자대회를 전후하여 문학논의의 주요 대상으로 떠오르게 된다. 그것의 방향은 정치적으로는 '노동자계급의 이데올로기를 농민층 소시민의 이데올로기로 하는'[10]것이었는데, 비로소 계급성과 인민성 간의 관계에 대한 미학적 논의들이 등장하는 계기가 마련되기 시작한다.

그러나 이러한 문학은 민족문학이 아니라 계급문학이 아닌가? 왜 그러냐하면 이러한 문학의 토대가 된 이념은 민족의 이념이라기보다도 더 많이 노동계급의 이념이라고 말할 수 있기 때문이다. 그렇다. 현대의 민족문학은 분명히 노동계급의 이념에 기초하여 있고, 노동계급은 또한 자기의 이념이 인민의 이념으로 될 것을 주장하고 인민의 이념이 또 민족의 이념이기를 요청한다. 그러나 노동계급이 자기의 이념을 인민의 이념으로, 민족의 이념으로 요청함은 시민계급의 경우와 같이 자기가 인민과 민족의 특권적 지배자가 되기 위하여서가 아니라 자기와 더불어 모든 인민층이 목적의식을 갖고 통일전선으로 결합하는 것을 돕기 위함이다. 이 도움이 없으면 농민과 소시민은 제국주의와 봉건유제를 청산하고 민족을 해방하여 민주국가를 건설하는 전선에 자각적으로 결합되어 오기가 어렵기 때문이다.[11]

임화의 이러한 논지는 인민성이 무계급성을 띠게 된다는 비판에 맞서 노동계급의 이념만이 현대의 모든 계급을 포괄하는 이념이 될 수 있음을 주장하면서 인민성과 계급성을 일치시키려 하고 있다. 시민계급의 시대에는 시민계급의 이념을 포괄한 문학이 민족문학이 될 수 있지만,

---

10) 김영진, 「민족문학론」, 『문학평론』3호, 1947.4.
11) 임 화, 「민족문학의 이념과 문학운동의 사상적 통일을 위하여」, 『문학』3, 1947.4.

조선의 경우는 토착 부르주아가 열악한 현실이므로, 노동계급의 이념을
포기해야만 진정한 민족문학, 인민성을 담보한 문학이 될 수 있다는 것
이다. 그러나 이러한 관점은 〈조선문학건설본부〉와 〈조선프롤레타리아
문학동맹〉의 대립에 있어 핵심사항이었던 진보적 예술가의 위치를 도
외시한 것이라 할 수 있다. 이제 문화전선의 성립에 있어 주체의 문제는
희석되어버리는 것이다. 그것은 이 글이 〈문학가동맹〉 내의 작가들을
대상으로 한 것이라는 점에서 단적으로 드러난다. 아직 이념적 준비가
불충분한 전향작가들에게 문화통일전선의 위상을 계도하기 위한 글로
서, 정작 인민 대중에게 어떻게 접근할 것인가에 대한, 앞서 제기된 한효
의 의문은 여전히 남아있다. 한편 청량산인의 글은 문맹의 민족문학론
의 원론적인 것으로서 인민성이 강조되는 현실적 이유를 말하고 있어
주목을 요한다.

　　사실 일제 36년간 아무리 피투성이가 되게 싸웠다고 하더라도 우리 손
　　으로 일제를 타도하지 못한 것은 벌써 우리 민족적 자기 비판의 재료가
　　넉넉히 되거니와 (중략) 인민해방의 인민정권을 수립하기에는 무론 10
　　월의 인민항쟁 같은 것도 있었지마는 아직도 우리는 그것을 실현시키지
　　못하고, 앞으로 그것을 실현시키려고 노력하는 과정에 있다는 것을 솔직
　　히 시인해야 한다.[12]

　이러한 현실인식은 왜 인민성을 주장하는 것이 우경편향적이 아닌 현
실에 맞는 올바른 방향인가를 설명해준다. 이 글에서 그는 인민성을 매

---

12) 청량산인, 「민족문학론」, 『문학』7호, 1948.4.

개로 계급성이 드러난다고 하면서, 인민성의 역사적 성격을 강조하기에 이른다. 그것은 투쟁의 현실적 관건이며, 따라서 무계급성으로 비판하는 것은 원리원칙만을 강조하는 '기계주의자'가 된다고 하여 안막과 안함광 등 과거 〈조선프롤레타리아문학동맹〉의 성원들의 논리를 다시 비판한다. 그럼에도 계급성이 인민성을 매개로 할 수밖에 없는 것이 현실적 상황이라면, 그러한 인민성을 이끌 당파성이 방기되어 버리는 점을 간과할 수 없다. 여전히 계급성과 인민성의 대립을 해소하는 것에 중점이 가 있을 뿐이기 때문이다. 그러나 이러한 점은 당시 조선공산당, 정확히 남로당이 처한 상황을 볼 때, 당의 지도가 점차 불가능해져 가고 있었다는 것을 고려해야만 한다고 생각된다. 특히 미군정과의 모호한 관계가 1946년 중반 '정판사 위폐사건'과, 남로당의 '신전술'을 선언하면서 이들의 관계가 적대적로 바뀌게 된다. 반면 공산당의 적극적인 엄호 아래 자신들만의 민족 문학을 펼쳐나갈 수 있었던 북쪽과는 달리 남로당은 10월 인민항쟁을 계기로 많은 역량을 소진하고 해주로 그들의 근거지를 옮아가게 된다. 〈문학가동맹〉 역시 그러한 길을 걸었음은 두말할 것도 없다. 해주로 옮아간 뒤, 얼마 안 있어 그 주요 성원들은 다시 평양으로 옮겨간다.

그렇다면 1946년 이후의 격변기를 거치면서 〈문학가동맹〉이 모색했던 구체적인 창작방법론은 어떠한 것인가. 이는 미학적 논의의 마지막 정점인 동시에 문학과 현실과의 대응 양상 속에서 이해될 수 있을 것으로 보인다. 이 창작방법론은 당면과제였던 문예의 대중화에 관한것[13]과

---

13) 이에 해당하는 것으로는 김남천, 「창조적 사업의 전진을 위하여」(『문학』창간호, 1946.7), 김영석, 「문예의 대중화 문제 기타」(『신세대』1권 3호, 1946.7), 김영석, 「문화써―클의 성격」(《현대일보》, 1946.8.27-28)과 김남천, 「문화의 대중화」(《자유신

함께, 창작노선으로 채택된 진보적 리얼리즘을 성취하는 것에 중점이
주어졌다.

> 그러면 이러한 리얼리즘이 현실적으로 진보적 리얼리즘이어야 하는
> 까닭은 어디있으며 또 그것이 혁명적 로맨시티즘을 계기로서 내포하지
> 않으면 안되는 까닭은 어디 있는 것일까. 그것은 첫째 우리가 역사적으로
> 총역량을 집결해서 싸우고 승리적으로 해결하여야 할 민족적 역사적 과
> 제가 진보적 민주주의의 건설이라는 데 있지 않으면 안되겠다. 다시 말
> 하면 현재의 조선 혁명의 성질이 진보적 민주주의 혁명의 단계라는 데서
> 오는 것이 아니면 안되겠다. 왜냐하면 창작방법으로서의 리얼리즘이 문
> 학작품으로서 창조되고 또 그것을 중심하여 거대한 운동으로서 전개되
> 는 경우에는 그것은 언제나 역사적으로 시대적으로 특정한 경향을 가지
> 고 구체화되는 것이 사실이요, 그렇다면 현재의 역사적 시대에 있어서도
> 진보적 민주주의 건립의 민족적 과제와 떠나서 여하한 구체적인 리얼리
> 즘도 있을 수 없는 것이기 때문이다. 이것이야말로 또한 과거의 문학사상
> 에 나타난 여하한 리얼리즘과도 우리의 그것을 구별하는 하나의 성격이
> 아닐 수 없을 것이다.[14]

〈문학가동맹〉이 채택한 구체적인 창작방법론인 진보적 리얼리즘
론[15]은 사회주의 리얼리즘 논의의 수용과 분리해서 생각할 수 없는 것
이었다. 그것은 세계관의 강조와 함께, 창작방법으로 나타나는 특수한

---

문》, 1946.9.16)등을 들 수 있다.
14) 김남천, 「새로운 창작방법에 관하여」, 『건설기의 조선문학』, 1946.6,
15) 이밖에 진보적 리얼리즘에 대한 것으로는 한효, 「진보적 레알리즘의 길」(『신문학』,
1946.4)을 참조.

실천관계를 바탕으로 하는 것임을 인정한다고 한효는 밝히고 있는 까닭이다. 아울러 김남천은 그러한 바탕 위에서 위의 인용문에서처럼 혁명적 낭만주의를 도입하여 영웅적 투쟁을 그릴 것을 제안한다. 그렇다고 이것이 사회주의 리얼리즘을 전면으로 받아들이는 것을 의미하는 것은 아닌데, 그것은 당금의 조선이 사회주의의 상태에 놓여있지 않기 때문이라는 것이다. 이러한 진보적 리얼리즘의 제창은 10월 인민항쟁이라는 현실적 계기를 만나면서 그 논의가 심화되기에 이른다. 임화는 「인민항쟁과 문학운동」[16]이라는 글에서 '오늘의 3 1운동'으로서 인민항쟁을 평가하고, 이를 형성화할 것을 제안하였으며, 김남천 역시 맑스 라쌀레 간의 지킹엔 논쟁을 전법으로 삼아 인민항쟁을 그려낼 것을 주장한 바 있다[17]. 특히 김남천은 인민의 운동력을 주제로 삼지 않은 라쌀레의 잘못을 들면서, 3 1운동보다 더 진전된 단계의 항쟁이 인민항쟁임을 밝히고, 그것을 명백히 인식할 필요가 있다고 이해하고 있는 것이다.

어떻든 이러한 의견들을 통해서 민족적인 것들은 서서히 수면 아래로 가라앉는 운명을 맞이하게 된다. 그러니까 투쟁의 중심에 계급이라든가 당파성의 문제가 전면으로 부상하면서 이 시기 가장 현실적인 당면 문제라 할 수 있는 민족주의적인 요소들이 사상되는 한계에 직면하게 된 것이다. 이런 과정을 통해서 민족 반역자라든가 친일파의 문제는 더 이상 논란의 대상이 되지 못하게 된다. 그러니까 친일파가 득세하는 사상적 기반을 마련해 준 것이다. 물론 이런 현실을 가능케 한 것은 해방 정국이 가져온 현실적 문제이자 한계에 그 원인이 있었던 것으로 보인다.

---

16) 『문학』 인민항쟁특집호, 1974.2.
17) 김남천, 「대중투쟁과 창조적 실천의 문제」, 『문학』3호, 1947.4.

## 2. 〈중앙문화협회〉의 민족문학론

이념적인 것을 떠나면 해방 초기에 문단은 결코 여러 갈래로 나뉘어
질 필요는 없었다. 하나같이 조국의 해방이라는 환희와 그에 대한 열정,
그리고 새나라 건설이라는 공동의 목표에 매진하면 그만이었기 때문이
다. 하지만 정치 분야가 그러하듯 문단 또한 그 추종하는 세력과 이념적
지향에 따라 여러 갈래로 분기하기 시작했다. 이념상 좌파 성향의 문인
들은 〈조선문학건설본부〉, 〈조선프롤레타리아문학동맹〉, 〈조선문학가
동맹〉으로 이합집산하면서 해방 직후의 문인그룹을 만들어 내고 또 선
도해나갔다. 하지만 우파 진영은 좌파 문인들만큼 재빠르게 움직이지
못했다. 이들이 이렇게 주저하는 데에는 몇 가지 원인이 있었을 것으로
보인다. 우선, 해방공간에서 펼쳐지고 있었던 상황이 주는 모호성의 문
제이다. 카프를 비롯한 좌파 문인들에게는 언제나 그러하듯 자신들의
지향해야할 목표의식을 분명히 갖고 있었다. 그것은 비단 해방공간만
의 현실이 아니라 일제 강점기에도 끊임없이 조직을 결성하고 이에 기
반하여 불온한 현실에 대해 적극적인 응전의 자세를 취해온 전통과 무
관한 것이 아니었다. 그런 자세가 해방 직후라고 해서 크게 달라질 것은
없었다. 인민민주주의라는 그들의 목표가 달성된 적도 없거니와 오히
려 해방 공간의 현실은 그러한 계기를 만들 수 있었던 좋은 시기로 인식
되었기 때문이다. 반면 우파 문인들에게는 그러한 목표의식이 뚜렷하게
존재하지 않았다. 이런 단면은 일제 강점기라고 해서 크게 달라질 것이
없었다. 그들은 투쟁 의식도 약했거니와 그 전면에 선 사람들은 대부분

죽었거나 행방 불명의 상태에 놓여 있었기 때문이다[18].

둘째는 우파 성향적인 인물들이 대부분 친일의 혐의로부터 자유롭지 못했다는 점을 들 수 있다. 이 시기 우파 진영의 주류라 할 수 있는 최남선, 이광수, 서정주 등을 비롯한 문단의 원로급이나 중견급 들이 친일과 연루되어 여러 가지 행동상의 제약을 받고 있었다. 그러한 까닭에 이들이 역사의 전면에 나오는 것은 쉽지 않은 일이었다. 셋째는 아마도 첫번째 상황과 어느 정도 관련이 있는 것이라 할 수 있는데, 현실을 추동해 나갈 만한 뚜렷한 목표 의식이 존재하지 않았다는 것이다. 가령, 민족 문학을 건설한다고 했을 때, 어떻게 구성되는 민족 문학일 것인가, 혹은 무엇이 매개되는 민족 문학일 것인가에 대한 뚜렷한 지향이 없었다는 점이다. 목표가 없다는 것은 나아갈 방향의 부재와도 밀접한 연관이 있는 것이라 할 수 있는데, 이들이 나중에 〈문학가동맹〉 계열의 문인들과 벌였던 논쟁, 곧 순수문학 논쟁이 수면 위로 떠오르기까지는 이렇듯 자신들의 존재감을 드러내기 어려운 구조였다고 하겠다.

우파지향적인 문학단체가 처음 결성된 것은 1945년 9월 18일이었는데, 결성 장소는 경성부 적선정 51번지에서였다. 이때 결성된 단체가 바로 〈중앙문화협회〉이다. 이에 참여한 주요 구성원은 김광섭, 김영랑, 김진섭, 양주동, 유치진, 이헌구 등 30여명이다. 이들이 단체를 발기한 취지는 어떤 뚜렷한 이념과는 무관한 것이었는데, 취지서에 나와 있는 것처럼 "문화적 생명을 탐구하여 현재를 건실히 파악하는 동시에 민족적 고립성이나 독재성을 떠나 인류문화의 보편성으로 향하는 원리를 찾아

---

18) 가령, 이육사가 그러하고, 또 이 분야에 가장 앞서 있었다고 할 수 있는 윤동주의 행보 또한 그러했다.

조선 문화 건설에 이바지하려는 것"[19]에 그치고 있기 때문이다. 물론 참여한 구성원에서 알 수 있는 것처럼, 이 단체가 결성된 것은 임화 중심의 〈조선문학건설본부〉나 흔히 카프 비해소파로 알려진 〈조선프롤레타리아문학동맹〉을 염두에 둔 행위라고 할 수 있을 것이다. 민족문학의 방향이나 해방 공간을 이끌어나갈 주도 담론을 제시하지는 않았지만, 이념을 표나게 내세우지 않았던 것이야말로 이들의 방향성이 어디에 있는 것인지를 말해주기 때문이다[20].

하지만 이런 무방향성이야말로 어쩌면 해방공간의 현실적인 선택 가운데 하나일 수 있다는 점에서 주목을 요하는 것이라 할 수 있다. 그것은 임화 중심의 〈조선문학건설본부〉와 어느 면에서는 공통점을 갖고 있는 것이기에 그러하다. 〈조선문학건설본부〉의 설립 취지가 친일분자라든가 민족 반역자를 제외한 민족 문학, 곧 인민성이 매개되는 민족 문학 건설이었는데, 〈중앙문화협회〉 역시 이 범주에서 이해할 수 있는 것이기 때문이다. 그러한 한 예를 보여주는 것이 이 단체가 간행한 『해방 기념시집』[21]이다. 이 시집의 발행 주체가 〈중앙문화협회〉라고 되어 있거니와 여기에 참여한 시인들의 면면을 들여다 보게 되면, 이 시기 〈중앙문화협회〉가 지향하는 방향을 어느 정도 짐작할 수 있게 된다. 그것은 바로 해방 조국에 대한 기대와 하나의 민족에 대한 의미이다.

　모든 시인의 붓은 꺾기여지고 아니 불타는 정의의 민족애의 시혼은 저
　들의 칼끝밑에서 저주받고 절단되어바렸고---이제 우리들은 아름답지

---

19) 송기한 외편, 『해방공간의 비평문학3』, 태학사, 1991, p.346.
20) 김용직, 『해방기 한국시문학사』, 민음사, 1989, p.27.
21) 이 시집이 간행된 것은 단기 4287년, 곧 1945년 12월 12일이다.

못한 과거를 불질러바리고 우리 혈관 속으로 흘러들든 그 불순한 피의
원소를 모조리 씨서 낸 다음 우리의 심경은 일점의 흐림도 없이 재상하
는 조국의 광복만을 빛우어볼 것이 아닌가?[22]

이 글은 시집의 서문인데 이헌구가 작성한 것이다. 해방 직후의 상황
이니까 이런 낭만적 사고가 가능했을 것이다. 그럼에도 이 글의 의미는
이런 감상적 차원보다 그 지향하는 바에 우선점을 두어야 할 것으로 보
인다. 그것은 바로 민족 우선주의이다. 해방 직후이니까 이런 정서는 당
연할 것인데, 해방 공간이 진행된 결과론적 상황에 기대게 되면, 이런 진
단이 갖는 가치랄까 의의는 아무리 강조해도 지나치지 않을 것이다.

이 시집에는 총 24명의 작품들이 실려 있다. 작품이 실린 순서대로
작가들의 이름을 제시하면 다음과 같다. 정인보, 홍명희, 안재홍, 이극
노, 김기림, 김광균, 김광섭, 김달진, 양주동, 여상현, 이병기, 이희승, 이
용악, 이헌구, 이흡, 임화, 박종화, 오시영, 오장환, 윤곤강, 이하윤, 정지
용, 조벽암, 조지훈 등등이다. 참여한 작가들의 면면을 보면 알 수 있듯
이 적극적인 친일 행위로 인해 민중의 지탄을 받을 수 있는 가능성이 있
는 인물들은 아예 배제되어 있다는 점이다. 물론 그 반대의 경우도 있을
수 있는데, 조지훈이 들어가 있는가 하면, 박목월이나 박두진은 제외되
어 있는 것이 이채롭다. 뿐만 아니라 이 시기 전위 문학을 형성하고 있
었던 유진오, 박산운, 김상훈 등도 참여하지 않고 있다. 물론 원고의 청
탁은 있었으되, 개인적 여건이나 기타 상황에 의해 동조하지 못했을 개
연성도 분명 있었을 것이다. 어떻든 중요한 것은 이 시집에 참여하고 있

---

22) 이헌구, 『해방기념시집 서』, 중앙문화협회, 1945.

는 시인들은 소위 좌, 우, 혹은 중도파를 포함하여 다함께 참여하고 있다
는 사실이다.

압제의 그늘에서 벗어난 기념으로 발간된 것이 『해방기념시집』이기
에 여기에 담긴 내용 또한 그에 정비례하는 것이었다. 이는 지극히 당연
한 것이라 하겠는데, 실제로 발표된 작품의 면면을 들여다보게 되면, 그
러한 의도 속에 이 시집이 제작되었음을 어렵지 않게 짐작할 수 있다.
그 일단을 알 수 있게해 주는 작품이 박종화의 「大朝鮮의 봄」이다.

> 벙어리된지 섫은 여섯해
> 서울 鐘路에 自由鍾이 울었다
> 아가야 이 종소리를 너도 듯느냐?
> 깨여저라하고 두드리는 저 鐘소리
> 대한독립만세를 부르짓는 저 歡呼聲!
> 인제는 조선에도 봄이 왔구나
> 아가야, 나도 너도 조상없는 자식이었지?
> 姓도 일흠도 다 갈었구나
> 三韓甲族이라면서도!
> 　　　　　　－ 朴鐘和, 「大朝鮮의 봄」 부분

이 작품을 지배하는 정서는 해방의 감격 그 자체이다. 따라서 여기에
는 현실에 대한 인식이나 이를 토대로 나아가야할 민족문학의 방향 등
이 복잡하게 제시되어 있지 않다. 열정과 환희의 순간만이 이 작품을 지
배하고 있고, 오직 민족이라는 이름으로, 조국이라는 이름으로 하나일
수밖에 없는 우리의 처지를 설명하고 있을 뿐이다. 열정과 환희 속에 갇

혀서 현실 인식과 다가올 전망이 제대로 읽혀질 수 없는 것은 이 시기만이 갖는 고유의 영역일 것이다. 이와 더불어 이 시집에 수록된 정지용의 작품도 「대조선의 봄」과 일정 부분 겹쳐진다. 그것이 이 시기의 커다란 주조였던 것이다.

> 백성과 나라가
> 夷狄에 팔리우고
> 國嗣에 邪神이
> 傲然히 앉은지
> 죽엄보다 어두운
> 嗚呼 三十六年!
> 그대들 돌아오시니
> 피 흘리신 보람 燦爛히 돌아오시니!
> – 정지용, 「그대들 돌아오시니」 부분

이 작품은 해외에서 활동하던 혁명동지에게 바쳐진, 일종의 헌시(獻詩)의 성격을 갖고 있다. 따라서 민족주의적 입장에서 이런 정도의 수준을 넘어서는 작품은 찾아보기가 쉽지 않을 것이다. 해방의 순간이야말로 민족적인 면에서 최고의 가치였고, 이를 대신할 만한 매개는 아무 것도 존재하지 않았다. 당파적 요소와 계급적, 혹은 계층적 차이에서 오는 자의식이나 분열이란 결코 있을 수 없었을 것이다. 그런 열정과 환희로 물든 것이 이 시집의 특성이다. 그런 단면은 오장환의 「연합국 입성 환영의 노래」도 마찬가지이다. 오직 중심은 조선이라는 것, 민족이라는 것만 눈앞에 있을 뿐이다. 어쩌면 그런 정서만이 이 시집을 상재한 이유가 될 것이다.

하지만 해방 공간의 현실은 이런 단일성을 유지하기 위한 환경을 제공하는 것에는 한계가 있었다. 이 시집이 발간한 이후 1946년으로 해가 바뀌면서 이념의 분화는 노골적으로 드러나기 시작했기 때문이다. 1946년 2월 〈조선문학건설본부〉와 〈조선프롤레타리아예술동맹〉이 하나로 합쳐져서 이 시기 최대의 문학단체인 〈문학가동맹〉이 만들어지는가 하면, 이에 대응하여 우익 성향의 문인들도 1946년 3월 13일 종로에 있는 기독교 청년회관에서 〈전조선문필가협회〉를 결성하기에 이른다. 이 단체는 〈문학가동맹〉에 견줄만큼 참여한 인원수가 상당하다.

회　　　장 : 정인보
부 회 장 : 설의식, 이병도, 박종화, 함상훈, 이봉구
언론부장 : 이선근 부원 : 23명
문학부장 : 양주동 부원 : 49명
교육부장 : 허영호 부원: 15명
미술부장 : 이종우
연예부장 : 안석주
음악부장 : 채동선
체육부장 : 서상천
과학부장 : 김봉집
부　　　원 : 14명
부　　　원 : 9명
부　　　원 : 10명
부　　　원 : 5명
부　　　원 : 11명

사무국 상임위원 : 이헌구, 오종식, 김광섭(이상 「예술연감」), 박명환,
　　　　　　　　송남헌, 임서하, 조연현, 김동리, 이정호, 조지훈, 이
　　　　　　　　병도[23]

〈중앙문화협회〉의 확대 개편이라 할 수 있는 〈전문필가협회〉는 참여
구성원이 문학을 넘어서 예술 전반에 걸쳐 포진해 있음을 알 수 있다.
이는 〈문학가동맹〉을 의식한 것에서 그러한 것인데, 이 조직 역시 다방
면에 걸친 종사자들이 참여하고 있었다. 그런데 〈전문필가협회〉의 구성
에 있어서 보다 중요한 것은 조직에 참여한 면면들도 그러하지만 이들
이 따로 채택한 〈문화단체총연맹〉[24]에 보내는 성명서이다.

　해방 후 조선 문화운동은 출발에서부터 일부의 책동으로 인하여 지극
히 불순한 책동과 기묘한 모략으로 과오의 노선을 걸쳐왔음은 이미 천하
에 폭로된 사실이니 이는 조선문화건설중앙협의회가 오륙백의 회원명
을 나열하고 일차의 총회도 없이 몇 사람이 직장을 전단하자 급기야 소
위 산하 예술 각 부분이 모조리 탈퇴함에 부득이 이 회를 해소하고 또 다
시 문학가동맹을 악조하여 조선의 역사적 현실성을 무시한 일부 정당의
책동적 요구로 전체의 이름을 빌어 다시금 응큼하게도 문화단체총연맹
이라는 대간판을 걸고 속으로는 독립하려는 조국을 영국의 일연방화 하
려고 꾀하면서 그 현실적 역사적 불합리를 감추려고 민주주의 민족문화

---

23) 《한성일보》, 1946.3.14.
24) 이 단체는 1946년 2월 24일에 결성한 단체로 장소는 경성대학 법문학부 강당이다.
　　가맹단체는 문학부분의 〈조선문학가동맹〉을 비롯해서 〈조선연극동맹〉, 〈조선영화
　　동맹〉, 〈조선미술가동맹〉을 비롯한 5개 단체가 추가로 가입했고, 이와 더불어 과학
　　부분, 언론부분, 교육부분, 체육부분의 단체들까지 가세했다. 그러니까 좌파 성향의
　　모든 단체들이 여기에 참여했다고 해도 무방한 경우이다.

건설의 기만 강령을 붙이고서도 막사과(莫斯科) 삼상회의를 맹목 지지하며 신탁통치를 원조니 후견이니 하는 괴해석을 하는 민족적 반역을 감행하였음은 삼천만이 간파한 사실이 아니었는가. 신탁을 절대지지하면서 어찌 문필가협회에 대하여 성명한 바와 같이 양심이 명령하는 바『조국을 사랑』함이라 하랴. 대체 그대들의 사랑하는 조국이란 어데인가. 조선문필가협회는 오늘까지 문화영역에서의 가장 불순한 방법으로 민족문화 건설에 대 파괴적 X란을 하는 현상에 비분을 금치 못하여 맹연히 결성됨은 이미 발표된 우리의 취지가 명시하는 바이며 또 소아병적 문화

　반동으로 인하여 불행한 동포의 간절한 희망에 대한 그대들의 비양심적 유린을 파최하고 진정한 민주주의 문화를 건설하려 함이니 이로부터 그대들은 전정한 문화건설 이론으로 말미암아 당황 실색할 것이며 악x한 모략의 마각이 폭로되리라. 이에 삼천만 국민은 현명한 판단으로 저들의 모략의 과오를 경계하여 주기 바란다

1946년 3월 10일

전조선문필가협회 결성준비위원회[25]

　〈전조선문필가협회〉가 〈문화단체총연맹〉에 따로 성명서를 낸 것은 아마도 두 가지 이유 때문인 것으로 보인다. 하나는 분파주의에 대한 경계인데, 성명서에 나와 있는 것처럼, 해방 직후 문인들은 〈중앙문화협회〉라는 이름으로 하나의 단체를 형성하고 있었다. 그리고 그 결과물이 『해방기념시집』이었다. 비록 하위 조직들이 우후죽순처럼 생겨나긴 했지만, 〈중앙문화협회〉라는 이름으로 여러 다양한 성향의 문인들을 하나

---

25) 『예술연감』, 『해방문학 이십년』(한국문인협회, 정음사, 1966), 《한성일보》(1946. 3. 12~14)에서 발췌.

로 연결하고 있었던 것이다. 하지만 〈문학가동맹〉이 결성되고 이어서 〈문화단체총연맹〉이 만들어지면서 해방 직후 기대되었던 문인들의 단일 대오는 무너지게 된다. 그에 대한 우려의 목소리가 여기에 담겨 있었던 것이다.

그리고 다른 하나는 신탁통치의 문제이다. 모스크바 삼상회의에서 처음 이 문제가 제기되었을 때, 처음에는 조선 반도내의 모든 사람들, 단체들은 격렬하게 반대했다. 이제 막 해방이 되었는데, 또 누구의 지배하에 놓여 있는 상황이란 결코 용납될 수 있는 일이 아니었기 때문이다. 하지만 어느 순간이 지나면서 그 분노는 더 이상 유지하지 못하게 된다. 잘 알려진 대로 〈문학가동맹〉계 문인들을 비롯한 좌익 쪽에서 반탁이 아니라 찬탁으로 그들의 입장을 바꾸었기 때문이다. 결과론적으로 보면, 조선반도가 결국 분단으로 끝났다는 현실을 보면, 찬탁도 통일 정부를 향한, 궁극적으로는 분단을 막을 수 있는 하나의 좋은 대안이 되었을지도 모를 일이다.

하지만 신탁통치의 문제는 결정된 것도 아니었고, 아이디어 차원에서 논의되었을 뿐이다. 그럼에도 그것이 지금 이곳의 현장에서 마치 실현되는 것처럼 받아들여졌고, 그 오해가 이렇게 극심한 분열 양상을 빚어낸 것이다. 실제로 신탁 통치 문제가 정식으로 채택되었다고 해도 그것이 실현될 가능성은 거의 없었다. 문제는 그런 미결정성의 상황을 두고 벌어진 갈등이랄까 대립의 극렬성에 놓여 있다고 할 수 있다.

〈문학가동맹〉의 입장에서 보면, 새로운 국가 건설이나 민족 문학 수립에 있어 이를 이끌어나갈 뚜렷한 방향성이 필요했을 것이다. 여러 이합집산하는 집단들, 혹은 이념들을 하나로 통어할 수 있는 잣대야말로 반드시 필요한 일이었기 때문이다. 문제는 현실을 보다 냉정하고 과학적으로 인식하는 태도에는 준비가 부족했다는 사실이다. 해방의 감격을 등에 업고 등장한 〈중앙문화협회〉는 무채색의 집단이기는 했지만, 적어도 친일 행위로 지탄을 받는 문인들은 배제시키고 있었다. 그런데도 진보적 그룹은 이념이나 성향이 태생적으로 다르다는 시각에 매몰된 나머지 자신들만의 세계관을 고집했고, 이를 자신들의 지도이념으로 세우려고만 했다. 그 결과 좌우익의 통합은 희망사항이 되었고, 그 갈등의 간극은 더욱더 넓어지기 시작했다. 〈중앙문화협회〉가 결성된 취지와 방향은 점점 해방 공간의 현실로부터 멀어지고 있었다. 〈문학가동맹〉의 쪼개짐과 더불어 〈조선청년문학가협회〉의 등장은 그 하나의 예증이며, 이들 구성원과 〈문학가동맹〉 사이의 거리는 이제 건널 수 없는 강, 곧 루비콘 강과 같은 것이 되어버렸다. 민족 문학 건설의 방향을 두고 이들 두 집단에서 벌어진 순수, 참여 논쟁은 그러한 갈등의 깊이를 보여주는 단적인 예가 되어버렸다.

## 3. 순수 참여 논쟁

우익진영에서 〈전조선문필가협회〉의 결성에 앞서 주목해보아야 할 문학 조직이 〈청년문필가협회〉이다. 이 단체의 결성과 그것이 추구하는 이념이랄까 방향이 〈전조선문필가협회〉의 모태가 되었기 때문이다. 〈청년문필가협회〉가 결성된 것은 1946년 4월 4일이고 결성장소는 서울시 종로의 기독교 청년회관 강당이었다. 회장은 김동리가 맡았으며 명

예회장으로는 박종화가 선임되었다[26]. 이 단체가 내세운 강령은 세 가지이다. 첫째, 자주독립 촉성에 문화적 헌신을 기함, 둘째, 민족문학의 세계사적 사명의 완수를 기함, 셋째, 일체의 공식적 예속적 경향을 배격하고 진정한 문학정신을 옹호함 등등이다[27].

이들이 내세운 강령은 해방 공간의 여러 단체들의 것과 별반 다를 것이 없다. 그럼에도 이 가운데 주목을 끄는 부분이 있는데, 바로 세 번째로 내세운 문학정신의 옹호 문제이다. 문학을 공식적, 예속적 경향으로부터 배제한다는 것은 곧 〈문학가동맹〉이 내세운 선언과 배치되는 것이기 때문이다. 문학이 인민에게 봉사하여야 한다는 것이 〈문학가동맹〉의 기본 테제 가운데 하나였기에 이들이 겨냥한 목표는 분명해 보인다. 말하자면 문학과 인민성을 등가 관계로 파악한 것인데, 이런 사유야말로 문학을 예속시키는 것이기 때문이다. 이 예속이 문학을 어느 특정 집단이나 이념의 하위 개념으로 자리하게 하는 것은 당연한 것이라 할 수 있다.

해방 직후 여러 문학 단체가 등장했음에도 〈청년문필가협회〉의 활동에 주목해야 하는 이유가 하나 더 있다. 바로 윤리의 문제이다. 이들은 신인이었고, 이런 위치란 해방 공간이 요구하는 수준높은 윤리 감각에 부응하는 것이었다. 물론 이 문제는 좌익 쪽에 섰던 문인들에게도 동일하게 적용되는 것이기도 하다. 그들 역시 신인이었고, 친일로부터 거리를 두고 있었던 까닭이다. 이 단체의 회장에 김동리가 자리한 것도 이런 현실과 무관하지 않을 것이다. 그의 정체성이란 이 시기 거의 중견급 신

---

26) 『해방공간의 비평문학1』, 앞의 책, p.349.
27) 위의 책, p. 350.

인에 가까운 존재였기 때문이다. 어떻든 김동리를 비롯한 조연현, 조지 훈 등이 가세한 〈청년문필가협회〉는 문학을 가급적 현실로부터 분리시키려 했다. 이런 점은 〈문학가동맹〉이 지향하는 민족 문학의 방향과는 거리가 있는 것이었다. 그래서 이들 사이에는 당연히 화해할 수 없는 거리가 형성될 수밖에 없었다. 그 거리감이 만들어낸 것이 잘 알려진 순수문학 논쟁이다.

좌우익의 정치적 대립과 마찬가지로 문학계의 순수논쟁은 이런 갈등의 연장선에 놓여 있는 문제이다. 우선 이 논쟁은 해방 공간에 진행된 문단의 대립이라는 점에서 의미가 있는데, 순수 문학에 대해 먼저 공격적인 자세를 취한 것은 〈문학가동맹〉계열의 문인들이었다. 이들은 〈청년문필가협회〉가 제기한 순수에 대해 두 가지 방향으로 자신들의 반대 입장을 펼쳐나갔다. 하나는 문학의 형식적인 측면이고 다른 하나는 그 내용적인 측면이다. 전자는 '일제 말기 순수에 대한 옹호와, 이에 기반한 해방 공간에서의 자기 비판'의 형식으로 나타났는데, 정지용[28]과 오장환의 경우[29]에서 이를 확인할 수 있다. 그 요지는 강압적인 환경에서 이를 우회하기 위한 간접적인 수단을 사용할 수밖에 없었고, 그 의장이 바로 상징이었다는 것이다. 그래서 일제 말의 순수란 정당한 문학행위였고, 또 그것이 저항의 한 증표가 될 수 있었다는 것이다.

그리고 내용적인 측면에서는 순수란 환경적인 요인에 의해 크게 달라질 수 있음을 전제했다. 이에 기반하여 가장 먼저 문제 제기를 한 것은 김남천이다. 그는 권위나 권력으로부터 문학의 순수성을 옹호하는 것은

---

28) 정지용, 「산문」, 『문학』, 1948.4.
29) 오장환, 「조선시에 있어서의 상징」, 『신천지』, 947.1.

정당한 것이고, 또 바람직한 것으로 이해했다. 하지만 해방 공간에서는 환경이 일제 강점기와는 다르다는 것이다. 그는 "민주주의 민족문학의 수립은 민주주의 자주 독립 국가의 건립을 선행 조건으로 한다는 정치의 우위성에 대한 인정은 결코 문학의 순수성이나 문화의 자율성의 문제와 모순되는 관념이 아님을 알아야 한다"[30]고 하면서 해방 공간이 처한 특수한 현실을 언급하고 있다. 그러니까 문학과 정치, 환경과 자율이란 결코 분리될 수 없는 것이기에 순수란 성립하기 어려운 것이라고 본다. 상황 논리의 변화가 순수의 가치를 전환하게 만들었다는 것이다. 하지만 순수 문학자들의 입장에서 보면, 이는 그저 상황결정론에 불과한 것으로 비춰질 개연성이 큰 경우였다. 이에 대해 가장 먼저 반론을 제기한 것이 김동리였는데, 그의 의견 역시 이 부분에서 시작되었다.

조선 문학의 정통과 주류를 보장하여오는 이 땅의 순수문학작가들이 일부 공산계열의 경향파 작가들의 집단을 향해 문학정신의 타락을 질책한 것은, 씨들이 문학의 자율성을 유린하고 문학을 한 개 선전 도구로서 〈당〉에 예속시키려는 경향을 지적했을 따름이지 문학과 정치의 관련성을 등한히 하라는 것은 아니었다. 보다 더 한 걸음 나아가서 오늘날과 같은 민족적 현실에서의 순수문학이란 민족정신의 발휘도구의 문학이요, 이러한 의미에 있어 오늘날 순수문학이란 민족문학과 별개의 것일 수도 없다고 규정하였던 것이다.[31]

김남천의 「순수문학의 제태」에 대한 반론으로 나온 김동리의 인용글

---

30) 김남천, 「순수문학의 제태」, 《서울신문》, 1946.5.30.
31) 김동리, 「순수문학의 정의」, 《민주일보》, 1947.7.11.-12.

은 보다 직접적이고 선언적이다. 문학은 자율적인 것이기에 〈당〉에 예속될 수밖에 없는 〈문학가동맹〉의 논리에는 분명 오류가 있다는 것이다. 뿐만 아니라 김남천이 순수문학자들을 두고 사회와 완전히 분리되는 형태의 문학을 선호한다고 했는데 이 또한 오해가 깊다는 점을 지적하고 있다. 김동리 역시 문학과 사회란 결코 분리될 수 없는 하나의 동일체임을 부정하지 않고 있긴 하지만 그것이 예속의 차원에 놓일 수 있는 것은 아니라고 보는 것이다.

문학이 자율성을 갖고 있다는 것은 근대 예술 이후 일관되게 계승되어 온 것인데, 그 뿌리는 봉건 예술의 특성에서 온 것이다. 다시 말해 근대 이전의 예술이란 원시종합예술이란 틀에서 알 수 있는 것처럼, 예속의 차원에 놓여 있는 것이어서 그 자율성이 인정되지 않았다. 그래서 칸트 이후 근대 예술가들이 예술을 정의하는 데 있어 '무목적이 합목적성'이란 말을 하게 되었던 것인데, 이는 곧 예술을 덧씌우고 있었던 것들을 말끔하게 걷어내 예술 혼자만의 고유성으로 남겨놓자는 것이었다. 곧 예술의 고유성이라든가 자율성을 가져야 한다는 것이었다. 이런 근대의 예술관에 비춰보면 김동리는 여기에 갇혀 있는 발언을 한 것일 뿐, 조선의 특수성이랄까 해방공간의 상황에 대한 고려가 전혀 들어가 있지 않은 한계를 드러내 보이고 있었다. 게다가 문학과 사회가 결코 분리될 수 없는 것임을 인정하고 있음에도 불구하고 그가 말한 사회가 어떤 것인지에 대해서도 구체적으로 이야기하지 못하고 있는 것이다.

사회와 문학이 불가피한 관계에 놓여 있다는 것, 비록 그 방향성 부재에도 불구하고 이 어정쩡한 관계항은 이후 순수문학자들이 〈문학가동맹〉 계열의 문인들로부터 받는 공격의 보호막으로 사용하게 된다. 다시 말해 순수문학을 주창함으로서 사회의 제반 문제로부터 비껴간다는 오해, 사회적 임무를 회피한다는 비난을 불식시키기 위한 수단으로 사용하고 있었던 것이다.

김동리는 「순수문학의 정의」에서 보인 이론상의 허점에 대해 어느 정도 인식하고 있었던 것처럼 보인다. 그리하여 사회와 문학이 불가피하게 분리될 수 없는 것임을 논리적으로 설득하기 위해 다시 한번 순수문학에 대한 정의를 시도하게 된다. 그것이 그 유명한 「순수문학의 진의-민족문학의 당면과제로서」에서 제기한 본령정계로서의 문학이다.

> 순수문학이란 한마디로 말하면 문학 정신의 本領正系의 문학이다. 문학 정신의 본령이면 물론 인간성 옹호에 있으며 인간성 옹호가 요청되는 것은 개성 향유를 전제한 인간성의 창조 의식이 신장되는 때이니만치 순수 문학의 본질은 언제나 휴머니즘의 기조되는 것이다. 그러면 오늘날 내가 말하는 순수 문학의 본질적 기조가 될 휴머니즘이란 어떠한 역사적 필연성과 위치에 서는 것인가. 간단히 요약해 보면 우선 서양적인 범주에 제한하여 다음의 3기로 나눌 수 있다. 제1기는 고대 휴머니즘, 제2기는 르네상스 휴머니즘, 제3기는 근대의 휴머니즘이다[32].

「순수문학의 정의」보다 앞선 부분은 순수의 개념과, 그 요체인 휴머니즘을 역사적으로 분류하고 현재가 제3기 휴머니즘의 시기라는 점 등을 제기한 부분이라 할 수 있다. 순수를 〈당〉의 예속과 분리된 자율성이라 정의했을 뿐만 아니라 거기에 담겨질 내용의 추상성을 비록 막연한 상태의 수준이긴 했지만 휴머니즘으로 대체하려 한 점은 분명 진전된 모습이라 할 것이다. 뿐만 아니라 이 휴머니즘의 역사를 3기로 구분하

---

32) 김동리, 「순수문학의 진의」, 《서울신문》, 1946.9.14.

여 현재 문학이 구현해야할 휴머니즘이 이 3기에 해당한다고 이해한 것
도 어느 정도 구체성을 확보한 경우라고 할 수 있다.

이런 이해와 정리를 통해서, 김동리는 3기 휴머니즘의 특색을 데모크
라시로 이해하고 그 실천적 방향으로 개성의 자유와 인간성의 고양에
두고 있다. 이를 토대로 그는 민족 문학을 이해하고 그것이 나아갈 방향
을 제시한다. 그 결과로 그는 다음과 같은 결론에 이르게 된다. 우선 민
족 문학이란 원칙적으로 민족 정신이 기본되어야 한다는 것과, 민족 정
신이란 본질적으로 민족 단위의 휴머니즘 이외의 아무 것도 아닌 것으
로 규정하고 있다.[33] 여기서 제시된 김동리의 순수문학론은, 순수의 본
질에 대한 개념과 민족 문학 건설을 향한 방향이 구체적으로 제시된 점
에서는 한 발자국 나아간 면을 보이고 있는 것은 사실이다. 하지만 개념
만 그럴 듯 하게 제시되어 있을 뿐, 그것이 형성되어야 했을 필연적인
배경이라든가 실천의 방향에 대해서는 거의 언급하지 못하고 있는 한
계를 보이고 있다. 우선, 인간성의 옹호라는 휴머니즘이 그러한데 그가
말하는 휴머니즘이란 도대체 어떤 토대로부터 발생되어야 하는 것인
가 하는 점이 구체적으로 드러나 있지 않고 있는 것이다. 인간성이 말살
되는 상황이란 여러 방면에서 제시될 수 있는 문제인데, 그 저변에 놓인
제반 요인들에 대해서는 거의 언급하지 못하고 있는 것이다. 그는 막연
히 휴머니즘의 실현이야말로 순수문학의 정의라고 말하고 있을 뿐이다.
필연적 인과 관계가 없이 그저 좋은 말만 찬란하게 늘어놓고 있는 것이
다.

이런 미흡한 점과 더불어 그가 제시한 민족 문학론도 여러 흠결이 드

---

33) 위의 길.

러난다. 우선 민족에 대한 개념이 뚜렷히 제시되고 있지 않다는 점이다. 민족을 혈연 개념으로 제시하고 있는지 혹은 이념적 개념으로 생각하고 있는지에 대한 언급이 전혀 없는 것이다. 이런 불확실성이야말로 그의 순수문학이 갖고 있는 근본적인 한계이거니와 만약 그의 민족 개념이 혈연적으로 한정되는 것이라면, 민족 반역자나 친일분자 같은 사람들도 동일한 혈연이기에 민족 문학 건설을 하는데 있어서 참여할 수 있다는 논리로 귀결될 수밖에 없을 것이다. 윤리성이 현저하게 결여되어 있는 것인데, 그만큼 안티 담론이 형성될 좋은 근거를 제공하고 있었다. 이에 대한 반론이 당연히 제시될 수밖에 없었고, 그 비판에 선두에 선 사람이 김병규와 김동석이었다.

> 순수 문학의 본령이라면 씨의 열거한 바와 같이 「발레리」의 방법에서 볼 수 있듯이 정치와 철학과 종교와 기타 모든 요소가 뒤섞인 혼돈 가운데서 순수한 문학정신 시정신을 가려내 보자는데 있으며 특히 「발레리」도 착안한 현대 정신의 정치적 현상에 대한 분석, 이 분석에 의한 문학으로부터의 정치의 배제 이것이었다. 그런데 김씨는 오히려 순수문학에 정치를 도입한다기보다 순수문학을 정치의 도구로 삼으려는 감이 없지 않다[34].

김동리의 순수 문학이 가져올 수 있는 한계랄까 위험을 지적한, 김병규의 위와 같은 지적들은 비교적 타당한 것이라 할 수 있다. 문학과 정치를 완벽하게 분리할 경우, 정치 현실에서 벌어지는 온갖 불온한 것들을 외면하는 것이 순수이기 때문에 그러하다. 현실에 대한 철저한 외면

---

34) 김병규, 「순수문학과 정치」, 『신조선』3호, 1947.2.

이 만들어내는 것은 아무리 좋은 개념과 주의라고 해도 모래성에 불과할 뿐이다.

김동리는 이러한 비판에 대해 다시 한번 문학이란 순수이며, 그 본령은 인간성의 옹호에 있다고 강변했다. 그 연장선에서 그는 문학이 사상의 도구나 예속의 차원에 떨어질 수 없음을 선언하면서, 휴머니즘의 의미를 또다시 정의하기에 이른다. 가령, 일부에서 지적하는 것처럼, 맑스레닌주의도 노동해방이라는 휴머니즘에 토대하고 있지만 그것은 어디까지나 정치적 선전에 불과한 것이라고 일축하고 있는 것이다.[35] 이런 면은 기왕의 논의에서 한 걸음은 나아간 부분일지도 모른다. 어떻든 그는 그 연장선에서 인간성 옹호야말로 문학이 담아내야할 기본 임무임을 강조한다. 하지만 인간성 옹호가 어떤 식으로 이루어져야 하는지 그리고, 그 실현을 위해서는 어떤 실천적 행위가 뒤따라야 하는지에 대한 구체적인 세목은 거의 제시하지 않는 한계를 보이고 있다.

김동리가 갖고 있었던 이런 순수 문학의 한계를 문학 환경의 변화라는 관점에서 비판한 사람은 김동석이었다. 김동석은 한때 상아탑의 시인, 혹은 비평가로 불리워졌거니와 해방 정국에 적극적으로 현실정향적인 비평가로 존재의 전환을 이룬 작가이다. 우선 그가 김동리의 순수 문학을 비판한 것도 문학과 사회가 가질 수밖에 없는 불가분의 관계 속에서 이루어진다.

"이 땅의 경향문학이 물질이란 이념적 우상의 전제하에 인간의 개성과
생명을 예속 내지 봉쇄시켰다"고 (김동리는) 주장하였다. 문학을 위한 문

---

35) 김동리, 「순수문학과 제3세계관」, 『대조』, 1947.8.

학이냐, 생활을 위한 문학이냐 하는 것은 조선문단에서도 두 파로 갈려져 싸웠을 것은 시방 우리가 생각하여도 이상할 것은 없다. 하지만 인간의 개성과 생명을 예속 내지 봉쇄 시킨 것은 조선 민족과 운명을 같이 한 사람이면 이에서 신물이 나도록 잘 알다시피 일제인데 이 사실을 의식적인지 무의식적인지 은폐하고 그 죄를 자기와 대립되는 문학적 유파에도 돌린다는 것은 로맨티시즘을 리얼리즘이라 強牽附會하는 김동리다운 논법이라 할 것이다[36].

김동석의 논법은 우선 문학의 사회적 역할론에서 비롯된 측면이 크다. 물론 이런 역할론의 근거를 이루는 것도 카프의 영향으로부터 자유로운 것이 아닐 것이다. 어떻든 김동석은 작가의, 혹은 작품의 사회적 역할을 말하는 것이고, 김동리가 이야기하고자 하는 것은 문학의 본질을 이야기하는 것이라는 점에서 차이가 있다. 사회가 불온하다면 문학은 저항의 깃발을 들어야 할 것인데 만약 그렇지 못하다면, 문학은 그러한 사회에 대해 어느 정도 긍정하는 것이라고 보는 것이 김동석의 논법이다. 김동리는 사회와 분리된 문학의 본질을 이야기한 것이고, 김동석은 그 불가피한 관계성을 말한 것이다. 그런데 만약 김동리의 논법이 맞는 것이라면, 개성과 자율은 어떻게 실현될 수 있는 것인가와 그 구체적인 실행 방법이 없다는 한계에 부딪히게 된다. 뿐만 아니라 휴머니즘의 최고 상태는 어떤 단계를 거쳐 이루어질 수 있는 것인가에 대한 설명 역시 제시되어 있지 않고 있다.

해방 직후부터 펼쳐진 순수문학 논의는 실상 일제 강점기부터 계속 내재해 왔던 문제들이다. 소위 카프와 민족 진영과의 논쟁이 그러했

---

36) 김동석, 「순수의 정체-김동리론」, 『구국』 창간호, 1948.1.

고[37], 그 극심한 간극을 좁히기 위한 절충론[38]의 문학이 등장한 것도 이 때문이었다. 문학을 사회적인 음역에 놓고 볼 것인가, 아니면 개인적인 음역에 놓고 볼 것인가가 문제의 핵심인데, 실상 이렇게 구분하는 저변에는 이념의 견고한 틀이 가로 놓여 있다.

순수 문학을 주창하는 사람들이 이에 이르게 된 사유는 대개 몇 가지 역사적 근거가 있었던 것으로 보인다. 하나는 근대주의자로서의 면모이다. 잘 알려진 것처럼, 근대 예술의 특징은 예술의 자율성에 기반을 두고 있다. 그것은 봉건 시대와의 구별 속에서 자연스럽게 자라난 것이고, 어떤 이념이나 집단, 국가에 예속될 수 없는 것이 이 시대 예술의 특징이라 보는 것이다. 이런 논리에 기대게 되면, 이들이 일제 강점기를 경과하는 틀이나 변명거리가 만들어지는 것도 사실이다. 그들이 이야기하는 순수의 근거도 그 나름의 의미가 있기 때문이다. 다시 말하면 순수 문학에의 경도가 반민족주의적인 것에 대한 편향으로 나아가지 않았던 것이고, 궁극에는 친일에의 혐의로부터 자유로웠다고 보는 것이다. 그러니까 순수가 언제나 부정적인 역할을 한 것으로 이해하지 않는 것이다. 이는 분명 자신감의 소산일 것이다. 하지만 이런 논리가 해방 직후에서는 성립하기 어려운 것도 사실이다. 플레하노프의 논리를 들어 김남천이나 김동석이 순수를 비판했던 것처럼, 용인할 수 없는 현실이 있을 때에는 순수가 의미있는 것이지만, 곧 저항으로서의 가치가 있는 것이지만, 그렇지 못한 현실에서는 순수란 현실추수주의에 불과한 것이기 때

---

37) 특히 이광수의 문학을 둘러싼 카프 진영과 그 상대 진영의 논리는 이를 대표한다. 여기서도 인간의 삶이 개인적인 측면과 사회적인 측면 가운데 어느 것에 더 강조점을 두어야 하는 것인가가 초점이 되어 왔다.
38) 잘 알려진 대로, 이 분야에는 『문예공론』을 주도한 양주동 등이 있었다.

문이다.

순수 문학을 주장했던 사람들은 사회가 어떻게 변하든 예술은 개성이
나 자율성을 갖고 있다고 주장했던 것인데, 실상 이러한 면들은 분명 그
자체내에 모순을 갖고 있는 것이기도 하다. 예술의 사회성을 부인하지
않으면서도 예술과 사회란 결코 결합되지 않는 것이라는 논리적 모순
속에서 그들은 한발자국도 벗어나지 못하고 있기 때문이다[39].

이 시기 순수 논의는 다음과 같은 측면에서 그 한계랄까 문제점이 있
었다. 우선, 이때의 논의들은 그저 이데올로기적 차이에 의한 차원에서
논의된 것일 뿐 문학의 본질이 어떠한 것이 되어야 하는지에 대한 진지
한 탐색이 이루어지지 못했다는 점에서 한계가 있는 것이었다. 물론 문
학의 본질이 사회의 변혁이라거나 혹은 인간성의 옹호 내지 휴머니즘
에 있는 것이긴 하지만, 해방 직후에서 이런 이야기들을 운위하는 것은
치열한 정치 현실에 비추어 한가한 소리에 지나지 않는 것이기 때문이
다. 새로운 국가 건설, 그리고 그에 걸맞은 민족 문학을 성취해내는 데
있어 정치 현실이 너무 빠르게 바뀌는 것이 이때의 현실이었다. 그러니
순수니 아니니 하는 논의들은 모두 공허한 울림에 불과할 뿐이다. 그리
고 이들의 논의에서 중요한 것들이 빠져 있다는 점에서 아쉬움이 남는
다. 우선, 순수 논의를 통해서 민족 문학을 건설해야 한다고 했는데, 민
족이란 무엇이고, 또 이에 기반한 민족문학이란 어떠해야 하는 것인가
에 대한 논의가 거의 없었다는 점이다. 이때의 논의들은 그저 상대의 논

---

39) 이런 면은 이 논쟁에 뒤늦게 끼어든 조연현의 논리에서도 그대로 확인된다. 그는
「무식의 폭로-김동석의 김동리론을 박함」이라는 글에서 순수가 일제 시대에 왜 반
항의 형식이 되었는지 모르겠다고 하면서 순수란 오직 미의식의 표현이라고 항변하
고 있기 때문이다.

거를 부정하기 위한 말꼬리 붙잡기에 불과한 것이었다.

둘째는 새로운 국가 건설에 대한 방향과 이에 대한 진지한 논의가 없었다는 점이다. 해방 직후에는 무엇보다 요구되는 것이 윤리 감각이었다. 그런데 과거 친일 행적에 대한 비판이나 이에 가담한 문인들에 대한 심판의 담론들이 무엇보다 필요했는데, 이에 대한 논의는 한두 번의 좌담회나 한두 사람의 반성문에 그치는 수준이었다는 점이다. 이렇게 겉도는 논의들, 순수 참여논의들은 전혀 다른 결과를 초래한 결정적 계기가 되었는데, 이들의 공허한 논쟁 속에서 친일 행위나 반민족 행위와 같은 중요한 문제점들을 수면 아래로 가라앉히게 하는 효과를 가져왔다는 점이다. 다시 말해 문제의 본질을 호도시키는 역할을 한 것이 순수 참여 논쟁이었다는 점에서 그 한계가 분명한 것이었다.

셋째, 새로운 국가 건설에 대한 논의의 부재 또한 이 순수 논쟁이 간과하고 있었는데, 점차 분단되는 현실에 대해서는 아무런 언급 없이 그저 자신들의 문학관을 전제하고 이를 상대방에게 강요하는 형식으로 전개되었다는 점이다. 따라서 정작 중요했던, 해방 공간의 중요한 당면 과제였던 통일의 문제에 대해서는 애써 외면했다. 다시 말하면 전민족적인 것들에 대한 고민은 전혀 없었다는 데에서 이 논쟁의 공허한 메아리를 읽어낼 수 있는 것이다. 특히 정지용 등 일부 문인들은 이 방면에 관심을 갖고 있었음에도 이를 좀더 발전적 차원에서 계승하지 못했다는 점이다. 결과론적인 이야기이지만 이는 결국 분단이라는 현실을 회피하지 못하고 현실이 되게끔 만들었다.

하지만 이런 한계에도 불구하고 이 순수 논의가 갖는 의의가 전혀 없는 것은 아니었다. 이 논쟁은 이후 60년대 순수 참여 논쟁과 시민문학론으로 계승되었을 뿐만 아니라 70년대의 참여론, 80년대 민중문학론으로까지 확대 발전되었는 데 단초 역할을 했다는 점에서 의의가 있다. 순수와 비순수, 혹은 참여와 비참여 문학에 대한 끊임없는 논쟁이 우리 문학사의 한 축을 차지하고 있었기에 이때의 논쟁은 그 시발점으로서 의미를 갖는 것이기 때문이다.

## 4. 북쪽 시단의 형성과 시문학

### 1) 북쪽 시단의 형성

남쪽은 국가 건설을 향한 뚜렷한 주체가 아직 형성되지 않은 반면 북조선의 사정은 남쪽의 경우와 다르게 진행되고 있었다. 이런 전개가 가능했던 것은 북쪽을 지배할 뚜렷한 주체의 형성과 밀접한 관련이 있었다. 다시 말하면 이를 반대할 만한 대항 세력이 표나게 없었던 까닭이다. 김일성 중심의 사회주의 건설이 바로 그것인데, 소련군과 함께 북한에 진주한 김일성은 사회주의 건설을 위한 제반 사업을 충실히 발전시키고 있었다. 여러 민주적 절차들이 개선되고 있었거니와 이 가운데 사회 구성체 혹은 민족 문학의 형성과 관련하여 가장 중요한 것은 아마도 토지국유화 사업일 것이다. 1946년 3월 5일 '북조선임시인민위원회' 명으로 토지개혁이 실시되었는데, 그 내용은 다음과 같은 내용들이 포함되어 있었다. 우선 일제 강점기에 만들어진 토지등기제도를 폐지하고 또 이때 발급한 토지대장을 모두 회수할 것, 둘째 지주의 토지를 몰수하여 토지 없는 농민 등에게 무상분배할 것, 셋째 농민의 지주에 대한 부채 탕감, 넷째 관개시설과 산림 등을 몰수하여 국유화할 것 등이었다. '북조선임시인민위원회'는 3월 5일 이 요구를 받아들여 「토지개혁에 관한 법령」을 공포하였으며, 토지개혁 수행을 저해하는 행위에 대한 형사법으로 「토지개혁실시에 대한 임시조치법」을 제정하여 부동산 농기구 등의 매매 처분 등을 금지시켰다. 그리고 3월 7일에는 토지개혁 법령의 구체적 실시규정으로 '북조선 토지개혁 법령에 관한 결정서'가 도입되기도 했다.

토지개혁의 핵심은 토지의 국유화와 소작인들에 대한 무상 분배이다. 이런 제도의 도입은 반만년 역사에서 어느 시기에도 이루어내지 못한 가히 파격적인 것이었다. 지금까지 있었던 모든 사회적 대립, 갈등이 이 토지에서 비롯되었고, 그 대립의 주체는 지주와 소작인의 관계였다. 대립과 갈등을 통한 긍정적 결말이 역사의 객관적 필연성이었다는 전제에서 보면, 이같은 조치는 어쩌면 불가피한 역사의 도정이었다고 하겠다. 이에 대해 저항하는 것은 대다수 사회구성체를 형성하고 있었던 농민층들의 기대와는 반대 방향으로 가는 것이었다. 그러니 사회구성체의 대부분을 차지하고 있었던 농민층에서 이같은 조치는 열렬한 환영을 받기에 충분한 것이었다.

이 일이 있은 다음 1946년 10월 10일에서 13일까지 조선공산당 북부 5도 당책임자 열성자대회가 평양에서 개최되기에 이른다. 이를 계기로 조선공산당 북조선 분국이 결성된다. 따라서 이 때 결성된 조선공산당 북조선 분국은 남쪽 노동당, 곧 남로당의 하위 조직에 해당하는데, 이는 레닌의 일국 일당 원칙에 따른 것이다.

어떻든 이를 계기로 북쪽은 사회주의 건설이라는 커다란 그림이 그려졌고, 이에 기반한 단체와 조직 등이 만들어졌으며 그에 걸맞은 여러 정책들이 시행되기에 이르렀다. 이런 사정은 문학 분야라고 예외일 수가 없었는데, 이해 11월 〈조소문화협회〉가 평양에서 결성된 것이 바로 그러하다. 문화부면 또한 이제 단일한 조직 하에 그들만의 정해진 행보가 가능하게 되었던 것이다. 이때 결성된 이 단체의 주요 구성원을 보면 다음과 같다.

위원장 : 이기영
중앙상임위원 : 이기영, 이동화, 윤기정, 안함광, 안막, 한설야, 박종식
중 앙 위 원 : 이기영, 이동화, 최창익, 김창만, 한설야, 한식, 박극채,
　　　　　　 박종식, 김사량, 한재덕, 한재오, 윤기정, 이청원, 전재
　　　　　　 경, 안함광, 송영, 안막, 정두현, 한효, 정진태, 박팔양,
　　　　　　 한X기, 이동영, 박승옥, 현경준, 김예용, 김 인, 정형선,
　　　　　　 윤두헌, 최호
총회원 : 약 2000명[40)]

　새롭게 등장한 신인들도 있었지만 어떻든 이 단체의 주요 구성원은 일제강점기부터 문단에 나온 문인들이었다. 우선, 위원장은 이기영이 맡았는데, 잘 알려진 바와 같이 그는 해방 직후 서울에서 〈조선프롤레타리아예술동맹〉을 결성하고 활동했다. 하지만 임화 중심의 〈조선문학건설본부〉와 문학관의 차이를 노정했고, 그 간극이 좁혀지지 않자 그는 곧바로 북으로 건너간 것으로 보인다. 그런다음 가장 먼저 〈조소문화협회〉를 만들었다. 물론 여기에 이름을 올린 문인으로 한설야나 한효, 김사량 등등이 있는데, 이들이 이 단체에 참여했다고 해서 북쪽에 터전을 잡았다고 보는 것은 섣부른 판단이라 할 수 있다. 해방 공간의 문단 역

---

40) 『해방공간의 비평문학3』, p.363.

시 서울 중심으로 운위되고 있었기 때문에 근거지는 일단 서울에 둔 채 활동은 북쪽에서 했을 개연성이 매우 크기 때문이다.

이를 전제한다고 해도 이 단체를 비롯한 북쪽 문단은 몇 가지 특이한 국면이 있었다. 우선 북에서 처음 결성된 〈조소문화협회〉가 일제 강점기부터 활동한 문인들로 전부 구성된 것은 아니라는 사실이다. 뿐만 아니라 평양 중심으로 활동했던 〈단층파〉의 구성원들, 가령, 최명익, 유항림 등의 이름이 보이지 않는 것도 주목할 필요가 있다. 그리고 이때까지의 문단에서 알려지지 않은 낯선 이름들도 꽤나 많이 보인다는 점도 특이한 경우이다. 이들은 모두 해방 당시에 등단한 신인이었을 것으로 추측되는데, 남쪽에도 많은 신인들이 등장하여 문단의 한 자락을 차지한 것처럼 북쪽도 마찬가지로 그러했을 개연이 큰 경우이기 때문이다. 어떻든 일제 강점기에 볼 수 없었던 이름들은 모두 해방 직후 등단한 신인이라고 보아도 무방할 것이다.

이런 구성원들과 더불어 주목해야 할 부분이 당파성, 혹은 당성 확정을 위한, 문학에 대한 여러 결정서들이다. 이는 사회구성체 요건상 당연히 필요한 것이거니와 이는 남로당의 그것과는 큰 차이가 나는 것이었다. 지도 비평을 할 수 있는 당의 존재 여부에서 이 지역의 차별점이 만들어지는 것인데, 그러한 변별이야말로 남쪽과 북쪽 사이에 놓인 다른 사정을 말해주는 것이라 할 수 있다. 먼저 가장 관심을 끄는 것은 조직 결성 시기에 발표한 「전체 대회 결정서」이다. 이 내용이야말로 이후 북쪽 문단의 방향성을 일러주는 좋은 준거틀이라 할 수 있다.

제1차 북조선 전체대회 결정서
조소문화협회 제1차 북조선 전체 대회는 이동화 동지의 "조소문화교

류에 관한 기본임무"에 대한 보고를 듣고 다음과 같이 결정한다.

1. 본 전체대회는 민주조선건설에 있어서 우리들의 임무의 중대함을 한층 더 깊이 인식하고 이 역사적 임무수행에 보다 힘차게 매진할 것을 기한다.

2. 본 전체대회는 민주주의 문화전선을 더욱 공고히 하며 봉건적 제국주의적 파시즘 문화 등 특히 남조선에 의거하고 있는 일체 반민주적 반동문화와 과감히 투쟁하며 이를 철저히 분쇄할 것을 기한다.

3. 본 전체 대회는 소련의 우수한 과학 기술 문학 예술 등을 섭취하여 새로 선 민주건설에 이바지하며 우리 민족의 우수한 문화를 소련에 널리 소개하여 두 나라의 영원한 친선을 도모하며 인류 문화 향상에 공헌할 것을 기한다.

4. 본 전체대회는 본 협회의 량적 확대보다도 질적 강화를 위주로 하며 조직 부면을 통하여서 보다도 사업부면을 통하여 광범한 대중과 접촉하며 이를 교육 향상시킬 것을 기한다.

5. 본 전체대회는 소련의 우수한 과학기술을 급속히 섭취하여 민주조선 건설에 가장 긴급한 과제로 되어 있는 간부 육성에 전력하며 특히 현재의 연구위원회를 강화하여 과학적 기술적 인재양성 사업에 특별한 관심과 노력을 가질 것을 기한다.

6. 본 협회 전체대회는 남조선의 민주주의 발전을 방해하며 민주주의 문화건설을 탄압하는 미반동군정 및 그의 앞재비와 이승만 김구 등 일체 반동들과의 투쟁에 적극 참가할 것을 기한다.

7. 본 전체대회는 북조선에 있어서 진행되고 있는 선거사업을 승리적으로 결속지우기 위하여 보다 큰 역량을 이 사업에 집결시킬 것을 기한다.

1946. 10. 21[41]

이 결정서의 주요 내용을 정리하면 다음과 같다. 첫째, 봉건적 파시즘 문화의 청산, 둘째, 남쪽의 일체 반민주적 문화에 대한 거세, 셋째, 미 반동군정과 이승만, 김구에 대한 비판 등이다. 그리고 그 연장선에서 북쪽 주둔군이었던 소련군과의 협력 강화 사업이다.

〈조소문화협회〉가 내세운 결정서의 특징은 무엇보다 당의 결정에 따른 것이라 할 수 있다. 물론 남쪽의 결정서도 조선공산당의 지시에 의한 것이지만, 북쪽과 비교하는 것은 어불성설이다. 북의 경우는 실체적인 당의 지배하에 놓인 공간이기 때문이다. 그러니까 어느 한 이론가의 주장이나 이념에 의해 막연하게 영향력을 끼치는 상황과는 거리가 있었던 것이다. 이 단체는 얼마 지나지 않아 〈북조선문학예술총동맹〉[42]으로 발전적 계승을 이루게 되는데, 이런 변화는 남쪽의 〈조선문화단체총연맹〉의 결성과 무관한 것이 아닐 터이다. 이제 남쪽이나 북쪽 모두 민족문학 건설을 위한 하나의 대오를 형성하게 되었다는 점에서 그 의의가 있을 것이다.

## 2) 『凝香』 사건의 전말

민족 문학 건설이라는 큰 범주 속에서 남쪽의 문학이 방향을 모색하고 있을 때, 북쪽의 원산에서는 소위 『凝香』 사건이라는 것이 발생했다[43]. 이 시집은 원산을 중심으로 활동하던 문인들이 사화집 형식으로

---

41) 위의 책, pp.364-365.
42) 이 단체는 평양 노동신문사에서 개최되었고, 그 시기는 1946년 10월 13-14일이었다.
43) 이 시집이 간행된 것이 1946년 말이고, 발행 주체는 '문예총' 원산지부였다. 이기봉, 『북의 문학과 예술인』, 사사연, 1986, p.188.

펴낸 것인데, 거기에 담긴 내용들은 북쪽의 현실, 엄격히 말하면 북쪽의 요구와는 일정한 거리가 있는 것들이었다. 그러한 것이 원인이 되어 하나의 사건으로 발전한 것이 시집 『응향』 사건의 전말이다.

실상 이 사화집은 몇가지 점에서 통상적인 차원을 넘어서는 것이었다. 하나는 동인들의 성향이다. 사화집이란 비슷한 세계관을 갖고 있는 문인들이 동일한 문학관을 펼쳐 보이기 위해서 간행되는 것이 일반적인 경우이다. 그런데 이 시집의 구성원들에게서 공통되는 하나의 세계관을 찾을 수 없을 만큼 이들은 다양한 세계관의 편차를 드러내고 있었다. 그러한 다양성이란 하나의 통일성이 전제될 수밖에 없는 북쪽의 현실과는 거리가 있을 수밖에 없었는데, 이런 면들은 아마도 해방 공간이 보여준 이념의 다양성들, 혹은 세계관이 다른 사람들이 어쩔 수 없이 공존할 수밖에 없었던 환경이 마련해준 것이라 할 수 있을 것이다.

둘째는 지도 이념과의 상관성인데, 이미 북쪽의 현실은 노동 계급의 전위성을 바탕으로 사회주의 건설이 순조롭게 진행되는 현실을 맞이하고 있었다. 이 사건이 1946년 말에 있었는바, 이때는 이미 시기상 사회주의 이념이 마련되고 그 여파가 사회 구석구석에 영향을 발휘하고 있는 때라고 할 수 있다. 다시 말하면, 당이 존재하고 있었고, 그 지도 하에 당파성의 힘이 사회 저변에 유폐적 그물망으로 작용하고 있었다. 그런 상황 속에서 당파성과 배치되는 작품이 상재된다는 것은 있을 수 없는 일이다. 물론 여기에 반론의 여지가 전혀 없는 것은 아니다. 아직 건설기에 놓여 있는 사회이기에 제반 모든 것들이 갖춰지기에는 아직 시간도 부족했거니와 가끔은 비당파적인 것들이 수면 위로 올라올 수 있는 개연성이 얼마든지 있었기 때문이다. 하지만 이는 가능성의 차원에서 그쳐야 할 문제에 속하는 것이었다.

어떻든 시집 『凝香』은 출간되었고, 여기에 담긴 서정적 내용들에 대해 평양에서 문제 제기가 있었다. 작품의 내용을 문제 삼아 문예총 상임위원회에서 시집 『凝香』에 대한 결정서가 발표되었는데[44], 그 대강의 내용을 요약하면 다음과 같다.

1. 시집 『응향』은 북조선 현실에 대한 회의적, 공상적, 퇴폐적, 도피적, 절망적, 반동적 경향을 가졌다.
2. '원산문학가동맹'은 이단적인 유파를 조직적으로 형성하고 있다. 실로 북조선 예술운동을 좀먹는 것이며, 아직 약체인 인민 대중에게 악기류(惡氣流)를 유포시켰다.
3. '북조선예총'은 즉시 시집 『응향』의 판매를 금지시킬 것.
4. '북조선예총'은 이 문제의 비판과 시정을 위하여 검열원을 전국 각지에 파견하는 동시에 '북조선문학동맹'에 다음과 같은 과업을 위임한다.
   가. 현지(원산)에 검열원을 파견하여 시집 『응향』이 편집 발행되기까지의 경위를 상세히 조사할 것.
   나. 시집 『응향』의 편집자와 작가들과의 연합회의를 개최하고 작품의 검토 비판과 작자의 자기 비판을 가지게 할 것.
   다. '원산문학가동맹'의 사상 검토와 비판을 행한 후, 책임자 또는 간부의 경질과 그 동맹을 바른 궤도에 세울 적당한 방법을 강구할 것.
   라. 시집 『응향』의 원고 검열 전말을 조사할 것.[45]

---

44) 이 사건이 남쪽에 알려진 것은 이듬해인데, 〈문학가동맹〉 기관지였던 『문학』3호(1947, 4)에 그 전문이 게재됨으로써 수면 위로 떠올랐다.
45) 이기봉, 앞의 책, pp.195-196.

　그동안 비교적 자율적 원칙 하에 진행되던 북쪽의 문예 활동에 이런 지침서가 나온 것이 매우 낯선 일이 아닐 수 없었을 것이다. 물론 해방 이전에도 문예에 대한 지도 비평이 전혀 없었던 것은 아니다. 카프가 형성된 후, 그 구성원들의 작품에 대해 당파적 요인과 그렇지 않은 요인들에 대한 비평들이 꾸준히 있어온 까닭이다. 이를 주로 담당했던 사람이 임화였거니와 그 궁극의 목적은 카프의 지도 이념을 올바로, 그리고 단선적으로 실현하는 것이었다.

　하지만 카프 시절에 흔히 있어 왔던 비판에도 불구하고 시집 『응향』에 대한 문예총의 결정서는 상당히 큰 무게감 혹은 압박감으로 다가오게 된다. 그런 정서의 함량은 대개 이런 데서 오는 것이었을 것이다. 우선 환경적인 측면에서 그러한데, 잘 알려진 것처럼 북조선 현실은 이미 당이 존재하고 있었거니와 이는 곧 당파성의 올곧은 실현과 밀접한 관련이 있는 것이었다, 뿐만 아니라 이 당파성의 힘은 권고와 같은 가벼운 차원에서 그치는 것이 아니었다. 지금까지와 달리 강제성이 당연히 수반될 수밖에 없었던 것인데, 이 결정서에 나와 있는 것처럼, 『응향』의 폐기라든가 자아비판과 같은 실천 행위가 요구되었기 때문이다.

　개인의 서정에 바탕을 두고 쓰여진 것이 『응향』에 수록된 작품이긴 했지만, 이 때 주된 당사자였던 구상의 작품들이 왜 북쪽에서 비판이 표적이 되었는가. 그리고 그 바판의 끝자락에서 어째서 이런 결정서가 나올 수밖에 없었던가 하는 이유가 밝혀지게 된다. 단순히 이념과 체제의 차이에 의한 세계관의 갈등 차원에서 이 사건의 본질에 대해 접근하는 것은 어려운 일이기 때문이다. 구상이 이때의 일을 회고하고 기술한 것에 기대게 되면, 이런 사실은 어느 정도 이해할 수 있는 근거로 작용한다[46]. 구상은『응향』에 수록된 작품 가운데 가장 문제시 되었던 것 가운데 하나가「黎明圖」라고 판단했다. 이 작품은 다음과 같은데, 실제로 이를 꼼꼼히 읽어 보게 되면, 북쪽의 결정서가 전혀 근거가 없는 것이 아닌 것임을 이해하게 된다.「여명도」를 통해서 그 저간의 사정을 살펴보기로 하자.

동이 트는 하늘에
가마귀 날아

밤과 새벽이 갈릴 무렵이면
〈카쓰바〉 마냥 수상한 이 거리는
기인 그림자 배회하는 무서운
골목---

이윽고
북이 울자
원한에 이끼 낀 성문이 빠개지고
구렁이 잔등같이 독이 서린 한길
위를

햇불을 〈시빈〉이
깨어라!
외치며 白馬를 날려

---

46) 구상,『구상문학선집-시집『응향』필화 사건 전말기』, 성바오르 출판사, 1975.

말굽소리
말굽소리

창킅 부닥치어
殺氣를 띠고
백성들의 아우성

또한 凄然한데

떠오는 太陽 함께
피 토하고

죽어가는 사나희의 微笑가
고웁다
— 구상,「黎明圖」 전문

  구상은 이 작품이 왜 문제시 될 수밖에 없었고, 그렇게 흘러간 이유
들에 대해 자작시 해설에서 몇마디 이야기한 것이 있다. 그러니까 그는
『응향』에 대한 결정서가 나올 수밖에 없었던 필연적인 이유에 대해 스
스로 고백하고 있는 형국이 되고 있는 셈이다. 구상의 말을 먼저 들어보
도록 하자.

  「여명도」는 그 제목이 명시하듯 일제하의 암흑시대가 가고 광복의 여
명을 맞은 당시의 우리 상황을 나대로 그린 작품인데, 지금 새삼 보아도
소련군이 덮쳐 있고 공산당이 지배하는 그 북한 속에서 스스로 용케도

썼구나 하는 아슬한 생각이 들며, 그러한 무서움도 자기 회피도 모르던
순수한 시적 정열이 오히려 그리워지기까지 한다.
　솔직히 말해 당시 남북을 막론하고 시인들이 해방찬가에 취해 있을
때, 나의 시인적 예지랄까 감촉은 이 여명이 결코 단순한 축복이 아니
라 여러 가지 불길한 조짐과 그 시련으로 차 있다는 실감이 들게 하였으
며,[47)]

　인용글은 『응향』 사건 이후에 쓴, 후일담 형식의 글이지만, 왜 사건이
일어날 수밖에 없었던가하는 면을 잘 보여준다는 점에서 주목을 요하
는 것이라 할 수 있다. 이 사건이 소련에서 행한 「잡지 『별』과 『레닌그라
드』에 관한 1946년 8월 14일자 소련공산당 중앙위원회의 결정」을 그대
로 흉내내서 발표했다고 하는데, 어쩌면 이는 사실일지도 모른다. 소련
공산당 중앙위원회의 결정은 『레닌그라드』등에 발표한 작품을 두고 무
사상적이고 무원칙적이고, 퇴폐적인 부르주아 문화의 시궁창에 빠져있
다고 비판한 것이었는데, 이런 비판의 요지들은 『응향』에도 그대로 적
용되고 있기 때문이다. 그러니까 구상의 말은 소련공산당의 그것과 평
양의 그러한 결정이 똑같은 연장선에 놓여 있다고 보는 것이다[48)].
　하지만 중요한 것은 그 모방 여부에 있는 것이 아니다. 소련 공산당
이 시행한 것과 유사한 모방일지는 몰라도 문제의 핵심이 되었던 「여명
도」는, 적어도 구상 자신의 자작시 해설을 그대로 따른다면 북의 현실과
는 참으로 동떨어진 내용으로 가득 차 있는 것이 현실이다. 특히 건설기
에 놓여 있는 북쪽 사회를 "동이 트는 하늘에 가마귀 날아"로 폄하하는

47) 이기봉, 앞의 책. pp. 190-191.
48) 김윤식, 『해방공간의 문학사론』, 서울대 출판부, 1989, pp. 27-28.

것은 북쪽 입장에서 보면, 체제 부정이고, 따라서 반동적인 일에 해당하는 것이었다. 구상의 글이 이 사건 이후 한참 뒤에 쓰여진 것이고, 그러한 까닭에 체제 적응을 위한 그 나름의 견강부회가 들어가 있을 수도 있을 것이다. 하지만 그러한 면을 감안한다고 해도 작품 면면에 드러나는 것들, 가령 북쪽 사회에 대한 부정은 이 사회에서 수용하기 어려운 것들이었다. 당의 요구가 면밀히 요구되는 사회에서, 그것도 체제를 부정하는 의도를 갖고 있는 작품을 용인하는 일이 과연 가능한 것일까. 어느누가 국가를 전복시키는 반역을 눈감고 넘어갈 수 있겠는가. 따라서 이런 결과를 두고 『응향』 사건이 가르쳐 준 교훈을 장르 자체의 특성이나체제의 한계를 통해서 이해하거나 응시하는 것은 납득하기 어려운 일일 것이다. 이런 태도는 종래의 서정시 개념이 북쪽에서 더 이상 존속될 수 없음을 밝힌 점[49]이라는 의견과도 관련이 있는데, 어느 집단에 있어서나 체제를 부정하는 것은 허용될 수 없는 일일 것이다. 그러니까 북쪽문단의 입장에서 보면, 『응향』에 대한 결정서와 그 처리의 과정은 매우합당한 것이었다고 하겠다.

### 3) 민족주의의 원형으로서 시문학 형성과 「백두산」의 의의

시집 『응향』과 더불어 북쪽 문단에서 또 하나 주목해야 할 시집이 바로 『백두산』이다. 이 시집은 해방 이후 북쪽 문학의 원형으로 자리하고 있다는 점에서 그러한데 여기서 주목해서 보아야 할 것이 기본 모순으로서의 민족 모순과, 체제를 만들어나가는 정통성의 문제들이다.

---

49) 위의 책, p. 29.

잘 알려진 것처럼, 일제 강점기 진보주의 문학은 카프였다. 카프를 매개하고 있는 기본 모순이란 계급적인 것에서 오는 것이었다. 그런데 이 모순이 일제 강점기 하에 그 나름의 정합성을 갖는 것이었는가 하는 것은 언제나 제기되는 문제였다. 일제가 지배하는 현실이란 계급 모순이기보다는 민족 모순에 근거하고 있다는 사실이야말로 이론의 여지가 없는 것이었기 때문이다. 따라서 민족적인 것들에 놓여 있는 여러 모순 관계들에 대한 해결이 우선시 되는 것이 이 시기의 당면 과제들이었다. 그러니 어째서 계급 모순이 이보다 앞서 있는 것인가 하는 것은 당연히 제기되는 의문이었다고 하겠다. 물론 카프 구성원들도 이 점에 대해 전혀 무지한 것은 아니었다. 해방 직후 〈문학가동맹〉에 참여했던 구성원들의 자기 비판에서 이 문제가 한때나마 표면적으로 드러났기 때문이다. 그들의 논리는 이런 것이었다. 계급 모순이 해결되면 민족 모순의 해결 또한 당연히 뒤따르는 것으로 보았기 때문이고 그래서 아무런 여과 장치없이 계급 모순의 해결에 집착했다고 말이다[50].

그럼에도 일군의 작가들은 계급 모순의 해결에만 급급하여 현실 변혁 운동을 추동한 것은 아니었다. 실상 일제 강점기의 모순들에 대항하는 형태들은 얼마든지 있을 수 있었는데, 그 도정에서 민족적인 문제들이 자연스럽게 등장하고 있었다. 그 하나가 시인들의 작품 속에서 은연중에 드러나기 시작한 국경의식과 그것이 매개되는 민족 모순의 확인이었다.

국경이란 한 나라와 다른 나라 사이에 놓인 경계선이라는 물리적 사실을 넘어서 서로간의 존재를 확인할 수 있는 예민한 지대이다. 가령 일

---

50) 권환, 「문화전선도 급속통일하자」, 『해방공간의 비평문학1』, p.150.

제 강점기 우리 문학사에 등장했던 현해탄 콤플렉스라든가 얄루강 콤
플렉스가 그러한데, 전자는 임화에 의해서 잘 알려진 바 있거니와 후자
는 이찬 등의 시에서 중점적으로 등장하는 정서이다. 특히 이찬의 대표
작인 「결빙기(結氷期)--소묘 얄누장안(岸)」과 「눈내리는 보성(堡城)
의 밤」 등에서 이를 잘 확인할 수 있는데, 그가 여기서 읽은 것은 밀수꾼
이나 장사치들이 오가는 장소로서가 아니었다. 얄루강가에는 시대적 함
의를 담고 있는 함박눈이 있는가 하면, 길어가는 밤거리에 들리는 '수하
(誰何)' 소리도 있는 것으로 인식한 까닭이다. 뿐만 아니라 여기에는 경
비를 서는 삼엄한 총검의 빛도 있고, 포대도 있다. 수하라든가 총검, 포
대를 통해서 보성이라는 지역이 국경임을 알 수 있게 하거니와 연속되
는 긴장의 끈들이 이 지역을 지배하고 있음을 상징적으로 보여주고 있
는 것이다. 이찬의 시들은 이렇듯 얄루강가에서 생산되고 있었는데, 이
런 의식이야말로 민족 모순의 한 단초를 보여주는 것이라 할 수 있다.

　이찬의 시에서 국경지대는 굴종과 억압이 지배하는 곳이 아니다. 시
인의 의식을 통해서 이 지대는 이제 새롭게 태어나게 되는데, 파인의
「국경의 밤」에서 보듯 이곳은 불안과 경계로 점철되던 공간으로 한정되
지 않고 있는 것이다. 불안이라든가 굴종과 같은 부정적 정서들은 얄루
강에서 새로운 단계를 맞이하고 있었다. 뿐만 아니라 뿌리뽑힌 자들이
수동적으로 쫓겨가기만 하던 부정의 공간도 아니다. 이곳은 민족성이
깨어나고 조선적인 것이 새롭게 부활하는 긍정의 지대로 태어나고 있
는 것이다. 그 긍정성이란 조국에 대한 새로운 희망, 제국주의에 대한 안
티 담론의 형성이다. 그곳은 언제든 조국 해방을 위한 독립군이 들어올
수도 있는, 벅찬 감격의 순간을 만들어낼 수 있는 공간 가운데 하나로

자리하고 있는 것이다[51].

> 돌아온 玄海灘아 너는 千萬年 빛나리라고
> 이는 내가 너에게 주는 讚歌이었노라
> 그러나 玄海灘아 너는 돌아오지 않았고
> 꿈없는 굴욕을 너는 다시금 이 땅에 실어 왔노라
>
> 원쑤는 玄海灘 너 깊이 꺼꾸러졌건만
> 새로운 도적 너를 넘어 남쪽땅을 더럽히거니
> 八月을 맞이한 이 나라의 기쁨 한없이 컸지만
> 苦難의 길 우에서 형제는 두 번 다시 원수와 싸우는 도다
>
> 玄海灘아 이 나라 인민은 옛 백성이 아니요
> 너도 이제는 옛 玄海灘이 아니어니
> 도적은 반드시 너를 타고 敗亡할 날이 있으니
> 玄海灘아 알어라 조국은 정복될 수 없음을
>
> 내 그날 다시 너의 讚歌를 부르리니
> 北風은 불어 玄海灘을 휩쓸어라
> 玄海灘아 이러나 천길 파도를 일으키리
> 원쑤의 길 영원히 끊고 돌아오라 祖國으로
>
> — 이찬, 「현해탄」 전문

---

51) 송기한, 「북방 정서와 혁명적 열정」, 『한국 근대 리얼리즘 시 연구』, 박문사. 2021.

「현해탄」은 해방 직후 쓰여진 이찬의 시이다[52]. 국경 정서를 작품의 소재로 하고 있다는 점에서 해방 전의 시정신과 꼭 닮아 있다. 다만 차이가 있다면, 해방 이전에는 주로 북국의 정서를 담아낸 것에 비해서 인용시는 남국의 정서를 표현하고 있다는 점이다. 하지만 해방 이전과 해방 이후의 상황을 감안하면, 그의 작품 세계는 동일한 공유지대를 갖고 있다고 해도 무방한 경우이다. 모두 민족 모순을 토대로 하고 있다는 점에서 그러한데, 실제로 그의 이러한 정서들은 아마도 해방 공간 북쪽의 현실과 제대로 연결되고 있다는 점에서 의미가 있는 것이라 하겠다.

이 작품에서 현해탄에는 두 가지 의미가 내포된다. 하나는 조국 독립에의 환희이고 다른 하나는 조국을 굴종시키는 반역에 대한 것이다. 전자는 거꾸러진 원수에 의해 실현되고 후자는 또다시 몰려오는 조국 독립에 대한 반동 세력들에 대한 경계이다. 물론 독립이 되었으니 전자는 크게 문제될 것이 없어 보인다. 하지만 후자의 인식은 상황이 매우 다른 경우이다. 이 정서를 대표하는 것이 조국의 완전한 독립을 방해하는 반동 세력이며 또한 외세임은 분명할 것이다. 그래서 서정적 자아가 이에 대한 대항담론으로 기대하는 것이 '북풍'이다. 그 힘차게 몰아치는 가열찬 바람의 힘으로 현해탄을 넘으려는 세력, 조국의 완전한 독립을 방해하는 세력을 초월하고자 하는 것이다. 이찬은 일제 강점기부터 선지적 예견자임을 자처했고, 이를 미래의 대망의식으로 연결해 왔다. 그러한 시각은 여기서도 예외가 아닌데, 그 상징적 표현이 바로 '북풍'이었던 것이다.

이 작품은 일제 강점기 임화의 「현해탄」과 여러 측면에서 비교될 수

---

52) 『문학예술』 창간호, 1947.4.25.

있다. 임화가 「현해탄」에서 그린 것이란 민족적인 비애와 그로 인한 좌절의 정서였다. 그럼에도 잃어버린 조국에 대한 희망의 정서 또한 올곧게 붙들고 있었다. 하지만 그 열정이랄까 강도는 매우 제한적인 것이었다고 할 수밖에 없었는데, 이는 일제라는 암울한 객관적 현실이 엄연하게 살아 있었기 때문에 그러했을 것이다. 이런 가능성과 좌절이 만든 모순의 감정이 바로 현해탄 콤플렉스를 만들어낸 중심 매개였을 것이다.

하지만 이찬의 작품에는 이런 콤플렉스가 비집고 들어갈 여백이란 전혀 존재하지 않는다. 그는 자신의 내면을 미래에 대한 열정과 자신만만한 낙관의 정서로 가득 메우고 있기 때문이다. 이런 전망들이란 북쪽에서 펼쳐지고 있는 현실과 분리하기 어려운 것이라는 점에서 그 의의가 있는 것이라 할 수 있다. 다시 말해 이찬의 작품에는 이 시기 북쪽 문학이 지향하는 기본 방향과 일치하고 있었다는 사실이다.

해방 직후 북쪽 문학의 건설 방향, 곧 민족 문학의 기본 방향은 민족을 최우선시 하는 것이었다. 일제 강점기나 해방 공간에서 늘상 제기되는 것 가운데 하나가 모순의 우선순위에 대한 것이었거니와 대부분의 경우 민족 모순보다는 계급 모순을 앞에 두었다. 이런 기조는 남쪽의 진보주의 진영에서도 크게 다른 것은 아니었다. 일제 강점기에 지나치게 계급 모순에 중점을 두었던 방향에 대한 자기비판이 있긴 했지만, 이전과 크게 달라질 것은 없었다.

하지만 북쪽의 경우는 그 사정이 달랐다. 김일성 중심으로 사회 주도 세력이 바뀌면서 계급 모순보다는 민족 모순이 크게 부각되었기 때문이다. 물론 그 사상적 기반이 된 것은 항일 빨치산 운동이다. 이 항일 투쟁이 민족 모순에 의거한 것은 당연한 것인데, 이런 역사를 고무, 추동하기 위해서는 민족적 관점에서 보는 이해들이 해방 이후에도 계속 제기

되어야 했을 것이다. 이찬의 민족 정서와 이에 기반한 혁명적 열정이 주
목받는 것은 이런 저간의 사정과 밀접히 관련되어 있는 것이라 하겠다.

항일 혁명 운동과 그 계승된 민족 모순 등과 관련하여 이 시기 북쪽
문단에서 가장 주목의 대상이 되는 작품은 아마도 조기천의 「백두산」
일 것이다. 조기천은 1913년 함경북도 회령 출생으로 북쪽 문단에서 보
면 거의 신인급에 속하는 시인이다. 그는 어린 시절 가족을 따라 소련으
로 건너가 그곳에서 학교를 다녔고, 최종적으로는 옴스크에 있는 고리
키 사범대학을 졸업한 것으로 되어 있다. 이후 해방이 되던 해인 1945년
소련군의 진주와 더불어 평양으로 들어오게 되는데, 이런 그의 이력으
로 비추어 볼 때, 조기천은 해방 직후 신인 그룹의 시인이자 소련파 시
인이었다고 할 수 있다. 어떻든 북으로 돌아온 그는 서정시 「두만강」을
발표했고, 다시 그 이듬해 장편서사시 「백두산」[53]을 발표하기에 이르른
다. 이 작품은 1937년 6월 4일에 일어났던 보천보 전투를 배경으로 한
시이다. 이 전투가 주된 내용이긴 하지만 작품의 서두에 나와 있는 것처
럼 장백산 근처의 홍산골 전투도 일부 작품화함으로써 항일 투쟁의 외
연을 폭넓게 담고 있는 시이기도 하다.

「백두산」은 북쪽의 시문학 뿐만 아니라 남쪽의 문학사에서도 매우 의
미있는 작품 가운데 하나로 자리한다[54]. 우선, 해방 공간에서 상재되었

---

53) 「백두산」은 1989년 1월 실천문학사에서 발간함으로써 남쪽 문단에 알려지게 되었
다.
54) 「백두산」이 북쪽에서 나온 것이긴 하지만, 해방 공간의 역사는 어떻든 남북 모두에
게 공통적으로 적용되는 것이라 할 수 있다. 뿐만 아니라 이 작품이 다루고 있는 것
역시 항일무쟁투쟁이다. 달리 이야기하면 사회주의 혁명을 작품화한 것이 아니기에
이 또한 남북이 공유할 수 있는 것이라 하겠다. 이런 요인들로 인해 이 작품을 해방
공간의 문학에서 남북 모두의 문학사로 취급하는 것은 낯선 일이 아니라고 할 수 있
다.

다는 점에서 그러하고 또 이 작품이 다루고 있는 주제 역시 남북이 함께
공유할 수 있는 무장 투쟁의 역사라는 점에서 그러하다. 잘 알려진 대로,
일제 강점기의 항일 투쟁의 역사는 1930년대를 기점으로 크게 두 가지
방향으로 나눌 수 있는데, 30년대 이전의 항쟁들이 주로 우파 계열에 의
해서 주도된 것이라면, 1930년대 이후에는 주로 좌파 계열에 의해서 주
도되었기 때문이다. 「백두산」이 다루고 있는 것은 후자의 역사이며, 그
가운데 1937년의 보천보에서 있었던 항일 무장 투쟁이 그 소재로 되어
있는 것이다. 독립운동사에서 이 항쟁이 의미있는 것은 그 규모에 있는
것이 아니었다. 비록 투쟁의 폭은 작았다하더라도 점점 소멸해가는 것
처럼 보였던 항일에 대한 의지라든가 민족 정기가 결코 꺾이지 않고 되
살아났다는 상징적인 의미를 갖고 있었기 때문이다. 다시 말하면, 거의
소멸해가는 듯한 독립 투쟁이 다시 소생하고 있었다는 데 크나큰 의의
가 있는 것이었고, 이런 항쟁들이 여전히 현재진행형임을 보여준 것, 그
것이 보천보 독립 투쟁이 갖는 가장 큰 의의라 할 수 있을 것이다.

　「백두산」은 서사시라고 했거니와 특히 이 작품은 서사시가 요구하는
장르적 특성을 여러 측면에서 잘 보여주고 있다. 서사시의 요건은 여러
가지 의장으로 그 장르적 의미가 실현 될 수 있는데, 그 가운데 가장 대
표적인 것은 개국이라는 주제이다. 새로운 국가를 건설하는 신성성, 그
리고 그러한 국가를 만들기 위한 영웅들의 일대기, 집단의 이념 등등이
서사시의 중요 요건이라 할 수 있는데, 「백두산」은 그러한 단면들을 충
실히 구현하고 있는 것이다.

　먼저 「백두산」은 서사시의 한 특징적 단면인 새로운 국가 건설, 국가
창조에 관한 이야기를 담아내고 있다. 실상 일제 강점기라는 현실과 그
로부터 독립투쟁을 쟁취하는 것 자체야말로 국가 창조라는 서사시의

주제 의식과 자연스럽게 연결되는 부분이라고 할 수 있을 것이다. 이는 신성성이라는 주제의식의 서사적 구현에 해당된다. 「백두산」에서 보여준 항일 무장 투쟁의 역사가 보천보 전투 하나에서 그치지 않고 다양한 지역의 전투를 묘사하고 있는 것도 이와 밀접한 관련이 있을 것이다. 다시 말해 「백두산」의 1장에서 다루고 있는 백두산 주변에서 일어났던 여러 항쟁들에 대한 묘사와 더불어 홍산골의 전투에 대한 서사화가 이를 말해준다 하겠다. 「백두산」의 서사적 요건들은 국가 건설의 도정, 이를 위해 투쟁하는 인물군들, 그리고 집단의 이념 실현 등 다양한 방면에서 이루어진다.

그다음---
그담엔 홍산골이 터졌다---
총소리, 작탄소리, 기관총소리,
놈들의 아우성소리!
그담엔 절벽이 무너졌다
다닥치며 뛰치며 부서지며
바위들이 골짜기를 처부신다
"만세!" "만세!"--골안을 떨치며
산비탈에 숨었던 흰 두루마기들
나는 듯이 내달렸다
여기서도 돌격의 "악!"
저기서도 "악!" "악!"
설광과 마주치는 날창
번개같이 서리찬 하늘을 찢는다
"동무들!

한놈도 놓치지 말라!"
이것은 작렬되는 육방의 첫 구령소리[55]

먼저 서사시의 특성 가운데 하나인 국가 건설이라는 신성성의 측면이다. 「백두산」에서 가장 먼저 그려지는 부분은 홍산골 전투 장면이다. 인용시의 장면은 백두산 주변인 홍산골 등지의 전투 상황을 묘사한 부분인데, 작품에 잘 드러나 있는 대로 현장감과 긴장감이 뛰어나거니와 그러한 특성들은 마치 지금 여기서 전투가 벌어지는 듯한 착각을 불러일으킬 정도로 생생하게 환기되고 있다. 물론 이 전투의 주체랄까 핵심적 요인은 김일성과 그 휘하에 있었던 독립군들이다. 그 가운데 가장 주목이 되는 것은 김일성이고, 그 영도력일 것이다. "동무들!/한놈도 놓치지 말라!"가 그러하다. 그럼에도 「백두산」은 김일성을 중심에 놓고 그려진 작품은 아니다. 물론 이런 단면은 50년대 이후 유일 사상 체계가 전면에 등장하기 이전이라 가능했을 수도 있다[56]. 어떻든 그럼에도 항쟁의 저변에서 이를 지도하는 김일성의 영웅성이 퇴색하는 것은 아닐 것이다. 여기서 강조되는 것은 무엇보다 투쟁의 역사이고, 그 준거점이 되는 민족 모순에 대한 인식이다. 그것을 우선 충실히 그려내는 것만으로 이 작품은 의미가 있는 것이었다.

둘째는 투쟁하는 인물들의 영웅성 문제이다. 이 작품에서는 투쟁하는 주체들이 여러 명 등장한다. 우선, 그 가운데 하나가 철호라는 인물인데, 그는 홍산골 전투 이후 김대장의 명령으로 국내에 잠입하는 임무를 갖는다. 그리고 국내에 들어온 뒤, 철호는 꽃분이라는 인물을 만나게 되고

55) 「백두산」, pp.18-19.
56) 임헌영, 「민중적 영웅주의의 구현」, 『백두산』 해설, 위의 책.

그의 도움으로 유인물을 제작하게 된다. 그 도중에 일본 순사에게 잡힐 수 있는 위기의 순간을 맞이하기도 하지만 그 순간을 꽃분의 재치로 넘기게 된다. 이렇듯 이 작품에는 김일성을 비롯해서 그 조력자들이 많이 등장하거니와 이들이 힘을 합쳐 투쟁이라는 거대한 배를 앞에서 끌고 뒤에서 밀고 하는 일체화된 모습을 보이고 있다.

「백두산」에 등장하는 인물들에는 성분이랄까 직업 등과 같은 계급적 요인들이 뚜렷이 드러나 있지는 않다. 그리고 이들이 어떤 경로를 통해서 빨치산 투쟁에 합류한 것인지에 대해서도 애매모호하게 처리되어 있다. 다만 꽃분의 경우는 그러한 과정이 비교적 잘 드러나 있는 경우인데, 그녀는 "고문대에 소리없이 매달린 청년"이나 "빨치산 남편을 천정에 두고 혹시 자기가 죽는 소리를 내면 남편이 뛰어내릴까 걱정되어 소리없이 죽은 아낙네"[57]에서 보듯 실존적 한계에 따른 존재의 전이를 이루어낸 뚜렷한 인물로 형상화되고 있는 것이 색다른 경우이다.

물론 등장인물의 계층이 분명하다고 해서 항일 무장 투쟁에 나서는 이들 인물군의 영웅성이 희석되는 것은 아닐 것이다. 민족 모순이라는 환경에서 보면, 건강한 의식을 갖고 있는 조선인이라면 모두 이 범주에 묶어둘 수 있는 까닭이다. 어쩌면 계급성이라든가 당파성에 매개되는 상황이나 사건들이 굳이 필요하지 않았을 수도 있을 것이다. 일제 강점기는 계급모순이 아니라 민족 모순이 상존하는 지대이기에 그런 것인데, 이런 단면들이야말로 카프의 그것과 구분되는 측면이 아닐까 한다. 그런 면은 투쟁의 선두에서 지휘한 김일성의 경우도 마찬가지인데, 이 시기 가장 중요한 것은 계급이 아니라 민족이었기 때문이다.

---

57) 「백두산」, pp.50-51.

셋째는 집단의 이념이다. 물론 여기서 이야기하는 집단의 이념이란 조선 민족의 그것과 분리하기 어려운 것이다. 민족 모순이 토대를 이룬 것이기에 항쟁의 주체가 조선인이 되어야 했고 또 그들의 이념을 담아내는 것이야말로 당연한 수순이라 할 수 있다. 그러한 면들은 빨치산들이 배고픔으로 말미암아 소를 잡아 왔을 때 벌어진 상황을 보면 대번에 이해할 수 있는 일이다.

> 우리는 대하가 되련다 바다가 되련다
> 우리의 근간도 민중 속에,
> 우리의 힘도 민중 속에 있다!
> 민중과 혈연을 한가지 한
> 빨찌산임을 우리 잊었는가?
> 우리 이것을 잊고
> 어찌 대사를 이루랴!
> 민중과의 분리---
> 이것은 우리의 멸망,
> 이것을 일제들이 꾀한다
> 우리 이것을 모르고
> 어찌 대사를 이루랴!
> 쩌엉-가슴을 가르고
> 치밀어솟는 의분!
> "이제도 죄책을 모르겠는가?"
> 석준에게 대장이 하는 말
> (---)

"임자를 찾아 소값을 물어주라!"[58]

이는 빨찌산 대원인 석준이 모두의 배고픔을 해결하기 위하여 소를
잡아 온 장면을 그린 부분이다. 그런데 잡아온 소를 살펴본 김대장은 이
소가 조선인의 것임을 알게 된다. 만약 소가 제국주의자의 것이었으면
석준은 칭찬을 받았을 것이고, 배고픈 대원들의 배를 채워주는 훌륭한
식량이 되었을 것이다. 그러나 소의 주인은 조선인이었기에 여기서 반
전이 일어난다. 그것은 "조선인이 어찌 약탈의 대상이 될 수 있는 것인
가"라는 인정론적인 차원의 정서가 개입되는 까닭이다. 약탈이란 비적
의 무리나 할 수 일이었다. 그러한 까닭에 약탈이 매개되는 빨찌산의 활
동은 더 이상 긍정적인 의의를 갖지 못하는 것이거니와 하물며 그것은
조선인의 것이 아니었는가. 그 한계를 초월하기 위해서 내려진 것이 "소
값을 물러주라"였는데, 이 담론에는 여러 중요 의미가 내포된다. 첫째는
김대장의 인품이다. 배고픔이라는 생물학적 본능도 집단의 이념을 넘을
수가 없다는 것, 이 윤리적 감각이야말로 「백두산」이 표현해낸 김대장
의, 아니 빨찌산의 가장 중요한 존립 근거라 할 수 있을 것이다. 둘째는
빨찌산 운동이 민중과의 완전한 합일에 의해서만 가능하다는 사유이다.
"민중과의 분리"란 곧 "멸망의 지름길"이라는 것인데, 실상 여기서 민중
의 개념이 무엇인지는 굳이 이야기할 필요는 없을 것이다. 혈연과의 유
대성 뿐만 아니라 반제국주의라는 윤리성을 갖춘 집단이면 누구와도
그 연대가 가능하다는 점이 시사되는 까닭이다. 이런 의식이야말로 민
족주의에 대한 강력한 드러냄일 것이다.

---

58) 「백두산」, pp.71-72.

「백두산」은 북쪽 최초의 서사시답게 여러 국면에서 신선한 면을 담아내고 있다. 그것은 해방 공간과 전후를 거치면서 서사시가 북한 문학사의 중요한 흐름으로 정착했기 때문인데, 그 중심이랄까 시초에 「백두산」이 자리하고 있었던 것이다. 뿐만 아니라 「백두산」은 항일 무장 투쟁을 소재로 한 최초의 작품이라는 점에서 그 시사적 의의가 있다고 하겠다. 「백두산」을 시작으로 항일 무장 투쟁을 다룬 서사 형식이 북쪽뿐만 아니라 남쪽에서도 다수 생산되었거니와 또 그 지도적 인물들에 대한 평전 형식들도 많이 상재되었다. 이런 성과들은 「백두산」의 영향으로부터 자유로운 것이 아닐 것이다. 셋째는 무쟁 투쟁에 임하는 인물들의 보편성 내지는 전형성의 구현이다. 「백두산」의 중심 인물은 철호와 꽃분인데, 이들은 이 시기 조선인들의 평균적인 인물에 해당된다는 점에서 의미가 있다. 평균성이란 보편성이고, 이런 아우라 속에서 이들의 특수성이 만들어지고 있는 것, 이러한 단면들을 「백두산」은 잘 구현하고 있는 것이다. 여기에는 해방 공간 이후 지속적으로 신성성이라든가 영웅성이 부여되고 있는 김일성의 경우도 마찬가지이다. 「백두산」에서는 그가 가장 큰 비중을 차지하는 영웅성 내지는 신성성으로 그려지기 보다는 철호나 꽃분이와 같은 수준의 영웅성으로 등장하는데, 이는 빨찌산 항쟁이 평범한 민중성과 결코 분리될 수 없다는 점을 보여주는 있는 단적인 예라 할 수 있을 것이다.

해방 공간 이후 북한 문학사의 원형으로 자리하고 있는 「백두산」은 이런 의의에도 불구하고 몇가지 한계점이 있는 것 또한 사실이다. 우선, 상황 설정에 압도된 나머지 서사시의 요건 가운데 하나인 이야기성의 흐름, 곧 서사적 구성이 자연스럽지 못다는 사실이다. 작품의 중간 중간이 단절되는 경우나 이야기의 흐름이 파편화되어 있는 것은 이런 이유

때문일 것이다. 두 번째는 인물들의 성격 발전이 자연스럽지 못하다는
점이다. 꽃분을 제외한 인물들의 성격 형성이 제대로 드러나 있지 않는
데, 가령, 이들이 어떤 경로를 거쳐 빨찌산에 합류하게 되었는가, 그리고
각각의 상황 속에서 이들이 어떻게 발전적으로 존재의 전환 과정을 거
치게 되었는가에 대해서 분명하게 제시된 경우는 거의 없는 까닭이다.
이야말로 이 작품이 갖는 본질적 한계라 할 수 있을 것이다.

어떻든 이런 한계에도 불구하고 「백두산」은 민족 모순을 담아낸, 해
방 공간의 최초의 작품이라는 사실은 아무리 강조해도 지나치지 않을
것이다. 전후 북쪽 사회가 초지일관해서 민족 모순에 기초한 포오즈로
부터 벗어나지 않고 있다는 사실을 감안하면 이런 면들은 더욱 그러하
다고 하겠다. 민족 모순의 대상이 바뀌면서 전후 북한 사회는 계속 이런
감각을 유지해 왔다. 요컨대, 새로운 국가 건설과 그 성숙, 발전의 도정
에서 특정 인물들에게 부여하는 영웅성, 신성성 등이 계속 고무, 추동되
어 왔던 것이 북한의 문학사임을 감안하면, 「백두산」은 그 첫머리에 놓
인 작품이라는 점에서 의의가 있는 것이라 하겠다.

# 제4장
# <문학가동맹>계 시인들

해방이 되었고, 이제 문인들은 해방된 현실에서 그들 나름의 국가와 그에 걸맞은 민족 문학을 수립하면 되는 현실을 맞이하였다. 그러한 현실에서 가장 주목의 대상이 되는 문인들은 일제 강점기부터 카프 운동을 주도했던 그룹들이다. 이들에게는 세워야 할 목표가 분명히 있었고, 그 도정을 위해서 자신들의 문학을 끊임없이 탐색해 오던 터였다. 말하자면, 추구해야 할 목적이 바로 눈 앞에 전개되고 있었고, 그를 위한 문학이 만들어지면 일차적으로 그들의 목표는 완성되는 것이었다. 그러니 해방 공간은 그들에게 완벽하게 주어진 공간, 기회의 공간으로 다가오게 된 것이다.

## 1. 허약한 이념주의자의 꿈과 좌절-임화

한국 문학사에서 진보주의 문학의 대표 문인이 임화라는 사실에 이의

를 달 사람은 아무도 없다. 그는 일제 강점기 카프 문학이 정립되는 데
있어서 이론적 기반을 제공했고, 카프가 문단의 주도권을 행사하는 데
크나큰 기여를 한 인물이다. 여러 비당파적인 요소들을 예리한 정론적
비평으로 제거해나감으로서 임화는 카프의 지도적 인물로 자리잡았다.

임화의 그러한 행보는 해방 이후에 더 활발한 면을 보여주었다. 1945
년 해방 이튿날인 8월 16일 〈조선문학건설본부〉를 가장 먼저 결성함으
로써 조직에 강했던 그의 자질을 보여주었다. 그는 이 조직을 기반으로
해방 직후 진보문학의 대표격인 〈문학가동맹〉을 결성했으며, 그 상위
조직인 남로당의 이론가로 자리 잡게 된다. 임화는 이론가로서, 혹은 조
직가로서 탁월한 솜씨를 보여주었지만, 그는 한편으로는 시인이었다.
그가 시인이었다는 사실, 그리하여 논리가 지배하는 산문의 세계와는
항상 일치할 수 없는 평행선이 자신 속에 놓여 있었다는 점은 늘 염두에
둘 필요가 있었다. 이런 관점을 가질 때, 해방 공간에서의 임화의 행보를
정확히 이해할 수 있기 때문이다.

해방 직후 임화가 쓴 시들은 주로 헌시 계통의 시들[1]이었다. 뿐만 아
니라 「학병은 돌아오라」[2]에서 보듯 일제 강점기 징용 등으로 끌려간 사
람들을 소재로 한 것도 있었다. 말하자면 카프이론가로서 혹은 〈문학가
동맹〉이론가로서 그는 이 시기 다양한 주제의 작품을 상재하고 있었던
것이다.

해방 공간에서 임화의 문학적 논리나 시의 방향을 논의하기 위해서는
먼저 몇 가지 사항들이 고려되어야 할 것으로 보인다. 임화 시를 두고

---

1) 임화는 해방 직후 '헌시'라는 제목으로 두 편의 시를 썼는데, 하나는 1945년 12월 『인
민보』에, 다른 하나는 1946년 1월 〈주보건설〉에 실렸다.
2) 『학병』, 1946.2.

이렇게 여러 방향에서 살펴보아야 할 근거는 다음과 같은 이유 때문이다. 우선, 해방공간과 전쟁을 거치면서 너무도 극적이었던 임화의 행보와 그의 처절한 운명 때문에 그러한데, 그는 〈문학가동맹〉의 이론가였지만, 북에서 미제 스파이라는 죄목으로 처형되었다는 극적 상황이 공존하는 매우 예외적인 인물이었다.

임화의 논리와 그 시적 세계를 살펴보는 데 있어 〈문학가동맹〉의 탄생 과정은 매우 중요한 것이 아닐 수 없다. 그것은 그가 민족 문학 건설의 기본 방향으로 내세운 '인민성'의 논리와 분리하기 어려운 것인데, 인민성이란 일종의 타협주의라는 혐의에서 벗어날 수 없는 것이었기 때문이다. 이념이란 타협이 불가능한, 순수 세계이기에 민족 문학 건설에 있어 인민성이란 과연 가능할까라는 회의와 무관하지 않을 것이다. 그럼에도 이 타협은 모든 것이 그저 좋다는 식의 막연한 것은 아니었다. 민족 반역자나 친일파, 혹은 국주주의자 배격이라는 전제가 엄연히 존재하고 있었기 때문이다[3]. 그런데 임화의 논리는 해방 정국의 상황을 감안할 때, 무리한 조건이 아닐 수 없었다. 계급보다는 민족이라는 단일성이 무엇보다 필요한 시기였기 때문에 그러하다. 따라서 어디까지나 정치적인 범주에서나 가능한 것이었기에 문학 속에서 그 유효성이 인정되기는 어려운 것이 사실이었다. 그럼에도 이러한 관점은 임화가 지금껏 보여준 행보에 비춰볼 때, 일관된 입장이었다는 점에 주목할 필요가 있을 것이다.

임화는 시인으로서의 세계관과 이론가로서의 그것이 정확하게 일치하는 것이 아니었다. 비평 분야에서 임화가 펼쳐 보인 사유들은 지극히

---

3) 임화, 「현하의 정세와 문화운동의 당면임무」, 『문화전선』, 1945. 11.

객관적, 과학적인 사유에 가까운 것이었지만, 시인으로서의 그것은 언제나 이론적 국면과는 상반되어 왔기 때문이다. 그는 카프 초기부터 있었던 여러 당파성을 확보하는 과정에서 정론을 통해 상대방들의 비과학적인 논리들에 대해 치밀하게 비판한 바 있지만 시의 영역에서는 그러한 단면들이 잘 표명되지 않았다. 말하자면, 시에서 계급성과 당파성이 이론에서처럼 뚜렷하지 않았던 것이다. 그의 시들은 비평과 마찬가지로 이념지향적인 면모를 강하게 드러낸 것이 사실이긴 하지만, 논리의 영역만큼 확고한 것은 아니었다. 그 하나가 잘 알려진 팔봉과의 대중화논쟁이다. 임화의 「우리 오빠와 화로」를 두고 벌어진 이 논쟁은 계급문학과는 어느 정도 거리를 두고 있는 자신의 문학적인 요소들에서 비롯되었다. 그런데 임화는 여기서 자신의 작품을 옹호하지 못하는 자세를 취하게 된다. 사상의 불철저에 대한 자기 반성의 모습은 전혀 없었던 까닭이다. 그가 '무기로서의 문학'을 포기하는 것이라고 하면서 팔봉의 논리를 뛰어넘고자 했지만, 자신의 창작영역이었던 시에서는 그런 철저한 면을 보여주지 못한 것이다[4].

그런데 문제는 이런 임화의 면모들이 해방 이후에도 전혀 나아지지 않았다는 점이다. 여기서 가장 눈여겨 보아야 할 부분이 민족 모순에 관한 것이다. 임화는 이론상 계급주의를 표방했기에 이를 기반으로 시를 써야 했거니와 이런 면들은 해방 직전에도 일관된 모습을 보여주어야만 했다. 그런데 해방 직전까지 쓰여진 그의 시들은 계급적 요인들로부터 한걸음 비켜서 있었는데, 여기서 알 수 있듯 그가 이때 시에 표명하

---

4) 김팔봉, 「단편서사시의 길로」, 『조선문예』, 1929.5. 김팔봉, 「프로 시가의 대중화」, 『문예공론』, 1929.6. 임 화, 「탁류에 항하여」, 『조선지광』, 1929.8. 임 화, 「김기진군에 답함」, 『조선지광』, 1929.11.

고자 했던 것은 계급 모순이 아니라 민족 모순에 가까운 것이었다[5]. 물론 이런 단면들을 두고 전혀 잘못된 것이라고는 할 수 없을 것이다. 일제 강점기란 계급 모순이 민족 모순이었던 사회였고 그런 감각이 자연스럽게 자신의 세계관에 반영되어 나타났을 개연성이 크기 때문이다.

임화의 이런 면모는 해방 직후에도 크게 달라지지 않은 것처럼 보인다. 물론 해방 공간에서 임화가 계급주의에 기반한 시를 전혀 쓰지 않은 것은 아니다. 그 계기가 된 것이 1946년 5월에 있었던 '정판사 위폐사건'이다. 임화는 이를 계기로 시 창작에서 이전까지 볼 수 없었던 새로운 단면을 제시한다. 잘 알려진 대로 '정판사 위폐사건'이란 돈을 찍어내는 조선은행 기계가 남로당 근거지인 정판사에서 발견된 것인데, 미군정 당국에 의하면, 이같은 행위는 남로당 측이 자금을 마련하기 위해서 조직적으로 위폐를 만들어냈다는 것이다. 물론 이에 대응하는 남로당의 반박도 있었는데, 그것은 미 군정 당국이 남로당을 탄압하기 위해서 조작한 것이라는 인식이다. 어떻든 이를 계기로 남로당은 미군이란 더 이상 해방군이 아니라는 생각을 갖게 만들었다. 그들은 그저 점령자에 불과한 존재들로 비춰졌다. 그 결과 남로당의 신전술이 채택되고, 미군정 당국과 본격적인 투쟁에 들어간다. 이 대결 의식으로 전국적으로 9월에 총파업이 결정되고, 10월에는 소위 인민항쟁이라고 불리워지는 사건이 벌어지게 된다. 미군정 당국과의 갈등으로 임화의 민족 문학 노선에도 변화가 일어나게 되는데, 민족 문학 건설에 있어 인민성이 아니라 계급성이 전면적으로 부상하는 계기가 된다[6]. 그 시도 하에서 쓰여진 시가

---

5) 송기한, 「임화 시의 변모 양상」, 『현대문학의 정신사』, 박문사, 2018.
6) 이러한 자신의 사유를 대변한 것이 다음의 글이다. 임화, 「민족 문학의 이념과 문학 운동의 사상적 통일 위하여」, 『문학』 3호, 1947.4.

바로 「우리들의 전구」이다.

> 주림과 박해에 신음하는
>
> 남조선 인민의 운명이 걸려 있는 총파업
>
> 침략자와 매국노의 도량(跳梁)에 항(抗)하여 일어선
>
> 남조선 노동자의 승패를 결(決)하는 이 투쟁
>
>
> 우리는 실로 참을 수 없는 모욕에 대한 긴 인내와
>
> 야만스런 박해에 대한 오랜 수난 끝에 일어선 것이다
>
> 우리들이 사랑하는 철도로 하여금
>
> 자유의 나라의 대동맥이 되게 하기 위하여
>
> 일제의 악한들이 남기고 간 파괴의 흔적과 영영(營營)히 싸우고 있을 때
>
> 인민의 원수들은 이 철도로 재빨리 친일파와 반역자를 실어다가
>
> 인민의 자유를 파괴할 온갖 밀의(密議)를 여는데 분주하였다
>
> 우리들이 사랑하는 철도로 하여금
>
> 새로운 공화국에 문화와 과학을 실어올 대로가 되게 하기 위하여
>
> 밤과 낮을 헤아리지 않고 근면하였을 때
>
> 인민의 원수들은 이 철도로 썩어빠진 전제주의와 파시즘의 독소를 실
>
> 어다가
>
> 평화로운 조국에 내란의 씨를 뿌리려고 음모하였다
>
> 우리들이 사랑하는 철도로 하여금
>
> 신생하는 조국의 부가 집산하는 운하가 되게 하기 위하여
>
> 형언할 수 없는 기아의 고통과 싸우고 있을 때
>
> 인민의 원수들은 외방 물자와 호열자를 실어다가
>
> 고난한 동포 가운데 가난과 불행을 펼쳐놓았다

– 「우리들의 전구-용감한 기관구(機關區) 경비대의 영웅들에게 바치
　는 노래」 부문

이 작품은 부제에서 드러난 바와 같이 용산 철도 파업을 소재로 한 시
이다. 이 파업이 1946년 10월 항쟁의 도화선이 된 것은 잘 알려진 일인
데, 무엇보다 이 작품에서 주목해야 할 부분은 임화가 전위로서의 노동
계급을 전면에 내세웠다는 점이다. 이 점은 임화의 시세계를 논하는 데
있어 아무리 강조해도 지나치지 않다고 할 수 있는데, 그것은 임화가 이
렇게 치열한 계급 의식을 드러낸 작품이 이전에는 전혀 없었다는 점 때
문이다. 물론 그 이후에도 이러한 사례는 찾아보기 어렵다.

하지만 용산 파업 현장을 다룬 「우리들의 전구」가 갖는 계급적 우위
성이랄까 전위성에도 불구하고 임화는 여기서 한발자국도 더 나아가
지 못하는 한계를 보여주게 된다. 이런 면은 그의 의식사에서 매우 중요
한 부분이라 할 수 있다. 그렇다면 그의 시들은 왜 이런 한계에 갇혀있
을 수밖에 없었던 것일까. 임화가 이런 틀에서 벗어나지 못한 데에는 어
떤 불가피한 사상적 한계가 있었던 것은 아닐까. 뿐만 아니라 그에게 진
정 계급의식이란 존재했던 것일까하는 의구심이 드는 것도 전연 무리
가 아닌 것처럼 보인다.

임화가 해방 이전에 가졌던 문학적 세계관은 이원적인 것이었다. 산
문의 영역과 시의 영역에서 이 편차는 두드러지게 드러났는데, 실상 이
양면은 서로 조응하기 보다는 서로 상위되는 면을 보여왔다. 앞서 언급
대로 그는 논리적인 측면에서는 매우 정론적이었다. 그는 이를 바탕으
로 그와 상대적인 위치에 놓여 있는 논객들을 논리적으로 앞서 나갔다.
하지만 서정의 영역인 시의 영역으로 옮아오게 되면, 그의 정서는 산문

의 그것과는 전연 다른 방향으로 흘러갔다. 이를 잘 대변해주는 시가 일제 강점기에 쓴 「현해탄」(1938)이다. 그가 여기서 본 것은 산문의 세계에서 그렇게 강조해마지 않았던 계급 모순과는 거리가 있는 것이었다. 물론 이에 대해서는 약간의 변명이 있을 수 있을 것이다. 하나는 점증하는 객관적 상황의 열악함에서 오는 불가피한 선택이다. 온갖 검열과 감시의 그늘에서 투쟁이라든가 계급 등을 전면에 내세우는 것은 불가능한 일이었을지도 모른다. 그래서 그는 한편으로는 계급을 대신할 수 있는 것들에 대해 시선을 돌렸을 가능성이 있었다. 그리고 다른 하나는 그의 의식 속에서 자라난 '현해탄'이 갖는 의미이다. 일제 강점기에 부산과 대마도 사이에 놓여 있는 이 바다는 그저 자연적인 현상, 물리적인 차원에서 그치는 것이 아니었다. 그것은 국경선이었던 바, 임화가 여기서 본 것은 계급이 아니라 민족이었을 개연성이 매우 크다. 실제로 3등실 객실에 있는 조선인과 그 아이들을 보듬고 있는 조선인의 모습들, 가령, "찌든 침상에도 어머니들 눈물이 배었고,/흐린 불빛에도 아버지들 한숨이 어리었다./어버이를 잃은 어린아이들의/아프고 쓰린 울음에/대체 어떤 죄가 있었는가?/나는 울음소리를 무찌른/외방 말을 역력히 기억하고 있다.[7]"에서 알 수 있는 것처럼, 민족의 현존과 그 극한적 한계 상황이 그로하여금 계급으로부터 멀어지게 한 것처럼 보인다.

두 번째는 그의 사상에 대한 깊이이다. 임화는 분명 계급주의자이지만, 그것은 어디까지나 산문의 영역, 곧 논리의 세계에서나 가능했다는 점이다. 이는 다른 말로 하면, 궁극적으로 그는 계급주의자가 아닐 수도 있다는 가정도 가능한 부분이다. 물론 그에게 이런 혐의를 전부 덧씌우

---

7) 「현해탄」 부분.

는 것은 쉽지 않은 일이긴 하다. 그는 분명 인민을 사랑하고 조국을 사랑했으며, 이에 기반하여 진보주의자로서의 면모를 유감없이 발휘해온 터이기 때문이다. 이는 다른 말로 하면 굳이 계급의식에 철저하지 않더라도 가능한 것이었다고 할 수 있을 것인데, 만약 이러한 부분을 사상시켜버리면, 전쟁 이후 북에서 그가 공화국 전복죄로 처형된 부분을 설명하기 어렵게 된다. 이런 결과야말로 비극적 운명의 소유자로서의 임화의 한계일 수 있을 것이다.

임화의 운명을 결정한 것은 여러 측면이 있을 수 있는데, 그 가운데 하나가 그의 시에 자주 등장하는 여성 화자의 문제이다. 이것이 해방 공간에서 그의 시세계의 방향을 일러주는 세 번째 근거라 할 수 있는데, 임화의 시들은 남성적인 목소리에서 울려 나오는 것들이 대부분을 차지한다. 남성을 화자로 전면에 내세우는 것은 현재의 상황을 올곧게 인식하고 미래의 전망을 전취해내기 위해서는 강력한 목소리가 필요했기 때문이었을 것이다. 하지만 여성이 작품의 주인공이 되거나 여성 화자를 전면에 내세우게 되는 것은 전연 다른 상황을 요구하게 된다. 가령, 임화의 대표작 가운데 하나인 「네거리 순이」를 보면, 이 관계는 보다 확실하게 드러나게 된다. 이 작품에서 여성은 동지적 연대성을 확보해나가기 위한 매개자 역할에 그치고 있을 뿐만 아니라 「우산받은 요코하마의 부두」 역시 그러한 상황은 동일하다. 이 작품에는 두명의 화자가 등장하는데, 하나는 남성이고, 다른 하나는 여성이다. 조선인 남성과 근로하는 일본인 여성이 바로 그들이다. 이런 인물 설정이란 이성의 호기심에서 오는 대중성 확보라든가 노동 계급의 유적 연대성이라는 측면에서 긍정적인 측면이 분명 있는 것이라 할 수 있다. 다시 말하면, 여성성이 갖고 있는 부드러움과 그 모성적 안온함이야말로 '뼈다귀 시'의 오명

을 갖고 있는 카프 시의 한계를 넘어서게 해 줄 수 있는 좋은 요소였다
고 하겠다. 뿐만 아니라 이런 유적 관계 설정은 당파성 확보를 위한 연
대 의식에도 긍정적으로 기능하는 부분이었다. 하지만 이런 장점에도
불구하고 여성이 주인공이 되거나 주체로 묘사되는 시작품이 갖고 있
는 한계 또한 분명해보인다. 1920년대를 여성 콤플렉스의 시기라는 인
식성에서 알 수 있는 것처럼, 미래에의 전망이 확보되기 어려울 때, 이
여성성이 적극적으로 등장했던 사실을 감안하면 그 한계란 뚜렷한 것
이기 때문이다.

조선 근로자의
위대한 수령(首領)의 연설이
유행가처럼 흘러나오는
'마이크'를 높이 달고

부끄러운
나의 생애의
쓰라린 기억이
포석(鋪石)마다 널린
서울 거리는
비에 젖어

아득한 산도
가차운 들창도
현기(眩氣)로워 바라볼 수 없는
종로 거리

저 사람의 이름 부르며
위대한 수령의 만세 부르며
개아미 마냥 모여드는
천만의 사람

어데선가
외로이 죽은
나의 누이의 얼굴
찬 옥방(獄房)에 숨지운
그리운 동무의 모습
모두 다 살아오는 날
그 밑에 전사하리라
노래부르던 깃발
자꾸만 바라보며

자랑과 재물도 없는
두 아이와
가난한 아내여

가을비 차거운
길가에
노래처럼
죽는 생애의
마지막을 그리워
눈물짓는

한 사람을 위하여

원컨대 용기이어라.
　- 「9월 12일-1945년, 또다시 네거리에서」 전문

　해방 공간의 현실에서 임화의 사상과 관련하여 이 작품만큼 극명하
게 보여주는 시도 없을 것이다. 임화가 지금 이 작품에서 말하고자 하는
것은 용기이다. 이렇게 말한 데에는 분명한 이유가 있었을 것이다. 우선,
이 작품이 쓰여진 시기를 살펴볼 필요가 있다. 부제에서 알 수 있는 것
처럼, 이 작품이 쓰여진 것은 1945년 9월 12일이다. 그러니까 해방 직후
의 시간인 셈이다. 모든 가능성이 열려있고, 자신의 신념만 있으면 어느
정도 목표가 달성될 수 있을 것으로 보이는 이 시기에 임화는 왜 "원컨
대 용기이어라"하며 자신에게 용기를 달라고 외쳤던 것일까.
　그러한 용기에 대한 이해랄까 해법은 바로 여성화자와 분리하기 어려
운 것처럼 보이거니와 '네거리' 역시 주요 인식성으로 자리한다. 지금 임
화는 가을비가 내리는 종로 거리에 서 있다. 그곳에서 시적 화자는 젊은
날 자신과 함께 했던 누이들, 동료들을 떠올리면서 위대한 수령의 음성
을 듣는다. 그는 마땅히 그 음성에 압도되어야만 했고, 그 어떤 센티멘탈
한 감수성을 가져서는 안 되는 상황을 요구받고 있었다. 하지만 시적 화
자는 위대한 수령의 음성보다는 지금은 사라지고 없는 누이의 음성, 혹
은 그 환영에 압도되는 형국을 보여준다. 그러니 앞으로 전진해야할 어
떠한 동력도 얻지 못하고 있는 것이 아닐까. 그러한 자아의 심적 상태를
더욱 망설이게끔 하는 것이 '네거리'의 감각이다. 임화는 일찍이 「네거
리의 순이」를 썼거니와 여기서 네거리란 갈등의 현장, 투쟁의 현장으로

은유되어 왔다. 하지만 객관적 상황의 열악함이 작동하는 현장에서 네거리의 기능이 옳게 살아날 가능성이란 거의 없는 것이 사실이다. 그래서 그 상대적인 자리에 놓인 것이 '골목[8]'이다. 마치 해방 공간에서 조벽암이 투쟁의 예비단계로 설정한 '지열[9]'의 상상력과 동일한 차원에 놓이는 것이라 할 수 있다. 그러나 해방 공간은 더 이상 은폐된 골목을 요구하는 현실이 아니었다. 적어도 해방 직후의 상황은 그러했을 것이다. 자신의 신념과 이데올로기로 충실히 감염되어 있다면 말이다.

그럼에도 임화는 이 열린 공간, 곧 네거리에서 할 수 있는 일이란 거의 없었던 것처럼 보인다. 멍석은 깔려 있으되 그 위에서 놀 수 있는 자아가 없었던 것이다. 그러니 자신에게 적과 싸울 수 있는 '용기'를 달라고 외쳐댄 것이 아닐까. 그만큼 임화는 이 시기에 자신의 사상이나 이데올로기에 자신이 없었거니와 어쩌면 형편없는 수준에 이른 것이라 해도 무방할 정도로 산산조각나 있었다. 이런 모양은 그 뿌리가 깊은 것이었다. 그 이전에도 임화는 적어도 시의 영역에 있어서는 과학적 사고와는 거리를 두고 있었던 까닭이다.

어떻든 임화는 10월 인민항쟁을 거치면서 더 이상 남쪽에서 활동하는 것이 불가능해짐을 알게 된다. 점증하는 객관적 현실의 악화와 더불어 진보적인 운동이 남쪽에서는 더이상 가능하지 않은 현실을 맞이하게 된 것이다. 10월 인민항쟁 이후 박헌영에 대한 체포령이 내려지고, 임화 또한 더 이상 여기서 활동하기 어려워진다. 임화가 월북한 것은

---

8) 이러한 사례를 보여주는 대표적인 시가 조벽암의 「골목은」이다. 그는 이 작품에서 '골목'은 민중 연대를 갖추기 위한 예비를 하는 공간, 곧 숨은 공간으로 이해했다. 강렬한 외적 힘이 존재하기에 자아를, 혹은 우리들의 연대를 외부로 분출시키는 것이 쉽지 않을 때, 이른바 숨어있는 형식으로 골목의 중요성을 말한 것이다

9) 조벽암, 『지열』, 아문각, 1948.

1947년 가을 경으로 추정된다[10]. 그는 해주에서 서간이나 비평의 형식을 빌려 여전히 〈문학가동맹〉의 지도 이념을 제시하고 이끌어나가긴 했다.

하지만 1948년 말부터 그의 행적은 묘연했다. 이 기간 동안 그는 과연 무엇을 하고 있었는가. 그런데 그의 존재감이 다시 드러난 것은 한국전쟁이 발발한 이후였다. 그는 인민군과 더불어 다시 서울에 나타난 것이다. 그러고나서 쓴 시가 바로 「서울」이다.

> 우리 공화국의 영광과
> 영웅적 인민군대의
> 위훈을 자랑하는
> 무수한 깃발들
>
> 수풀로 나부끼는
> 서울 거리는
> 나의 고향
> (중략)
> 원수들의
> 수치스러운 소굴이었던
> 경복궁 넓은 마당에
> 오각별 뚜렷한 깃발을 날리던
> 그 순간으로부터
> 서울은 영구히

---

10) 김윤식, 『임화연구』, 문학사상사, 1986, p. 588.

우리 인민의 거리로 되었고
서울은 영구히
우리 조국의 움직이지 않는
수도로 되었다
 ―「서울」부분

『임화 연구』를 쓴 김윤식은 이 시를 분석한 자리에서 임화가 서울을
발견했고, 또 이 과정을 거치면서 비평가에서 시인으로 회귀했다고 했
다. 말하자면 논리가 지배하는 산문의 세계가 아니라 감성이 지배하는
서정의 세계로 돌아옴으로써 그가 평생 일구어낸 사상의 견고한 성채
가 허물어졌으리라고 판단하고 있는 것이다[11]. 서정의 영역과 산문의
영역이 갖는 차이점에 주목하게 되면, 이 말은 어느 정도 사실일지도 모
른다. 인민군과 더불어 서울에 온 임화가 자신의 고향을 보고 어느 정도
감상에 젖는 일이란 충분히 가능한 일이었기 때문이다. 다시 말하면, 어
릴적 뛰어놀던 낙산과 경복궁 터전을 보면서 낭만적 서정의 세계에 쉽
게 갇히는 것은 자연스러운 일이었을 것이다. 하지만 이는 어디까지나
서정의 영역, 감상의 영역에서나 가능할 성질의 것이었다. 당파성에 충
실한 작가라면 적어도 이런 감상성과는 거리를 두어야 마땅했다. 게다
가 지금은 전쟁의 상황에 있는 것이 아닌가. 모든 것을 '전쟁의 승리'라
는 슬로건 속에 매진했던 북쪽의 사정을 고려하면, 이런 센티멘털한 정
서는 더더욱 고려의 대상이 되어서는 안되는 것이었다. 게다가 그는 서
울을 "우리 조국의 움직이지 않는/수도"라고까지 했다. 북쪽의 입장에

---

11) 위의 책, p.614.

서 수도는 평양일 것이고, 서울은 단지 점령지의 도시일 뿐이다. 서울을 수도라고 한 것 역시 자신이 선택한 것과는 상반되는 인식이었다. 이는 적어도 다음과 같은 사정을 말해주는 것이라 할 수 있다. 임화는 아마도 북쪽의 상황을 이해하지 못했거나 아니면 당파적 입장에 충실한 계급주의자는 아니었다는 사실 말이다.

그리고 그의 운명을 말해주는 또 하나의 문제가 불거지게 되는데, 다시 한번 그의 시에서 등장하는 여성화자이다. 임화가 미제 스파이라는 죄목을 쓰게 된 계기를 제공한 작품은 『전선시집』에 실려있는 그 유명한 「너 어느 곳에 있느냐」이다.

> 아직도
> 이마를 가려
> 귀밑머리를 땋기
> 수줍어 얼굴을 붉히던
> 너는 지금 이
> 바람 찬 눈보라 속에
> 무엇을 생각하여
> 어느 곳에 있느냐
>
> 머리가 절반 흰
> 아버지를 생각하여
> 바람 부는 산정에 있느냐
> 가슴이 종이처럼 얇아
> 항상 마음 아프던
> 엄마를 생각하여

해 저무는 들길에 섰느냐

그렇지 않으면

아침마다 손길 잡고 문을 나서던

너의 어린 동생과

모란꽃 향그럽던

우리 고향집과

이야기 소리 귀에 쟁쟁한

그리운 동무들을 생각하여

어느 먼 곳 하늘을 바라보고 있느냐

－「너 어느 곳에 있느냐」 부분

제목에 나와 있는 것처럼, 인용시는 아버지의 입장에서 자식인 '너'를 찾아나서는 애틋한 그리움의 정서를 담은 작품이다. '너'란 바로 임화의 딸인데, 그의 첫 결혼 상대였던, 이북만의 누이 이귀례와의 사이에서 출생한 혜란(1931년생)이다. 임화는 지금 전쟁의 와중에서 잃어버린 이 딸을 자강도 어느 깊은 산골에서 애타게 부르고 있다. 전쟁이 시작되고, 거침없이 밀고 내려오던 인민군은 인천 상륙작전을 계기로 급히 퇴각하는 바, 임화는 이 혼란의 과정에서 사랑하는 딸과 예기치 않은 이별을 하게 된다. "너는 전라도로/나는 경상도로 떠나간 것"이 이 사실을 확인해준다.

이 작품은 전선시가 갖추어야 할 덕목들을 어느 정도 갖추고 있지만, 북에서 내세우는 당파성의 조건에는 현저하게 미흡한 것이 사실이다. 특히 인민군들의 영웅적 투쟁을 발굴하고 묘사하는 시와 비교하면, 이 작품의 한계는 더욱 분명해진다. 그 하나가 여성 인물군들의 등장이다.

임화는 자신의 작품에서 여성 화자를 결코 포기할 줄 모르는 시인이었다. 특히 전선시에 여성 인물로 시를 만드는 것은 북에서 요구하는 조건들을 충족시키기에는 미흡했을 것으로 보인다. 물론 전선시에 구현되는 인물들이 굳이 남성일 필요도 없고, 그 반대의 경우도 마찬가지일 것이다. 다만 여기서 문제되는 것은 이들에 대한 묘사가 전쟁에 임하는 당의 기준과는 거리가 있었다는 사실이다. 임화 시의 이런 약점들은 이 시기 북에서 나온 전쟁시들을 보면 대번에 알 수가 있다. 이 시기 북의 시들에는 오직 승리만이, 그리고 전선에서 싸우는 영웅들만이 묘사되어야 했다. 임화처럼 잃어버린 딸을 애타게 찾거나, 그 딸을 위해 종이장처럼 가슴이 얇은 화자들이란 결코 허용될 수 없었던 것이다.

이런 면에서 「너 어느 곳에 있느냐」는 임화의 운명을 예견해준 시라고 할 수 있다. 그는 잘 알려진대로 전쟁 직후 미제스파이란 죄목으로 사형을 언도 받고 처형되었다. 그의 비극적 종말은 우리 현대사의 한 단면을 보여주는 것이며, 시인으로서의 슬픈 운명을 말해주는 것이기도 하다.

이런 그의 운명은 어쩌면 초기부터 예비되었던 것인지도 모른다. 그는 초창기부터 감성의 세계와 이성의 세계 사이에서 갈등을 하고 있었을 뿐만 아니라 계급적인 것과 비계급적인 것 사이에서도 방황하고 있었다. 그것이 산문 세계와 서정 세계의 분기점을 만들었고, 그는 이 공백에서 끊임없이 유동하고 있었다. 그 정착되지 못한 정서의 틈을 어떤 유혹의 손길이 파고드는 것은 쉬운 일이었을 것이다. 그렇게 완결되지 못한 이런 정서의 길고 긴 여백은 어떤 유혹으로부터 자유롭지 못했을 터이다. 계급주의자이되 계급주의자가 아닌 것의 사이, 시인이되 시인이 아닌 것의 사이, 그리고 비평가와 시인 사이에서 늘 갈등하고 고민하고 있었던 것이 임화 자신이었다. 그의 정신적 공백이 얼마나 큰 것이었는가 하는 것은 『해방기념시집』[12]에 실린 「길」에서 확인된다.

> 그대는 亦是 분주 한게다
>
> 敵이 또 머리를 드는 때문일게다
>
> 다시 戰鬪準備를 시작해야 할 것이다
>
> 旗도 내리우고
>
> 노래도 잣고
>
> 演說도 끝난
>
> 밤길을 호을로 나서
>
> 처음 나는
>
> 비에 저슨 落葉 밟으며
>
> 거기서 거러오는 그대를
>
> 내곁을 스치는 그대를
>
> 가다가 도라보는 그대를
>
> 종시 말없이 이애기하는 눈을
>
> 내 거러가는 길을
>
> 밤사이 企圖하는 敵의
>
> 비열한 陰謀가운데
>
> 별처럼 빛나는 눈을
>
> 아아 그대의 남긴 길우
>
> 먼 하늘에 보며
>
> 하룻밤 平安히 쉬일

---

12) 이 시집이 발행된 것은 1945년 12월 12일이다.

勇氣를 줌이 그대임을
온 몸으로 느낀다
아아 우리의 安息과 勤勉의
永遠한 별이여
　　　　　 —「길」부분

　이 작품은 「9월 12일-1945년, 또다시 네거리에서」와 동일한 차원에
놓여있는 시이다. 해방 공간에서 임화 시가 나아가는 좋은 방향을 일러
주는 시라는 점에서 「길」은 그 의의가 있다. 이 시는 중앙문화협회가 발
행한 『해방기념시집』에 실려 있는데, 시의 부제로 "해방전사추도대회"
라는 제사가 붙어있다. 그러니까 해방이 전취되기까지 있었던 사람들의
희생에 대해 추모하는 형식의 시라고 할 수 있다. 그런데 이 시 가운데
주목해서 보아야할 곳이 마지막 부분이다. "아아 그대의 남긴 길우/먼
하늘에 보며/하룻밤 平安히 쉬일/勇氣를 줌이 그대임을"이라는 표현해
주목할 필요가 있다. 이는 「9월 12일-1945년, 또다시 네거리에서」에서
표명된 '원컨대 용기이어라"와 동일한 차원의 말이었다는 점이다. 여기
서 알 수 있는 것처럼, 그의 정신사는 그 시기가 어떤 것이든 간에 무엇
을 스스로 조율해서 헤쳐 나아갈만한 것이 형성되지 못했다. 그러니 해
방전사들에게 의탁해서 용기를 달라하는 것이고 다른 한편으로는 네거
리에서 투쟁의 힘을 달라고 하는 것이 아닐까. 임화의 운명은 해방 직후
에 결정된 것이나 다름없었다. 아니 그 이전부터 그는 이 운명의 길을
걷고 있었다는 편이 옳을 것이다.

## 2. 민족주의자로서의 새로운 변신-이용악

해방 이전부터 유이민이라는 소재로 동반자 혹은 아지프로 형식의 글을 쓴 이용악은 해방을 맞이해서도 이 소재로부터 크게 벗어나지 않는 시작행위로 일관했다. 그것은 그의 이력을 통해서 알 수 있다.

이용악은 1914년 함경북도 경성에서 출생하여 이곳 보통학교를 졸업한 이후에 1933년 니혼대학 예술과에 입학하게 된다. 이후 도쿄 근처 시바우라 등지에서 막노동을 하며 학비를 벌었다. 이는 단순히 생계를 위한 수단이었지만, 실질적으로는 그의 문학관을 형성하는 데 주요 계기가 된다. 이 체험을 담은 작품이 「나를 만나거든」이거니와 이는 시인으로서의 거의 처음 노동시를 쓴 사례에 해당된다[13].

모든 시인이 그러하듯 이용악 역시 초기에 어떤 뚜렷한 시세계를 일관되게 보여준 것은 아니었다. 그는 초기에는 리얼리즘적 경향의 시를 쓰기도 하고 모더니즘적 경향의 시를 쓰기도 했기 때문이다. 특히 그의 데뷔작인 「패배자의 소원」은 모더니즘에 입각한 시인데, 이런 시도에서 알 수 있듯이 그는 애초에는 모더니스트였다고 해도 과언이 아니다. 이후 이용악은 이런 초기 시세계와는 거리가 있는, 자신의 시세계의 보증수표와도 같았던 유이민의 삶을 담은 시들을 쓰기 시작했는데, 너무나 잘 알려진 「낡은 집」 등이 이 사례에 속한다.

이용악의 시세계를 이야기하는 데 있어서 가장 의미있는 영역은 아마도 민족주의적인 성향에서 찾아야 할 것으로 보인다. 이는 그의 출신 지

---

13) 물론 이와 비슷한 시기에 안룡만 등이 있지만, 그의 경험은 주로 간접 경험에 의한 것이라는 점에서 이용악의 경우와 차이점을 보이고 있다.

역이 갖는 의미와 분리하기 어려운 것인데, 잘 알려져 있는 것처럼, 그가
태어난 함북 경성은 조선 반도의 최북단에 위치한다. 그것은 그가 국경
지역과 마주하는 곳에 살았다는 것, 그리하여 국경이 주는 의미에 대해
자유롭지 않았다는 것을 의미한다. 이를 대표하는 작품이 「북쪽」이라는
작품인데, 실상 이런 감각은 그의 초기 시의 많은 부분을 점유하고 있는
소재들이다. 인용시가 '북쪽' 현실이 주는 의미, 곧 국경의 의미에 대해
다소 모호하고 추상적으로 처리되었다면, 「天癡의 江아」는 매우 구체적
이고 사실적으로 제시되고 있어 주목을 끄는 경우이다.

풀쪽을 樹木을 땅을
바윗덩이를 무르녹이는 열기가 쏟아져도
오즉 네만 냉정한 듯 차게 흐르는
江아
天癡의 江아

국제철교를 넘나드는 武裝列車가
너의 흐름을 타고 하늘을 깰 듯 고동이 높을 때
언덕에 자리잡은 砲臺가 호령을 내려
너는 焦燥에
너는 恐怖에
너는 부질없는 전율밖에
가져본 다른 動作이 없고
너의 꿈은 꿈을 이어 흐른다

네가 흘러온

흘러운 山峽에 무슨 자랑이 있었드냐
흘러가는 바다에 무슨 榮光이 있으랴
이 은혜롭지 못한 꿈의 饗宴을
傳統을 이어 남기려는가
江아
天癡의 江아


너를 건너
키 넘는 풀속을 들쥐처럼 기어
색다른 국경을 넘고저 숨어다니는 무리
맥풀린 백성의 사투리의 鄕閭를 아는가
더욱 돌아오는 실망을
墓標를 걸머진 듯한 이 실망을 아느냐


江岸에 무수한 해골이 딩굴러도
해마다 季節마다 더해도
오즉 너의 꿈만 아름다운 듯 고집하는
江아
天癡의 江아

－「天癡의 江아」 전문


여기서 말하는 강은 아마도 압록강 혹은 두만강일 것이다. 하지만 그
것이 어떤 것이든 그 실제적인 의미는 고려의 대상이 되지 않는다. 중요
한 것은 이 강이 국경을 알리는 기점이라는 것과, 여기서 발생하는 긴장
의 끈들이 계속 발생하고 있다는 사실이다. 강과 이 강을 둘러싸고 펼쳐

지는 국경의 모습이 오버랩되면서 현재의 불편한, 그리고 예민한 상황이 생겨나게 된다. 가령, 이곳에는 "국제철교를 넘나드는 무장열차"가 있고, 강 언덕으로는 "포대가 호령을 치기도"하며, 경우에 따라서는 '선지피'가 흐르는 비극적인 모습이 구현되기도 한다. 하지만 이런 긴장과 초조에도 불구하고 강은 이에 대한 반응을 하지 않고, 자신만의 '꿈'만 간직한 채 유유히 흘러가는 무심한 면을 드러낼 뿐이다.

이런 단면들이란 곧 시인에게는 참을 수 없는 분노의 정서를 유발시킨다. 서정적 자아는 이를 두고 "흘러온 산협에 무슨 자랑이 있었드냐"라고 하거나 "흘러가는 바다에 무슨 영광이 있으랴"라고 탄식하고 있기 때문이다. 뿐만 아니라 강 주변에 펼쳐지고 있는 긴장과 초조의 모습을 "은혜롭지 못한 꿈의 향연"으로 격하시키기조차 한다.

무심한 강의 모습은 시인이 갖고 있던 사유의 한 특징적 단면이라는 점에서 이 시기 이용악의 세계관을 읽어낼 수 있는 대목이다. 시인은 현실과 상반되는 강의 모습에서, 적어도 시인이 의인화한 강의 모습에서 비극적인 현실을 담아내고 있는 까닭이다. 그러한 현실 인식이 강에 대한 분노, 곧 '천치의 강'으로 표출됨으로서 이 시기 현실을 응시하는 시인의 판단이 무엇인지 환기시켜주는 것이다.

고향에 대한 응시와 강에 대한 처연한 판단에서 이 시기 시인이 습득한 것은 민족 현실에 대한 올곧은 인식과 거기서 형성된 시인의 민족관일 것이다. 이런 토양이야말로 그가 현실의 모순을 이해하되, 그것을 적어도 관념적인 차원으로 수용하지 않았다는 것을 말해주는 증거이다. 다시 말해 이 시기 카프가 이해한 현실에 대한 계급모순을 그는 비껴가고 있었던 것이다. 그는 계급보다는 민족이 먼저였고, 이를 바탕으로 그의 작품 활동은 시작되었던 것이다. 다시 말하면, 이용악에게 중요했던

것은 이념이 아니라 현실이었고, 계급이 아니라 민족이었던 것이다. 그
는 이 시기 민족 모순에 대해 누구보다도 치열하게 자각하고 있었다.

이용악은 일제 강점기부터 민족주의자로서의 면모를 다른 누구보다
도 잘 드러내고 있었다. 이런 면들은 해방이 되었다고 해서 크게 달라지
는 것이 아니었다. 이용악이 해방 직후에 쓴 첫 소재이자 주요 소재가
귀향담론이라는 점에서 그러하다. 그 대표작이 바로 「하나씩의 별」이
다. 이 시기 귀향이란 조국으로 단순히 되돌아오는 여로 이상의 의미를
갖고 있다. 그 행위의 저변에는 민족에 대한, 혹은 조국에 대한 애정이
놓여 있었던 까닭이다.

이용악의 이러한 면모는 해방 직후의 문학활동에서도 고스란히 드러
나게 된다. 해방 직후 대부분의 문인들이 그러하듯 이용악도 〈문학가동
맹〉의 구성원이 된다. 이를 토대로 그의 문학 행위는 이루어지지만, 그
가 이 시기 주로 활동한 분야는 서정시 창작 분야였다. 하지만 그가 산
문 분야에 전혀 관여하지 않은 것은 아니다. 하지만 산문이라고 해서 그
가 이 시기 펼쳐보인 민족문학자로의 면모는 전혀 잃지 않고 있었는데,
그 한 가지 사례를 보여주는 것이 바로 「전국문학자대회인상기」이다.

> 개회에 앞서 국기를 향해, "조선민족문학수립만세"라고 써붙인 슬로
> 건을 향해 일제히 일어나서 애국가를 부를 때 나는 문득 일종의 슬픔이
> 형용할 수 없는 모양으로 마음 한구석을 저어가는 것을 느꼈다. 우리 민
> 족과 함께 우리 문학도 너무나 불행하였다.[14]

---

14) 이용악, 「전국문학자대회인상기」, 『대조』 1946. 7.

이글은 1946년초 〈조선문학건설본부〉와 〈조선프롤레타리아예술가동맹〉이 통합하여 〈문학가동맹〉이라는 단일 단체가 만들어질 때 받은 인상을 담은 것이다. 이용악이 이 대회를 보고 느낀 소감이란 기쁨보다는 슬픔의 정서에 가까운 것이었다. 하지만 여기서 슬픔이란 정서에 의미를 둘 필요는 없을 것이다. 그것은 오히려 감격에 가까운 정서라고 보는 것이 옳기 때문이다. 어떻든 이용악은 해방이라는 새로운 환경과 여기서 비로소 펼쳐지는 민족문학에 대한 기대를 충분히 표명하고 있었던 것이다..

이런 정서와 함께 한 가지 주목해야 할 부분이 해방 공간이 요구한 민족문학에 대한 계기일 것이다. 이 시기 〈문학가동맹〉의 이론가는 임화였거니와 그가 문학가동맹의 민족문학이 구비할 요건으로 내세운 것이 인민성이었다. 그런데 이 인민성에는 계급적인 것이 내재된 것은 아니었다. 그가 인민성 속에 포함시킨 것은 민족반역자라든가 친일분자, 혹은 국수주의자를 제외한 모든 계층의 연합적 성격을 갖고 있었다.

임화의 논리를 따라가다 보면, 이용악의 주장도 임화의 것과 비슷한 면을 보여준다. 그는 이 글에서 "문학이나 문학자만의 이익이 아니라 진실로 민족전원의 이익을 존중해서의 무기가 될 수 있을 때에만 그 의의가 클 것"[15]이라고 했기 때문이다. 여기서 그는 민족 전원의 이익을 위한 것이 민족문학의 당면과제라고 본 것인데, 이를 문면 그대로 받아들이게 되면, 그에게는 일단 계급과 같은 문제 등에는 어느 정도 거리를 두고 있었던 것으로 보인다. 그러니까 모든 계층이 참여할 수 있는 인민성이 민족문학의 계기가 되어야한다는 것이다.

---

15) 위의 글 참조.

이렇듯 이용악은 일제 강점기와 마찬가지로 계급보다 민족에 우선적인 가치를 둔 시인이다. 민족주의자로서의 면모가 해방 직후에도 고스란히 이어지고 있었던 것이다. 그의 이런 면모는 이 시기 그의 사유를 대표하는 시 가운데 하나인 「38도에서」에도 드러난다.

> 누가 우리의 가슴에 함부로 금을 그어 강물이
> 검푸른 강물이 굽이쳐 흐르느냐
> 모두들 국경이라고 부르는 삼십팔도에 날은
> 저물어 구름이 모여
>
> 물리치면 산 산 흩어졌다도
> 몇 번이고 다시 뭉쳐선
> 고향으로 통하는 단 하나의 길
>
> 철교를 향해
> 철교를 향해
> 떼를 지어 나아가는
> 피난민의 행렬
>
> — 야폰스키가 아니요 우리는
> 거린채요 거리인 채
> 한 달두 더 걸려 만주서 왔단다
> 땀으로 피로 지은 벼도 수수도
> 죄다 버리고 쫓겨서 왔단다
> 이 사람들의 눈 좀 보라요

이 사람들의 입술 좀 보라요

— 야폰스키가 아니요 우리는
거린채요 거리인 채

그러나 또다시 화약이 튀어
저마다의 귀뿌리를 총알이 스쳐
또다시 흩어지는 피난민들의 행렬

나는 지금
표도 팔지 않는 낡은 정거장과

꼼민탄트와 인민위원회와
새로 생긴 주막들이 모여앉은
죄그마한 거리 가까운 언덕길에서
시장끼에 흐려가는 하늘을 우러러
바삐 와야 할 밤을 기대려

모두들 국경이라고 부르는 삼십팔도에
어둠이 내리면 강물에 들어서자
정갱이로 허리로 배꼽으로 모가지로
마구 헤치고 나아가자
우리의 가슴에 함부로 금을 그어
굽이쳐 흐르는 강물을 헤치자

　　　　　　　　　　－「38도에서」 전문

해방 공간에서 이 시만큼 민족주의의 정점을 보여주는 작품도 없을
것이다. 이 시의 핵심은 "누가 우리의 가슴에 함부로 금을 그은" 것, 바
로 38선의 의미에 놓여 있다. 잘 알려져 있다시피 38선이란 어디까지나
미국과 소련이 일본군의 무장해제를 위해서 편의상 만든 것이다. 그러
던 것이 점점 남과 북이 갈라지는 국경선으로 고착화되고 있었고, 민족
주의자였던 이용악에게는 이러한 현실을 받아들이기 어려웠을 것이다.
일제 강점기부터 민족모순에 대해 깊이 천착하고 그 초월에 남다른 열
정을 기울여 왔던 시인이었기 때문이다. .

인용시는 이러한 관점에서 주목할 필요가 있는데, 시의 표면에 드러
난 바에 의하면, 그의 세계인식은 계급적인 것과 무관한 양상을 보이고
있다. 하지만 이런 면은 생각에 따라 다른 의견이 개진될 개연성이 충분
한 경우였다. 〈문학가동맹〉측의 입장에서 볼 때, 이런 인식은 이 집단이
추구하는 이상과는 거리가 있는 것이기 때문이다. 이 시를 두고 행한 김
동석의 비판적 이해는 이를 잘 대변해준다.

> 이 시는 조선을 허리 동강낸 북위38도선을 저주하는 노래이다. 38도선
> 을 없애는 것이 곧 자주 독립이다.(---) 그런데 어찌해서 "고향으로 통하
> 는 단 하나의 길"이 38도 이남으로만 통하는 것이냐(---)미군과 미군정
> 청 밖에 없는 남한에서 소련병정과 콤민탄트를 비판핸댓자 돌아서서 침
> 뱉기이다.[16]

이 말의 요체는 "어째서 고향으로 통하는 단 하나의 길이 38도 이남

---

16) 김동석, 「시와 정치-이용악 시 「38도에서」를 읽고」, 『해방공간의 비평문학1』,
    pp.173-175.

으로 통하는 것이냐" 하는 것에 놓여 있다. 그런 다음, 이용악이 이런 현실 인식에 도달한 것은 그의 사상적 허약성에 그 원인이 있다고도 했다. 말하자면 이념성이라든가 계급성으로 충실히 무장하지 못한 것이 이런 그릇된 오해로 이어졌다는 것이다. 이 시기 어느 정도의 계급성을 갖고 있는 자라면, 김동석의 이러한 비판적 해석은 일면 타당한 면이 있을 것이다. 이는 다음과 같은 이유 때문이다. 하나는 인민이 주체가 되는 국가 건설이 리얼리스트들의 꿈이라는 점과, 다른 하나는 친일과 결탁된 남쪽 주체들의 행보와 어느 정도 부합되는 측면이 있다는 점에서 그러하다. 이런 두 가지 현실적 요인을 고려하게 되면, 김동석의 비판은 그 나름 설득력이 있는 것이었다. 〈문학가동맹〉의 구성원으로 이용악의 이런 시각은 분명 오해의 소지가 충분히 있었던 것이라 할 수 있다. 그러나 이런 보편화된 상식이나 유행하는 이념의 정서가 아니라 실제로 이 시기 이용악이 갖고 있었던 사상의 본질이 무엇이냐를 모색하게 되면, 김동석의 이러한 평가는 일면적, 혹은 피상적인 것임을 알게 된다.

　이용악은 일제 강점기부터 민족모순에 대해 깊이 천착하고 그것의 해소랄까 초월에 대해 지난한 자기노력을 보여준 시인이었다. 그에게 중요했던 것은 이념이 아니라 언제나 민족이 앞에 놓여 있었고, 이를 바탕으로 해방 공간에서는 분단이 아니라 통일된 국가를 먼저 염두에 두었던 것으로 보인다. 그것은 「전국문학자대회 인상기」에서도 확인할 수 있는 부분인데, 그가 이 글에서 특히 강조했던 부분이 "민족 전원의 이익이 되는 문학"에 민족 문학의 가치를 두었기 때문이다. 다시 말해 분열이나 갈등을 조장하는 문학으로서는 새나라 건설에 있어서 진정한 민족문학의 범주 속에 있어야 할 어떤 이유도 발견하지 못한다는 것이다[17].

민족주의자로서 보여주었던 이용악의 이같은 면모는 결코 우연적인 것이 아니었다. 그의 사유는 일제강점기에서 형성된 것이거니와 이 시기 발표된 「나라에 슬픔이 있을때」에서 동일한 인식을 보여주고 있었기 때문이다. 그는 이 시에서 해방 공간의 혼란상 가운데 하나를 "동포끼리 옳잖은 피가 흐른"다고 진단했다. 여기서 시적 자아가 해방 공간에서 펼쳐지고 있는 '옳잖은 피'라고 한 것은 어떤 윤리적 결함을 말하고자 한 것은 아니다. '동일하지 않은' 것으로 이해하는 것이 보다 타당할 것인데, 그것은 가령 어떤 이념적 상위나 혹은 반민족주의자 내지는 친일분자와 같은 부류를 이야기하는 것은 아닐 것이다. 이는 어디까지나 동일하지 않은 흐름이라든가 생각을 말하는 것이고, 궁극에는 하나의 민족에 대한 갈망의 표현이라고 보는 것이 마땅하다고 이해된다.

해방공간은 이용악의 소망대로 전개되지 않았다. 분단이 되었고, 남북은 38선으로 쪼개지는 결과를 낳았기 때문이다. 점증하는 좌우익의 갈등은 하나의 민족으로 매개하고자 했던 그를 좌절의 늪으로 몰아넣었다. 그는 이런 상황 속에서 민족 모순과 그에 입각한 민족주의자로서의 면모를 포기하고 〈문학가동맹〉의 입장을 적극적으로 대변하는 시를 쓰는 존재의 변신을 시도하기도 했다. 「기관구에서」가 그 대표적인 시이다. 하지만 그의 행보는 거기까지였고, 더 이상 나아가지 못했다. 민족 모순에 대한 자각과 하나의 조국에 대한 치열한 사유가 그의 자의식 안에 갇힌 채 사라져버린 것이다. 어쩌면 그의 이같은 사유는 백범 김구의 노선과 비슷한 것이었는지 모른다. 민족적인 것에 최우선의 가치를 두

---

17) 송기한(2018), 앞의 글, p.169.

고 있었다는 점에서 그러하다. 하지만 뚜렷한 증거는 없다. 정지용과 달리 그가 백범과 어떤 유대 관계를 갖고 있었다는 사례는 보이지 않았기 때문이다.

이용악은 전쟁 직전에 감옥에 갇힌 상태에 있었고, 전쟁이 일어나면서 풀려났다. 그리고 그가 선택한 것은 북쪽이었다. 그는 북에서 50년대 후반 「평남관계수로」를 비롯한 여러 작품을 쓰면서 자신의 문학 생활을 이어나갔다. 그럼에도 그가 꿈꾸었던 하나의 민족, 하나의 조선은 실현되지 않았다. 현재 진행중인 남북 분단은 "올잖은 동족의 피"가 흐른다고 개탄한 그의 예지가 빛을 발한 것은 아닐까. 그 예견은 여전히 우리 앞에 던져진 과제 가운데 하나가 되고 있다는 점에서 그 의의가 있다고 하겠다.


## 3. 좌익기회주의에서 민족주의자로-조벽암

조벽암은 1908년 충북 진천군 진천읍 벽암리에서 부 조태희(趙兌熙)와 모 평산 신씨(申氏)의 2남 3녀 가운데 장남으로 태어났다. 본명은 조중흡(趙重洽)이고, 그가 벽암으로 필명을 사용한 것은 자신이 태어난 고향의 이름에서 비롯되었다 한다. 조벽암은 문학사에서 크게 주목받지 못한 시인 가운데 하나이다. 그가 이렇게 문학사에서 소외된 것은 무엇보다 그의 문학정신에서 비롯된 원인이 크다고 하겠는데, 바로 애매한 이념과 문학관 때문이다. 그래서 그를 두고 경계인내지는 주변인이라고 부르는 것은 자연스러워보인다.

조벽암이 문단에 처음 등장한 것은 1931년 「건식의 길」을《조선일보》[18]에 발표하면서이다. 그런데 작품이 발표된 시대 상황이 결코 평탄하던 시절이 아니었다. 이때는 카프가 볼셰비키의 단계에 놓여 있었고 기왕의 문학관에 대해 일대 변신을 시도하던 때였기 때문이다. 이 작품 또한 그러한 시대적 분위기로부터 많은 영향을 받은 것처럼 보인다. 가령, 작품의 주인공인 '건식'이 문제적 개인이라는 점에서 그러하고, 이 인물을 매개로 농민층들이 투쟁으로 나서고 있다는 점에서 그러하다[19]. 문제적 개인의 등장과, 그의 계몽성을 바탕으로 벌어지는 농민들의 인정 투쟁은 이 시기 카프 소설의 일반화된 특성 가운데 하나이다. 그리고 그의 문학이 카프적인 면모를 보여준 데에는 그의 삼촌이었던 조명희의 영향 또한 무시할 수 없을 것이다.

잘 알려진 대로, 조벽암의 문학정신 형성에 있어서 숙부였던 조명희의 영향은 절대적이었는데, 숙부 집을 드나들면서 그가 갖고 있었던 책들을 읽고 또 그로부터 많은 사상적 영향을 전수받은 것으로 알려져 있다. 실제로 "조선서 문학을 하다 굶어도 좋으냐"라는 숙부의 말에 동의하지 않고, 오히려 그가 이 시기 『조선지광』이라든가 『예술운동』, 『개벽』 등등에 발표하는 작품들을 모두 읽었다고 하는 고백이 이를 증거한다[20]. 그럼에도 그는 카프에 가담하지 않는 이중성을 보여주고 있었다. 이런 이중성은 계속 이어졌는데, 그로 하여금 또다시 경계인의 범주에 넣을 수 있는 사건이 발생했다. 바로 〈구인회〉에의 가입이다. 이 단체가 모더니스트들의 모임체임은 잘 알려진 일인데, 조벽암이 여기에 몸을 담았다는 것은 그가 모더니즘에도 상당한 관심을 보였다는 증거가 된다.

---

18) 1931년 8월 12일.
19) 김외곤, 『한국근대문학과 지역성』, 역락, 2009, pp.126-127.
20) 조벽암, 「나의 수업시대」, 『조벽암전집』(이동순외), 소명출판, 2004, pp.484-485.

하지만, 그는 여기서 오래 몸담고 있지 못한다. 조벽암은 이 단체에서 이무영, 유치진과 함께 비예술파 회원으로 분류되었고 얼마 지나지 않아 이로부터 탈퇴하게 된다. 그가 이 단체를 나오게 된 계기란 이데올로기 상의 상위[21]에 의한 것이라고 밝히고 있는데, 이는 아마도 자신의 문학과 구인회의 그것이 잘 들어맞지 않은 데 그 원인이 있었던 것으로 보인다.

조벽암의 문학은 경계에 위치해 있었다고 하였거니와 그 문학적 세계도 실상은 지나치게 감상 위주에 경도되어 있었다. 이런 면들은 모더니즘이 추구하는 센티멘털한 감수성의 배제라는 것과 충돌할 수밖에 없는데, 이런 부조화가 그로 하여금 〈구인회〉와 거리를 두게 했던 것으로 보인다.

센티멘털한 감수성이 내재해 있긴 해도 해방 이전 조벽암 문학이 갖고 있었던 가장 큰 주제의식 가운데 하나는 동경이었다. 아마도 이런 감각은 모더니즘의 한 지류인 종말론적 사고에서 오는, 새로운 문명사에 대한 기대가 반영된 것이 아닌가 한다. 이런 감각은 해방을 맞이하면서 본격적으로 빛을 발휘하게 된다는 점에서 주목을 요한다고 할 수 있는데, 우선 모더니스트는 현실에 대한 끊임없는 모색으로 특징지어진다는데 그 방법적 의장이 놓여 있다. 다시 말하면 현재의 불온성을 인식하고 그로부터 벗어나고자 하는 의식으로 점철될 수밖에 없는데, 그러한 조류 가운데 하나가 문명의 새로운 탄생에 대한 기대였다. 그러한 낭만적 동경이 건강한 외부 환경과 만나게 되면 곧바로 의식의 전환이 이루어지게 되는데, 해방이란 그러한 조건을 만들어주기에 충분한 것이었다.

---

21) 조벽암, 「엄흥섭 군에게 드림」, 『전집』, pp.495-496.

이런 면들은 이미 정지용이나 오장환, 김기림 등에서 보았거니와 조벽암의 경우도 예외가 아니었다고 할 수 있다.

조벽암은 해방이 되자마자 〈조선문학가동맹〉의 구성원이 된다. 이념 중심의 〈조선프롤레타리아예술가동맹〉보다는 타협주의 비슷한 인민성을 선호할 수밖에 없었는데, 그것은 일제 강점기나 해방 직후 그의 의식을 지배하고 있었던 것은 이데올로기적인 요소가 아니었기 때문이다. 어떻든 그는 이 단체에 가입한 이후 여기서 요구하는 것들에 대해 그 나름의 정서를 표백하기 시작한다. 이 가운데 대표작이 「가사」라는 시이다. 그는 여기서 이제껏 모호한 상태에 놓여 있었던 자신의 사유를 구체화 내지는 표면화하기 시작하게 되는데, 가령 "뻔질뻔질 놀고만 있는/면장집 딸과/술도갓집 아들은/고스란히 그대로 두고" 그렇지 못한 사람들만 붙들려 갔다는 인식이야말로 계급성을 뚜렷하게 드러낸 것이라 할 수 있다. 그러한 분노가 만들어내는 것이 '지열', 곧 숨은 분노들의 꿈틀거림에 대한 은유적 사고이다.

웅어리는 소리
웅어리는 소리 들린다

네에게서도
내에게서도
땅에서도
웅어리는 소리 들린다

산울림

산울림 들린다

네에게서도
내에게서도
땅덩이에서도
산울림 울린다

속에서 소리없이 웅어리는 것
웅어리어 산울리는 것
산 울리어 어울리는 것
어울리어 일어서는 것
수물거린다
이글거린다

엉길 줄도
뿜을 줄도 아는

위엄도
관대도 한

그런다고 서슴지도
사양치도 않는

너도, 나도, 산도, 들도,
모두 다

태울 수 있는
달굴 수 있는
꽃 피울 수 있는

불.
불이다.

심지를 맞대인 것이다
올곧한 촉이다
이 땅의 숨결이다
           -「지열」전문


이 작품은 1938년 『향수』[22] 이후 시인의 두 번째 시집이었던 『지열』[23]
의 제목이 된 시이다. 시집의 간행연도가 1948년으로 되어 있으니 이 때
는 해방 정국의 혼란상이 더욱 심화되던 시기이고, 또 새로운 국가 건설
에 있어서 주체적 세력이 어떤 것이 되어야 하고, 민족 문학 건설에 있
어서 매개되어야 하는 것이 무엇인지 분명히 제시되어야 할 시점에 놓
여 있었다. 가령 민족문학의 매개가 인민성이 되어야 하는 것인가 혹은
당파성이 되어야 하는 것인가가 비교적 뚜렷이 제시되어야 했던 시기
이다. 시집의 후기에서 조벽암 역시 이런 면들을 지적하고 있었다.

공포와 침울의 동굴에서 약출(躍出)한 팔·일오의 아침은 너무도 찬란

---

22) 이문당 간행.
23) 아문각, 1948.

하였다. 황망한 '감격의 과잉'이었기에 외적 세계와 내적 세계의 국경도 철폐치 못한 채 경이의 와중에 뛰어던 시심은 육체적이 아닌 영상적 조화이기도 했다. 그러나 의외로 남조선의 환경은 또다시 잔재된 마영(魔影)이 침침히 잔동재영(潺動再映)하여 더러운 진수렁으로 화하고 있다[24]

조벽암은 이 글에서 해방이 너무 심정적 차원의 것이었고, 그 결과 내적 세계와 외적 세계의 경계랄까 구분 또한 철폐치 못했음을 인정하고 있다. 그런 인식 속에서 길러진 시정신이 과학적, 현실적 기반과 유리되어 있음을 판단하고 있었던 것이다. 1948년이란 시점은 점령군과 해방군에 대한 인식이 뚜렷해지고, 또 민족 문학 건설에 있어 인민성이 더 이상 유효하지 않은 것임을 알게 된 시기이다. 즉 민족 문학의 매개가 인민성이 아니라 당파성이 되어야 한다는 것, 미군은 더 이상 해방군이 아니라 점령군이라는 인식이 확산되었던 시기이다. 물론 남로당의 신전술이 채택된 것은 이보다 훨씬 이전의 시기이지만 새로운 민족 문학 건설에 대한 요구는 이보다는 이렇듯 더디게 진행되고 있었다.

어떻든 환경 조건의 변화에 따라 조벽암의 문학도 새로운 단계를 요구받게 되었다. 그 결과 그가 발견한 것이 작품에서 알 수 있는 것처럼, '지열'(地熱)의 상상력이다. 운동의 예비단계를 지칭하는 이 은유는 매우 중요한 발견이라 할 수 있다. 그는 『지열』 후기에서 조선의 현실이 "불의 아닌 열의 밀도 속에 있다"[25]고 했거니와 불은 외부지향적이고 표면적인 상태에 놓여 있다고도 했다. 따라서 이런 모양새로 외부의 환경에서 자신의 존재를 과시하게 된다고 이해한다. 이런 단면은 불에 맞서

---

24) 시집 『지열』 후기.
25) 위의 글 참조.

는 또다른 실체가 분명히 존재할 때, 그 실존적 의의가 있을 것이다. 하지만 불 아래의 것, 다시 말해 표면 아래의 것은 준비 단계이고, 아직은 수면 위로 오르기에는 시기적으로나 역량적으로 미흡한 상태에 놓여 있다. 조벽암은 해방 정국을 불과 불이 맞서는 격전의 장보다는 준비하는 단계, 혹은 은폐된 단계로 이해한 듯하다. 그리하여 그 표명의 예비 단계로 본 것이 바로 '지열'이었던 것이다.

시인이 인식하기에 땅속의 열기는 웅크리고 있는 예비된, 혹은 준비된 단계이다. 그러나 지열이 폭발해서 수면 위로 오르게 되면, 비로소 활활 타오르는 불이 된다. 그 불은 "너도, 나도, 산도, 들도/모두 다/태울 수 있는/달굴 수 있는/꽃피울 수 있는 불"이 될 수 있기 때문이다. 말하자면 현실변혁의 강력한 추동체가 되는 것이다. 하지만 그것은 소망의 상태일 뿐 아직은 분출할 때가 아니다. 그것은 은폐된 감각, 숨겨진 정서의 형태로 시인의 표현에 의하면, '촉'의 형태로 내재해 있을 뿐이다. 하지만 웅크리고 뛰어나갈 자세, 응전의 자세는 언제든 예비하고 있다. 그 자세, 곧 그 상태가 바로 "이 땅의 숨결"이라는 것이다.

이런 맥락에서 '지열'이 갖고 있는 은유적 함의는 매우 크다고 해도 과언이 아니다. 절대적 힘으로 존재하고 있는 외부의 벽 앞에 결코 좌절하지 않고 새로운 단계를 예비하는 강렬한 열기가 암시하는 상징성은 매우 크기 때문이다. 그것이 해방 정국을 응시하는 조벽암의 시선이었던 것이다.

골목은
우리들의 것이다

가등도 없는
실골목을 걸으면
녹슬은 생철 집
판장 두른 왜(倭) 기와집
건너편 구멍가게
비슷 비슷한 집들

다시 휘돌아
어둠을 뚫으면
쓰레한 삽짝문
뭉그러진 돌 담 집
거적 달린 토막
고물 고물한 집들

골목을 꼬매면 꼬맬수록
고욤(棍)처럼
주렁주렁 달린
버섯같은 오막살이들
초라는 할망정
반지빠른 자
감히 것저지를 못하는 곳

비록 옹송거리고는 있을망정
더운 숨결이
속으로 부풀어 오르는 곳

> 골목은 골목은
> 우리들의 혈관이다
> 골목은 골목은
> 개도 짖지 않는
> 우리들의 것이다
> ─「골목은」 전문

「지열」과 관련하여 이 시기 시인의 작품에서 주목해서 보아야할 또 하나의 시가 바로 「골목은」이다. 여기서 '골목'은 민중 연대를 갖추기 위한 예비를 하는 공간, 곧 숨은 공간이다. 이를테면 '지열'의 연장선에 있는 은유라 할 수 있을 것이다. 강렬한 외적 힘이 존재하기에 자아를, 혹은 우리들의 연대를 외부로 분출시키는 것이 쉽지 않을 때, 이른바 숨어 있는 형식이 필요한 것은 당연한 일이다. 그 형식을 시인은 '골목'으로 표현하고 있는 것인데, 따라서 이 공간 역시 "더운 숨결이/속으로 부풀어 오르는" 은밀한 곳으로 현현된다. 그리하여 그곳은 잠재되고 숨어있는 공간이긴 하지만 시대적인 함의가 담길 수 있는 곳이기도 하다. 시인 역시 그렇게 되어야 할 공간을 이렇게 표현하고 있다. "비록 옹송거리고는 있을망정/더운 숨결이/속으로 부풀어오르는 곳"으로 말이다. 이런 의미에서 '골목'은 '지열'과 등가관계에 놓이는 상관물이며, 이 시기 조벽암 문학의 핵심적 기제라 할 수 있다.

해방 공간에서 '골목'이 갖는 의미는 매우 의미심장한 것이라 할 수 있는데, 특히 임화가 강조한 '네거리'와 비교할 때 더욱 그러하다고 할 수 있다. 임화가 투쟁의 상징적 공간으로 '네거리'에 대해 처음 언표한 것은 잘 알려진 대로 「네거리의 순이」이다. 그런데 그것이 갖고 있는 함축적 의미가 제대로 드러난 것은 해방 직후이다. 가령, 「9월 12일」이 그러한데, 이 작품의 부제가 '1945년, 또 다시 네거리'로 되어 있다는 점을 주목하면 이를 확증하게 된다. 일제 강점기부터 임화의 활동 무대는 '거리'였다. 그것은 자신을 노출시키면서 외부의 적과 싸우는 실제적 공간이다. 스스로를 드러낼 수 있다는 것은 강력한 당파적 연대가 존재한다는 것이고, 또 시인 자신이 갖고 있는 자신감의 표현일 것이다. 이런 연대와 표현이야말로 임화만이 가질 수 있는 득의의 영역이었던바, 그 상징적 표현이 바로 '거리'의 사상이었다.

투쟁의 지대라는 면에서 볼 때, '골목'이 갖는 함의 역시 '거리' 못지 않다는 점에서 그 의의를 찾을 수 있겠다. 하지만 그것은 은폐되어 있고 무언가 완성되지 않은 단계이다. 뿐만 아니라 상대해야 할 적 역시 강력히 존재하고 있다. 이럴 때, 이에 응전하는 주체는 스스로를 낮추고 감추고 경우에 따라서는 꼭꼭 숨겨야 한다. '거리'보다는 '골목'이 현실적일 수 있다는 뜻이다. 이는 객관적 상황과 분리할 수 없는 것이고, 또 개인의 생리적 국면과도 밀접한 관련이 있을 것이다. 조벽암이 이 시기 주목한 것이 이렇듯 '골목'이었다. 그것은 임화의 '거리'와 등가관계이기도 하고, 또 보족적인 관계일 수도 있을 것이다. 어떻든 그는 '골목'의 사상을 통해서 해방 정국을 응시하고 그 실천적 모색을 시도한 것이라는 점에서 그 의미가 크다고 하겠다.

조벽암은 해방 공간이 주는 현실에 대해 뚜렷하게 직시했다. 그는 '거리'만으로 해방 정국을 헤쳐나가는 것이 역부족임을 이해했던 것으로 보인다. 그래서 그가 선택한 것은 양지가 아닌 음지였고, 그 상징적 표현이 '지열'이었고, '골목'이었던 것이다. 조벽암은 일제 강점기부터 센티멘털한 감수성을 바탕으로 건강한 모형들을 찾아 나섰다. 그것이 이상이자 꿈이었고, 모더니즘에서 말하는 새로운 문명에 대한 새로운 예비 의식을 갖고 있었다. 그러한 기대가 해방이 주는 열린 가능성과 마주했다. 그가 추구했던 모더니즘이 리얼리즘과 만나는 순간이었다. 하지만 기대와 열린 가능성의 만남이란 결코 쉬운 것이 아님을 알게 되었고, 그는 또 다른 예비 단계를 준비해야 했다. 그것이 바로 '지열'과 '골목'의 사상이었다. 이러한 사유들은 비록 숨겨지고 은폐된 것이긴 하지만 언제든 뚫고 나올 에네르기를 갖고 있었다. 오랜 시간 동안 새로운 문명사에 대한 예비 의식처럼, 현재의 불온성을 타파하고 굳건히 뚫고 나올 '지열'의 열기를 느끼고자 했고  데모크라시의 열기로 가득찰 '거리'를 위해 준비하고 있는 '골목'의 움츠림을 그는 예비하고 있었던 것이다.

## 4. 원형적 세계로의 회귀-권환

권환은 1903년 경남 창원군 진전면 출신이다.[26] 이후 그는 근대 문학의 산실이라 할 수 있는 휘문중학과 제일고보를 거쳐 경도 제국대학에 입학했다. 그는 거기서 마르크스주의 사상을 획득하고 귀국하여 임화와 더불어 카프 소장파를 형성하게 된다. 이들의 등장으로 카프를 초기부터 이끌었던 김기진이나 박영희 등은 뒤로 물러나게 된다.

권환의 초기시들은 선전 선동의 국면이 강한 아지프로의 전형적인 사례를 보여준다. 카프를 이끌어가는 주도적인 일원이 되었으니 그의 시

---

26) 그의 출생이 1906년으로 된 것도 있으나 한국문인대사전(권영민편, 아세아문화사)에 기록된 연도가 설득력이 있는 것이어서 이에 따르기로 한다.

들이 이런 방향으로 나아가는 것은 어쩌면 자연스러운 일이었다. 그런데, 권환 시의 그러한 경향들은 카프 해산기 이후 현저하게 사라지거니와 그는 이 시기 거의 순수 시인의 상태로 돌아가게 된다. 하지만 이런 변화를 두고 자의식적인 결단이나 실존의 위험성에서 오는 절박한 심정에서 기인한 것으로 이해하기에는 석연치 않은 구석이 있는 것이 사실이다.

1931년 카프 1차 검거에서도 그러했지만, 2차 검거와 감옥 생활을 거친 뒤 권환은 이전과는 전연 다른 세계를 걷게 된다. 하나는 자신의 시에서 볼셰비키 대중화론을 포기하고 사회주의 리얼리즘을 수용하는 것이었고, 다른 하나는 평론을 쓰지 않고 시창작에 전념하는 것이었다.

권환 시의 변화를 이해하는 데 있어서 가장 중요한 것은 평론를 포기하고 시창작에  열중하게 된 계기라 할 수 있다. 평론은 산문의 세계이다. 산문이란 논리가 굳건히 서야만 비로소 써내려갈 수 있는 글이다. 논리성이 포기된 자리에서 서정성이 대신 들어온 것이다. 그 결과 시인이 나아간 곳은 순수 문학의 세계였는데, 논리와 감성의 구분점을 생각하면 이는 자연스러워보인다고 하겠다. 이를 토대로 카프의 제2차 검거와 카프해산기를 전후해서 권환의 작품은 크게 구분된다. 그래서 그의 시를 평가하는 데 있어서 전반기는 프로시, 후반기는 순수시로 구분하고 있는 것이다.[27]

「古談冊」이라는 시에서 알 수 있는 것처럼, 1930년대 중반 이후 권환의 작품에서 흔히 볼 수 있는 것 가운데 하나는 퇴행의 정서이다. 퇴행

---

27) 김용직과 김재홍을 비롯한 대부분의 논자들이 이 부분에 대해 동의하고 있다.  김용직, 「이념우선주의-권환론」, 『한국현대시사』, 한국문연, 1996.  김재홍, 「볼셰비키 프로시인-권환」, 『카프시인비평』, 서울대출판부, 1990.

은 시간적, 혹은 공간적인 측면에서 과거로의 여행이다. 반면 목적시들은 그 반대로 미래로 방향지어지는 경우이다. 이 작품들의 성패여부는 미래에 놓여져 있고, 그 다가올 사건에 대한 전취여부가 성공의 열쇠가 된다. 권환의 시들이 과거의 시공간으로 되돌아갔다는 것은 프로시의 세계관을 갖고 있던 시인에게는 현실로부터 탈출이나 도피로 비춰질 수밖에 없을 것이다.

그리고 이 퇴행의 정서와 더불어 또 하나 주목해야 할 것이 대상에 대한 응시법이다. 이는 사물의 뚜렷한 인식을 통해서 사유의 표백을 드러내는 이미지즘의 수법과 꼭 닮아 있는 것이다. 어떤 문제의식을 갖고, 다시 말해 전위의 눈으로 응시하던 카프 시절의 예민한 시선들이 이 시기부터는 작품에서 추방되어 있는 것이다. 이를 대표하는 작품이 「풍경」인데, 여기에는 하나의 풍경화를 보는 듯한 착각을 불러일으킬 정도로 주관의 개입 없이 경치에 대한 객관적, 세밀한 묘사로 채워져 있다. 모더니즘의 한 지류인 이미지즘으로의 전환을 뚜렷이 보여주고 있는 것이다. 그런 면에서 권환은 리얼리스트가 모더니스트로 전환되는 아주 극히 드문 사례를 보여주고 있었던 것이다.

권환이 이런 전환을 통해서 드러내고자 했던 것은 순수의 세계였다고 판단된다. 순수란 경우에 따라 정치적인 의미를 갖고 있기도 한데, 만약 권환의 시들이 이 범주에 편입되는 것이라면, 이런 함의는 분명 카프 시절의 아지프로와 동일한 의미를 갖는 것이라는 점에서 의미가 있다. 순수를 올곧게 간직함으로써 불온한 현실과 경계를 짓고, 또 그로부터 자아의 올바른 정체성을 확보할 수 있다면, 이때의 순수란 강력한 정치적인 의미를 갖는 것이라 할 수 있기 때문이다. 그러한 사례를 김영랑의 순수시에서 살펴보았거니와 권환도 이 음역 속에 놓여 있는 것이라 할 수 있다. 자연과 함께 하고, 맑은 가을 호수와 더불어 깨끗하게 살고 싶은 시인의 마음은 그저 단순히 현실로부터 벗어나기 위한 몸부림이 아니다. 현실을 벗어나긴 하되 그 속악한 현실로부터 자신을 지키고자, 탈출하고자 하는 것이기 때문이다. 이 시기 대표시인 「윤리」에서 표명된 '순수'의 내포적 의미는 바로 여기에 있다고 하겠다. 그런데 중요한 것은 그의 그러한 순수의 시세계가 해방 직후의 시정신과 곧바로 대응된다는 점이다.

해방 공간에서의 권환의 출발은 화려한 것이었다. 그는 〈문학가동맹〉이라는 거대 조직의 서기장을 맡았던 까닭이다. 그가 이 조직의 서기장이 된 것은 지극히 자연스러운 일이었던 것처럼 보인다. 물론 카프 해산이후 권환의 행보를 이해하게 되면, 그에게 〈문학가동맹〉의 서기장이라는 직책은 썩 어울리는 것이 아니었다. 게다가 해방 이후 펼쳐 보인 그의 문학 세계에 비추어보면 이런 혐의는 더욱 굳어지게 된다

권환이 어떤 계기로 진보문학의 중심인 〈문학가동맹〉의 서기장이 된 것일까. 그것은 몇 가지 측면에서 추정이 가능한데, 하나는 임화와의 친분관계이다. 권환과 임화는 1920년대 후반 일본에서 돌아온 직후 카프소장파의 일원이 되어 카프의 주도권을 행사하게 된, 아주 친한 사이이다. 이런 환경 속에서 이들은 깊은 친분관계를 유지할 수 있었고, 이념적결속을 다지는 관계가 되었던 것으로 보인다. 그들의 결속 관계는 해방이후에도 변하지 않았는데, 그것이 그가 서기장이 된 이유의 하나가 아닐까 한다.

둘째는 권환이 가지고 있는 모랄 감각이다. 1930년대 후반의 시가 일러주는 것처럼, 권환은 이미 순수를 발견하고 그 세계에 안주해 들어갔다. 그 순수의 세계가 결코 도피가 아니라 불온한 현실과의 철저한 거리

두기였음은 당연한 일이었는데, 이런 탈속의 세계가 그로 하여금 세속의 불온성으로부터 자신을 지켜주는 계기가 되었을 것은 자명한 일이다. 그 구체적인 결과는 친일의 혐의로부터 그를 자유롭게 했다는 사실이다. 세속과의 거리두기, 곧 순수 서정에 대한 탐색은 해방 직후 윤리성의 보존이라는 강점으로 구현되었을 것이고, 그런 감각이 〈문학가동맹〉의 서기장, 한 조직의 수장을 맡는 데 있어서 크나큰 장점으로 작용했던 것으로 보인다.

하지만 〈문학가동맹〉 서기장으로서의 권환의 활동은 매우 제한적인 것이었다. 그런 제약은 몇 가지 상황에서 유추할 수 있는데, 우선 그는 해방 이전에 이미 절대 순수가 내포하는 가치가 무엇인지에 대해 충분히 체득한 터이기에 그것만으로도 저항의 의미를 충분히 대변할 수 있다고 생각한 것처럼 보인다. 그러니까 굳이 세찬 갈등이나 투쟁 없이도 저항의 의미는 살아있다고 본 것이다. 세속적인 현실에 물들지 않는 방법, 어쩌면 그런 의장이 식민지 말기를 넘어서는 좋은 수단임을 그는 이미 알게 된 것이다. 그런 일깨움이 그로 하여금 굳이 계급문학이 아니더라도 민족문학의 가치를 실현할 수 있다는 것을 이해하게끔 한 것은 아닐까 하는 것이다. 굳이 계급적인 것을 표면에 내세우지 않더라도 해방 공간의 현실에 충분히 대응할 수 있다고 본 것이다. 다음의 시는 그러한 단면을 잘 보여주는 시라는 점에서 그 의미가 있다.

十년 전 양주가
등에는 괴나리 봇짐
두손엔 바가지 들고
북으로 북으로 멀리 간 朴첨지도

어제 滿洲서 돌아왔다
동리 어구에 들자마자 연신
용감한 아라사 병정 이야길 하면서
도수장에 목을 옭혀간 소처름

九州탄광으로 끌려갔던 金春甫도
二年만인 그저께야 돌아왔다
우 아랫이를 부득부득 갈면서
쫓겨가고 故鄕을 파먹던 모진 야수들은
찾어왔다 故鄕을 잃은 백성들은

夜學校 좁은 강당에선
박수 소리가 요란하게 일어나다
學兵서 돌아온 德洙君
角帽를 휘두르며 부르짖는 演說會다
이 넓은 「삼거리」들도 모두
우리들 땅입니다 인젠
齊藤이 논도 鈴木이 밭도 아닙니다

왼들에 구수하게 풍기다
익은 곡식의 향내가

만세소리가 때때로 바람결에 들리다
이마을 저마을서
유달리 맑고 푸른

자유 조선의 가을 하늘이었다

-「고향」 전문[28]

이 작품은 해방 직후에 쓰여진 것인데, 고향의 감수성은 해방 이전의 그것과 전연 다른 지점에서 형성되고 있다는 데 그 특이성이 놓여 있다. 해방 이전 권환의 「고향」이나 「집」 등의 고향 시들은 인식의 완결성이나 영원의 감각에서 사유된 것들이다. 그런 까닭에 그것은 관념이라는 형이상학을 벗어날 수 없는 것이었다. 하지만 해방 이후의 「고향」은 식민지 시대의 고향 정서와는 전연 다르게 구현된다. 관념이 아니라 현실 속에서 즉자적으로 의미화되고 있기 때문이다.

이 시를 지배하고 있는 것은 귀향의 정서이다. 그것은 이향 모티브와 이항대립적 관계에 놓이는데, 해방 이전의 고향 담론이 내포하고 있었던 것은 주로 이와 관련된 것이었다. 고향과 그로부터의 이향 과정은 자의가 아니라 타의에 의한 것으로, 흔히 유이민과 같은 존재와 밀접한 관련을 맺고 있었던 까닭이다. 이제 상황은 정반대가 되는데, 고향은 이향이 아니라 귀향 속에서 정합성을 갖게 된다.

식민지 시대의 고향이 그러한 것처럼 이 작품에서의 고향도 매우 긍정적으로 의미화된다. 하지만 중요한 것은 그러한 긍정성이 형이상학의 차원이 아니거니와 철저하게 민족 모순의 관계 속에서 의미화되고 있다는 사실이다. 이는 귀향의 과정이 매우 열악한 것으로 그려진, 이용악의 「하나씩의 별」[29]이나 김동리의 「혈거부족」과는 분명 다른 차원에 놓이는 것이라 할 수 있다.

---

28) 신범순 외, 『해방공간의 문학1-시』, 돌베개, 1988, pp.41-42.
29) 위의 책, p.120.

이 작품에서 표명된 고향은 제국주의로부터 벗어난 자유의 공간, 해방의 공간이다. 그러니까 지금 여기의 실존적 삶이 무엇이든, 혹은 어떤 이해관계가 작동하고 있는 것이든, 혹은 어떤 이데올로기가 산재해 있는 것이든 그러한 요인들은 전연 문제될 것이 없었다. 그것은 오직 해방의 공간이라는 점에서 의미가 있는 것인데, 당연하게도 그 반대편에 놓여 있는 것, 곧 대항담론은 일본 제국주의들이 남긴 편린들일 것이다. 제국주의로부터 벗어난 공간이기에 고향은 더할 수 없이 아름답고, 이상적인 공간일 수밖에 없는 것이 아닌가. 권환의 그러한 감각은 "이 넓은 『삼거리』 들(野)도 모두/우리들 땅입니다 인젠"이라는 구절 속에 잘 드러나 있거니와 이를 지탱하는 감격의 정서 역시 "齊藤이 논도 鈴木이 밭도 아닙니다"라는 것에 놓여 있었다. 물론 이런 감각은 민족주의가 아니면 불가능한 경우이다. 이렇듯 해방 직후 권환은 현실에 대한 비판성을 민족주의의 강력한 실현에서 찾고 있었던 것이다. .

여기서 알 수 있는 것처럼, 권환이 해방 직후에 응시한 것은 계급적인 것에 놓여 있는 것이 아니었다. 본질 보다는 현상에 보다 집중되는 매우 예외적인 상황 속에 자신을 두고 있었다. 그러니 진보 문학을 대표하는 총 사령관인 〈문학가동맹〉 서기장의 직분에서는 어울리지 않는 시각을 갖고 있었던 것이다.

권환의 문학은 해방 직후에 새로운 단계를 맞이하고 있었다. 그는 〈문학가동맹〉 서기장이긴 했지만 그에 걸맞은 사유의 표백을 보여주지는 않았다. 그는 〈문학가동맹〉 서기장을 맡으면서 필생의 신념이었던 계급성을 문학에 실현시키기 위한 좋은 기회를 얻었지만, 이를 표면적으로 내세우지는 않았다. 그의 민족 문학은 계급이 아니라 인민성, 보다 정확하게는 민족적인 것에 우선을 두고 있었기 때문이다. 이런 면들은 그의 장르 선택에 있어서도 드러나게 되었는데, 그는 이 시기 비평활동을 하지 않았다. 그에게는 현실에 응전하는 논리적 바탕이 전연 없었던 까닭이다. 이는 곧 과학적 사고의 포기와 맞대응되는 일이었다. 그가 이념이나 계급에 우선적인 가치를 두지 않은 것은 민족이 먼저였기 때문이다. 해방 이후 권환의 시들이 계급 의식보다는 민족 의식에 기반을 두는 한편으로 민족반역자나 친일분자의 처단을 지속적으로 외친 것은 여기에 그 원인이 있다고 하겠다. 뿐만 아니라 권환은 열악해지는 해방 정국에서 북한으로 가지도 않았다[30]. 그런 행동이 어쩌면 또다른 분파주의 내지는 분열 행위로 비추어지는 것은 아니었을까. 다시 말하면 그것은 이념이나 계급이 싫어서가 아니라 민족이라는 하나의 단위를 지킬 수 있는 행동과는 거리가 있는 것으로 생각한 것은 아닐까 이해된다.

권환은 계급주의자이면서도 민족주의자였다. 하지만 해방 직후에는 민족주의자로서의 면모를 보다 강하게 드러냈다. 그의 이러한 의식은 1930년 후반의 순수 세계에 근거한 것이고, 그는 이 의식만으로도 현실에 대한 저항성을 충분히 확보할 수 있다고 생각한 것처럼 보인다. 계급과 민족이라는 이 절대적 가치를 함께 보존하면서 그 자신이 나아갈 수 있는 활로를 모색한 것, 그것이 해방 공간에서 권환의 시가 갖는 의의라 할 수 있을 것이다. 그 핵심은 바로 순수 문학과 그것이 갖는 시대적 함의였다. 이런 면에서 권환은 해방 직후 매우 독특한 위치를 점하고 있는 시인이었다고 하겠다.

---

30) 이런 선택의 이면에는 건강 또한 중요한 선택의 기준이 되었을 것이다. 그는 폐결핵 중증을 앓고 있었고, 이것이 원인이 되어 전쟁 직후인 1954년 고향 마산에서 생을 마감하게 된다.

## 5. 한 민족주의자의 비극-설정식

해방 공간에서 극적인 삶을 살았던 문인은 여럿 있지만 그 가운데 설정식만큼 예외적인 경우도 없었을 것이다. 그는 이 시기에 미군정청 공보과장을 맡기도 했지만 얼마 지나지 않아서 북쪽에서 종전 통역담당이 되었는가 하면, 이후에는 미제 스파이란 명목으로 처형되는 극적 운명의 소유자였기 때문이다. 그 행보랄까 편차가 너무 큰 것이어서 충격적임은 부인하기 어려울 것이다. 따라서 그가 선보인 행보와 문학적 세계를 이해하는 것은 해방 공간의 현실과 그것이 보여준 낙차가 무엇인지를 이해하는 데 크나큰 도움이 될 것이다.

설정식의 삶을 알기 위해서는 그의 전기에 대해 우선 일별할 필요가 있다. 그는 1912년 함경남도 단천에서 태어나 7살 때에는 서울 계동으로 이주하여 교동공립학교에 다녔다. 1929년 경성공립농업학교 재학 중 광주학생운동에 가입했다는 이유로 퇴학을 당하게 된다. 이런 일련의 사실에서 알 수 있는 것처럼 그는 초기부터 민족의식에 있어서 남다른 면이 있었다. 이후 만주 봉천으로 유학을 갔지만 여기서 벌어진 한중 학생들의 갈등으로 더 이상 이곳의 학교에 다니는 것이 불가능함을 알고 곧바로 귀국했다. 이후 1932년 연희전문학교 본과에 입학하게 된다. 1937년 연희전문학교를 수석으로 졸업하고 미국 유학길에 올라 오하이오주 마운트유니언 대학에서 2년간 수학하고, 계속해서 1939년에는 컬럼비아 대학교에서 2년간 더 공부했다. 1940년 부친이 위독하다는 소식을 듣고 귀국한 다음, 미국이 아닌 이땅에서 조선의 해방을 맞이하게 된다. 1945년 해방 직후 그는 미군정청 공보처 여론국장으로 일하게 되었는데, 이는 그가 이 시기 드물게 미국 유학 출신이라는 점, 그리고 그 결과로 영어를 능숙하게 구사할 수 있다는 점이 크게 작용한 것으로 보인다.

설정식은 처음부터 시를 쓴 것은 아니었다. 그의 문학적 출발은 서정시와 무관한 희곡에서 비롯되었다. 그는 1932년 1월 『중앙일보』 현상모집에 중국에서의 경험을 바탕으로 쓴 희곡 「중국은 어디로」가 1등에 당선됨으로써 문인의 길을 걸었기 때문이다. 이후 그는 여러 차례에 걸쳐 현상공모 모집에 원고를 냈고, 당선과 입선의 경력을 차례로 얻게 된다. 하지만 이런 등단에도 불구하고 그가 본격적으로 문학인의 길을 걷게 되는 것은 해방공간에 이르러서이다. 이때 설정식은 미국 체험을 담은 「프란씨쓰 두셋」(《동아일보》, 1946.12.13.-22.), 「한 화가의 최후」(『문학』, 1948.4)를 연달아 발표한다. 그리고 해방공간의 현실을 담은 장편 『해방』(『신세대』, 1948.1.-5. 3회 연재후 중단)을 상재하기도 한다. 설정식은 산문 뿐만 아니라 1947년 제1시집 『종』을 발간한 바 있거니와 이후 1948년에는 제2시집 『포도』, 제3시집 『제신의 분노』을 잇달아 상재하면서 운문에도 상당한 문학적 업적을 남겼다. 1949년에는 장편소설 『청춘』을 발간하는가 하면, 우리나라 최초로 헤밍웨이의 『불패자』와 세익스피어의 『햄릿』을 번역, 발간하기도 했다. 이렇게 본다면 그의 문학 활동은 장르를 초월해서 여러 방면에 다양하게 걸쳐 있음을 알 수 있게 된다. 이런 다양성이야말로 이 시기 극적인 삶을 살아간 시인의 운명을 조명해줄 수 있는 좋은 자료 내지는 근거가 될 수 있다는 점에서 주목된다.

무거이 드리운 침묵이여
네 존엄을 뉘 깨뜨리느뇨

어느 권력이 네 등을 두드려
목메인 오열을 자아내뇨

권력이거든 차라리 살을 앗으라
영어囹圄에 물러진 살이거든
아! 권력이거든 아깝지도 않은 살을 저미라

자유는 그림자보다는 크드뇨
그것은 영원히 역사의 유실물이드뇨
한아름 공허여
아! 우리는 무엇을 어루만지느뇨

그러나 무거이 드리운 인종忍從이어
동혈洞穴보다 깊은 네 의지 속에
민족의 감내堪耐를 살게 하라
그리고 모든 요란한 법을 거부하라

내 간 뒤에도 민족은 있으리니
스스로 울리는 자유를 기다리라
그러나 내 간 뒤에도 신음은 들리리니
네 파루罷漏를 소리 없이 치라
                              -「종」부문

　　설정식의 첫시집 『종』의 표제시이기도 한 이 작품은 해방 초기 시인
의 대표작 가운데 하나라 할 수 있는데, 시인은 여기서 '종'을 민족에 비

유하고 있어 이채롭다. 종은 몇 가지 의미를 내포하고 있는데, 이런 내포들은 소리의 영역에서 의미화되고 구별된다는 특이성을 갖고 있다. 그 소리란 다양한 음역을 갖고 있는데, 하나가 외부의 강제에 의한 강요된 울림이라면, 다른 하나는 자율에 의한 자발적 울림이다. 그는 이 작품에서 힘에 의한 것은 '신음' 소리에 가까울 것이고, 스스로 울리는 것은 '자유'를 향한 음성에 가까운 것이라고 은유한다.

하지만 종은 스스로 울려서 자유 주권의 주체가 되기에는 그 내포된 힘이 너무도 미약한 상태에 놓여 있다. 그래서 강요된 힘에 의해 울려퍼지는 오열만이 크고 강하게 들려올 따름이다. 이 비유가 일러주는 것처럼, 해방이란 우리 민족에게 스스로 울릴 수 있는 종을 허락하지 않았다고 인식하는 것이다. 외부의 힘에 의해 울리는 종소리만이 어지럽게 난무하는 현실을 맞이하고 있을 뿐이라는 것이다. 그리하여 종은 경쾌한 소리가 아니라 신음 소리만을 흘려보내면서 어두워가는 현실을 보여주는 매개물로만 구현된다. 「종」이 일러주는 것처럼, 해방은 모두가 기대했던 것과는 다른 방향으로 흘러갔다. 보다 밝은 미래를 지향하고자 꿋꿋하게 지켜왔던 인고의 세월들은 이제 헛된 꿈이 되고 있을 뿐이었다.

「종」에서 나타난 것처럼, 설정식이 응시하는 조선의 현실과 그 나아갈 방향들은 긍정적인 것이 아니었다. 해방 현실에 대한 부정적 인식들을 여러 곳에서 드러내는데, 해방을 '인민의 것이 아니었다'(「조사」)고 하기도 하고. '태양'에 비유하여 해방공간의 현실을 난폭자가 난무하는 현실로 응시하기도 한다(「해바라기3」). 이렇듯 해방이란 희망의 연대가 아니라 늘 패배의식을 안겨주는 곳으로 수시로 바뀌게 된다. 게다가 이 곳은 우리만의 공간이 아니라 외세로 표방된 것들, 가령 "외국차들이 그들만의 방식으로 질주한다"고 하는 비판적 공간으로 사유되기도 한다.

우리 민족의 뜻이나 희망과는 전연 반대되는 방향으로 움직이고 있다고 인식하는 것이다.

현실에 대해 이렇게 절망해가는 것이 이 시기 설정식의 정신 세계라고 한다면, 도대체 이런 절망의 근거는 어디에서 오는 것일까. 설정식은 세계 질서의 새로운 강자로 부상하는 미국을 체험했고, 그 언어를 자신의 것으로 했으며, 그런 현실적 조건들이 그에게 해방공간의 현실을 헤쳐나가는 데 있어서 매우 유리한 기회를 제공해 주었다. 적어도 소시민적 세계관을 갖고 있었던 자라면, 이런 조건이야말로 실존적 만족을 충족시켜줄 수 있는 절대적인 것으로 작용했을 것이다. 하지만 그의 내면에는 이런 조건과는 반대 방향으로 흘러가고 있었다. 자아의 심연에서는 다른 세계관 혹은 현실에 대한 불만이 싹터 오르기 시작한 것이다. 그러한 단면을 인용시에서 우선 확인한 바 있는데, 어떻든 그는 언제부터인가 소위 기회의 제공자였던 미국적인 것과 결별하지 않으면 안 되는 현실을 서서히 마주한 것으로 보인다.

설정식은 여러 편에 걸쳐 외국 체험을 바탕으로 한 작품을 썼다. 그는 두 번의 외국체험을 했다고 했거니와 그 첫 번째가 광주학생 의거로 인한 도피의 과정에서 얻은 중국 체험이고, 다른 하나는 학업에 대한 열망으로 얻은 미국 체험이다. 전자의 경험을 담은 것이 장편 『청춘』이었고, 후자의 경험을 담은 것이 단편 「프란씨쓰 두셋」[31]과 「한 화가의 최후」[32]이다.

우리 문학사에서 미국 체험을 담은 작품은 거의 미지의 영역에 속하

---

31) 《동아일보》, 1946.12.13.-22.
32) 『문학』, 1948.4.10.

는 것이었다. 일찍이 미국문화가 우리 소설에 반영된 것은 이인직의 「혈
의 누」와 「은세계」에서이다[33]. 하지만 이 작품들은 일본에 유학 간 이인
직이 풍문으로 들은 바를 소설화한 것이기에 직접 미국체험을 담은 것
이라고 보기는 어렵다. 그렇기에 직접적인 체험을 바탕으로 한 설정식
이야말로 미국 경험에 대한 작품을 쓴 첫 번째 작가라 할 수 있다[34].

　설정식이 경험한 미국과 이에 대한 시각의 변화를 보여주는 작품이
「프란씨쓰 두셋」이다. 이 작품이 발표된 것은 1946년 말이다. 이 때는
남로당의 관점에서 보았을 때, 미군은 해방군이 아니라 점령군으로 인
식이 전환되던 시기이다. 5월에 남로당의 신전술이 채택되면서, 미군정
과의 본격적인 싸움의 단계로 접어들었기 때문이다. 「프란씨쓰 두셋」은
그러한 현실 변화와 분리하기 어려운 것이라 할 수 있다. 이 작품은 미
국과 결코 동일한 이해관계로 묶일 수 없는, 이런 사회적 상황으로부터
만들어진 것이다. 주인공인 '내'가 상대편 여자인 '두셋'과 동화될 수 없
는 상황, 그리고 스스로를 채식주의자라고 항변할 수밖에 없는 상황이
야말로 미국적인 것과의 거리두기이고, 보다 구체적으로는 미군청과의
거리두기라 할 수 있는 부분들이다.

　　나는 미국인이 나를 쌍수를 들어 받아들인 것이 당연하다고 생각한다.
　　나로 말하면 오하이오주의 대학을 나왔고, 영어를 잘하고, 무엇보다도 그
　　들이 나를 필요로 하였던 것이다. 그러나 나는 미국인들에게 실망하였던
　　것이다. 나는 그들이 자기네 군사기지가 있는 나라에 대한 관심보다 군사

---

33) 김외곤, 「소설에 나타난 미국의 관문 샌프란시스코」, 『버클리문학』1. 2013.
34) 이를 계기로 본격적인 미국체험을 담은 문학들이 나오기 시작했는데, 1950년대 워
　　싱턴 주 타코마에 간 경험을 시로 쓴 박인환의 「아메리카시초」등이 여기에 속한다.

기지 자체에 더 많은 관심을 가지고 있음을 보았다. 나는 농민과 노동자들이 전과 다름없이 비참한 생활을 하고 있으며, 아무런 경제적 향상도 없다는 것을 알았다. 나는 또 그들이 부패와 인권의 억압을 못 본 체하고, 그 무자비한 독재자 이승만만을 전폭적으로 믿고 있다는 것도 알게 되었다[35].

　미국과의 거리두기는 설정식 자신과 미국과의 동화에 대한 실패에서 나오기 시작한다. 설정식은 이때까지만 해도 〈문학가동맹〉의 이념보다는 건강한 우파식 시민주의에 보다 가까운 사유 태도를 갖고 있었던 것으로 보인다. 자유라든가 주권에 대한 강조는 좌파의 이념과는 거리가 있는 것이며, 그가 이런 부분에 대해 강조점을 둔 것은 미국적인 것의 영향이 큰 것이었다. 그러니까 그는 여전히 미국적인 것과 그 문화에 대한 긍정의 시선을 버리지 못한 것처럼 보인다. 하지만 해방의 현실은 그의 기대와는 전연 다른 방향으로 흘러갔다. 그러한 단면을 보여주는 것이 인용부분에서 언급된 그의 친구였던 헝가리인 티보 머레이의 회고이다. 이 부분은 해방 당시 설정식의 세계관이 어떻게 변화했는지를 잘 말해주는 부분이라 주목을 요한다. 미국은 군사기지가 있는 나라에 대한 관심보다는 군사기지 자체에 보다 많은 관심을 갖고 있었다는 인식이야말로 미국의 본질에 대한 시인의 정확한 현실인식이었다고 할 수 있을 것이다. 달리 생각하면, 그는 이 시기 점령군으로서가 아니라 해방군으로서 미국에 대한 기대가 매우 높았던 것이었다고 할 수 있다. 하지만 지나온 역사가 말해주듯 현실은 설정식의 그것과는 상당한 낙차가

35) 머레이, 「한시인의 추억, 설정식의 비극」, 『설정식전집』, 산처럼, 2012, pp. 792-793.

있었다. 그러한 실망의 표현이란 결코 미국적인 것과 동화될 수 없었던 내면을 드러낸 것이었고, 이를 서사화한 것이 「프란씨쓰 두셋」이었다.

설정식은 이 작품을 쓴 직후 공산당 지하조직에 가담하게 된다. 그의 언급에 의하면, 정확히 1947년 1월이었다고 한다[36]. 이 시점을 계기로 그는 〈문학가동맹〉에 적극적으로 참여함으로써 이른바 현실지향적인 면을 보이게 된다. 이는 세계관의 뚜렷한 변화이거니와 그 실천적 단계인 창작방법에 있어서도 그는 새로운 변신을 하게 된다. 그 변화의 일단을 보여주는 것이 그의 미국체험을 다룬 또 다른 소설인 「한 화가의 최후」이다. 이 작품이 발표된 것은 1948년 4월이지만 쓰여진 것은 이보다 훨씬 앞섰을 것으로 추정된다. 설정식의 현실 반영에 기초한 리얼리즘적인 시들은 이 이전부터 발표되고 있었기 때문이다. 어떻든 이 작품의 주역 가운데 하나인 쩨롬스키는 설정식의 아바타와 같은 존재라 할 수 있다. 그는 자신의 예술성을 알아주지 못하는 현실에 절망하고 미국자본주의의 상징과도 같은 엠파이어스테이트 빌딩에서 자살한 인물이다. 그의 자살에서 알 수 있는 것처럼, 쩨롬스키는 미국적인 것과 동화되는 것이 불가능함을 일러주는 증표이거니와 설정식 또한 이와 비슷한 운명의 소유자가 된다. 이제 미국적인 것은 더 이상 자신이 추구해야할 이상이 아님을 알게 되는 계기가 되는 것이다.

그는 이제 철저히 저항주의자가 되어 남조선의 현실을 응시하게 된다. 1929년 광주 학생의거 사건이나 중국의 만보산 사건에서 알 수 있는 것처럼, 그의 저항의식은 거의 생리적인 차원의 것이었다. 해방 공간의 불합리한 현실은 그의 생리 속에 갇혀있던 저항 의식에 불을 붙이는 것

---

36) 윗 글, p.792.

에 불과했다. 그래서 다음과 같은 시를 쓰기에 이르른 것이 아닌가 한다.

> 푸른 하늘보다
> 더 푸른 잎새보다
> 더 푸른 청춘을
> 어찌하여
> 모란모란 모란도 아닌 것을
> 모란보다 더 붉은
> 피로만 적셔야 하며
>
> 붉은 모란보다
> 더 붉은 입술보다
> 더 붉은 사랑을
> 어찌하여
> 이글이글 타는 불도 아닌 것을
> 너는 도리어 화약을 퍼부어
> 헛되이 이십을 익어
> 헛된 젖가슴을
> 헛되이 식어가는 젖가슴을—
> (중략)
> 굴뚝에 까치가 집을 짓는 곳
> 이곳은 남조선
> 풍부하게 배부른 아내가 어찌하여 귀찮은 곳
> 내일을 기약하기 힘든 밤이 간신히 지새면
> 밤을 기다리기 십 년 같은 곳

이곳에서 날새들은

뿔뿔이 흩어져 울어서는 아니 되겠다

어머님 땅이 깊이깊이

모든 뿌리를 얽어놓듯

아래서부터 위로

위에서부터 아래로

밤에서 낮으로 낮에서 밤으로

한가지 노래를 조직하라

네 어찌 무슨 낯으로 저 흔하고 흔한

총알을 혼자서만 두려워하랴


가자

가자 이렇게 푸르고 또 뜨겁게 하며

꿀과 노래로 청춘과 총알 사이로 가자

뻐근하게 살아갈 보람도 있는

삶을 조상弔喪하며 또 꿀범벅 피범벅

붉은 아가웨 열매를 삼키면서

남조선으로 가자

　　　　　－「붉은 아가웨 열매를」 부분


　이 작품은 설정식의 세 번째 시집『제신의 분노』에 실려있는 시이다. 여기에는 자유를 외치는 시민주의자가 아니라 전위를 외치는 변혁주의자의 모습으로 전화한 서정적 자아의 모습이  잘 나타나 있다. 그러한 단면들은 푸른 색과 붉은 색의 이미지가 교차하면서 해방 직후 남한에서 펼쳐지고 있는 상황을 매우 비극적으로 제시하고 있는데, 그 비극의 요체는 "피로만 적셔야 하는" 현실에 놓여 있다고 하겠다. 그리고 그러한 현실을 더욱 암울하게 하는 것이 "내일을 기약하기 힘든 밤"이다.

그 암울한 현실이 펼쳐지는 공간이란 앞서 언급대로 다름 아닌 '남조선'이다. 한반도를 남과 북으로 갈라서 구분했다는 것은 그의 자의식에 적어도 북의 현실은 제외되고 있음을 말해준다. 지금 불온한 현실이 펼쳐지고 있는 것은 오직 남조선뿐이기 때문이다. 이 부정적인 현실을 개선하기 위해서 시적 자아는 "꿀범벅 피범벅"으로 얼버무려진 "붉은 아가웨 열매를 삼키면서" "남조선으로 가자"고 외친다. 그런 면에서 '붉은 아가웨'는 현실 변혁의 수단이면서 자아로 하여금 그 강렬한 열망을 추동하는 절대적인 상징이라고 할 수 있을 것이다. .

설정식을 비롯한 〈문학가동맹〉의 노력에도 불구하고 남쪽의 현실은 열악한 형국이 되어 가고 있었다. 그래서 진보적인 입장에 섰던 대부분의 문인들은 북쪽으로 넘어가게 된다. 하지만 어떤 이유에서인지 설정식은 이 시기 곧바로 북으로 올라가지 않는다. 그는 남쪽에 계속 남아서 1949년 좌익 계열 사람들을 사상적으로 전환시키기 위해서 만든 단체인 보도연맹에 가입하기에 이른다. 이 기간동안 그는 셰익스피어의 『햄릿』을 번역하여 『하므렡』[37]로 출간하면서 계속 문필활동을 해 나간다. 뿐만 아니라 그는 이 시기 약간의 사상적 변화를 보이기도 했는데, 보도연맹의 기관지에 「붉은 군대는 물러가라」를 발표함으로써 전향의 단면을 시도하기도 하는 것이다. 하지만 이후의 행적을 살펴보면, 이때 그가 진보적인 사상을 완전히 포기한 것이라고 볼 수는 없을 것이다. 그것은 한국전쟁 때 보인 그의 행보에서 이를 추측할 수 있다. 설정식이 어떤

---

37) 백양당, 1949. 1.

경로로 월북했고, 또 인민군에 가담하게 된 것인지에 대해서는 뚜렷히 알려진 것이 없다.

전쟁 직후 재현된 현상이 그의 행보를 말해주는 것인데, 그는 월북 후 1951년 제1차 개성 휴전 회담 당시 북쪽 영어 통역관으로 등장한다. 이 때 북쪽의 소좌 계급장을 달고 이 회담에 참여함으로서 북쪽 사회에 새로이 정착한 것처럼 비춰졌던 것이다. 하지만 얼마 지나지 않아 그는 미 군정청에서 근무했다는 사실을 숨긴 죄와, 북쪽 정권을 전복하려 했다는 죄목으로 임화 등과 더불어 처형되는 운명을 맞이하게 된다[38].

한 개인의 운명이 미래의 불투명한 역사 속에서 어떤 결말로 끝날 것인가를 아는 것은 인간의 영역 밖에 놓이는 문제이다. 그것은 어쩌면 신의 영역에서만 가능할 것인데, 하지만 이를 초월적 영역의 것으로 치부하기에는 설정식의 삶이 너무도 극적이었기에 강한 여운을 남기는 경우라 할 수 있다. 그는 해방군의 두 주체를 오간 매우 예외적인 존재였다. 그것은 그가 영어를 잘 사용했다는 점과 새로운 강자로 부상하고 있었던 미국 유학생 출신이었다는 점이 이런 상황을 가능케 했을 것이다. 그만큼 그는 문제적 시간에 문제적 주체로 등장하고 또 소멸해 갔던 것이다. 이러한 그의 삶을 알 수 있게 해주는 것이 또한 작품이 아닐까 하는데, 그의 세 번째 시집 『제신의 분노』는 여러 면에서 그 시사점을 제시해준다.

　　옳고 또 쉬운 진리를
　　두려운 사자라 피하여

---

38) 「머레이의 회고」 참조.

베델의 제단 뒤에 숨어 도리어
거기서 애비와 자식이
한 처녀의 감초인 살에 손을 대고
또 그 처녀를 이방인에게 제물로 공양한다면

내 하늘에서 다시
모래비를 내리게 할 것이요
내리게 하지 않아도 나보다 더 큰 진리가
모래비가 되리니

그때에
네 손바닥과 발바닥에 창미가 끼고
네 포도원은 백사지白沙地가 되리니

그러므로
헛된 수고로 혀를 간사케 하고 또 돈을 모으려 하지 말며
이방인이 주는 꿀을 핥지 말고
원래의 머리와 가슴으로 돌아가
그리로 하여 가난하고 또 의로운 인민의 뒤를 따라
사마리아 산에 올라 울고 또 뉘우치라

그리하면
비록 허울 벗기운 너희 조국엘지라도
이스라엘의 처녀는 다시 일어나리니
이는 다 생산의 어머니인 소치라

　　　　　　　　　　　　　　　－「제신의 분노」부문

우선, 작품의 제목으로 '제신'이 들어간 것이 이채롭다. 적어도 기독교적인 것의 경계에 놓여 있는 자라면, '유일신'이 되어야 하는 까닭이다. 여기서 알 수 있듯, 그는 미국적인 것을 비롯해서 서구적인 문화 유산에 깊은 애착을 갖고 있었던 것처럼 보인다. 이 작품은 구약성서의 '아모스서'를 바탕으로 쓰여진 시인데, 이를 지배하는 정서는 메시아적인 데에서 찾아진다. 인간의 원망을 담아서 신의 음성으로 들려주는 것이 메시아 사상의 핵심이라면, 이는 적어도 초월적인 것과 분리하기 어려웠던 설정식의 사유를 말해주는 것이라 할 수 있다. 이런 초월론에의 집착이 어떻게 유물론자를 자처하던 설정식의 세계관에서 나온 것일까. 그렇기에 여기에는 몇 가지 요소를 고려하지 않으면 그 본질에 접근하기 어려울 것으로 보인다. 이는 '숨은 신'에 대한 그리움의 표방처럼 보이지만[39] 그 내면에는 미국적인 것과 그 근저에 놓여 있는 미국식 민주주의에 대한 향수가 짙게 깔려 있었던 것은 아닐까. 다시 말하면, 그는 여전히 미국적인 것들에 대한 강력한 집착을 갖고 있었고, 비록 해방 공간의 현실에서는 자신의 의지와는 거리가 있었지만 미국 문화에 대한 미련을 버리지 못했던 것은 아닐까하는 것이다.

설정식은 이렇듯 생리적으로 유물론을 받아들이기 어려운 위치에 있었던 것처럼 보인다. 그는 여전히 미국적인 것에 대한 애착과 미련을 갖고 있었고, 그러한 까닭에 그의 무의식에는 애초부터 인민민주주의가 자리잡을 수 있는 형편이 못되었다. 그보다는 오히려 미국식 민주주의를 보다 선호했던 것은 아닐까 한다. 그 토양은 물론 앞서 언급대로 미

---

39) 오세영은 잃어버린 공동체와 이를 만들어내고 숨어버린 신, 그 감추어진 신에 대한 그리움이 만들어낸 정서가 이 작품의 주제라고 했다. 오세영, 「신이 숨어버린 시대의 시-설정식론」, 『한국현대시인연구』, 월인, 2003 참조.

국 체험에서 형성된 자신의 경험주의가 만든 것으로 보인다. 그는 무주
공산인 해방공간의 현실에서 자신이 경험한 것들에 대한 꿈을 간절히
이루어보려 했을 것으로 판단된다. 하지만 현실은 이를 용납하지 않고
있었거니와 기대했던 미국과 그들의 비민주적 행보는 그로 하여금 좌
절의 지대로 이끌고 들어갔던 것이 아닐까 한다. 군사기지가 있는 나라
에 대한 관심이 아니라 군사기지 자체에만 관심을 가졌던 나라가 미국
이었다는 시인의 판단이야말로 이를 증거한다고 하겠다. 광주학생의
거와 중국의 완바이 산 체험에서 형성된, 철저한 민족주의자였던 그에
게 이런 현실은 결코 받아들이기 어려웠을 것이다. 민족주의에 대한 강
렬한 꿈이 처음에 그를 유물론적인 사고를 갖게 했고, 다른 한편으로는
〈문학가동맹〉의 맹원이 되게끔 했지만 현실은 결코 만만한 것이 못되었
다는 사실이다. 그 여정의 끝에 그가 선택한 것은, 여전히 그의 무의식
에 놓여 있었던 것이 미국적인 것, 미국식 민주주의였던 것처럼 보인다.
"시는 인문 다수의 공유물이 되게 하자"[40]라는 그의 선언에도 불구하고
자신의 작품은 대중 속으로 달려가지 못했다. 그 앞에 바로 미국적인 것
들이 방해하고 있었던 것은 아니었을까. 말하자면 그의 의식을 지배하
고 있었던 것은 미국적인 것과 그 반대의 것, 혹은 그 문화의 긍정적인
것과 부정적인 것 사이에서의 갈등이었다. 그의 의식은 여전히 미국적
인 것의 아우라에 갇혀서 헤어나오지 못한 것이다. 그것을 쉽게 포기하
지 못한 것이 그의 세계관의 한계였고, 그의 문학이 당도할 수밖에 없었
던 절망이었으며, 그를 역사의 비극적 무대의 주인공이게끔 만들었던
계기였던 것처럼 보인다.

---

40) 「FRAGMENTS」 부분, 『전집』, p.204.

설정식의 문학은 민족주의가 무엇이고, 그것이 어떻게 실현되어야 하는지를 보여준 좋은 사례에 속한다. 특히 해방 이후 전쟁을 거치면서 형성된 미국 문화와 그들이 이 땅에서 행했던 여러 상징적인 사건에 대해 미리 예단했다는 점에서도 그 의의가 큰 것이라 하겠다. 여러 국제 관계의 어지러운 실타래 속에서 그가 해방 공간을 진단한 현실 인식, 미국에 대한 정확한 인식이야말로 이후 우리의 사사적 맥락, 아니 분단이 여전히 현재진행형인 우리 사회에 주는 좋은 시사점이라는 점에서 역사적 의미가 있는 것이라 할 수 있을 것이다.

## 6. 상아탑의 세계에서 참여문학으로-김동석

김동석은 해방 직후 활발히 활동한 비평가, 시인이었다. 그는 1913년 경기도 부천에서 태어났으며, 1922년에는 인천공립보통학교에 입학하고 졸업한 다음 서울 중앙고보 4학년에 편입했다. 이후 1933년 경성제국 대학 예과에 다시 입학하게 되고, 여기서 영문학을 전공한 다음 졸업 논문으로 1938년 「매슈 아놀드 연구」를 제출했다. 이런 면모에서 추측할 수 있는 것처럼, 그는 순탄하게 엘리트 코스를 밟으며 성장해 온 보기 드문 문인임을 알 수 있다.

김동석이 처음 문필 활동을 한 것은 기록상 일제 강점기 시대이다. 1937년 평론 「조선시의 편영」[41]을 발표한 것이 그것이다. 하지만 그는 이 글을 마지막으로 일제 강점기에 더 이상 문필 활동을 하지는 않았다.

---

41) 《동아일보》, 1937. 9. 9.-14.

그래서 그는 해방 공간에 본격적으로 등장한 문인이라고 보아야 할 것이다.

해방 직후 그의 문학 활동은 다른 어느 문인보다도 활발한 편이었다. 잡지 『상아탑』[42]을 간행하는가 하면, 〈조선문학가동맹〉 외국문학부 위원으로 참여하기도 했다. 이런 활동의 결과로 그는 1946년에 시집 『길』[43]과 수필집 『해변의 시』를 간행했고, 이듬해에는 평론집 『예술과 생활』을 발간하는 열정을 보여주게 된다. 이후 1949년 『부르주아 인간상』을 끝으로 더 이상의 문필활동을 접고 북으로 넘어가게 된다.

북에서의 김동석의 행적은 거의 풍문 수준으로만 들려올 뿐 명확히 드러난 것은 없다. 가령, 한국전쟁 때, 간부 계급장을 달고 서울에 왔다고 하기도 하고, 1951년 이후 개성 판문점 회담 때 통역 장교를 맡았다는 설도 있긴 하다. 하지만 그 어느 것 하나 확실하게 증명된 것은 없다.

해방 직후 김동석을 주목하게 되는 이유들에는 다음과 같은 것들이 있다. 하나는 '상아탑'이라는 개념을 통해서 당시의 시대정신을 드러냈다고 하는 점이고, 다른 하나는 시와 산문이 갖는 장르상의 편견을 드러냈다는 점이며, 세 번째는 김동리를 비롯한 우파 문학가들과 벌인 순수참여논쟁[44] 때문이다.

먼저 김동석의 주장한 것 가운데 대표적인 것이 '상아탑'의 개념인데, 아마도 그가 이 사유에 매달리게 된 것은 경성제국대학 시절의 경험이 크게 작용했던 것으로 보인다. 대학은 이성의 상징이고, 제도로서의 근

---

42) 이 잡지는 일년 뒤인 1946년 7호를 끝으로 종간하게 된다.
43) 이 시집은 간기없이 발행되었지만 여러 정황상 1946년 간행되었다고 보는 것이 옳다.
44) 이 논의는 앞장에서 이루어진 것이기에 여기서는 제외한다.

대를 완성시키기 위한 가장 좋은 수단이기 때문이다. 그리고 경우에 따라서는 세속이나 현실로부터 거리를 둘 수 있는 곳 또한 대학이기도 하다. 이런 환경에 기반을 두고 있었던 그가 몇몇 글에서 말한 상아탑이란 대략 다음과 같은 것들로 모아진다. 첫째, 상아탑이란 초현실적인 것이고, 둘째 이성적인 것이며, 셋째 반세속적인 것이라는 사실이다. 이를 한마디로 요약하자면 현실 너머의 어떤 숭고한 것과 같은 것이 된다.

이런 인식하에서 발전된 것이 그의 문학관인데, 좀더 구체적으로는 문학에 대한 양식론적 관점으로 표출하게 된다. 산문과 운문에 대한 그 자신만의 독특한 문학관이 그것인데, 그는 산문을 현실지향적인 것으로 인식한 반면, 운문은 그 상대편의 자리에 놓인 것으로 이해한다. 이런 문학관은 실제로 그가 이 시기 운문과 산문을 절대적으로 구분하는 지표가 되기도 하는데, 가령 미란 시의 세계이지 산문의 세계가 아니라든가 오직 운문만이 순수를 구현할 수 있다고 하는 인식 등으로 표현되고 있는 것이다[45]. 이런 관점에 기대게 되면, 시가 현실의 예민한 면들을 반영해내는 것은 어려운 일이 된다. 그럼에도 그는 시를 썼고, 그의 유일한 시집이었던 『길』을 상재해내는 모순된 세계관을 드러내고 있었다.

『길』은 이 시기 김동석의 세계관을 이해할 수 있는 유일한 서정 시집이다. 그는 이 시집을 간행하면서 세 부분으로 나누었는데, 1장이 '풀잎배'이고, 2장이 '비탈길', 3장이 '백합꽃'이다. 그리고 그 각각의 세계를, "어디인지 모르게 사라지는 시의 세계", "반동적이지 않으려고 애를 쓴 나의 조그만 고집", "조선의 표징으로 시인이 아껴온 꽃"으로 대응시켰다. 실제로 시집에 수록된 작품을 읽게 되면, 그의 이런 분류들은 대체로

---

45) 「예술과 생활」, 『김동석선집』, 현대문학, 2010, p.24.

맞는 것임을 알 수 있게 된다. 이 가운데 민족주의적 관점에서 주목을 끄는 작품이 「비탈길」이다.

나는 짐 실은 수레를 끌고 비탈길을 올라 간다.

인생의 고개는 허공에 푸른 활을 그리고
그 넘어 흰 구름이 두둥실 떴다.

길은 올라갈수록 가파르고 험하야 ‐ ‐ ‐

나는 잠시 수레를 멈추고
올라 온 길을 나려다 본다.

뱀인양 산비탈을 나려
가르마처럼 넓은 벌을 건너

아득히 내 고향 품속에 안기는 길 ‐ ‐ ‐

개나리꽃 핀 울타리에 기대여 서서
치마ㅅ자락으로 눈물 씻던 순이……

아아, 영영 돌아올리 없는 이 길에

나는 청춘의 그림자를 떨치고

인생의 고개 넘어 무엇이 있는진 몰라도

나는 짐 실은 수레를 끌고 비탈길을 올라 간다.

- 「비탈길」 전문

시집 제목이 『길』인데, 인용시의 제목 역시 '비탈길'로 되어 있어 어떤 유사성을 갖게 하는 작품이다. 그러니까 '길'은 김동석의 시집에서 전략적인 이미지가 되는 셈이 된다. 그래서 이 작품에서 '길'은 다층적인 내포가 있게 되는 바, 그는 '길'의 내포적 의미를 이렇게 말한 바 있다.

　　달은 밝아도 조선은 아직도 밤이다. '한데 뭉치자'는 식의 구호가 아니라 정말 조선 민족의 통일 전선이 완성될 때 비로소 먼동이 트고 붉은 태양이 홰치며 솟으리라. 나는 그때가 올 것을 믿어 의심치 않고 앞으로 또 몇 해인지 몰라도 밤길을 묵묵히 걸어가련다. 그러나 벌써 나는 외로운 나그네가 아니냐.[46]

이 글은 시집을 간행하던 때인 1946년에 쓴 것이기에 당시에 표출되고 있던 예민한 사회적 문제들이 담겨져 있다고 보아야 한다. 하지만 그의 시에서 구현되는 '길'의 이미저리는 동일하다는 점에서 그 의미가 있는데, 이는 자신이 나가야할 길, 곧 전망과 분리하기 어렵게 결합되어 있는 것에서 찾아진다. 「비탈길」은 작품 속에 표명된 내용으로 추정컨대 해방 이전에 쓰여진 것으로 보인다. 특히 이런 예단이 가능한 것은 이 작품에 표명된 세계와의 관련성에서 그러하다. 가령, 여기에는 경성제국 대학 시절, 곧 상아탑의 중심에 있던 시절의 시적 자아가 오버랩되어 나타나는 듯한 착각을 불러일으킬 정도로 드러나고 있는, 이 시절의 시

---

46) 「『길』을 내놓으며」 참조.

대적 의무감에서 이를 확인할 수 있다. 이는 일종의 우등생 의식 내지는 선구자 의식과 분리하기 어려운 것처럼 보인다. 그가 상아탑의 정신을 줄곧 견지하고 있었다면, 비탈길을 걷는 시적 자아야말로 선구자, 혹은 개척자의 심정을 담지한 경우이기 때문이다. 실상 이는 세속과 절연된 상아탑 속에 갇힌 자아만이 가질 수 있는 선험적 자아의 모습이라는 점에서 그러하다.

이렇듯 「비탈길」의 자아는 "짐 실은 수레를 끌고 비탈길을 올라가는" 고난의 수행자이다. 이 도정에는 시적 자아가 감당하기 힘든 장벽들이 놓여 있음을 알 수 있는데, 하나는 '짐 실은 수레를 끌고' 가는 자아이고, 다른 하나는 '비탈길을 올라가는' 자아이다. 이 가운데 어느 것 하나 만만한 것이 아닌데, 그래서 가는 도중 "길은 올라갈수록 가파르고 험하여" "잠시 수레를 멈추고/올라온 길을 나려다 보"는 행위가 이어지게 된다. 그가 중간에서 되돌아 본, 그가 걸어온 길은 지나온 과거와 현재를 잇고 있는 것이었다. 그리고 그 과거의 시점에서 회상되는 길의 끝자락은 서정적 자아에게 아련한 추억을 제공한다. 그 추억의 공간에는 고향이 있고, '치맛자락으로 눈물 씻던 순이'도 있다. 하지만 그것은 과거의 추억일 뿐 현재의 것으로 재현되지 않는다. 그래서 자아는 그 길의 끝자락에 있는, 그런 추억의 공간이 "아아, 영영 돌아올 리 없는 길"이 되어 버린다. 거기서 시적 자아는 다시 "짐 실은 수레를 끌고 비탈길을 올라가"는 행위를 반복하는 것이다.

하지만 이런 저항성, 민족주의적 성향에도 불구하고 그의 서정시들은 일정한 한계를 피할 수가 없는 것이었다. 그가 말한 상아탑, 그것은 경우에 따라서는 순수일 수도 있는데, 이것이 의미있는 경우는 일상의 현실에서 아무런 비판적 감각을 가질 수 없을 때이다. 가령 일제 강점기 같은 시기가 그러한데, 이때에는 그가 애지중지하고 있었던 '상아탑'의 정신은 어쩌면 빛나는 보석일 수도 있었을 것이다. 하지만 해방은 그의 표현대로 "예술을 위한 예술"이 설 자리가 거의 없는, 아니 미약한 형태로만 존재할 수밖에 없는 공간이었다. 그런데 이를 이해하고 있었던 그가 여전히 일제 강점기에나 유효할 수 있는 감각을 이렇듯 이 시기의 시에서 '상아탑'의 정신을 표명하고 있었다.

해방공간에서 시인이 갖고 있었던 세계관과, 시에 대해서 갖고 있었던 장르적 한계에서 그의 서정시들은 이렇게 상충하고 있었다. 그는 그러한 충돌을 벗어날 수 있는 길을 적어도 서정시에서는 발견할 수 없었을 것이다. 그러니 그 앞에 펼쳐진, 가능성이 많은 '길'을 혼자서 걸을 수밖에 없었을 것이고, 바꿀 수 있는 현실을 바꾸지 못한다고 한탄하면서 그저 '울'수밖에 다른 방도가 없었던 것이 아닐까 한다. 그것이 시집 『길』이 갖고 있는 한계이자 그의 세계관의 한계였다.

김동석은 임화가 떠난 자리에서 〈문학가동맹〉의 중심 논객으로 자리했다. 하지만 '상아탑'의 정신이랄까 그것이 갖는 의미로 비춰볼 때, 그는 〈문학가동맹〉의 이론가로서 활동하기에는 부족한 면이 많았던 것이 사실이다. 특히 이념적인 면에서 그는 이 단체가 요구하는 수준의 것들을 수용하기 어려운 측면이 있었다. 그럼에도 그는 주도비평가로 나섰고, 실제 비평의 내용 또한 이에 준하는 수준을 보여주기도 했다.

이런 제한적인 요인에도 불구하고 그의 시나 문학에서 주목해야 할 부분은 민족주의적 성향에서 찾을 수 있다는 점이다. 그는 이 시기 정지용이나 이용악의 경우와 비슷한 포오즈를 취한 것으로 보이는데, 특히 백범 김구의 정치 노선에 긍정적인 이해를 갖고 있었다는 점에서 그러하다. 남쪽의 현실에 더 이상 적응하기 어려웠던 김동석은 1949년쯤 월

북한 것으로 추측된다. 아마도 1949년 중반쯤으로 생각되는데, 그는 처음에는 북쪽으로 갈 생각은 없었던 것으로 보인다. 그 나름 남쪽의 현실에 적응하면서 현실 변혁 운동에 참여하려 했기 때문이다. 그의 늦은 월북은 이런 저간의 사정을 말해준다.

김동석의 월북과 관련하여 한 가지 시사점이 될 수 있는 것은 백범 김구와의 인연이 크게 작용하지 않았나 생각된다. 김동석은《서울타임즈》특파원 자격으로 1948년 남북연석회의에 김구와 같이 참석한 인연을 갖고 있었다. 여기서 그는 평양의 인상을 담은 「북조선 인상」을 남기게 되는데, 이 글에서 북에서 시행된 토지 개혁에 대해 크게 공감한 바 있다[47]. 그럼에도 그는 곧바로 북을 선택하지는 않았다. 하지만 점점 탄압의 강도가 세지는 남조선의 현실에서 그는 김구의 죽음을 목도하게 되고, 이로부터 큰 충격을 받았을 것으로 판단된다. 그의 월북이 김구의 사망 직후에 이루어진 것은 이런 저간의 사정에서 비롯된 것이 아닐까 한다. 어떻든 그가 남쪽의 사회에 적응하려고 했던 것은 실상 그의 문학론에서 어느 정도 시사점을 얻을 수 있는 부분이다. 그는 김동리와 더불어 순수, 참여 논쟁을 벌였지만, 자신이 주창했던 문학관이 〈문학가동맹〉이 내세웠던 이념들을 꼭 실천하는 것은 아니었다. 가령, 노동 계급의 이념을 표나게 주장하거나 그 연장선에서 당파성이 매개되는 민족문학 등을 주장한 일은 거의 없기 때문이다. 그것은 그의 노선이 아마도 민족 우선주의와 깊은 관련이 있었기 때문일 것으로 예단되는데, 이는 이 시기 이러한 노선을 견지했던 정지용의 그것과도 매우 유사한 경우였다

---

47) 구모룡, 「김동석의 생애와 문학」, 『예술과 생활』, 범우사, 2009, p. 580.

고 할 수 있다[48]. 이 맥락에서 그의 문학이 갖고 있는 의미를 찾아야 할 것으로 보인다.

## 7. 민족주의와 비판적 리얼리즘의 세계-여상현

여상현은 1914년 전남 화순 출신이다. 그는 이곳에서 보통학교를 졸업한 다음, 1935년 고창고보를 거쳐서 1939년에는 연희전문을 졸업한 것으로 되어 있다. 해방 직전의 활동에 대해서는 뚜렷이 드러난 것이 없고, 해방 이후인 1946년에는 서울신문 기자로 활동하기도 하는 한편 〈문학가동맹〉에 가입한 것으로 되어 있어 그 역시 해방 공간에 등장한 신인으로 보아야 할 것이다.

여상현은 우리 문학사에서 낯선 이름 가운데 하나이다. 그는 일제 강점기와 해방을 거치면서, 그리고 또 전쟁의 와중에서 펼쳐진 혼돈의 현실에서 자유로운 존재가 아니었는데, 그것이 그로 하여금 낯선 존재가 되게끔 만들었다. 그는 자신의 장남과 더불어 행불자가 되었고, 그런 행보는 여러 다양한 추측을 낳게 하는 배경이 되었다[49]. 물론 그의 행보가 자의에 의한 것인가, 혹은 타의에 의한 것인가 하는 문제는 중요하지 않는 것이라 할 수 있다. 그 결과만이 중요했던 것이고, 그리하여 그는 남

---

48) 정지용의 행방과 관련한 여러 추측도 실상은 그가 해방 공간에 선택했던 노선과 관련이 있었는데, 잘 알려진 대로 정지용의 사유의 근저에 놓인 것은 민족주의였고, 그것이 그의 행동을 결정하는 중요한 거멀못이 되었다.

49) 이념적인 경사가 어느 정도 있었던 문인들이 체제 선택에 있어서 비교적 뚜렷한 방향성이 있었던 것에 비하면 여상현의 행보는 이와는 다른 사정에 의해 이루어졌다는 점에서 그 특이성이 있었다.

쪽의 문학사에서 일정 기간 동안 금단의 영역에 남아 있어야 하는 존재가 되었다는 사실이다.

모든 시인이 그러하듯 여상현도 초기에는 여러 사조들에 대해 관심을 갖고 있었다. 그래서 그의 작품에는 리얼리즘적 성향을 갖는 것도 있었고, 드물게나마 모더니즘적 경향을 보인 시들도 있었다. 뿐만 아니라 시인으로서는 드물게 브나로드 운동과 관련된 시들, 곧 계몽주의적 성향을 보인 작품들도 써낸 바 있다. 이런 여러 성향의 초기작 가운데 무엇보다 주목의 대상이 되는 것은 브나르도 성향을 갖는 작품들이라고 할 수 있다. 이는 곧 그의 민족주의적 성향을 말해주는 것이거니와 그것은 해방 직후의 상황과도 매우 의미있는 연결고리를 시사해주는 매개가 된다.

잘 알려진 바와 같이, 1930년대를 풍미한 사조랄까 운동 가운데 하나는 농촌계몽이었다. 이른바 브나로드 운동의 열풍이 분 것인데, 이런 사조에 여상현 또한 깊이 관여하고 있었다. 1930년대를 풍미한 브나로드 운동은 계몽성에 바탕을 둔, 민족주의적 성향이 그 중심에 놓여 있음은 잘 알려진 일인데, 여상현은 일찍부터 이 운동에 깊이 관여했던 것으로 보인다. 그의 문필 활동의 시작이 이와 깊이 관련된 것이었고, 실제로 이 체험을 바탕으로 그는 다수의 산문을 발표한 바 있다. 브나로드 운동과 관련한 여상현의 글들은 제2회와 제4회에 걸쳐 발표된 「하기 학생 브나로드 운동 기자대 통신」(《동아일보》, 1932.8.19.과 1932.8.21.)의 형식으로 발표되었다. 필자의 이름이 고창보고 여상현(高敞高普 呂尙鉉)으로 되어 있는 것으로 보아 이때 이 학교를 다녔던 그의 이력으로 짐작해 볼 때 시인 여상현이 분명한 것처럼 보인다.

브나로드 운동은 일제 강점기 여상현의 시정신을 논하는 데 있어 특히 강조되어야 마땅한 부분이다. 일제 강점기 항일에 대한 담론 가운데 주요한 축을 담당하고 있었던 것이 이 계몽운동이었던 바, 그가 이 운동의 초기부터 관계하고 있었다는 것, 그리고 실제로 그 운동이 지향하는 실천의 현장에 참여하고 있었다고 하는 것은 그의 문학 세계를 이해하는 좋은 준거틀이 되기 때문이다. 이와 더불어 계몽운동이 민족주의의 정점에 놓여 있는 것이라는 점에서도 주목을 요한다고 할 수 있다. 계몽주의에 관련된 여상현의 문학이 관심을 끄는 것은 그의 문학적 경향들이 해방 직후에도 고스란히 이어졌다는 점에 있을 것이다.

해방 직후 여상현은 대부분의 문인들이 그러하듯 〈문학가동맹〉에 가입하게 된다. 하지만 그가 이 단체에 가입했다고 해서 그를 곧바로 계급주의자로 분류하는 것은 어려운 일이다. 실제로 이런 사례들은 정지용이나 이병기 등에서 찾아볼 수 있는데, 이들의 문학적 행보 역시 이 단체와는 상관없는 것이었기 때문이다. 다만 이 시기 여상현의 작품 활동과 관련하여 가장 주목해서 보아야할 부분은 브나로드 운동에서 형성된 민족주의자로서의 면모라 할 수 있을 것이다.

여상현은 앞서 언급한대로 일찍이 브나로드 운동에 참여한 바 있는데, 이 시기 그러한 경력이 그의 문학 정신을 형성하는 데 있어서 결정적인 준거틀이 된다[50]. 이 운동을 이끌었던 것이 도산의 준비론 사상이었거니와 이는 계몽 사상에 바탕을 둔 일종의 교화 운동이었다. 그러니 민중이나 민족에 대한 애정이 자연히 자라날 수밖에 없었던 것이고, 이는 곧 민족주의자임을 알리는 이정표가 되었다고 하겠다. 해방 전 여상

---

50) 이 시기 여상현이 브나로드 운동과 관련하여 쓴 글은 두 편이다. 「제이회하기학생 (第二回夏期學生) 브나르도 기자대 통신(記者隊通信)」, 《동아일보》, 1932.8.9.과 1932.8.21.

현이 펼쳐보였던 도정은 계몽주의자로서의 그것이었거니와 이를 바탕으로 그는 민족 모순에 대해 꾸준히 천착해 들어간 바 있다. 그러한 정신적 구조를 바탕으로 여상현은 해방을 맞이한 것이다. 그러니까 그에게는 민족이라는 것이 절대적인 자리에 놓여 있었고, 계급 문제는 그 다음 순위에 놓일 수밖에 없었다. 이런 사상적 구조가 그로 하여금 〈문학가동맹〉의 노선과 일정한 거리를 두게 한 것처럼 보인다.

해방 직후 여상현이 무엇보다 관심을 갖고 있었던 것은 일제 강점기부터 내재되었던 민족에 대한 것이었다. 그 구체적 표현이 「좀 먹은 단층」이라든가 「나의 훈장」 등이었다. 이런 감각이 일제 강점기에 형성되어 해방 직후에도 그대로 이어지고 있다는 점에서 그 사상적 연속성이 있는 것이라 하겠다.

> 기름진 국토, 늘어가는 헐벗은 계급이 있어
> 산에 올라 사슴도 될 수 없고
> 때론 풀 뜯는 송아지 뛰는 물고기도 부러운
> 인생의 크나큰 설움에
> 바다로 푸른 바다로 모두가 해방을 찾았다
>
> 오 얼마나 목매여 찾던 해방이었던가
> 바둑돌과 절벽 밑을
> 크고 작은 들판과 얼음장 밑을 감돌아
> 영산강 줄기찬 물결을 모르랴마는
> 바다는 아직도 저 먼 곳에 있음인가
> 진정 눈앞에 해방이 없다

가을 햇볕에 항쟁의 피도 엉키었고
왜적과 더불어 호화롭던 놈이
또한 호화로운 외출이 잦아도
담장 죽세공, 화순 암광부, 나주 소반공
도적이 버리고 간 옛 땅만 바라볼 뿐인 무수한 농민들

봄이 오면 제비 날르고
풀뿌리 캐서 연명할 설움
열두 곳 줄기줄기 모여든
예나 다름없는 영산강 5백리 서러운 가람이여

　　　　　　　　　　　　　　　－「영산강」부문

　해방 공간에 이르러 여상현의 시들은 호흡이 길어지고 일정 부분 서
사성을 도입한다는 데 그 특징적 단면이 드러난다. 이는 단형의 서정시
로는 해방 공간의 복잡한 현실을 담아내기에 충분하지 않다는 서정적
고뇌에서 온 것으로 이해된다. 시인은 「영산강」에서 해방 전과 후의 상
황을 단속적일 수 없다는 사실, 곧 연속성의 차원에서 설명하고 있다. 그
래서 해방을 현재 진행형으로 보고 있는 것인데, 여기에는 크게 두 가지
중심 축이 놓여 있는데, 하나는 해방이 민중의 진정한 몫이 아니라는 사
실이다. 가령, "도적이 버리고 간 옛 땅만 바라볼 뿐인 무수한 농민들"이
있고 "왜적과 더불어 호화롭게 놀던 놈"이 여전히 존재하고 있다고 인
식하는 것이다. 두 번째는 지배 체제, 곧 민족 모순에 의한 것이다. 시인
은 여기서 일제 강점기의 현실을 견디기 위해서는 "사뭇 궁하면 병사계
면서기 성님이라도 있어야 했다"고 했는데, 이는 '하이 한마디를 못해서

보조원이 못 된'(「커-브」) 현실, 곧 새로운 제국주의로 부상하는 미국을 타매하기 위한 것과 동일한 차원에 놓이는 것이다. 이런 시각에 의하면, 해방 전과 후는 동일하게 불온한 것이 되고, 궁극에는 진정한 해방이란 아직 도래하지 않았다는 상황에 이르게 된다.

여상현의 민족주의적 성향은 미소 공위에 대한 기대와 좌절을 피력한 「분수」에서 극적으로 드러나거니와 우리의 완전한 해방을 방해하는 제국주의에 대한 통렬한 비판으로 확대되기에 이른다. 이를 대표하는 작품이 바로 「칠면조」이다.

> 速製의 憂國士와 洋裝女들은
> 어느새 七面鳥의 習性을 배웠다
> 낯설은 사람과도 외교가 능해蓄財의 지름길로만 달리는 것이다
>
> 일찍이 黑人들이 즐기던 새라
> 開拓者들이 잘도
> 엮었다지「링컨 씨의 獅子吼가 공을 이루어
> 해방 조선에까지 와준 흑인의 은혜를 어이
> 모르랴
>
> 창경원에서 돈 내고야 구경한
> 가지가지의 이국산 짐승 중에도
> 어른들이 가장 설워하는 變節의 奇鳥
> 謀利輩들은 무릎 치며 歡服하리라
>
> 「크리스마스」의 面鳥料理床ㅅ가에 연애도 장사도 정치도 하그리 어려

운 일이 아니오매

　國民들의 營養이 좀 좋았으랴

　호사스러운 歲月이 연실처럼 물려나가는 것이렸다


　메마른 이 나라 백성들도

　이제 七面鳥料理 귀 떨어진 소반 위에 울려놓고

　정다운 식구들이 모이고, 四寸 성님도 오시래서

　獨立이 오느니 가느니 이야기 할건가

　　　　　　　　　　　　　-「七面鳥」 전문


　이 작품은 시인의 유일한 시집인 『칠면조』의 제목이기도 한 시이다. 그러니까 여상현의 대표작이 되는 셈인데, 이 작품은 해방 공간의 현실을 모두 담아내고 있다는 점에서 주목을 요한다. 우선 여기서 담고 있는 중요한 함의 가운데 하나는 제국주의에 대한 적확한 인식이다. 이를 대표하는 것이 '칠면조'인데, 칠면조란 미국인들이 즐겨 먹는 주식 가운데 하나이다. 2연에 나와 있는 것처럼, "일찍이 흑인들이 즐기던 새"였고, "개척자들이 잘도 먹었던" 까닭이다. 이렇게 본다면 시인이 겨냥하고 있는 분단이라든가 해방 정국의 혼란의 일차적 책임의 대상으로 미군정청을 지목하는 것처럼 보인다. 그것은 통일 국가를 향한 조선의 열망, 곧 시인의 열망을 좌절시킨 일차적 원인으로 미국인이 즐겨먹는 주식, 곧 칠면조를 비판의 표적으로 겨냥했기 때문이다. 뿐만 아니라 이런 사실은 "해방 조선에까지 와준 흑인의 은혜를 어이 모르랴"라는 부분에서도 확인할 수 있다.

　다음은 모리배들에 대한 비판적 시선이다. 이 시기 모리배란 변절자들을 말하는 것인데, 이 부류에 속하는 그룹이 분명 있었을 것으로 보인다. 하나는 친일 분자들과 그들이 펼쳐보인 변신의 양태들일 것이다. 잘 알려진 대로 해방 공간에서 무엇보다 중요시 되었던 감각 중에 하나가 윤리였다. 일제에 대한 협조 여부에 따라 그들의 운명이 좌우될 성질의 것이었는데, 그들이 일단 모리배의 반열에 올라 있었다는 사실이야말로 그들이 이런 윤리 감각으로부터 자유로워지고 있다는 것을 의미하는 것이었다. 그 연장선에서 진정한 의미의 해방, 통일된 조국은 기대할 수 없었을 것이다.

　세 번째는 이 나라 백성들로 표현되는 정다운 식구들에 대한 예찬의 정서들이다. 이 작품을 표면적으로 이해하게 되면, 이들은 순수무구한 존재들로 구현된다. 그러니까 모리배가 넘실대는 현실에서 이들은 피해 자로만 전락하게 되는 것이다. 하지만 그 이면을 파고 들어가게 되면 그것은 전연 다른 의미로 바뀌게 된다. "사촌 성님도 오시래서 독립이 오느니 가느니 이야기 할건가"라는 부분이 그러한데, 그 전제가 되고 있는 것이 '귀 떨어진 소반 위에 올려 놓은 칠면조 요리'이다. 칠면조는 작가가 말한 것처럼 변신의 귀재라고 했다. 그러니 칠면조를 대하는 이 나라 백성들도 변신의 귀재가 되어야 마땅할 것이다. 하지만 시인이 겨냥하는 것은 이 나라의 백성이 아니다. 이는 단지 은유일 뿐인데, 이때 겉으로는 진정한 독립이니 해방이니 외치면서도 마땅히 해야할 윤리적 감각을 외면하고 있는 모리배들을 그는 비판의 표적으로 두고 있기 때문이다. 게다가 조선의 해방군으로 자처하던 연합군에 대한 실망의 정서도 여기에 담겨져 있다. 말하자면 변신의 귀재로 무장한 칠면조 요리를 앞세우고 모든 사람들은 칠면조처럼 겉과 속이 다른 행보를 보여주고 있다는 것이 이 작품이 갖고 있는 또다른 궁극적 함의이기 때문이다.

여상현이 이런 의식을 표출할 수 있었던 것은 그가 민족주의자였기 때문에 가능한 것이었다. 그가 해방공간에 관심을 두고 있었던 것은 진정한 의미의 해방과 완전한 통일에 있었다. 그러한 의식은 해방 전 그의 의식을 관류하고 있었던 민족주의적 성향의 발현과 밀접한 관련이 있다. 그리고 그 저변에 자리한 것이 브나로드 운동, 곧 준비론 사상에 의거한 민족주의 의식이었다. 그의 문학의 뿌리는 일제 강점기 브나로드 운동에 두고 있는 것이며, 해방 공간에 이르러 그 의식의 확산이 빛을 보기에 이른 것이다. 그것은 곧 철저하게 민족의 이익을 위한 존재가 되는 것, 그리고 이를 바탕으로 해방 정국의 격랑을 헤쳐나가려 했던 것이다. 그것이 이 시기 여상현의 문학의 구경적 의의가 아닌가 한다.

# 제5장
# 비<문학가동맹>계 시인들

## 1. 김구와 이승만의 관계

해방 정국의 흐름을 이해하는 데 흔히 받아들여졌던 사회구성체에 대한 이해는 크게 세 가지 였다. 인민성, 당파성, 시민성이 그러한데, 인민성이란 남쪽에 근거지를 둔 남로당의 문학적 기반을 말하는 것이고, 당파성은 북쪽의 북로당, 시민성이란 이승만 중심의 우익 중심의 문학관이었다. 이런 분류가 복잡한 해방 정국을 일별하는데 있어 어느 정도 시사점을 주는 것은 사실이다. 하지만 그것이 해방 정국의 모든 상황을 제대로 설명해주는 도식이라고 믿는 것은 어불성설이다. 그 틀을 비집고 들어선 노선이 외따로 존재하고 있었으니 이는 바로 백범 김구의 노선이었다.

잘 알려진 대로 김구는 우익 쪽에 선 인사였고 또 그 자신만의 고유한 민족주의 노선을 내걸었던 인물이다. 이런 면들은 이승만의 그것과 어느 정도 겹쳐지는 부분이라고 할 수 있지만 반드시 동일한 것도 아니었다. 분명히 다른, 아니 결정적으로 다른 부분이 있었는데 분단에 대한 인식과 친일 분자들에 대한 해법의 문제였다. 이승만은 이 시기 소위 "뭉치면 살고 흩어지면 죽는다"라는 슬로건을 바탕으로 친일분자들을 적극 포용하여 자신의 정치적 기반을 다지는 데 이용했다. 오랜 세월 동안 국외에 있었던 그로서는 친일 분자들의 존재야말로 자신에게 부족했던 정치적 기반을 충족시켜줄 절대적인 근거가 될 수 있었기 때문이다. 뿐만 아니라 그것은 미국과의 관계를 고려할 때도 필연적으로 제기될 수밖에 없었던 것이었는데, 미국의 입장에서는 남쪽에 자신들의 지지기반, 곧 친미적인 성향의 사람이나 정권이 필요했기 때문이다. 이럴 때 가장 필요한 존재가 어쩌면 미국 친화적인 인물이었던 이승만이었을 것이다. 이승만은 오랜 세월 동안 미국 생활을 했기에 미국에 대한 이해도가 다른 누구보다도 앞서 있었다. 그러한 이해관계들이 맞아떨어지면서 남쪽 사회는 급격하게 이승만 중심의 이념 내지는 세력으로 재편되기 시작했다.

이런 일련의 과정을 통해서 김구의 설 자리는 점점 좁아지기 시작했다. 해방 이전까지 그가 주도했던 임시정부가 연합국의 인정을 받지 못했을 뿐만 아니라 그를 마땅히 밀어줄 정치적 기반 또한 미약했기 때문이다. 이를 단적으로 보여준 상징적 장면이 그의 귀국 때였는데, 잘 알려진 대로 김구는 임시정부의 주석 자격이 아니라 개인자격으로 돌아왔다. 그렇기에 그는 좌우 어느쪽에도 기댈 구석이 마땅치가 않았다. 좌익쪽에서 보면 이념의 성향이 달랐거니와 이승만의 입장에서도 수용되기 어려운 사유를 갖고 있었던 존재였다.

그럼에도 이 시기에 김구의 존재가 무시될 수 있는 형국은 아니었다. 국민들의 절대적 지지를 받고 있었거니와 오랜 세월 동안 일제의 지배로부터 피로해진 조선 민중들, 특히 사회주의에 거부감을 갖고 있던 세력에게는, 이승만을 대신할 수 있는 건국을 향한 좋은 대안이 될 수 있었기 때문이다. 그래서 김구는 이승만이 보여주지 못한 면들, 곧 건강한 시민성을 대표하는 한 축으로 자리할 수 있었다. 이런 면은 분명 이승만의 그것과는 차별되는 되는 것이라 할 수 있는데, 이를 김구만의 시민성, 혹은 건강한 시민성이라 불러도 좋을 것이다. 반면 이승만 중심의 세력들은 건강하지 못한 시민성, 곧 불온한 시민성 정도로 규정짓는 것도 가능하지 않을까 한다.

해방 직후의 정국 주도는 좌익이나 우익이라는 흐름으로 진행되었기에 김구나 이승만의 노선들은 크게 구별되지 않는 것처럼 보인다. 실제로 해방 직후부터 형성되기 시작한 우익 중심의 문학 단체에서도 이들 사이를 차별지을 수 있는 사상적 분기점이 뚜렷하게 표명된 것은 아니었다. 그럼에도 우익 문인들의 전반적인 흐름이랄까 주류는 이승만보다는 김구의 노선에 보다 가까운 것이 사실이었다. 실제로 순수 논쟁을 펼쳐나가는 자리에서 김병규는 "순수가 어떤 집단의 이념에 봉사하는 또 다른 이데올로기일 수 있음[1]"을 지적한 바 있는데, 그 집단이란 아마도 우익, 곧 이승만류의 불온한 이념을 겨냥한 것이었기 때문이다. 따라서 우익 진영의 문인들이 문학의 고유성과 자율성을 지향했다고 해서 친일을 용인한 이승만 정권을 지지했다고는 볼 수 없을 것이다. 이승만과 김구, 그들은 융합될 수 없는, 기름과 물 같은 존재였던 것, 그것이 해방 정국의 현실이었다. 이들을 염두에 두고 있었던 문인들의 행위들이 차별되는 것도 이런 저간의 사정이 반영된 결과라 할 수 있을 것이다.

---

1) 김병규, 「순수문학과 정치」, 『신조선』, 1947.2.

## 2. 이념을 초월한 생리적 서정 시인-서정주

해방 직후 서정주는 다른 시인에 비해 운신의 폭이 좁은 편이었다. 일제 말기 행해진 친일의 경력 때문에 그러했는데, 그럼에도 그는 해방 직후 우익 단체인 〈조선청년문학가협회〉의 시부 위원으로 활동하게 된다. 서정주가 문단에서 본격적으로 활동하던 시기는 『시인부락』이 결성되던 때인 1936년 전후이다. 그는 이때 작품 「벽」[2]을 《동아일보》 신춘문예에 발표함으로써 본격적으로 문인의 길로 들어선다. 물론 그는 이 이전부터 시를 써 왔는데, 그가 가장 먼저 지면에 발표한 시는 1933년 12월 《동아일보》에 발표한 「그 어머니의 부탁」[3]이다. 그러니까 그의 시단 경력은 상당한 시기까지 앞당겨지게 된다.

이런 문단 경력에 비추어 보면, 서정주를 해방 직후에 신인급 문인으로 분류하는 것은 어려운 일이다. 그는 1941년 남만서고에서 첫시집 『화사집』을 발표한 바 있거니와 이 시집이 차지하는 비중을 감안하면 거의 중견급 시인에 맞먹는 것이라 해도 무방한 경우이기 때문이다. 〈청록파〉의 구성원들과 나이가 비슷한 처지에 놓여 있었기 때문에 신인으로 분류되고 있었을 뿐이다. 어떻든 시사적 위치에서 그가 차지하는 비중은 결코 작은 것이 아니었기 때문에 일제는 그로 하여금 강요에 의한 친일문학을 하게끔 만든 것으로 보인다.

서정주는 「시인부락」 구성원으로 함께 활동했던 오장환과는 아주 절친한 관계였다. 하지만 이 둘의 관계는 해방이 되면서 전연 다른 길로

---

2) 《동아일보》, 1936.1.3.
3) 《동아일보》, 1933.12.24.

흘러가면서 깨지게 된다. 오장환이 〈문학가동맹〉의 길을, 서정주는 그 반대 노선을 지향했던 〈조선청년문학가협회〉의 길을 걸었기 때문이다. 그 차이를 보여주는 것이 오장환의 『병든 서울』[4]이었고, 서정주의 『귀촉도』[5]였던 것이다. 시집 사이에 노정된 거리만큼이나 이들은 해방 직후 거의 함께 하는 자리를 만들 수가 없는 존재가 되었다. 서정주는 해방 직후 정치적인 관념에서 시를 쓰지 않았지만 그렇다고 해서 이를 결코 외면하지도 않았다. 그 한 가지 예를 보이는 시가 「菊花옆에서」이다.

> 한 송이의 국화꽃을 피우기 위해
> 봄부터 소쩍새는
> 그렇게 울었나 보다
>
> 한 송이의 국화꽃을
> 피우기 위해
> 천둥은 먹구름 속에서
> 또 그렇게 울었나 보다
>
> 그립고 아쉬움에 가슴 조이든
> 머언 먼 젊음의 뒤안길에서
> 인제는 돌아와 거울 앞에 선
> 내 누님같이 생긴 꽃이여

---

4) 『병든 서울』, 정음사, 1946.
5) 『귀촉도』, 선문사, 1948.

노오란 네 꽃잎이 필라고
간밤엔 무서리가 저리 내리고
내게는 잠도 오지 않았나 보다
　　　　　-「菊花옆에서」 전문

이 작품은 1956년 발간된 『서정주시선』[6]에 실려 있는 시이다. 하지만 작품이 발표된 것은 1947년이어서 해방 직후에 쓴 시라고 해도 무방하다. 「국화옆에서」는 서정주의 대표작으로 알려져 있는데, 그것은 내용과 형식의 아름다운 조화에서 오는, 작품의 완결성 때문이다. 서정주의 작품들이 사회성이라든가 어떤 이념의 틀에서 비껴서 있는 것은 사실이지만, 이런 논리가 그의 모든 시에 동일하게 적용되는 것은 아니다. 특히 「국화옆에서」가 해방의 감격을 읊은 시라는 점에서 보면 이런 혐의는 더욱 짙어진다[7]. 시인의 의도대로 '국화꽃의 개화'는 해방된 조국을 의미한다고 할 수 있다. 실제로 서정주는 조국의 해방에 대해 너무 기쁜 나머지 이 작품을 썼다고 했거니와 그러한 감격을 '국화꽃의 개화'라고 함으로써 이를 직정적으로 표현하고 있다. 그래서 이 꽃을 피우기까지의 과정들, 곧 '소쩍새'라든가 '천둥'은 혹은 '무서리'는 해방에 대한 밑거름이 되는 것들로 이해된다.

　서정주는 그 중요할 수도 있는 것들에 대해 애써 감정을 절제하거나 감추면서 이를 상징으로 처리하며 「국화옆에서」를 썼다고 판단된다. 문학의 자율성을 강조해마지 않았던 〈조선청년문필가협회〉의 지도 이념

---

6) 『서정주시선』, 정음사, 1956. 이 작품의 정확한 발표 연대는 1947년 11월 9일 《경향신문》에서이다.
7) 『미당자서전』2, 민음사, 1994, p.183.

에 따른 적극적 수긍의 표현 때문에 그러한 것일까. 물론 그렇게 볼 수도 있을 것이다. 그는 자신의 오랜 시작 활동을 통해서 긍정의 의미든 혹은 부정의 의미든 간에 이런 영역으로부터 한발 비껴서 있었기 때문이다. 그러나 이는 어디까지나 문학이라는 의장이 갖고 있는 또 다른 매개의 기능, 다시 말해 우회적 표현의 결과일 것이다.

서정주는 천성적으로 시인이었고, 이를 바탕으로 시를 쓰고자 한 사람, 그저 시인일 뿐이었다. 이는 자신의 처한 상황에 따라 얼마든지 작가적 변신을 할 수 있다는 것을 의미하기도 하는데, 실제로 그의 오랜 시작 생활을 일별해 보면, 이는 어느 정도 사실에 부합한다고 할 수 있다. 따라서 「국화옆에서」는 서정주 자신이 과거에 어떠한 일을 했든 일단 해방된 조국에 대한 기쁨을 노래한 것은 분명한 사실이라 할 수 있을 것이다. 서정주의 그러한 특성을 보여준 사례는 「국화옆에서」 외에 또다른 작품이 있는데, 그의 대표작이자 두 번째 시집의 제목이 된 「귀촉도」가 바로 그러하다.

> 눈물 아롱아롱
> 피리 불고 가신 님의 밟으신 길은
> 진달래 꽃비 오는 서역(西域) 삼만리(三萬里)
> 흰 옷깃 여며 여며 가옵신 님의
> 다시 오진 못하는 파촉(巴蜀) 삼만리(三萬里)
>
> 신이나 삼아줄 걸 슬픈 사연의
> 올올이 아로새긴 육날 메투리
> 은장도 푸른 날로 이냥 베혀서

부질없는 이 머리털 엮어 드릴걸

초롱에 불빛, 지친 밤하늘
굽이굽이 은하물 목이 젖은 새,
차마 아니 솟는 가락 눈이 감겨서
제 피에 취한 새가 귀촉도 운다.
그대 하늘 끝 호올로 가신 님아
　　　　　－「귀촉도」전문

서정주의 「귀촉도」는 1943년 춘추 32호에 발표되었다. 이 시는 서구적 감수성에서 동양적 감수성으로 넘어오는 시인의 과도기적 작품으로 흔히 이해되어 왔다. 뿐만 아니라 우리 민족의 보편적 정서인 한과 비극의 정서를 죽은 자와 산 자의 끈끈한 정을 매개로 매우 훌륭하게 형상화한 작품으로도 평가되어 왔다. 죽은 자에 대한 산 자의 살뜰한 그리움의 정서나 헤어진 님과의 영원한 사랑을 이만큼 효과적으로 읊어낸 시도 드물 것이다.

「귀촉도」에서 산자와 죽은 자 사이에서 펼쳐지는 사랑의 끈끈한 정서는 이렇게 진행된다. 우선 1연은 님이 다시는 올 수 없는 길을 떠난 것, 곧 님이 자아로부터 영원히 떠나갔음이 제시된다. 님은 이승과 작별하면서 눈물을 아롱아롱 흘리며 피리를 불고 간다. 그가 가는 길이란 '서역' 혹은 '파촉'으로 표현되는 낯선 길이면서 또한 돌아올 수 없는 길이기도 하다. 그 불가역적인 길을 「귀촉도」는 '삼만리'라는, 인간이 계량할 수 없는 무량한 거리로 제시한다.

2연은 죽은 님에 대한 화자의 애틋한 정서가 표현된다. "신이나 삼아 줄 걸"이나 "이 머리털 엮어 드릴 것"에서 보듯, 이승에서 다 보여주지 못한 님에 대한 사랑이나 정들이 미투리를 매개로 맺어져 있다. 또한 '은장도'나 '머리털'과 같은, 시의 화자에게는 생명과 같은 소중한 것들도 이내 바칠 수 있다고 하는, 님에 대한 최고의 정을 드러내기까지 한다.

3연은 님을 잃은 자아의 비통한 심정이 감정이입된 귀촉도의 울음소리를 매개로 그 비극성이 심화된다. 화자인 귀촉도는 님을 상실한 슬픔으로 인해 그가 흘린 눈물이 '은핫물'을 이룰 정도로 거대한 양으로 제시되는 까닭이다. 그리고 그것도 모자라 자신의 마지막 수분인 피까지 토해내는 피울음 속에 취해버리는 새가 되기도 한다. 이는 "그대 하늘 끝 호올로 가신 님"에 대한 남겨진 자의 주체할 수 없는 애절함 때문일 것이다.

이렇듯 「귀촉도」는 죽은 자에 대한 남겨진 자의 회한과 탄식을 읊고 있다. 여기에 덧붙여 "은장도 푸른 날로 이냥 베혀서/부질없는 이 머리털 엮어 드릴걸"에서 알 수 있는 것처럼 생사를 초월해서 죽은 님에 대한 사랑이 영원한 것임을 말해준다. 사랑의 진정한 가치가 무엇인가를 잘 일러주는 대목이 아닐 수 없다.

「귀촉도」에 대한 이런 이해는 적어도 표면적이고 또 경우에 따라서는 피상적인 수준에 머무는 것이라 할 수도 있다. 하지만 이런 해석의 근거는 이 시의 배경 설화를 이해하게 되면, 완전히 뒤바뀌게 된다. 그 설화적 배경은 이러하다. 옛날 촉나라(삼국지의 촉나라가 아니라 춘추전국시대의 촉나라) 두우라는 사람이 있었는데, 하루는 길을 가다가 물에 빠져 죽어가는 사람을 살려주었다. 이 사람은 별령이라는 사람이었는데, 나중에는 신의 딸을 미인계로 삼아 자신을 구해준 두우를 쫓아내고 황

제의 자리에 오르게 된다. 하루아침에 왕위를 빼앗긴 두우는 너무도 원
통하여 밤바다 불여귀(不如歸)라든가 귀촉도(歸蜀道)라고 하며 원통하
게 울었다는 것이다. 따라서 귀촉도(歸蜀道)에는 두 개의 내포가 들어
가게 되는데, 하나는 나라 잃은 망제의 혼이고 다른 하나는 촉나라로 돌
아가는 길이다. 따라서 이 두 의미 모두 나라 잃은 크나큰 슬픔으로 모
아진다고 하겠다.

그렇다면, 서정주는 왜 1943년이라는 시점에서 이 「歸蜀道」라는 시를
쓰게 된 것일까. 자신이 우는 울음소리에 혹시 망제의 혼이 담겨 있었던
것은 아닐까. 그리하여 잃어버린 조국에 대한 그리움의 정서를 한없이
표현하고자 했던 것은 아닐까. 뿐만 아니라 「歸蜀道」는 촉나라로 돌아
가는 길이라는 의미라고 했는데, 문학이 은유적 의장을 매개로 하는 장
르라고 한다면, 이 단어의 이면에는 「歸朝道」, 곧 조선으로 돌아가는 길
이 내포되어 있었던 것은 아닐까. 서양적 질서에서 동양적 질서로 넘어
오는 자리에 「귀촉도」가 놓여 있다는 것은 아무런 감흥을 주지 못한다.
그것은 너무도 뻔한 일반적 의미에 불과한 정서에 그치기 때문이다. 반
면, 이 작품에 조국이라는 내포를 덧씌울 때 그 의미는 웅숭깊게 우러난
다. 이럴 경우 「귀촉도」의 사회적 함의는 매우 큰 진폭을 갖게 된다. 서
정주는 상황에 따라서 시를 썼거니와 천성적으로 그저 시인이었을 뿐
이다[8]. 「귀촉도」가 이를 말해주거니와 그러한 한 단면을 보여주는 또하
나의 작품이 있다. 「행진곡」이 그러하다.

---

8) 따라서 그를 두고 친일시를 썼다든가 독재자를 찬양하는 시를 썼다고 규정짓는 것은
　의미가 없는 일이다. 그는 한편으로 해방을 찬양하는 시를 썼는가 하면, 조국에 대한
　살뜰한 그리움의 정서를 시로 표백한 바도 있기 때문이다.

잔치는 끝났드라. 미지막 앉아서 국밥들을 마시고
빠알간 불 사루고,
재를 남기고,

포장을 거드면 저무는 하늘.
이러서서 주인에게 인사를 하자

결국은 조끔ㅅ식 醉해가지고
우리 모두다 도라가는 사람들.
모가지여
모가지여
모가지여
모가지여

멀리 서 있는 바다ㅅ물에선
亂打하여 떨어지는 나의 鍾ㅅ소리.
－「행진곡」전문

「행진곡」역시 사회적 맥락으로부터 자유롭지 않다는 점에서 「귀촉
도」,「국화옆에서」등과 밀접한 관련이 있는 작품이다. 1940년대 초「조
선일보」등은 일제로부터 폐간 명령을 받았다. 그 아쉬움은 남다른 정서
를 유발할 수밖에 없었는데, 서정주는 그런 정서의 표현을 신문사 측으
로부터 청탁받았다고 한다. 그 결과로 나온 시가 「행진곡」이다.

서정주는 한때 민족 정기를 고양하고, 조선인들의 삶에 적지 않은 기
여를 한 민족 신문들의 폐간에 적지 않은 충격을 받은 것처럼 보였다.

그 정서의 표백이 '잔치의 끝남'일 터인데, 하지만 그 끝남이 쉽게 막을 내리는 것은 곤란한 일이 아닐 수 없었다. 진한 여운과 아쉬움이 있을 수밖에 없는데, 어떻든 잔치는 끝날 때가 되었고 끝내야만 하는 현실을 맞이했다. 오랫동안 진행되어 왔지만 아쉽게도 이제 끝을 맺어야 하는 것이다. 하지만 그 끝이란 아쉽기 그지없다. 그래서 그 반향을 오래 동안 울려야 했다. 민족 신문이 사라지는 것, 한글이 사라지는 것, 그리하여 우리만의 고유한 언어나 문화가 사라질 수 있는 것, 이런 상황이야말로 절대 만들어져서는 안 될 상황이었다. 하지만 현실은 이런 상황을 요구했고, 실제로 진행되고 있었다. 그 아쉬움은 달리 표현할 방법이 없을 정도로 큰 것이었는데, '목아지여'를 계속 반복하는 것은 이 때문이다. 뿐만 아니라 저멀리 바다 속으로 가라앉는 화자의 '종' 또한 이런 비극적 상황을 암시하는 시적 의장 가운데 하나였다.

서정주의 시들은 생활과 밀접한 관련을 맺고 있었다. 그는 생활 속의 시인이었기에 현실을 초월하여 시를 결코 쓰지 않았다. 그러니 가끔은 불온한 세속과 만나야 했고, 그 부정적 상황 속으로 자아를 밀어넣었을 수도 있었을 것이다. 거기서 만난 것이 친일이나 독재자의 유혹이 아니었을까 한다. 물론 앞서 언급대로 그 반대의 상황도 얼마든지 가능했다. 그는 건전한 시민 의식을 추구하는 한편, 민족 국가라는 건강한 담론 속에 자신의 의식을 틈입시키기도 했던 것이다. 그러한 열정이 「행진곡」을 만들어냈거니와 「귀촉도」나 「국화옆에서」의 세계가 형성된 것이다. 역시 해방 공간에 쓰여진 「푸르른 날」[9]도 마찬가지일 것이다.

---

9) 『생활문화』, 1946. 2.

눈이 부시게 푸르른 날은
그리운 사람을 그리워하자

저기 저기 저, 가을 꽃 자리
초록이 지쳐 단풍 드는데

눈이 나리면 어이하리야
봄이 또 오면 어이하리야

내가 죽고서 내가 산다면!
네가 죽고서 내가 산다면?

눈이 부시게 푸르른 날은
그리운 사람을 그리워하자
- 「푸르른 날」 전문

이 작품은 '그리운 사람'을 애타게 찾는 것이 주제로 되어 있다. 그러한 정서들은 자연이라는 일상성에서 만들어지고 있는데, 우선 그리움의 정서를 길어올리는 기제는 경계의 지대에서 시작된다. 경계란 어느 하나의 지대와 다른 지대가 만나는 데서 형성되는데, 실상 인간의 인식력이나 상상력이 가장 예민하게 움직이는 곳도 이 지점에서이다. 하나의 끝과 다른 끝이 만나는 자리, 그리하여 하나의 끝을 따라가던 시선이 갑자기 막혔을 때 거기서 일어나는 상상력의 파장을 상기해 보면, 이는 금방 이해할 수 있는 대목이다. 시인은 이러한 경계를 아주 교묘하게 이용하고 있다. 그렇다면 「푸르른 날」에서 펼쳐지는 이 경계란 무엇을 말하는 것일까.

서정적 자아는 "저기 저기 저, 가을 꽃 자리/초록이 지쳐 단풍 드는데"에서 보는 것처럼, 어떤 끝자리, 곧 경계의 지대에서 단풍이 든다고 했다. 종결되는 곳, 혹은 마감되는 곳에서 새로운 것이 형성된다는 것인데, 이런 감각은 가을의 꽃이 피었다가 떠난 꽃받침을 상상해보면, 충분히 납득되는 일이다. 무언가 떨어져 나간 자리란 그 비움으로 말미암아 허전함의 정서가 매우 절실하게 느껴질 수밖에 없다. 공허한 지대에는 무언가 즉자적으로 메워져야한다는 일상의 진리 때문에 그러하다. 그래서 그곳은 곧 채워지고 충만되어야 할 자리로 곧바로 인식된다. 이곳은 마치 이상향을 잃고 방황하는 인간의 정서를 표현한 자리처럼 느껴지기도 하고, 그렇기 때문에 그러한 결핍의 정서란 곧바로 메워야 하는 공간이 되기도 한다. 무엇인가로 채워져야만 할 자리, 그렇기에 어떤 강력한 접착력이 요구되는 자리가 되는 셈이다. 시인은 이 자리를 "초록이 지쳐 단풍이 들어가는 곳"으로 인식했는 바, 그것은 궁극적으로는 꽃이 있었던 자리이다. 하지만, 그곳은 이내 채워지지 않은 채 가을 서리를 맞아 단풍이 들어버린다. 채워질 듯하면서도 채워지지 못한 채, 기다리는 인내의 과정이 얼마나 지치고 힘들었던가 하는 것을 이 작품은 계절의 변화 속에서 애처롭게 읽어내고 있는 것이다.

이 서러운 감정이 만들어내는 것이 그리움의 정서이다. 그렇다면 서정주는 해방 공간에서 왜 이런 그리움의 정서를 목말라한 것일까. 그의 시들이 갖고 있는 사회적 맥락에서 그 함의를 추적해보는 것이 허용될 수 있다면, 이런 추정이 가능할 것이다. 해방 공간이란 정치 우위의 사회였고, 또 서로 싸우는 자리였다. 어떤 것도 정돈되지 않은 채, 하나의 정치 세력 내지는 집단이 있었던 자리에 또다른 집단이 자리를 차지하는 일이 비일비재했다. "가을꽃 있던 자리에 단풍이 드는 것"처럼, 하나의 세력이 지나면 다른 세력이 이를 채우는 일이 반복되었던 것이다. 채움과 비움이라는 이런 변증법 속에서 새로운 통일의 세계가 나오는 것을 간절히 기대하고자 한 심리가 솟구쳤던 것은 아닐까. 뿐만 아니라 시인은 그러한 통일을 이룬 세계, 이를 가능케 하는 선지자를 그리운 사람으로 표명한 것은 아닐까. 그의 시들이 사회적 배경과 무관하지 않게 창작된 것을 감안하면, 이런 기대는 분명 과장된 것이라고는 할 수 없을 것이다. 그러한 단면들은 전쟁 직후 나온 일련의 작품들에서도 그대로 확인되는 바, 전후의 폐해를 아름다운 자연의 질서 속에서 풀어내려고 한 「상리과원」의 세계가 이를 잘 말해준다 하겠다.

해방 직후 서정주의 변신은 시대적 함의를 갖고 있다는 점에서 의미가 있는 것이었다. 「화사」이후 시인이 주로 관심을 가졌던 분야는 인간의 본성에 관한 것이었다. 그는 인간이 근원적으로 죄를 담보하고 있는 존재라는 것, 그리하여 인간을 기독교적 원죄를 뒤집어쓴 실존적 한계를 갖고 있는 존재로 사유했다. 그런 사유들이 동양적 세계를 만나면서 현실적 공간이라는 새로운 장을 만나는 계기로 만들었다. 그것이 『귀촉도』이후의 세계이거니와 그들은 사회의 임무로부터 결코 분리되어 있지 않았다. 거기서 그는 현실을 직시하고 새로운 세계를 모색하기도 했다. 이런 열린 세계가 말해주는 것처럼, 그의 시들은 하나의 단선적인 세계 속에 갇혀 있었던 적이 없었다. 그러한 단면들이 경우에 따라 지나친 세속화의 결과를 낳기도 하고, 그 결과 사회가 요구하는 윤리로부터 한발 벗어나 있게 만들기도 했다. 하지만 그것은 어디까지나 시인이라면 할 수 있는, 자연스러운 대상의 포착 과정이었다고 할 수 있을 것이다. 그 접촉의 순간에 그의 시들은 만들어졌던 것인데, 그 면적이 경우에 따라 지나치게 큰 것이었기에 그가 감당할 수 없었던 윤리의 경계에까지 가지 않았나 생각된다.

## 3. 관념에서 현실로-유치환

해방이 되자 그동안 뜸했던 유치환의 문학 활동은 활발해지기 시작한다. 『생명의 서』[10]를 간행하는가 하면, 참여시로 분류되는 『울릉도』[11]를 상재하기에 이르른 것이다. 뿐만 아니라 1949년에는 『청령일기』[12]를 발행하기도 한다. 해방 이전 유치환 시의 특색은 비정(非情)과 허무주의로 요약된다. 하지만 해방 공간에 이르러서는 서서히 그러한 관념으로부터 탈출하기 시작한다. 그의 시들이 이렇게 현실 속으로 들어오면서 비관적, 혹은 비판적 인식에 이르게 된 것은 우선 그의 사랑하는 자식의 죽음과 밀접한 연관이 있는 것처럼 보인다. 그럼에도 그의 시들이 자식의 죽음에 따른 허무 속에 갇혀 있는 것은 아니었다. 그는 그 출구를 상실한 채 늘상 헤매인 자폐적 상상력을 보인 것은 아니었기 때문이다. 그 비정의 환경 속에서도 그는 한편으로는 생명에의 열애를 강력히 추구한 바 있거니와 그의 문학적 출발이 서정주와 함께한 '생명파'의 일원인 것도 이런 정서와 결코 분리되는 것이 아니었다[13].

그런데 해방 이후의 시들에서는 생명이라든가 비정, 혹은 허무와 같

---

10) 행문사, 1947.
11) 행문사, 1947.
12) 백지사, 1949.
13) 이들을 생명파라 부른 것은 그 일원 가운데 하나였던, 서정주의 회고 글에서 이다. 서정주, 『한국의 서정시』, 일지사 1973, p. 23.

은 관념적 사유들은 더 이상 보이지 않게 된다. 그는 자신의 시적 특색 가운데 하나였던 사변의 벽을 뚫고 나와 일상의 현실 속으로 들어오기 시작한 것이다. 일상으로 들어온다는 것은 세속화이자 현실화이며, 다른 한편으로는 이 시기 그의 시의 한 특성이라 할 수 있는 참여시들을 만들어내는 계기가 되었다는 뜻도 된다.

해방 공간이 갖는 특수한 현실에 기대게 되면, 유치환의 이러한 행보는 별반 특이할 것이 없는 것처럼 보인다. 정치가 우위되는 현실에서 이를 우회하거나 초월하는 길이란 사실상 불가능했기 때문이다. 이 시기 그러한 증거를 서정주의 일련의 시에서 확인하였거니와 관념지향적인 시를 주로 썼던 유치환이라고 해서 이를 비껴가기는 사실상 불가능한 일이었다.

하지만 환경이 변화되었다고 해서 어느 시인의 시정신이 곧바로 거기에 합류한다는 것은 상황결정론이나 기계론적 인과론이라는 혐의를 벗기 어려울 것이다. 이런 기계적 사유가 한 시인이 갖고 있는 존재론적 변이의 과정을 전부 설명해줄 수는 없을 것이다. 여기에는 이 시인만의 고유한 특징이 있을 것인데, 실상 유치환의 경우도 이런 도정에서 결코 예외적인 시인이 아니었다.

유치환은 단재 신채호와 마찬가지로 식민지 시대를 노예의 상태로 규정한다. 그리고 그는 이 상태에서 자신이 선택할 수 있는 길의 방향에 대해 다음과 같이 제시한 바 있다. 하나가 적으나마 겨레로서의 자의식을 잃지 않으며 원수에 대한 가열찬 반항을 하면서 자신의 신명을 내던지는 길이고, 다른 하나는 희망도 의욕도 모두 버리고 오직 생존만을 위해서 굴욕에 젖어 살아가는 길이다. 그런데 청마는 비굴하게도 후자의 길을 걸을 수밖에 없음을 고백했다. 그러는 한편으로 그 비굴한 길에서나마 나름대로 자신의 인생을 값없이 헛되게는 버리지 않으려고 고독한 노력을 기울였다고 했다[14]. 그 결과 원수의 억압에서 견딜 유일한 희망의 길은 이에 굴하지 않고 끝까지 견딜 강인하고 줄기찬 야성적 생명력을 잃지 않아야 했다는 것, 그리고 그 동력으로 겨레를 혹은 자신을 채찍질해야 된다는 것에서 찾았다고 한 바 있다[15]. 그가 가열차게 추구했던 생명에의 의지가 궁극에는 시대적 맥락으로부터 결코 자유로운 것이 아니었음을 고백하고 있는 것이다. 그러니까 청마는 사변이나 관념 일변도로 전개되었던 자신의 시세계가 일제라는 객관적 현실과 결코 분리되는 것이 아니었으며, 어쩌면 그로부터 탈출하고자 하는 강렬한 몸부림으로 생명에의 열애로 연결시켰다는 뜻이 된다고 볼 수 있을 것이다.

유치환의 시들은 현실에 눈을 감고 있었던 것이 아니라 현실에 열려 있었다는 것인데, 다만 한겨울의 물처럼 그것이 얼어붙어서 발산하지 못하고 있었을 뿐이라는 해석이 나오게 된다. 해방은 이제 그것을 얼음에 둘러싸인 죽음의 상태, 미몽의 상태로 남겨두지 않았다. 그것은 녹아 흘러 내려가면서 이에 갇혀 있던 자아를 일깨워서 현실의 거친 격랑 속으로 나오게끔 만드는 계기로 작용했다. 유치환의 시들이 현실에 대해 거칠고 힘찬 발언을 할 수 있었던 계기는 바로 여기에 있다고 할 수 있을 것이다.

> 동쪽 먼 深海線 밖의
> 한 점 섬 鬱陵島로 갈거나

---

14) 유치환, 『전집5』, 국학자료원, 2008, p.284.
15) 위의 책, p.285.

錦繡로 굽이쳐 내리던
長白의 멧부리 방울 뛰어
애달픈 國土의 막내
너의 호젓한 모습이 되었으리니

蒼茫한 물굽이에
금시에 지워질 듯 근심스리 떠 있기에
東海 쪽빛 바람에
항시 思念의 머리 곱게 씻기우고

지나 새나 뭍으로 뭍으로만
향하는 그리운 마음에
쉴 새 없이 출렁이는 風浪 따라/밀리어 오는 듯도 하건만

멀리 祖國의 社稷의
어지러운 소식이 들려올 적마다,
어린 마음의 미칠 수 없음이
아아 이렇게도 간절함이여

東쪽 먼 深海線 밖의
한 점 섬 鬱陵島로 갈거나

- 「鬱陵島」 전문

유치환 시의 특성은 우선 남성적인 목소리에서 찾아진다. 시의 화자
가 남성이라는 사실은 우리 시사에서 매우 예외적인 것인데, 이는 주로

우리 현대사가 주는 전망의 부재와 밀접한 관련이 있는 것이었다. 미래에 대한 전망을 확신하지 못하다 보니 시의 음성들은 자꾸만 약해진 것이고, 그 결과 현저하게 여성화된 것이다. 하지만 유치환은 시의 화자를 더 이상 여성에 가두어두지 않았거니와 그의 시작들은 이전의 시들과 달리 남성 화자를 중심으로 만들어졌다. 이는 현실이나 미래에 대한 자신감이 없으면 불가능한데, 해방 공간에서 펼쳐진 그의 시들 역시 일제 강점기의 시들이 그러하듯 대부분 남성적인 목소리에서 형성되고 있었다. 이는 자신감의 근거인데, 이런 면모에서 알 수 있듯이 해방 전후 그의 역사관은 이전과 크게 달라지지 않았다고 할 수 있다.

「울릉도」는 해방 직후 유치환의 대표작 가운데 하나이다. 민족애를 형상화한 작품 중에서도 뛰어난 가편에 속하는 경우인데, 시인은 자아나 조국의 모습을 '울릉도'에 비유했거니와 그것이 빚어내는 여러 관념들을 조국애 내지는 민족애로 승화시켰다. 그리고 그러한 인식의 변화들을 각인시킨 것이 이미지의 현란한 의장들이다. 시인은 이 작품의 시심을 지도에서 얻은 것처럼 보인다. 울릉도를 "장백의 멧부리가 튀어나와서"라고 사유한 것은 이 때문일 것이다. 어떻든 울릉도로 표상된 시적 자아는 뭍에서 들려오는 어지러운 소식들을 접할 때마다 "어린 마음의 미칠 수 없음이/아아 이렇게도 간절함이여"로 표현하기에 이른다. 조국의 혼란상에 대한 서정적 자아의 깊은 고뇌가 담겨 있는 것이다.

유치환은 해방 직후 〈조선청년문학가협회〉의 부회장을 맡았다. 이는 곧 그가 우파 진영에 가담했음을 의미한다. 하지만 그는 이 조직의 입장에 서서 〈문학가동맹〉 구성원들과 논쟁을 벌이지는 않았다. 그는 해방 공간에 펼쳐진 여러 상황들에 대해 작품으로 응전했던 것인데, 시집 『울릉도』는 그러한 시정신의 결과물일 것이다. 이 시집에서 시인이 선택했던 것은 민족 제일주의였다. 그의 이런 시도를 두고 비현실적이라거나 관념적인 행위라고 비판할 수도 있을 것이다. 정확한 현실인식이나 민족 문학 수립에 대한 뚜렷한 자각없이 감성적, 정서적 외침으로 일관하고 있는 까닭이다.

그럼에도「울릉도」에서 보여준 조국애는 그러한 비판을 초월하는 것이었다. 서정주가「국화옆에서」를 읊으면서 해방의 기쁨을 표현했다면, 조국에 대한 애정만큼은 유치환의 경우도 이에 준하는 것이었다. 하기사 당시 조선인 치고 해방의 기쁨을 어떻게 외면할 수 있었을까. 이런 감각은 유치환에게도 동일한 것이었는데,「동백꽃」은「울릉도」와 더불어 그러한 정서의 한 단면을 보여주는 시라는 점에서 의미가 있다.

그대 위하여
목 놓아 울던 靑春이 이 꽃 되어
千年 푸른 하늘 아래
소리 없이 피었나니

그날
한 장 종이로 꾸겨진 나의 젊은 죽음은
젊음으로 말미암은
마땅히 받을 罰이었기에

원통함이 설령 하늘만 하기로
그대 위하여선
다시도 다시도 아까울리 없는

아아 나의 靑春의 이 피꽃!

　　　　－「冬柏꽃」전문

시인은 해방된 조국을 '그대'라고 했거니와 스스로에 대해서는 압제 하에 놓인 조국에 대해 "목놓아 울던 청춘"으로 비유하기도 했다. 그런 다음 이제 그러한 모든 상황들이 '꽃'으로 승화되었다고 인식했다. 시인 의 이런 감각은 대개 두 가지 정서를 내포하는데, 하나는 기쁨이고 다른 하나는 내성이다. 전자는 객관적 현실이 주는 엄연한 사실이기에 조선 인이라면 누구나 가질 수 있는 것이지만, 후자의 경우는 이와는 전혀 다 른 감각을 요구한다. 이른바 회한의 정서이기 때문에 그러한데, 그것은 건강한 의식을 소유한 자만이 가질 수 있는 감각이라는 점에서 그 특이 성이 있는 것이라 하겠다.

하지만 감격한다고 해서 그러한 정서의 고양이 현실의 부조리를 뚫 고 나가는 힘이 곧바로 될 수는 없을 것이다. 억눌린 자의식의 해방감만 으로는 결코 해결될 수 없었던 것들, 가령, "조국의 사직의 어지러운 소 식"은 끊임없이 들려오는 까닭이다.

나의 눈을 뽑아 北岳의 山城위에 높이 걸라
亡國의 이리들이여
내 반드시 너희의 그 不義의 끝장을 보리라

쓰라린 쓰라린 祖國의 오랜 환란의 밤이 밝기도 전에
너희 다투어 그를 헐벗기어 아우성 치며
일찌기 원수 앞에 떳떳이 쓰지 못한 還刀이어든

한탄 思潮를 信奉하여

骨肉의 相爭을 선동하여 불놓기를 서슴지 않고

보잘 것 없는 제 主張을 固執하기에

敢히 나라의 亡함은 두려하지 않나니

賣國이 義를 일컫고

私慾의 犬狗는 저자를 이루고

오직 소리 소리 패악하는 者만이 滔滔히 승세하거늘

　　　　　－「祖國이어 당신은 진정 孤兒일다」 부분

　　유치환은 이 작품에서 조국을 고아로 비유했다. 이 시기 고아가 무엇
을 지시하는지에 대해서 굳이 말할 필요는 없다. 하지만 일제 강점기부
터 시작된 이 고아 의식과 해방 공간에서 그것이 갖고 있는 뜻이 어떻
게 동일하고 또 다른 것인가에 대해서는 주목할 필요가 있다. 일제 강점
기의 고아 의식은 아비 없음이고 따라서 나라 없음으로 흔히 받아들여
져 왔다. 이를 대표하는 것이 춘원 이광수의 고아 의식[16]이었거니와 이
런 의식이 해방 직후 유치환에 계승 되고 있음이 홍미로운 경우이다. 여
기서도 이 의식은 춘원의 그것과 마찬가지로 일단 '나라 없음'으로 읽힌
다. 현재 국가를 이끌어갈 주인이 뚜렷이 존재하지 않는 까닭이다. 하지
만 이를 다른 면으로 사유하게 되면, 이는 곧 해방 당시의 상황을 곧바
로 대변하는 말이 되기도 한다. 이때 조선반도가 무주공산의 지대라는
희유의 시간이기에 '해방 공간'이라는 표현을 쓰는 것도 이 때문이다. 어
떻든 시인이 보기에 조선의 주인은 현시점에서 존재하지 않기에 고아

---

16) 춘원 소설에 나오는 대부분의 주인공들이 고아인 것은 이 때문인데, 그것은 곧 민족
　　의식의 발로로 수용되어 왔다.

라고 부른 것은 아닐까. 그리고 여기에는 분명 다른 의미도 내포되어 있었을 것이다. 주인의 부재도 그러하지만 주인을 맡을 수 있는 주체들이 넘쳐나서 진정 주인다운 주인은 없다는 뜻도 담겨 있는 까닭이다.

유치환은 갈등과 투쟁이 난무하는 현실 앞에서 "자신의 눈을 뽑아 北岳의 山城 위에 높이 걸라"고 했다. "내 반드시 너희의 그 不義의 끝장을 보리라"고 하며 현실의 냉혹한 감시자가 되겠다는 의지도 피력하고 있는데, 물론 감시의 대상은 '亡國의 이리들'일 것이다. 유치환이 응시하는 망국의 이리들이 누구인지에 대해서는 구체적으로 특정하지는 않았다. 다만 이 시기 그가 활동한 배경이나 사유의 끈으로 볼 때, 온갖 모리배들, 불량한 정치꾼들이었을 것이다. 그리고 좀 더 그 범위를 좁히게 되면, 여러 조직을 계속 결성하면서 분열 행위를 일삼았던 〈문학가동맹〉의 구성원들을 겨냥했을 수도 있다. 하지만 이런 응시 자체가 또 다른 분열을 야기하는 것이 자명하기에 어느 특정 집단에 한정되었다고는 보기 어려울 것이다.

> 그러나 서울아
> 南大門을 들어 서면 너는 地獄의 저자다
> 거리 거리에 쏟아 넘는 엄청난 인간의 밀물들과
> 그새를 서성대며 餓鬼같이 소리 소리 부르짖는 장사꾼과
> 내닫는 車들의 悲鳴과 쓰레기떼미─어찌 그 뿐이랴
> 오직 政權을 貪하는 煽動 欺滿 野合 暴力과
> 온갖 大會와 決定書와 虛構를 빚어내는 政黨 看板에
> 一身의 飽腹 榮達만을 꾀하는 謀利 貪官의 좀도둑들!이 모든 惡德과
> 破廉恥와 獨善과 同族의 流血은

요컨대 서울아 그대로 조선아
너는 阿鼻叫喚 개똥밭이 아니냐

여기 길이 있다
五月의 푸른 하늘 아래 먼 보리이랑 끝없이 물결 치는 고개 넘어
파아란 바다와 작은 섬들을 바라보고 돌아 가는 오솔길--
몇 그루 소남ㄱ엔 언제나 먼 여울소리 걸리어 외로이 울고
철 따라 나비 날고 뻐꾸기 애틋이 울고
봄이면 진달래 가을이면 들국화 피는 길-
때때로 가랑이 걷어 붙인 사나이 지개 바쳐 쉬고 가고
읍네 갔던 아낙들 석양이면 총총히 돌아오는 호젓한 길이 있다.

-「서울에 부치노라」 부분

이 작품은 오장환의 「병든 서울」과 비교된다는 점에서 그 의미가 있다. 아니 거의 동일한 시정신에 의해 쓰여졌다고 보아도 무방할 정도로 닮아 있는 것이 사실이다. '서울'은 병들었다는 것인데, 그 진단은 오장환이나 유치환에게 있어서 동일한 것이었다. "먼지 날리는 무슨 본본, 무슨 당, 당" 등이 하루가 멀다 하고 만들어진 것이 서울의 거리라고 본 것은 오장환이었다. 그런데 이런 면모는 유치환이라고 해서 크게 다르지 않다. "오직 정권을 탐하는 선동 기만 야합 폭력"이 넘쳐나는 것이 서울의 모습으로 오버랩되기 때문이다. 뿐만 아니라 "온갖 대회의 결정서와 허구를 빚어내는 정당 간판"의 모습 또한 그러하다.

그렇다면 이렇게 병든 서울을 어떻게 개선해 나갈 것이고, 그 적절한 대항담론이란 또 무엇이란 말인가. 오장환은 내성을 바탕으로 행동으로 옮기면서 이를 개선해 나아가고자 했던 반면 유치환의 대항담론은

이와 달랐다. '길'이라는 형이상 속에서 무언가를 찾고자 했기 때문이다. 마지막 연들을 읽어보면 그것은 마치 자연의 전일성과 같은 세계로 비춰진다. 가령, "오월의 푸른 하늘 아래 먼 보리이랑 끝없이 물결치는 고개 넘어/파아란 바다와 작은 섬들을 바라보고 돌아가는 오솔길"이라든가 "때때로 가랑이 걷어 붙인 사나이 지개 바쳐 쉬고 가고/읍네 갔던 아낙들 석양이면 총총히 돌아오는 호젓한 길"과 같은 것이 되는 까닭이다. 이런 감각에 이르게 되면 유치환은 반근대적 사유 속에 자신의 의식을 드러낸 것이 된다. 익히 알려진 대로 유치환이 모더니즘을 수용하거나 이에 기반한 작품활동을 뚜렷하게 한 근거는 없다. 그가 수행한 평생의 시작 활동은 정(情)과 비정(非情) 사이에서 형성되는 감정의 넓이와 깊이에서 이루어졌다. 그렇기에 해방 공간에서 이런 원시적 상상력에 기대는 것이 매우 예외적인 일로 비춰진다. 그가 이렇게 반근대 의식으로 전향한 것은 해방 공간이라는 현실을 감안하면 일견 의미가 있는 것이라 할 수 있다.

그러니까 유치환은 불온한 현실을 정치적인 감각이 아니라 근대라는 형이상학적인 감각에서 사유한 것처럼 보인다. 도회, 곧 서울은 근대의 상징이고, 이렇게 근대성에 깊이 편입된 뒤에 인간의 전일성이 무너지고 분열의 감각, 이원성의 세계가 틈입해 들어오게 된다. 그러한 까닭에 자연과 인간의 관계에 대한 유치환의 일원적인 사고야말로 근대로부터 파생된 현재의 위기뿐만 아니라 더 나아가서는 해방 공간의 분열상을 치유할 수 있는 적절한 매개로 보았던 것으로 이해된다. 이런 측면에서 자연으로 표징되는 '길'의 상상력을 통해서 해방 공간이 주는 분열과 갈등을 초월하고자 한 것은 매우 의미 것이었다고 하겠다.

유치환의 시들은 해방 공간에 이르러 현저하게 세속으로 내려와 있었고, 거기서 그는 해방 공간의 정치적 현실, 혼돈의 현실을 발견했다. 그가 해방 공간에서 시도한 이런 사회적 발언들은 갑자기 튀어 나온 것이 아니다. 그것은 이미 일제강점기부터 예비된 것인데, 그 어둠의 계절에 할 수 있는 최소한의 반항이랄까 저항을, 생명 의식의 고양에서 찾았기 때문이다. 이런 비판적 자세가 해방 공간의 불합리한 현실과 맞물리면서 그 잠재적 저항의 담론들은 급격히 수면 위로 떠오르게 된 것이다. 그는 우익 쪽의 문단에 가담은 했으나 이를 토대로 상대방의 주장이나 논리에 대해 집요한 비판을 하지는 않았다. 대신 그는 모호하게나마 이 시기에 벌어진 여러 분열의 행태들에 대해 끊임없이 부정적 시선을 보냈다. 그런 면에서 그는 이 시기 다른 어느 시인보다도 민족을, 국가를 먼저 생각한 시인이었다고 하겠다. 그의 그러한 의식이 정지용의 민족애와 겹쳐질 수 있는 것은 이 때문이라 할 수 있다. 그는 이 시기 최고의 민족주의자였으며, 이를 토대로 사회에 적극적으로 발언하는 참여시의 한 장을 열어젖힌 시인으로 평가받을 만하다고 하겠다.

## 4. 관념적 자아에서 일상적 자아로의 변신-이병기

이병기는 1891년 전북 익산에서 태어났고, 국문학자이자 시조시인으로 삶을 영위했다. 그의 문학 활동은 1920년대부터 시작되었거니와 그 요체는 주로 고전에 대한 관심이었다. 그가 활동한 분야인 시조가 그러하고, 또 고전 소설에 대한 심오한 이해와 이에 바탕을 둔 국문학 연구[17]

---

17) 그의 고전 연구로 대표적인 것이 1952년에 간행한 『국문학전사』(신구문화사)이다.

가 또한 그러했다. 가람과 관련하여 가장 중요한 문학 활동은 무엇보다 1939년 『문장』지와의 관련성일 것이다. 그는 이 잡지를 선도적으로 이끌었거니와 정지용, 이태준 등이 여기에 참여했다. 이 잡지가 추구했던 것은 '상고 정신(尙古情神)'이었는데, 그 정신의 정점이란 바로 현실에 대한 초월 의식이었다.

가람은 이 정신을 난초 향기와 서권기(書卷氣)를 통해서 이루어내었다. 다시 말하면 이 감각적인 상고정신에 기대어 근대적인 것들을 뛰어넘고자 한 것인데, 그것은 자아와 대상의 합일을 통한 일체성의 획득이었다. 고전 정신이라든가 자연에 의탁하여 자아를 소멸시킨 가람, 그리고 이를 통해 일제 강점기의 척박한 현실을 뛰어넘을 수 있었던 가람에게 해방이란 어떤 의미가 있는 것일까. 선비자적인 은둔의 미덕과 달관의 세계는 가람에게 이 불온의 시대를 넘어 자신만의 이상 세계를 꿈꿀 수 있었던 매개였다. 그것은 가능태로서의 꿈보다는 현실로 육박해오는 실질과 같은 것이었기에 시사적 의의가 큰 것이었다. 현상이 사라지고 오직 본질만이 남겨져 있던 셈인데, 그것이 일제 강점기에 가람 자신의 정신적 지주가 되어주었다. 그러나 해방공간은 본질보다는 현상이 앞서는 세계였고, 그러한 본질이 사라지는 순간 현상은 곧 일상이 되어 자아를 압도하는 형국이 되었다. 다시 말하면 현상이 크게 다가올 때, 난초 향기의 마취력과 같은 본질은 더 이상 필요가 없게 된 것이다.

가람은 해방 직후 대부분의 문인들이 그러했던 것처럼, 〈문학가동맹〉에 가입했는데, 그가 맡은 자리는 고전문학위원회 위원장이었다. 여기에는 김태준, 양주동, 이희승, 조윤제 등이 함께 참여했다[18]. 이런 일련의

---

18) 『해방공간의 비평문학』, p.337.

과정들은 해방 공간의 현실에 비추어보면 분명 자연스러운 일이었거니
와 가람에게도 새로운 문학적 기회를 제공해주는 자라가 되었다.

> 어느날 내 방을 치우다 휴지 뭉텅이를 풀어 본즉 문학가동맹서 그 회
> 관 소재지를 도면까지 붙여 출석해 달라고 온 편지가 수두룩하고, 그중에
> 는 그 동맹에 가입하라는 신청서도 온 것이 여러번 인데 최후 독촉장엔
> "어느날까지 신청서를 아니 내면 선생은 이를 거부하는 것으로 인정하고
> 당연 처리하겠다"는 것과 동봉한 별지 신청서가 그냥 백지로 있다. 이것
> 도 혹시 악용이 될까 하여 그냥 보관하여 두었다.[19]

하지만 해방 정국은 가람을 비롯해서 〈문학가동맹〉 구성원의 의도대
로 흘러가지 않았다. 다시 현상이 불온시 되고 본질이 그리워지는 때로
바뀌게 된 것이다. 이럴 때 새로운 변신이 요구되었는 바, 인용 글은 그
러한 가람의 내면을 잘 보여주는 부분이라 할 수 있다. 따라서 가람의
이 같은 언급은 문면 그대로 받아들일 것이 아니라 일종의 위장된 포오
즈에 불과한 것이라 할 수 있다. 물론 정치 상황의 전개에 따른 심경의
변화에서 쓴 것일 수도 있고 그 반대의 경우에 의해 이루어진 것일 수도
있다. 중요한 것은 그가 이 시기 현실에 대한 관심을 갖게 되고, 이를 통
해서 자신의 문학적 외연을 넓히고자 한 것은 틀림없는 사실이었다는
점이다. 그리고 가람이 현실에 관심을 갖게 된 것은 그가 평생을 두고
연구한 고전 정신에서 온 것인지도 모른다. 유학자들의 출(出)의 사상
이나 혹은 사(士)의식의 발현이 그러한 것인데, 오도(悟道)의 경지에 든

---

19) 이병기, 「해방전후기」, 『가람문선』, 삼중당, 1980, p.173.

선비가 젖어들 수 있는 최고 이상 가운데 하나가 바로 현실 정치에 대한 적극적 참여에 있기 때문이다.

하지만 이보다 더 중요한 것은 외부 환경의 변화에 따른 시정신의 새로운 대응에서 가람 시정신의 본류를 찾아야 한다는 것이다. 가람은 근대인이었고, 이를 누구보다도 깊이 자각했으며, 또 이를 우회하는 방법적 자각에도 뛰어났던 시인이었다. 그 우회의 방향이 난초향기의 마취력에 있었거니와 그 향기란 일제 강점기의 암울한 세상을 지탱하는 것이었고, 현상 뒤에 가려진 본질을 찾아가는 그 나름의 방식이었다. 그러나 해방 공간은 현상이 아무리 강한 것이었다고 하더라도 더 이상 본질이 숨겨져 있을 필요가 없었다. 그러니까 난초 향기의 감응력과 같은 초월적인 것들은 더 이상 필요치 않은 현실을 맞이하게 된 것이다. 자아가 은폐된 형식없이 곧바로 세상 밖으로 적나라하게 노출되어도 전연 이상할 것이 없는 현실을 마주하게 된 것이다. 그러한 자의식으로 뭉쳐져 있었기에 가람은 이제 보다 넓은 세상에 대한 응시가 필요했다. 그것도 무매개적으로 말이다. 해방 직후 변모된 가람의 시세계는 이런 감각에서 찾아야 할 것으로 보인다. 이 말은 난초와 같은 고고한 세계, 또 거기서 우러나오는 마취력 강한 향기가 더 이상 이성을 마비시킬 필요가 없는 현실을 맞이한 것이다.

> 밝아 오는 이날 새로운 이 뫼와 이들
> 도는 그 기운 가을도 봄이어라
> 시들던 나무도 풀도 도로 살아나누나
>
> 일찍 님을 여의고 이리저리 헤매이다

버리고 던진 목숨 이루 헬 수 없다
웃음을 하기보다도 눈물 먼저 흐른다

다행히 아니 죽고 이날을 다시 본다
낡은 터를 닦고 새집을 이룩하자
손마다 연장을 들고 어서 바삐 나오라
　　　　　　　　-「나오라」전문

　가람의 이 작품은 해방 직후 쓰여진 것인데, 우선, 제목이 「나오라」고
한 것 자체가 이채로운 경우이다. 마치 그 자신이 초월적, 관념적 세계로
부터 탈출하여 현실로 들어가기 위한 항변처럼 느껴지기 때문이다. 게
다가 해방의 감격을 읊고 있다는 점에서 시조 특유의 내밀한 형식과는
거리가 있는 것이기도 했다.

　이 작품은 식민지 시대 가람의 세계관에 비춰볼 때, 몇 가지 다른 점
을 발견하게 된다. 우선, 여기서 근대주의자로서 가람의 새로운 면모를
볼 수 있다는 점이다. 해방 직후 나라 만들기가 이념에 보다 치우쳐 있
었음은 잘 알려진 일인데, 근대로 나아가는 길, 다시 말해 근대를 계승하
는 계보학적인 측면에서 보면, 해방 공간은 마르크시즘에 가까운 이념
들이 우세했던 시기였다. 반면 그 상대적인 자리에 놓여 있었던 모더니
스트들에게는 이와 다른 감각으로 다가오게 된다. 가령, 김기림의 「새나
라 건설」에서 알 수 있는 것처럼, 이들에게는 이데올로기보다는 계몽의
계획이 최우선의 과제였기 때문이다. 이런 나라 만들기의 계보학에서
가람은 후자의 입장을 유지하고 있었는데, 이는 가람이 〈문학가동맹〉의
일원이라는 것과는 거리가 있는 세계관이었다.

「나오라」에는 가람이 보여준, 모더니스트들의 계몽 정신과 일견 비슷한 의식이 드러나 있음을 알게 된다. 그는 해방 직후 전통주의자에서 근대주의자로 새롭게 존재의 전이를 이루고 있었던 것인데, 인용시에서 그러한 사례를 보여주고 있는 것이다. 특히 다음과 같은 담론들이 그러하다. "낡은 터를 닦고 새집을 이룩하자"나 "손마다 연장을 들고 어서 바삐 나오라" 등등의 사유들이다. 이는 김기림의 「새나라 송」과 거의 유사한 경우이다.

가람의 이러한 현실인식은 난초의 향기의 마취력에서 벗어나 이성이 비로소 시인의 의식에 새로이 자리했다고 해도 무방한 경우이다. 그 이성이란 도구적 이성이 아니라 계몽 초기의 합리적 이성에 가까운 것이라는 점에서 그러하다. 서정적 자아는 이제 자연의 침잠에서 벗어나 현실에 예민한 촉수를 들이댄다. 이는 가람이 후각이 지배하는 마취의 세계에서 벗어나 응시의 세계, 곧 시각이 지배하는 현실의 세계로 존재의 변신을 한 것임을 의미한다. 해방 공간 가람의 시조들이 현실의 문제들에 대해 더욱 강력히 발언하기 시작한 것은 이런 시각적 영향이 매우 크게 작용한 결과로 풀이된다.

> 丘陵 丘陵 丘陵 그 사이 사이 마을
> 金萬頃 회마밋들 한편엔 臨益平野
> 진실로 南國의 沃土 第一穀倉 아닌가
>
> 잔디 비알 이뤄 갓 배추 심어두고
> 진펄이라도밀 보리 밭을 삼고
> 말만한 큰 아기들이 똥오줌을 이고 온다

쌀값은 떨어지고 賦斂은 더럭 붙어
풍년이 들어도 벼 한 섬 둘 것 없고
새봄만 돌아온다면 도로 주릴 뿐이라네
　　　　　　　　　－「農村畵帖2」 전문

　이 작품은 현실에 대한 가람의 시선이 무엇인가를 잘 말해주는 시이
다. 특히 피폐해진 농촌과 그 척박한 현실에서 살아가는 농민들의 모습
을 아주 직정적으로 읊고 있는데, 이런 단면은 「나오라」의 세계와는 전
연 다른 것이라 할 수 있다. 민중민주운동이 활발히 전개되던 70-80년
대의 작품이라고 해도 무방할 정도로 현실의 불온성에 대한 비판의 농
도가 매우 짙게 풍기는 것이 이 작품의 특색이다. 그만큼 해방 직후 가
람의 시정신은 그 진폭이 매우 크게 울려퍼져 나갔다. 그러나 가람의 이
러한 현실인식들을 〈문학가동맹〉이 내세운 인민성이라든가 계급성의
연장선에서 이해하는 것은 어려운 일이다. 이 작품이 〈문학가동맹〉의
창작방법이었던 진보적 리얼리즘에 기반한 것이 아니라는 점에서 그러
하다. 뿐만 아니라 그의 작품들에서 연대성의 사유라든가 미래적 전망
에 대한 미세한 의식도 드러나지 않고 있거니와 전망을 이야기할 만큼
어떤 피폐화된 현장에서 창작의 소재를 구하고 있는 것도 아니다. 그럼
에도 가람은 왜 이런 류의 작품을 쓴 것일까. 한 가지 단서를 찾는다면,
가람에게 그러한 현실들이란 그저 '보였을' 뿐이라는 사실에서이다. 현
실이 자연스럽게 무매개적으로 들어온 것이기에 어떤 이념적, 계급적
색채와 상관 없이도 불온한 현실들은 자연스럽게 시의 담론으로 얹혀
졌을 개연성이 있었다는 사실이다. 이런 결과를 두고 어떤 명쾌한 답을
얻어내기란 쉽지 않지만, 하나의 가설이 허락된다면, 그것은 난초 향기

와 관련되는 것이 아닐까 한다. 난초의 마취에서 풀려났을 때, 다시 말해 자아가 스스로 조율해나가는 실체, 곧 이성이 새롭게 정립되었을 때, 가람에게 남은 것은 이렇듯 현실에 대한 올곧은 투사였을 것이다. 자연과 분리된 자율적 자아, 그리고 현실을 똑바로 응시할 수 있는 분별적 자아만이 해방 공간에 남아 있었던 것처럼 보인다.

해방 공간에서 가람의 문학은 전통이라는 초현실에서 일상이라는 현실로 복귀한 대표적 사례에 해당한다. 그는 전통주의자였지만, 그것은 어디까지나 근대의 편입 속에서 형성된 것이었다. 해방 공간은 그것이 어떤 것이든 주체가 곧바로 정립할 수 있는 기회를 제공해주었고, 가람역시 이 기회를 활용하고자 했던 것처럼 보인다. 그것이 현실에 대한 응시였고, 그는 거기서 근대 정신이었던 계몽의 필요성에 대해 어렴풋이나마 발견하게 된 것이다. 김기림이 그러했던 것처럼, 그 역시 계몽이 시대의 필연성으로 자연스럽게 자리한 것처럼 보인다. 이 시기 계몽이 민족주의의 범주에서 결코 벗어날 수 없다는 점에서 그의 문학 또한 이 영역에 편입시켜도 무방할 것이다. 하기사 일제라는 불온한 일상을 초월하기 위해 그가 『문장』의 세계로 틈입해 들어간 것도 이와 밀접한 관련이 있는 것이었다. 그러니까 가람은 일제 강점기나 해방 공간에서 민족이라는 범주에서 한 치도 벗어나지 못했다고 할 수 있다. 그것이 현실속으로 내려온, 해방 공간에서의 가람 문학의 의의라 할 수 있을 것이다.

## 5. 풍속의 재현과 민족주의자로서의 길−노천명

노천명은 1912년 황해도 장연에서 출생했다. 시인의 삶은 초기부터

극적인 것의 연속이었다. 1917년 홍역으로 사경을 헤매다 극적으로 살아남았고, 이후의 삶도 이에 준하는 고난의 연속이었기 때문이다. 홍역에서 간신히 살아남은 다음 노천명은 초명인 기선(基善)을 버리고 천명(天命)으로 개명하게 된다. 이후 서울로 이사하여 1926년 진명여고에 입학하고, 1930년 이 학교를 졸업한 다음 이화여전 영문과에 입학하게 된다. 그의 문단 활동은 이화여전 재학 중에 이루어졌는데, 1932년 《신동아》 6월호에 시 「밤의 찬미」를 발표하면서부터이다. 이후 첫시집 『산호림』을 1938년에 간행했고, 두번 째 시집 『창변』을 해방 직전인 1945년에 발행하는 등 왕성한 활동을 보여주었다.

일제 강점기를 살아간 문인들 대부분이 역사의 격랑으로부터 자유롭지 않았는데, 이런 운명은 노천명에게도 예외가 아니었다. 시인은 일제 말기 총독부 기관지였던 《매일신보》 기자로 일하면서 「부인근로대」, 「승전의 날」, 「출정하는 동생에게」 등과 같은 친일시들을 발표하는가 하면, 이것이 원인이 되어 해방 직후에는 친일부역자의 명단에 오르기도 한다. 하지만 시인으로서의 수난은 여기서 그치지 않고, 한국 전쟁 때에는 또 다른 부역 혐의로 체포되어 20년 형을 언도받기도 했다. 이때 경무대 비서관이었던 김광섭 등의 노력으로 풀려나긴 했지만[20], 이 경험은 시인에게 크나큰 외상으로 남게 된다.

이상 개략적인 시인의 개인사에서 알 수 있는 것처럼, 그의 삶은 편편치 못한 것이었다. 하지만 중요한 것은 시인의 삶이 아니라 작품 자체가 갖고 있는 함의일 것이며, 그로부터 추출해낼 수 있는 정신 세계일 것이다.

일제 강점기 노천명의 작품 세계는 몇 개의 주제로 묶여질 수 있는데,

---

20) 감형되어 6개월 후에 곧바로 풀려난 것이다.

고향에 대한 회귀정서[21]와, 풍속의 재현, 그리고 존재론적 고독에서 오는 낭만적 그리움의 세계[22] 등이다. 그런데 이런 여러 갈래에서 무엇보다 주목해야 할 것이 고향에 대한 감각과 풍속의 재현이다. 이는 단순히 과거로의 회귀라는 퇴행으로만 묶어둘 수 없는 것이라는 점에서 그 의미가 있다. 이미 이러한 감각이 갖고 있는 의의는 정지용이나 백석의 경우가 잘 말해준 바 있다. 이들이 재현한 것은 현실 도피라기 보다는 잃어버린 것들에 대한 현재적 재현이라는 점에서 시사적 의의가 있기 때문이다. 따라서 노천명의 이런 감각들은 정지용 등의 그것과 동일한 차원에 있는 것이면서 또 이를 민족주의적 맥락에서 이해할 수 있는 근거가 되기도 한다.

친일 부역자의 명단에 오를 만큼 제국주의에 대한 적극적인 포오즈를 취한 노천명이었지만, 해방된 현실은 그에게도 더할 수 없는 감격으로 다가왔다. 하지만 친일 부역이라는 이 윤리적 결함은 그러한 감격을 상쇄시키기에 충분한 것이기도 했다.

그리하여 해방공간의 문인들에게 요구되었던 윤리 감각들이 노천명 앞에도 놓여졌던 것이다. 그가 선택했던 것은 두 가지였던 것으로 보이는데, 하나는 과거의 행적에 대한 비판적 반성이고, 다른 하나는 〈문학가동맹〉에 적극적으로 참여하는 것이었다.

여기 저도 모르게 저지른 악이 있고
남이 나로 인하여 지은 죄가 있을 겁니다

---

21) 김재홍, 「실락원의 시, 또는 모순의 시-노천명론」, 『한국현대시인연구』, 일지사, 1986.
22) 오세영, 「무한에의 그리움-노천명론」, 《문학사상》, 1981.11.

성모 마리아여

임종모양 무거운 이 밤을 물리쳐주소서

그리고 아름다운 새벽을

저마다 내가 죄인이노라 무릎 꿇을

저마다 참회의 눈물 뺨을 적실

아름다운 새벽을 가져다 주소서

－「아름다운 새벽을」 부분

과거의 죄에 대한 반성은 참회 이외의 다른 대안을 찾기가 쉽지 않다. 따라서 내성의 전통이 미약한 조선의 현실에서 이만한 정도의 자기 반성을 표명한 시야말로 소중한 것이라 할 수 있다. 이 윤리 감각이야말로 현실과 차단하고 고고한 자태로 살고자 했던 노천명의 윤리 감각이었을 것이다.

그리고 노천명이 해방 공간에서 두 번째로 선택한 것은 〈문학가동맹〉에의 가입이다. 이 단체에서 활동한다는 것은 상징적인 의미가 매우 큰 것이었다. 우선 친일 혐의로부터 자유롭지 않은 노천명이 이 단체에 가입할 수 있었다는 것 자체가 이채로운 경우이다. 친일 부역행위를 뚜렷히 저지른 자가 이 단체에서 활동한 사례는 거의 찾아보기 어렵기 때문이다. 그 저간의 사정이 어떠하든 간에 친일 행위자에 대해 철저히 배타적인 자세를 취했던 〈문학가동맹〉에 노천명이 참여했다는 것만으로도 그의 친일 부역 행위에 대한 면죄부는 어느 정도 받아들여진 것으로 보인다. 물론 노천명이 이 단체에 가입했다고 해서 여기서 요구하는 당파적 입장을 전면적으로 받아들인 것은 아니다. 해방 직후에 쓰여진 어떠한 작품에서도 이런 감각을 담은 시들은 발견할 수 없기 때문이다.

이와는 별도로 이 시기 노천명의 문학에서 가장 중요한 요인은 아마도 다른 것에 있지 않았나 판단된다. 이전부터 간직하고 있었던 민족주의적 성향이 바로 그것이다. 그 서정적 표현이 국토애, 혹은 민족애이다. 「저버릴 수 없어」는 이에 대한 시인의 간곡한 정서가 담겨져 있기에 주목을 요한다.

> 누가 뭐라고 하든
> 내가 이 땅을 저버릴 수 없어
> 불타는 가슴을 안고
> 오늘도
> 보리밭 널린 들판을 달리다
> 착한 사나이가 논을 갈고
> 지어미가 낮밥을 이고 나온 논뜰
> 미나리 냄새 나는 흙에 입맞추고 싶구나
>
> 누가 뭐라고 하든
> 나는 이 땅을 저버릴 수 없어
> 노여운 눈초리를
> 오월의 푸른 가랑잎으로 씻어보다
>             -「저버릴 수 없어」 전문

노천명의 이런 정서는 어느 날 우연히 돌발적으로 나온 것이 아니다. 그의 민족애는 생리적인 것이었고, 그런 성향은 이미 일제 강점기부터 형성된 것이라 할 수 있다. 그러한 단면을 보여주는 시들이 바로 고향에 대한 애틋한 정서와 풍속에 대한 재현이었기 때문이다. 조선적인 것과 외래적인 것의 구분이 어려울 때, 과거의 기억이나 풍속의 재현을 통해서 조선적인 것의 고유성을 드러내는 일만큼 애국적인 일도 없을 것이다.

시인의 그러한 감각은 좌우익의 혼란기인 해방 공간에 더 큰 음역으로 제시된다는 점에서 시사적 의의가 있다고 하겠다. 「저버릴 수 없어」에서 전달하는 메시지가 직접적이고 센티멘털하다는 약점이 있긴 하다. 어쩌면 이런 면들은 노천명 시의 한계이자 장점일 수 있을 것이다. 특히 호소력이나 계몽성이 요구되는 때에는 이런 센티멘털한 감수성만큼 효과적인 것도 없기 때문이다. 어떻든 여기서 중요한 감각으로 다가오는 것은 민족적인 것들에 대한 가열찬 천착이다.

> 박꽃이 지붕 위에 흰나비모양 앉은 저녁
> 흰옷을 입은 사람들은
> 조국과 민족과 독립을 애기했다
>
> 바다로─바다로─나는 바다로 가리
> 두 다리 뻗고 앉아
> 바람 함뿍 가슴에 안아보련다
> 그래도 시원치 않으리라
> 달랠 수 없는 가슴
> 기댈 데 없이 지내기 삼십육 년
> 구박과 눈치에 기죽어
> 설사리 자란 우리 형제
> 모진 채찍 아래 눈과 눈 마주치며
> 말을 삼킨 채 서로 눈물 어렸었나니

그때 일 생각한들 차마 오늘

우리 서로 다툴 건가

불행했던 날을 불러보면

서로 껴안고 울어도 남을 것을

　　　　－「약속된 날이 있거니」 부분

　이 작품은 민족주의적인 정서의 정점에 놓여 있는 시이다. 이 시를 이끌어가는 힘 역시 감상적 정서에 놓여 있다. 뿐만 아니라 서정적 자아는 지나온 과거의 불행한 역사와 거기서 좌절할 수밖에 없었던 현실에 대한 환기를 불러일으키는 면도 주목할만 하다. 현재의 불온한 현실을 헤쳐나아가려는 서정적 자아의 치열성이 그러한데, 실상 이런 면이야말로 일제 강점기부터 형성되어온 노천명이 지녀온 민족주의의 정점이라 할 수 있을 것이다.

　노천명은 자신이 간직해온 사상의 진정성에도 불구하고 역사의 파란으로부터 자유로운 존재가 되지 못했다. 철저한 자기 소외[23]와 이를 바탕으로 근원적인 것, 원형적인 것들에 자아를 기투시켰음에도 불구하고 현실은 이 시인을 자유롭게 놓아주지 않았다. 현실의 질곡에서 헤어나오지 못한 면들은 물론이거니와 시인이 갖고 있는 세계관의 한계 또한 그러했다. 하지만 이러한 한계가 시인의 현존을 모두 설명해주지는 못할 것인데, 시인은 이런 자신의 결점에 대해 잘 알고 이해하고 있었다. 그리하여 이런 면들을 시인 자신의 실존적 한계에서 찾기도 한다. 이를 대변해주는 시가 「유명하다는 것」이라는 시편이다.

---

23) 이인복, 「자애와 고독의 시인-노천명」, 『사슴』, 미래사, 1991.

유명하다는 건 얼마나 거북한 차림 차림이냐

이 거추장스런 것일래

나는 저기서도 여기서도

걸려 넘어지고

처참하게 찢겨졌다


아무도 관심을 안 해주는 자리는

얼마나 또 편한 위치냐

－「유명하다는 것」전문


　　노천명에게 일제 강점기 친일 부역의 혐의는 원죄와도 같은 것이었다. 그것은 해방 공간에서 시인이 실존하는 데 있어 커다란 장벽으로 남아 있었다. 그가 선택한 인생의 순간들마다 이 부역 혐의가 모두 칼날이 되어 되돌아 왔기 때문이다. 한국 전쟁 중에 노천명은 다시 〈문학가 동맹〉에 가입했다는 사실에 연루되어 20년이라는 중형을 선고 받았다. 인용시에서처럼 소위 '유명'이라는 영역에서 배제된 상태였다면, 노천명은 이런 고뇌로부터 자유로울 수 있었을 것이다. 하지만 역사는 냉엄하고 강한 것이었고, 그러한 압박을 서정 시인이 감당해내기에는 너무 폭압적인 것이었다. 허약한 서정적 자아를 누르고 올라선 것, 그것이 역사의 엄정함, 냉혹함이었다. 서정적인 것과 역사적인 것, 이 두 가지 요인이 합일하지 못하고 충돌할 때, 서정적 자아가 역사의 전면에서 패배하거나 사라지는 것은 이미 정해진 거나 마찬가지였다. 나약한 정신의 소유자였던 노천명이 그러한 억압으로부터 헤어나올 수 없는 것은 자명했다. 그래서 해방 공간에서 외쳤던 '하나의 조선'에 대한 시인의 가열찬

꿈도 공허한 메아리가 되어버린 것이 아닐까. 나약한 서정 시인이 감당
하기에 역사는 넘볼 수 없는 절대 성채였던 것이다.


## 6. 신서정으로서의 나르시즘의 개척–김춘수

김춘수는 1922년 경남 통영 태생이다. 그는 이 시기 다른 또래 시인들
에 비해 비교적 유복한 가정에서 태어났고, 그러한 것이 배경이 되어 외
국인 선교사를 만날 수 있는 기회를 가질 수 있는 행운을 갖기도 했다.
이는 시인의 시정신의 폭과 넓이를 제공해주는 기회가 되었다. 뿐만 아
니라 이런 넉넉한 일상은 주변의 공간을 꽤나 낭만적으로 보게끔 하는
성정을 만들어주기도 했다. 이러한 것들이 그의 초기 시를 만들어나가
게 한 원체험으로 기능하게 된다.

그는 유복한 가정을 배경으로 일본 유학도 하게 되어서 1940년대에
는 니혼대학 예술과에 진학하게 된다. 하지만 그는 일본에 대한 불경죄
로 잡혀서 학업을 제대로 마치지 못하고 귀국하는 처지가 된다. 그러한
까닭에 남들보다 잘 산다는 환경이 그에게는 크나큰 장점이 되지 못했
거니와 이런 환경적 요인의 특수성은 그렇지 못한 친구들에게는 미안
한 정서를 갖게끔 만들기도 했다. 그리고 일본에서의 감옥 체험은 그로
하여금 사회적인 것들에 대한 관심을 갖게 한 계기도 되었는데, 그 서정
적 표현이 1950년대의 절창 「부다페스트 소녀의 죽음」이다.

그의 문학 수업은 학창 시절이나 일본 유학 시절에 간간히 투고 형식
으로 이루어지긴 했지만, 문인으로서의 본격적인 길은 1946년에 조향,
김수돈 등과 함께 한 시 동인지 『낭만파』를 간행하면서부터이다. 이어

서 〈조선청년문학가협회〉 경남본부에서 발행한 『해방 1주년 기념 사화집』에 시 「애가(哀歌)」 등을 발표함으로써 본격적으로 문인의 길에 들어서게 된다. 그런 일련의 과정을 통해서 김춘수는 1948년 자비로 첫 시집 『구름과 장미』[24]를 출간하면서 신진작가의 반열에 오르게 된다. 이 시집의 서문은 유치환이 작성했는데 그는 여기서 김춘수 시의 특징을 "人類의 영원한 鄕愁와 憧憬의 所在를 찾는"[25] 과정의 것이라고 이해했다. 이른바 그리움과 낭만적 정서가 김춘수 시의 대표적 특징이라고 이해한 것이다.

이런 전기적 사실에서 알 수 있는 것처럼, 김춘수는 이 시기 신인 그룹에 속한 시인이었다. 그러니까 그는 일제 강점기의 친일 행위에 대한 부담에서 벗어날 수 있었고, 해방 직후에 첨예하게 제기되었던 자아비판이나 내성으로부터 한걸음 물러설 수 있었다. 이런 조건들은 그로하여금 자신의 문학관을 있는 그대로 펼칠 수 있는 기회를 제공했다.

김춘수는 이 시기부터 한국 전쟁기에 이르기까지 약 4-5년에 걸쳐서 여러권의 시집을 상재한다. 그 대표적 목록으로는 『구름과 薔薇』, 『늪』[26], 『旗』[27] 등 세 권이다. 비록 짧은 시간에 세 권의 시집을 펴내긴 했지만, 중복 수록된 작품들이 많아서 분량으로만 한정한다면, 한 권 정도의 시집이라고 해도 무방할 정도이다.

김춘수 시의 특징은 잘 알려진 대로 '무의미의 시' 혹은 '무의미의 시론'으로 알려져 있다. 이런 시적 특징이 잘 드러나기 시작한 것은 1950

---

24) 『구름과 장미』, 행문사, 1948.9.1.
25) 위의 책, 「序」.
26) 문예사, 1950.3.20.
27) 문예사, 1951.7.25.

년대 후반의 『꽃의 소묘』[28]에서부터이다. 김춘수 시의 보증수표라 할 수 있는 '무의미'란 표면적 뜻 그대로 '의미'가 없는 것, 혹은 대상이 없는 언어이다. 김춘수는 그런 자신의 시들이 이런 과정을 거쳐 탄생되었다고 한다. 그가 판단하기에 이미지란 크게 두 종류가 있는데 하나는 비유적 이미지이고 다른 하나는 서술적 이미지라고 한다. 그가 말하는 무의미의 시들은 후자인 서술적 이미지에 의해 만들어진 시이다[29]. 기존의 관념 등을 부정하고 본질에 육박해 들어가려는 욕망의 산물인 '무의미'는 초현실주의나 탈구조주의에서 말하는 기호연쇄와 비슷한 것이다[30]. 이는 소기를 찾지 못하고 계속 떠도는 기호의 미끄러짐, 시니피앙의 유희라 할 수 있는데, 이런 의장들은 아방가르드 예술에서 말하는 의미의 삭제 현상과 비슷한 경우이다. 그 의미의 초극 내지 사상(捨象)이 김춘수가 표방한 '무의미'의 본질이라 할 수 있다.

그러니까 『꽃의 소묘』 이전에 발표된 시들은 이런 무의미의 세계로 나아가기 위한 예비 단계로 규정할 수 있는데, 실제로 그러한 사유랄까 의식의 단초가 되는 것들은 이미 초기시부터 예비된 것이라는 점에서 관심을 환기한다. 김춘수는 해방 공간에서 신인의 위치에 있었기에 문단에서의 위치가 미미했거니와 이 현실에 대해서 강력히 발언하거나

---

28) 백자사, 1959.6.1.
29) 김춘수, 『김춘수 전집 2 시론』, 문장, 1984, p.365. 잘 알려진 것처럼, 김춘수는 이미지의 종류를 크게 두 가지로 분류한다. 서술적 이미지와 비유적 이미지가 바로 그것인데, 전자는 이미지 그 자체가 목적인 경우이고, 후자는 이미지가 관념의 도구 혹은 수단이 되는 것이 목적이다. 그렇기 때문에 전자는 순수하고, 후자는 불순하다고 한다.
30) 무의미시에 대한 자세한 논의는 다음과 같은 글을 참조할 수 있다. 오세영, 「무의미시의 정체」, 『20세기 한국시인론』, 월인 2005, pp.197-240. 와 최라영, 『김춘수 무의미 시 연구』, 새미, 2004.

혹은 시단을 이끌어나갈 만한 힘이 있었던 것은 아니다. 게다가 아직 분명한 시의식이 형성되기 이전인 까닭에 그의 작품 세계에서 어떤 분명한 주제의식이 포착되는 것도 아니었다. 다시 말하면 이 시기 김춘수의 시들은 신인이라는 특성과, 습작기로서의 단면들이 여과없이 투영된 시들의 묶음이었다고 할 수 있다. 그렇다면 이런 무채색의 특성을 갖고 있는 김춘수의 시들이 해방 공간의 현실에서 어떤 시사적 의의가 있는 것일까.

이 시기 김춘수 시의 특색은 무엇보다 현실 초월의 정서에서 찾을 수 있을 것이다. 정치 우위의 현실에서 벗어나고 있다는 점이야말로 예외적인 현상이 아닐 수 없는데, 그만큼 그의 시들은 해방 공간에서 순수시의 한 장을 열고 있었던 것이다. 그러한 단면은 『구름과 장미』라는 제목에서도 잘 드러나거니와 시집 속에 담긴 시편들 또한 이 범주에서 벗어나는 것이 아니었다. 그렇다면 김춘수는 이 시기 왜 이런 수준. 곧 순수의 차원을 애써 고집하고 있었던 것일까. 그 순수의 이면에 어떤 다른 고유한 뜻이 있었던 것은 아닐까.

그러나 이런 의문에도 불구하고 그의 순수시들이 해방 직후 벌어졌던 순수참여 논쟁에서 순수를 대표하는 범주 속에 놓여 있는 것은 아니다. 김춘수의 시들은 이런 논쟁에 귀속되는 순수라기보다는 오히려 근대의 제반 문제들과의 대항담론에서 형성된 것이라는 점에서 그 시사적 의의가 있는 것이었다. 1950년대 이후 김춘수의 시들이 나아간 방향을 염두에 두면, 그의 시들은 근대성의 범주 속에 편입되는 음역 속에서 길러지는 것들이었기 때문이다. 실상 제2차 세계 대전이나 그로 인한 좌우익의 이데올로기적 대립, 궁극적으로 남북의 분단도 근대의 부정적인 단면, 혹은 그 불온한 형상들이 만들어낸 것임을 감안하면, 김춘수의 반근대성은 그 선구성을 인정받아도 좋을 듯하다.

김춘수의 시세계를 근대성 속에 편입시켜 논의한 경우는 흔치 않다[31]. 그의 문학들에 대해서는 당대를 풍미한 실존주의의 자장 속에서 이해하기도 하고, 현실이 추상화된 관념 위주의 문학으로 탐구한 경우가 대부분이기 때문이다[32]. 그 연장선에서 무의미 시론이나 무의미 시의 본질에 대한 탐색이 이루어졌을 뿐이다. 그러나 이러한 연구들도 메타비평의 차원이 아니라 김춘수 자신의 논리에 따라 이리저리 끌려다니는 한계를 드러낸 것이 대부분이다. 그리하여 김춘수가 말한 무의미 시론이라는 방법적 의장을 곧바로 시에 대입시켜 그 성공여부를 점검해보거나 그것이 지향하는 세계를 김춘수 자신의 논리에 따라 추수적으로 맞춰보는 결과만을 반복 시행해 왔다.

근대성이 무엇이고 그 제반양상들이 어떻게 진행되는 것인가에 대해 어떤 단정적인 결론에 이르는 것은 쉬운 일이 아니다. 그것의 발생 토양이 저마다 다르고, 이 사유가 지향하는 정신사적 흐름 또한 다양한 갈래를 갖고 있기 때문이다. 이러한 혼돈은 세계관의 차이에서 오는 것일 수도 있고, 근대성의 본질에 접근하는 방법상의 차이에서 오는 것일 수도 있다. 문학의 경우도 마찬가지이다. 어쩌면 그러한 혼돈의 와중에서 문학이 더한층 선두에 서 있는 것인지도 모르겠다. 문학이야말로 세계관이 실험되는 각축장이고, 현실세계의 다양한 힘들이 반영되는 중심이기 때문이다. 한국 문학사에서 근대성이 무엇이고, 또 그 기원은 무엇이며, 그 계승과 흐름이 어떤 것이었는가에 대한 끊임없는 물음이 아직도 지

---

31) 남기혁, 『한국 현대시의 비판적 연구』, 월인, 2001, pp.145-180.
32) 김현, 「존재의 창구로서의 언어」, 『상상력과 인간』, 문학과 지성사, 1991.

속되고 있는 것은 이에 대한 반증이 아닐까 한다.

김춘수 시가 지향하는 것들에 의문을 던지고 그 해답을 얻고자 하는 의도도 여기서 시작된다. 특히 김춘수가 표방한 무의미의 세계가 근대성의 한 축이라 할 수 있는 초현실주의 세계와 분리되기 어려운 것이라면, 이 같은 회의나 의심은 더욱 깊어지지 않을 수 없다. '무의미'가 김춘수 시의 정신사적 정점이고, 그것이 근대성의 한 양상이라면, 이 '무의미'에 이르기까지 거쳐온 그의 기나긴 여정들은 근대성의 전략과 전연 무관한 것이 아니게 된다.

근대성의 전략이란 사유의 여행 구조에 있다. 인식의 파편화에서 시작된 정신의 행방이 궁극에 이르러서 어떤 모양새를 취하는가에 따라 그 목적지가 결정되는 까닭이다. 근대성이란 물화된 현실 속에 뿌리를 두고 있는, 긍정을 향해 나아가는 정신의 가열찬 반응이다. 정신이 격해지는 것은 그 토대와의 동일성이 사상되었음을 의미한다. 근대를 영원성의 상실로 설명하거나 총체성의 상실로 보는 것은 이 때문이다.

> 왜 저것들은 소리가 없는가
> 집이며 나무며 산이며 바다며
> 왜 저것들은
> 죄 지은 듯 소리가 없는가
> 바람이 죽고
> 물소리가 가고
> 별이 못박힌 뒤에는
> 나뿐이다 어디를 봐도
> 광대무변한 이 천지간에 숨쉬는 것은

　　나 혼자 뿐이다

　　나는 목 메인 듯

　　누를 불러볼 수도 없다

　　부르면 눈물이

　　작은 호수만큼은 쏟아질 것만 같다

　　--이 시간

　　집과 나무와 산과 바다와 나는

　　왜 이렇게도 약하고 가난한가

　　밤이여

　　나보다도 외로운 눈을 가진 밤이여

　　　　　　　　　　-「밤의 시」 전문

"나 혼자 뿐이다"라는 직정적 발언으로 씌어진 이 작품은 평범한 서정시에 불과할 수 있다. 특히 복잡다단한 사유구조나 형식적 의장을 문제 삼지 않을 경우에 이런 혐의는 더욱 짙어진다. 그러나 이 작품이 근대성의 사유 속에 편입된 것임을 알게 되면 그 의미의 진폭은 크게 달라진다. 비교적 초기에 씌어진 김춘수의 인용시는 외로움이나 고독과 같은 인류 보편의 감수성을 초월하는 데 그 특징적 단면이 드러나 있다.

우선 작품의 표면에 드러나 있는 것처럼 시적 자아는 자신을 둘러싸고 있는 서정적 환경으로부터 철저히 고립된다. "집이며 나무며 산이며 바다며"로 표상된 자연의 질서와 나의 세계는 근원적으로 분리되어 있는 것이다. 인간의 근원적 향수를 불러일으키게 만든 이러한 단절은 실상 존재론적인 것에서 촉발된 것이 아니다. 자연으로부터 떨어져 나온 자율적 주체가 겪는 근본적 비극에서 기원하는 것이기 때문이다.

이런 고립감은 모더니즘의 자기 고립주의와는 거리가 있는 것이다. 해방 공간에 선보인 김춘수의 시들은 이데올로기로부터도 비교적 멀리 떨어져 있었다. 그 거리감이 만들어낸 것이 이 시기 김춘수의 시적 의장이었는데, 이런 면들은 청록파 시인들과 함께 이 시기만의 고유한 순수 세계를 구축한 것으로 이해된다. 그럼에도 그의 시들은 자연을 묘사하거나 그러한 묘사로부터 서정의 깊이를 쌓아가는 정서의 층을 만들어내지는 않았다. 그보다는 그는 새로운 방식으로 당대를 읽어내고자 노력했는바, 그것이 바로 고립자 의식이나 나르시시즘 혹은 허무의 정서 같은 것들이었다. 뿐만 아니라 그는 이 시기 기독교적인 원죄를 체험하기도 하고, 그로부터 벗어날 수 있는 대안, 곧 비욕망과 사유에 대한 그리움의 정서도 표명한 바 있다. 이런 것들은 당대의 형이상학과 결부시킨다면, 근대성과 분리되기 어려운 것이라 할 수 있다. 또한 이런 단면들은 이 시기 그만의 고유한 단면이라는 점에서 의미가 있는 것이기도 하다.

그리고 사유를 근대와 결부시켰다는 것만으로도 김춘수의 시들은 해방 공간의 시단에서 첫 자리에 놓이는 시인이라고 할 수 있을 것이다. 그의 그러한 작업들은 무의미의 시를 거쳐 완성되는데, 그 의의는 언어 속에 축적된 부정성들을 어떻게 몰아내는가에 주어졌다고 할 수 있다. 이런 시야야말로 근대를 응시하는 새로운 방식이거니와 이후 시사에서 순수시의 한 축을 잇게 한 원형질 같은 것이었다. 사회를 초월할 듯 하면서도 그러하지 못한 것, 그리고 그 끝없는 길항관계 속에서 순수가 어떻게 피어날 수 있는지를 모범적으로 제시했다는 점에서 해방 직후 그의 초기시들이 갖는 의의가 있다고 하겠다.

# 제6장
# 모더니스트들의 변모

우리 시사에서 모더니스트들의 행보는 문제적이다. 그것은 두 가지 점에서 그러한데, 하나는 근대 사회를 이해하는 독특한 방식이었다는 점에서이고, 다른 하나는 그들이 지향하는 귀결점이 그 상대적인 자리에 놓인 리얼리즘으로 대부분 전화되었다는 데에서 찾아진다. 모더니즘은 우리 문단에서 비교적 이른 시기에 등장한 사조이다. 그 첫 번째 모습은 잘 알려진 대로 다다와 초현실주의였다. 물론 이들 사유가 갖는 정신사적 구조까지 전부 수용된 것은 아니지만, 형식적으로 파격화된 시의 모습들은 우리 문단을 새롭고 참신하게 만든 계기가 되었다. 이를 처음 소개한 시인들이 임화를 비롯해서 고한승[1] 등이다. 초기 이들이 발표한 작품이나 평론 등은 시의 봉건성을 초월한, 근대시의 한 장을 여는 의장이었다는 긍정적 평가를 받은 것이 대부분이었다.

---

[1] 고한승은 1902년 개성에서 출생하여 연극에 주로 관심을 보였으나 초창기에는 다다이즘에 경도되어 이에 기반한 평론을 몇 편 발표한 바 있다. 「따따이즘」(『개벽』, 1924, 9)과 「DADA」(《동아일보》, 1924.11.17.)가 그러하다.

그리고 두 번째는 이들 사조가 지향했던 정신사적 구조에서 그 의미를 찾을 수 있을 것이다. 잘 알려진 것처럼, 이들의 사유 저변에 깔린 의식이 근대성과 분리할 수 없는 것인데, 근대성이란 현실에 대해 스스로 조율해 나가는 자율적 인간형에 그 초점이 맞춰지는 것이었다. 다시 말하면, 근대 이전 영원성에 갇혀 있던 인간이 그 감각을 잃어버린 이후, 다시 그 영원성을 찾아갈 수밖에 없는 숙명, 그 도정에 서있는 자들이 바로 자율적 인간형의 본 모습이었거니와 또 근대인의 슬픈 운명이기도 했다. 그래서 모더니스트들의 사유에 항상 모색이라는 수식어가 붙을 수밖에 없었는데, 이들은 그 도정에서 파편화된 자의식을 완결시킬 수 있는 수단 등을 끊임없이 찾아나서는 행위를 시도했다.

이런 감각은 근대화라든가 자본주의가 어느 정도 성숙한 시점에서 형성되는 것이었다. 하지만 한국의 근대는 모더니즘 일반이 추구해나가야만 했던 사회구성체가 제대로 갖추어지지 못한 현실에서 비롯되었다. 한국의 근대사는 식민지 지배체제하에서 왜곡된 것이었고, 그러한 까닭에 모더니스트들의 모색이란 완결된 의식을 위한 방향보다는 사회적인 요인들에 보다 더 좌우되고 편중될 수밖에 없는 형편에 놓여 있었다. 이것은 우리 근대사가 갖고 있었던 어쩔 수 없는 숙명과도 같은 것이었는데, 모더니스트들은 어떻든 관념적이긴 하지만 긍정적 현실이나 유토피아에 대한 끊임없는 그리움의 정서를 표백하고 있었다. 물론 그 이면에 자리한 것은 현실추수적인 것이 보다 강력하게 작용할 수밖에 없었고, 따라서 긍정적 현실에 대한 발견이나 인식의 통일과정이 있을 수 있다면, 이들은 거침없이 그것에 육박해 들어갈 수 있는 마음의 적극적인 자세를 표명하고 있었다.

해방은 민족적인 관점에서 보면, 억압으로부터 벗어남이자 모더니스트들에게는 새로운 자의식을 갖게끔 하는 좋은 계기가 되었다. 다시 말하면, 자아 내부에서 치열하게 모색했던 현실이 비로소 개화되는 국면을 맞이할 수 있었던 것이다. 이제 관념적으로만 가능했던 현실이 아니라 눈에 보이는 현실이라는 실질적 기반이 마련된 것이다. 그러니 모더니스트들이 그 나름의 방향성을 갖고 새로운 현실에 곧바로 적응할 수 있는 계기를 가질 수 있었던 것이다. 물론 이렇게 말하면, 모더니스트들을 지나치게 상황 논리로 가두어버리게 되어 기회주의적 속성을 가진 자들로 인식할 수도 있을 것이다. 하지만 해방이 되었다고 해서 이들이 곧바로 이 현실에 긍정적 포오즈를 취한 것은 아니다. 그 이전부터 그러한 계기를 전취하기 위한 그들만의 고유한 행보가 있어 온 까닭이다. 그러한 단면들은 이미 해방 이전에 활발하게 활동했던 작가들을 통해서 알 수 있는 대목이다. 비록 이른 시기에 타계하긴 했지만, 이상은 성천을 자신의 모성적 공간으로 인식한 바 있고[2], 정지용 역시 '백록담'의 체험을 통해서 통합의 정서를 이루어낸 바 있기 때문이다. 뿐만 아니라 이 시기 대표적인 모더니스트였던 오장환의 경우도 건강한 의미로서의 고향을 발견함으로써 파편화된 인식에 대한 완결을 달성한 바 있다. 여기에 한때 모더니스트였던 임화의 경우도 예외가 아니다. 잘 알려진 대로 그의 문학적 출발은 모더니즘의 한 갈래인 다다이즘이었지만 이후 그는 이를 기반으로 리얼리스트로 완전히 변신을 한 바 있기 때문이다.

임화를 제외하고는 여러 모더니스트들의 궁극적 행보가 자연으로 회귀되었는데, 아마도 이는 다음과 같은 이유 때문이었을 것이다. 서구처

---

2) 김윤정, 「이상의 성천 체험의 내적 의미」, 『이상 문학 연구의 새로운 지평』(신범순편), 역락, 2006, pp.417-436

럼 유토피아에 대한 역사적 사실이 일천한 동양적 현실에서 기독교적인 에덴동산이나 중세의 천년 왕국과 비견할 만한 역사적 전통을 찾아내는 것이 어려웠다는 사실이다. 이는 나라마다 갖고 있는 유토피아 사상이 다른 것에 그 이유가 있을 것인데, 가령 중국의 경우는 '무릉도원'이, 우리의 경우는 '청산' 정도가 있었을 뿐이다. 하지만 이런 공간들은 모두 역사와는 거리가 있는 것들이라는 점에서 관념적 한계를 피할 수 있는 것이 아니었다. 물론 서구에서 흔히 말하는 역사적 유토피아가 우리 시사에서도 완전히 불가능할 정도로 없던 것은 아니다. 가령, 서정주의 경우가 그러한데, 그는 한국의 역사적 유토피아를 신라라는 역사적 공간에서 찾고 있었기 때문이다. 하지만 이는 어디까지나 서정주 개인의 취향이나 주관성이 만들어낸 것일 뿐 모두의 동의에 의해 만들어진 역사적 유토피아는 아니었다는 한계가 있다.

이런 역사적 한계 때문에 그 대안으로 제시된 것이 자연이라는 전일성 혹은 영원성이다. 실상 성서의 에덴동산도 그 근본 배경이 자연이라는 점에서 우리 시사에서 제시되는 자연과 분명 유사한 점이 있는 것이라 할 수 있다. 중세의 영원성을 대신할 그 무엇이라든가 근대의 파편적 체험을 완결시킬 수 있는 적절한 대항담론만 만들어내면 그뿐이기에 이런 유사성은 얼마든지 가능한 것이 아닐까 한다. 따라서 자연이 주는 영원의 형이상학적 의미, 그 절대적 가치인 섭리나 이법만으로도 영원의 감각은 충분히 확보될 수 있는 것이다. 그 연장선에서 만들어진 것이 사회적 유토피아일 수 있고, 해방 공간에서 부분적으로 제시되었던 인민민주주의가 아니었을까 한다. 일단 해방은 그러한 공간을 적절히 제시해 준 시험 무대였다. 그러니 대부분의 모더니스트들이 이에 긍정적 반응을 보이고 그 세계로 쉽게 동화된 것처럼 보인다. 이른바 모더니스

트들의 리얼리스트로의 변신이라는 세계사적 과제가 해방공간의 현실
에서 비로소 실현되고 있었던 것이다[3].

## 1. 민족주의자로서의 변모-정지용

해방 공간에서 펼쳐지는 저간의 사정을 고려할 때, 가장 의미있는 행
보를 보인 작가 중의 하나는 아마도 정지용일 것이다. 그는 해방 이전
훌륭한 모더니스트이자 민족애를 구현한 시인이었다. 그가 이 시기에
보여준 행보는 거의 미스테리에 가까운 것이었는데 어떻든 이때 정지
용은 주로 좌익 단체에서 활동한다. 이 시기 처음 결성되었던, 임화 중심
의 〈조선문학건설본부〉에서 그는 시부 위원을 맡았거니와 이후 이 조직
이 확대 개편한 〈조선문학가동맹〉에서도 비슷한 역할을 맡았다. 반면,
그는 우익 성향의 단체에서는 거의 활동하지 않은 것으로 되어 있다. 그
의 이러한 경력들은 그로 하여금 좌익에 가담했다는 혐의로 보도연맹[4]
에 편입되는 계기가 되었다.

이런 행보와 함께 정지용은 해방 공간에서 자신의 주된 활동 분야였

---

3) 실상, 이러한 과정은 시인들에게만 유효한 것이라고는 할 수 없을 것이다. 이 시기 대
표적인 모더니스트 소설가들인, 박태원이나 최명익, 허준 등의 사례를 보면 금방 이해
할 수 있다. 특히 『천변풍경』으로 파편적 자의식을 잘 드러낸 박태원이 북쪽에서 대표
적 리얼리즘 소설이자 역사소설인 『갑오농민전쟁』의 작가로 거듭 태어난 것은 그 시
사하는 바가 크다고 하겠다.

4) 보도연맹은 1949년 6월 5일 좌파에 가담했던 사람들, 그리고 이로부터 전향한 사람들
을 중심으로 구성되었다. 그러나 실제적으로는 이승만 정권이 사상을 통제하기 위해
만들었다는 것이 정설이다. 그리고 이 연맹에 명단이 제출됨으로써 한국 전쟁 때 좌
익 분자의 색출과 처형을 위한 자료로 악용되는 폐단을 낳았다.

던 시작 활동을 거의 하지 않은 것으로 알려져 있다. 해방 직후 발표된 「애국의 노래」, 「그대들 돌아오시니」, 「곡마단」 등 그가 이 시기에 쓴 작품들은 거의 손에 꼽을 정도로 소략하다. 게다가 50년대 초에는 서정시가 아니라 「늙은 범」, 「네몸매」, 「꽃분」, 「산달」, 「나비」[5] 등 시조 형식의 정형시를 발표하는 이색적인 행보를 보이기도 했다. 이와 더불어 그는 40년대 말부터 50년초까지는 서정시 대신 주로 국토 기행문을 썼다. 문필 활동은 비교적 활발히 전개한 편이지만, 시인으로서의 역할은 매우 제한되어 있었던 것이 이 시기 그의 활동상이었다. 시에 대한 이런 과작의 행위들은 일제 강점기 이후부터 시를 써온 시인치고는 매우 예외적인 현상이 아닐 수 없었다. 해방이 되었다고 해서 이전과 달리 시작 활동에 소홀한 시인은 거의 없는 까닭이다.

정지용의 이같은 행보와 관련하여 주목해서 보아야 할 부분이 그의 애국주의 사상이다. 뿐만 아니라 백범 김구와의 관련성도 깊이 고려되어야 할 필요가 있어 보인다. 다시 말하면 백범과 연대되는 사상적 관련성인데, 물론 정지용이 김구가 조직한 단체나 정당에 가입했다는 뚜렷한 증거는 없다. 뿐만 아니라 그와 관련된 문학 활동을 함께 한 흔적역시 뚜렷이 나타나 있지는 않다. 그럼에도 불구하고 김구와 정지용의사상적 끈이 전혀 없는, 무관한 관계는 아니었다는 점에 주목할 필요가있다. 그들의 끈끈한 관계를 살펴볼 수 있는 근거들이 산재해 있는 까닭이다.

정지용이 펼쳐 보인 향토애 혹은 조국애는 이 시기 다른 시인들과 비교할 때 남다른 것이었다. 그의 대표작 「향수」가 고향에 대한 애틋한 그

---

5) 『문예』, 1950. 6.

리움으로 쓰여졌거니와 민족 모순의 현실을 감안하면 그가 묘사한 고향의 정서가 단순히 생물학적인 그것에 한정되지 않음은 당연한 것이라 할 수 있다. 그는 작품이 발표되기 이전부터 이를 가슴에 품고 다니고 있었고, 고향이 생각날 때마다 꺼내서 읽었다고 전해진다[6]. 그런데 그의 이런 감각은 항상성을 갖고 있는 것이어서 해방 직후에도 그대로 유지된다. 그가 해방 직후에 쓴 몇 편 안되는 시들, 가령「그대들 돌아오시니」 등에서 이런 정서를 확인할 수 있기 때문이다. 이 시가 담고 있는 것은 해방을 맞이하여 돌아오는 독립유공자들의 귀환을 그린 시이다. 그러니까 민족주의적인 감각과 분리하기 어려운 것이라 할 수 있는데, 이런 일련의 행보를 보게 되면, 해방 공간에서 정지용의 사상적 거점은 계급에 기반한 〈문학가동맹〉이나 순수의 포장으로 가려진 〈전조선문필가협회〉와 사상적 동일성을 갖는 것은 아니라고 할 수 있다. 이는 이 조직을 초월한 곳에 그의 정서가 놓여져 있다는 것을 말해준다. 그것은 곧 민족이라는 거대 담론 속에서 그의 자의식이 움직이고 있었음을 말해주는 근거가 된다고 하겠다. 그가 김구의 정치 노선에 관심을 갖게 된 계기도 여기서 찾아야 할 것으로 보인다.

새로운 나라 만들기에 있어서 친일분자와 민족반역자에 대한 배제는

---

6) 그러한 일화를 보여 주는 것이 경도에서 3년을 보낸 김환태의 회고이다. "입학한 지 얼마 되지 않아 재학생들이 신입생 환영회를 열어 주어, 그 자리에서 처음 시인 정지용 씨를 만났다. 나는 그의 시를 읽고 키가 유달리 후리후리 크고 코끝이 송곳같이 날카로운 그런 사람으로 상상하고 있었는데, 키는 5척 3촌밖에 되지 않았고 이빨만이 남보다 길었다. 그날 그는 동요「띠」와「홍시」를 읊었다. 그 후 어떤 칠흑과 같이 깜깜한 그믐날 그는 나를 상국사(相國寺) 뒤 끝 묘지로 데리고 가서 가사「향수」를 읊어 주었다"(김환태,「경도의 3년」,『김환태전집』, 문학사상사, 1988, p.320). 여기서 알 수 있듯이 정지용에게 있어서 고향이라든가 조국에 대한 사랑은 거의 생리적인 차원의 것이었다.

백범의 일관된 정치노선이자 주장이었다. 그리고 이 방향은 좌익의 그
것과도 동일했다. 이념을 배제하게 되면 김구와 남로당의 노선이 어느
정도 겹쳐지는 부분도 여기에 있었다. 〈문학가동맹〉의 구성원이었던 정
지용은 이 단체의 행보와 동일하게 나아가지 않은 것은 분명해 보인다.
그가 이 단체에 적극적으로 활동한 흔적도 없거니와 이 조직이 추구하
는 것들에 대해 작품 활동으로 표명한 흔적이 거의 나타나지 않은 까닭
이다. 반면, 백범의 노선과는 어느 정도 공유되고 있었다. 백범과 정지
용의 사상적 공유는 다음 글에서 그 실마리를 찾을 수 있다.

> 백범옹이 〈좌익모략〉에 떨어졌다는 둥, 혹은 백범옹이 이북에서 생명
> 이 보장 못되어 불귀객이 된다는 둥 실로 가소 가증스러운 악선전이다.
> 전쟁사상 최대 처참한 蘇獨戰 폭발 당시에도 양국 외교사절이 살해되
> 었다는 流言을 들은 일이 없거니와, 단말마적 일제 침략전에서도 연합군
> 측 철거 외교관들이 역시 귀환선 귀빈선실에 유유연히 나타났던 것은 뉴
> 스 영화로 보았을 뿐이다.
> 민족의 大使節 백범옹이 이북 동족에게 대환호될 것을 알기에 무엇이
> 인색히 굴 조건이 있는 것이냐?
> 이북 동포가 금수가 아닐 바에야 백범옹을 살해하여 막대한 불리를 自
> 取하여 또한 이를 세계 이목에 제공할 조건이 백범옹 자신에게도 없는
> 것이다.[7]

백범이 분단을 막기 위해 평양을 방문한 것은 잘 알려진 일인데, 인용
부분은 그러한 상황을 담은 정지용의 글이다. 백범은 남한만의 단정수

---

7) 위의 글, pp.386-387.

립을 반대했는데, 정치적 입장이나 견해 차이를 떠나서 평생 민족주의 노선을 견지했던 백범이 조선반도에서 어느 한쪽만의 정부가 수립되는 것은 수용하기 어려운 부분이었다. 그런데 백범의 이런 판단을 가장 반대했던 단체는 같은 우익진영이었던 〈독립촉성회〉였다. 이승만이 이끌었던 이 단체는 친일분자를 비롯한 민족반역자들을 수용하자는 입장이었기 때문이다. 과거의 불온한 친일 전력을 가졌던 자들이 자신들의 배제를 기본 방침으로 정한 좌익이나 백범의 노선을 달갑게 생각할 리가 없었다. 이런 면은 평양의 노선과도 부합하는 것이었는데, 북쪽의 노선도 친일분자나 민족반역자는 새로운 국가 건설, 민족 문학 건설에 있어서 절대적으로 배제하는 것이었기 때문이다. 그렇기에 친일분자를 비롯한 반민족주의 노선을 걸었던 집단에서는 백범의 평양행을 완강하게 반대할 수밖에 없었다. 어쩌면 그들에게 남북 연합에 의한 통일이야말로 그들의 패퇴, 궁극에는 죽음을 의미하는 것이었기 때문이다.

〈문학가동맹〉의 일원이었던 정지용의 사상도 여기서 예외일 수는 없었다. 반민족주의적인 논리를 받아들일 수 없었는데, 일제 강점기 이후 평생을 간직하고 있었던 그의 민족주의 사상과 반민족적인 것들은 동일한 층위에서 겹쳐질 수 있는 것이 아니었기 때문이다. 백범에 대한 정지용의 열렬한 옹호도 민족주의에 대한 강렬한 열망 때문에 가능한 것이었다. 하지만 해방공간의 역사는 정지용의 기대대로 흘러가지 못했다.

남쪽에서 권력을 손에 넣은 자들은 남북 통일이나 연합, 혹은 그 정도까지는 아니더라도 줄기차게 친일파의 척결을 외쳐댄 백범을 그냥 놓아둘 순 없었다. 이승만과 친일파들의 강고해진 권력은 순결한 민족주의자였던 백범을 용인할 수 없었거니와 그 존재 자체만으로도 위협의 대상이 되기에 충분한 것이었다. 이런 막다른 상황들이 합쳐져서 백범은 제거되기에 이른다. 그의 죽음은 해방공간에 자행된 암살정국의 백미를 장식하는 사건이 되었다. 백범은 자신의 거처였던 경교장에서 1949년 6월 29일 현역 육군 소위 안두희의 테러를 받고 숨을 거둔다. 이때 백범의 나이 74세였다. 일평생 동안 그의 목숨을 노린 것은 일제였지만 그를 실제로 죽인 것은 동포였다[8]. 백범이 민족의 원수가 아니라 동족의 흉탄에 쓰러졌다는 것이야말로 그에게 있어서나 민족에 있어서나 최대의 아이러니이자 수치가 아닐 수 없었다. 70평생을 조국과 민족을 위해 불철주야 노심초사했던 그였기에 그의 죽음은 조선 동포에게 가없는 비극과 슬픔으로 다가왔다.

> 어허 여기 발구르며 우는 소리
> 지금 저기 아우성치며 우는 소리
> 하늘도 울고 땅도 울고
> 이 겨레 이 강산이 미친 듯 우는 소리
> 임이여 듣습니까 임이여 듣습니까
>
> 이 겨레 나갈 길이 어지럽고 아득해도
> 님이 계시기로 든든한 양 믿었더니
> 두 쪼각 갈린 땅을 이대로 버려 두고
> 千古恨 품으신 채
> 어디로 가십니까 어디로 가십니까

---

8) 백범의 제거는 안두희의 단독 범행이라기보다는 이승만을 필두로 해서 모든 친일파들이 결탁해서 저지른 범죄라는 것이 학계의 정설이다.

떠돌아 칠십년을 비바람도 세옵더니

돌아와 마지막에 광풍으로 지시다니

열매를 맺으려고 지는 꽃 어이리까

뿜으신 피의 값이

헛되지 않으리다. 헛되지 않으리다.


三千萬 울음 속에 임의 몸 메고가오

편안히 가옵소서 돌아가 쉬옵소서

뼈저린 아픔 설음 부여안고

끼치신 임의 뜻을

우리 손으로 이루리다. 우리 손으로 이루리다.[9]


백범의 죽음은 한 민족주의자의 죽음에서 그치는 것이 아니었다. 그것은 정지용에게도 마찬가지였는데, 어찌 보면 여타의 문인들보다 그에게 더욱더 큰 충격으로 다가왔을 것이다. 그것은 남로당이나 이승만 중심의 친일 세력을 대신할 수 있는 유일한, 혹은 건강한 모델이라는 점에서 이 노선을 지지하던 세력들에게도 정서적 충격을 주었기 때문이다. 해방 직후 자신의 주된 영역이었던 시를 포기하고 산문의 영역 속에서 민족 문학의 방향을 모색하던 정지용은 더 이상 자신의 이념을 밀고나갈 힘도 잃었고, 의욕 또한 상실해버린 상태가 되었다. 따라서 그에게 남

---

9) 이은상, 「조시」, 《서울신문》, 1949.7.1. 잘 알려진 대로 이은상은 친일 부역으로부터 자유로운 시인이 아니다. 그런데 친일 경력으로부터 자유롭지 않은 시인이 이런 애통한 시를 썼다는 것부터가 아이러니한 상황이 아닐 수 없다. 하지만 존경받는 독립운동가의 죽음을 두고 이만한 정도의 조시는 써야 최소한도의 인간적인 도리가 아닐까 한다.

겨진 것, 곧 그가 선택할 수 있었던 것은 아마도 다음 두 가지가 아니었
나 판단된다. 외적 아우라의 억압에서 오는 좌절로 말미암아 비관적 인
식에 빠지거나 아니면 그 좌절의 정서를 강력하게 외적으로 발산하는
일뿐이었다. 이 시기 쓰여진 그의 서정시 가운데 전자를 대변하는 것이
「曲馬團」이다.

疎開터
눈 위에도
춥지 않은 바람

클라리오넬이 울고
북이 울고
천막이 후두둑거리고
旗가 날고
야릇이도 설고 흥청스러운 밤

말이 달리다
불테를 뚫고 넘고
말 위에
기집아이 뒤집고

물개
나팔 불고

그네 뛰는 게 아니라

까아만 공중 눈부신 땅재주!

甘藍 포기처럼 싱싱한
기집아이의 다리를 보았다

力技選手 팔장낀 채
외발 自轉車 타고

脫衣室에서 애기가 울었다
草綠 리본 斷髮머리 째리가 드나들었다

원숭이
담배에 성냥을 켜고
방한모 밑 외투 안에서
나는 四十年前 凄涼한 아이가 되어

내 열 살보담
어른인
열여섯 살 난 딸 옆에 섰다
열 길 솟대가 기집아이 발바닥 위에 돈다
솟대 꼭두에 사내아이가 거꾸로 섰다
거꾸로 선 아이 발 위에 접시가 돈다
솟대가 주춤한다
접시가 뛴다 아슬아슬

클라리오넷이 울고
북이 울고

가죽 잠바 입은 團長이
이욧! 이욧! 激勵한다

防寒帽 밑 外套 안에서
危殆 千萬 나의 마흔아홉 해가
접시 따라 돈다 나는 拍手한다.
　　　　　　－「曲馬團」 전문

　　이 작품이 실린 시기는 1950년 2월경이다[10]. 이 시기는 백범은 암살된 이후이고, 또 남북간의 단정 수립으로 인한 분단이 본격적으로 시작된 때이다. 잠재된 상태이긴 하지만 해방정국의 혼란상이 어느 정도 끝난 뒤의 일이라고 보아야 한다. 그러니까 모든 가능성이라든가 특정한 상황이 종료된 후에 쓰여진 작품인 셈이다. 문제는 이 작품 속에서 그러한 종결들이 가져오는 어떤 안도감이나 해방감이 느껴지지 않는다는 사실이다. 어쩌면 이 시는 해방 이후 몇 편 되지 않은 정지용의 작품 가운데, 시대적 의미가 가장 잘 드러난 것인지도 모르겠다.

　　우선, 이 작품의 배경은 곡마단이 펼쳐지는 서커스의 무대이다. '소개터 눈위에' 세워진 가설무대에서 "클라리오넬이 울고 북이 울고 천막이 후두둑 거리며 날리면" "말이 불테를 넘고 기집아이가 뒤집고 물개가 나팔 불고" "외발 자전거도 타고 원숭이가 담배에 성냥을 켜"는 등 온갖

10) 『문예』, 1950.2.

묘기, 재주 등이 벌어지는 공간인 것이다. 곡마단은 그 존재 자체만으로도 축제와 같은 것이고, 따라서 보는 주체들에게 즐거움을 제공해준다. 그러나 정지용에게 그것은 환희라든가 축제와 같은 감각으로 다가오지 않는다. 곡마단의 묘기를 응시하는 서정적 자아는 "四十年前 凄凉한 아이가 되어//내 열 살보담/어른인/열여섯 살 난 딸 옆에 서" 있을 뿐이다. 그 스스로를 처량한 아이로 비유하고 있는데, 그런 고립자 의식은 마지막에 이르면 지극히 불안한 것으로 심화 확대된다. 접시를 돌리는 아슬아슬한 장면이 나올 때마다 마음을 조이면서 박수를 치긴 하지만, 서정적 자아는 오히려 위험천만하게 돌아가는 접시와 같은 것으로 자신의 삶을 비유하고 있기 때문이다. 해방정국에 펼쳐진 혼란스럽고 위험스러웠던 상황 속에서 자신이 겪었던 삶을 아슬아슬한 곡예로 은유하고 있는 것이다.

자신의 삶을 곡마단의 연기자처럼 아슬아슬한 것으로 인식한 정지용은 전쟁 직전에 남쪽 지방으로 국토 순례를 떠난다. 그가 국토 순례를 떠난 것은 민족주의를 떠나서는 설명하기 어려운 것이었는데, 이데올로기에 의해 분단된 나라, 그리하여 통일되지 않은 나라란 정지용의 머릿속에서 상상할 수 없는 정신적 혼돈을 가져왔을 개연성이 크다고 할 수 있다. 그는 정치가가 아니었고, 군인도 아니었다. 그는 다만 힘없는 시인에 불과했다. 시인이 할 수 있는 일이란 무엇이었겠는가. 민족주의자로서 그가 할 수 있는 일이란 국토에 대한 사랑을 말로 그리는 일뿐이었다. 그런 그가 마지막 의욕을 갖고 떠난 것이 국토 순례였던 것이다. 순례라는 것이 애정이 없으면 불가능하거니와 그것이 민족적인 특성을 고양시킬 수 있는 역사성과 결합될 수 있다면, 더욱 성공적이 될 수 있을 것이다.

승승장구 진주성을 둘러싸고 호기헌앙한 왜장 게야무라는 절세미인 논개를 거느리고 촉석루에서 취했다. 촉석루 아래 푸른 수심에 솟은 반석 위에서 논개에게 안기어 춤을 추었다. 논개의 아름다운 열 손가락에 열 개 옥가락지가 끼어 있었다. 음아 질타에 천인이 쏟아질 만한 무장이 일개 미기 논개의 팔 안에 들었다. 열개 손가락에 열 개 옥가락지가 적장의 목을 고랑 잠그덧 잠겄지, 반석 위에서 남강수심으로 떨어졌다.[11]

전쟁 직전에 이루어진 정지용의 남도 기행지는 통영을 거친 뒤 이루어진 진주였다. 진주란 어떤 장소인가. 임진왜란의 처절한 전투가 벌어진 곳이고, 그 도정에서 구국이라는 민족주의가 만들어진 성지와 같은 공간이다. 정지용이 여기서 본 것도 통영에서와 마찬가지로 구국의 영웅에 관한 전설이었다. 정지용은 비천한 기생의 신분이지만, 조국을 위해서라면 자신의 몸도 초개와 같이 던진 논개의 충정을 통해서 이 시대가 주는 시대의 함의를 읽어내고 있었던 것이다.

이렇듯 정지용의 글쓰기는 이 시기 철저히 민족주의적인 것에 바탕을 두고 있었다. 이땅에서의 마지막 글쓰기조차 그는 민족주의적인 것들에 대해 주목하고 있었던 것이다. 그의 문학적 출발이 「향수」에서 보듯 고향애와 향토애에서 출발했고 그 마지막이 이렇듯 조국애로 종결되었다. 고향이나 향토에 대한 사랑이 조국애와 다른 것이 아니고 하나라는 점에서 그의 민족주의를 읽어낼 수 있는 대목이다.

조국에 대한 사랑과 더불어 그의 작품 세계에서 또 한 가지 주목해야 할 것이 있다. 바로 말년에 창작한 시조 형식이었다. 시조는 성리학의 이

---

11) 정지용, 「진주1」, 『정지용전집』2, 민음사, 1990, p. 141.

넘이 형성되면서 우리 고전 시가의 대표적인 양식 가운데 하나로 자리 잡았다. 하지만 유교의 지배적 원리가 사라진 이후에도 시조 형식은 여전히 살아남아 시사에서 많은 영향력을 행사하고 있다. 이런 예외성과 함께 정지용은 1949년말부터 1950년 전쟁 직전까지 기행 산문과 더불어 시조 창작에 매달렸다. 「四四調五首」가 바로 그렇다.

내가 인제
나븨 같이
죽겠기로
나븨 같이
날라 왔다
검정 비단
네 옷 가에
앉았다가
窓 훤 하니
날라 간다
　－「나비」 전문

시조는 정형률을 근간으로 하는데, 이는 근대시의 자유율과는 상대적인 자리에 놓이는 것이다. 그러니까 정지용이 정형시를 썼다는 것은 두 가지 측면에서 그 의미가 있다. 하나는 근대에 대한 부정이다. 자유시 양식의 포기란 근대의 포기를 의미했다. 근대가 끝나는 자리에서 솟아오른 것이 그에게는 이렇듯 시조 양식이었던 것이다. 그리고 다른 하나는 집단주의로 되돌아가고자 하는 자의식의 표현이다. 정형률은 집단의 이

넘을 드러내는 형식이다. 여기서 집단의 이념이란 곧 조선적인 것이다. 그래서 그러한 전환은 다른 한편으로는 애국주의의 또다른 발로로 이 해될 수 있는 부분이다.[12] 이렇듯 정지용은 김구에 대한 지지를 통해서, 국토 기행 산문을 통해서, 시조를 통해서 조선에 대한, 민족에 대한 사랑을 여과없이 드러내고 있었다.

정지용은 전쟁과 더불어 행방이 묘연해진다. 그의 행적에 대해서는 여러 가설이 제기되었다. 그 대표적인 것들로는 다음과 같은 것들이 있다. 맨 처음에 제기된 행방불명의 근거는 가족의 증언이다. 그들에 의하면, 그는 전쟁이 나고 곧바로 아는 사람들을 따라 나갔는데, 그 이후 행방이 묘연해졌다는 것이다[13]. 둘째는 월북하다 폭격에 의해 사망했다는 설이고, 셋째 역시 평양 근처에서 폭격에 의해 사망했다는 설이다. 그리고 비교적 최근에는 거제도 포로수용소에서 사망했다는 설이 제기되고 있다. 이런 여러 가지 설을 종합해 보면 그는 적어도 자의적으로 북을 선택했다는 결론이 나온다. 북의 백과사전에 의하면 그의 사망일은 1950년 9월 25일로 되어 있고 우리 시사에서도 대체로 이를 받아들이고 있다. 한 가지 특이한 것은 북에 있던 세째 아들 정구인이 2000년 남북이산가족 상봉 때 아버지를 찾겠다고 신청했다는 것이다. 물론 북의 자료에도 그의 사망원인을 정확히 제시하지 않고 있는데, 어떻든 이런 저간의 사정을 고려하면 정지용은 남에서 죽은 것이 확실시 된다. 그래서 일부에서 말하는 거제도 포로 수용소에서 사망했다는 설이 설득력

---

12) 이런 단면은 1920년대의 고전 부흥 운동이나 1930년대 말의 상고주의(尚古主義) 정신과 일정한 관련이 있는 것처럼 보인다. 이들이 선보인 전통 회귀주의가 궁극에는 조선주의와 밀접하게 연결되어 있는 것이었기 때문이다.

13) 해방이후 반공 이데올로기가 지배하는 현실을 감안하면 가족의 행방이란 당연히 이런 식으로 말해질 수밖에 없었을 것이다.

을 얻게 된다. 만약 이 설을 받아들인다면 그는 어째서 이곳에서 사망했을까 하는 궁금증이 일어난다.

모든 결과에는 원인이 있기 마련이다. 그의 마지막 행방은 어쩌면 그가 그토록 사랑했던 조국, 민족주의에서 그 해법을 찾을 수 있을 것이다. 그의 민족사랑은 거의 생리적인 차원의 것인데, 그와 京都 시절 함께 유학했던 김환태의 회고 글을 보면 대번에 알 수 있다. 이를 다시 한번 확인해 보자.

> 신입생 환영회가 있은 이후 어떤 칠흑과 같이 깜깜한 날 그는 나를 相國寺 뒤 끝 묘지로 데려가 「향수」를 읊어주었다. 이후 우리는 조국에 대한 그리움을 달래려 사조거리에 나가 술 한잔을 더 먹었다[14].

이 글에서 알 수 있듯 정지용의 민족사랑은 남다른 면이 있었다. 그는 교토에서 약 6년간(1923-1929)있었다. 이 기간에 그는 어디서 조선말 소리만 들려도 달려가서 어디에서 왔나 등을 물으며 눈물을 흘리곤 했다고 한다. 그는 일제 말기 폭압의 시절, 어떤 강요에도 친일시를 쓰지 않았다. 그는 일부 문인들이 그러했던 것처럼, 윤리적 깨끗함으로 해방공간을 맞이했고, 또 체제를 선택해야하는 결정의 순간을 마주하고 있었다. 그런데 그가 선택했던 노선이랄까 방향은 앞서 언급대로 김구 노선에 가까운 것이었다. 이는 우리 시단에서 매우 예외적인 일이었는데, 특히 이 시기 그가 쓴 산문 가운데 몇 편은 평양에 가는, 통일정부를 모색하고자 했던 김구 주석에 바쳐지는 것이었다. 민족에 대한 사랑이 뼈

---

14) 김환태, 「경도에서의 3년」, 앞의 책 참조.

에 사무칠 정도로 강했던 그로서는 이런 표명이 당연한 것이었다.

　해방 직후 친일파가 살아남기 위해서는 몇 가지 전제가 필요했다. 하나는 자신들을 보호해줄 정치세력, 다른 하나는 친일파 척결을 외치는 세력에 대한 처단이었다. 전자의 선택지는 당연히 이승만이었다. 오랜 미국생활로 정치적 기반이 필요했던 이승만 역시 이들을 끌어들일 필요가 있었다[15]. 이 두 집단의 이해관계가 맞아떨어져서 해방 공간의 주요 세력이 된다. 둘째는 친일분자처단을 외친 좌익과 김구의 문제였다. 남쪽만의 단정이 수립되었으니 좌익은 더이상 문제가 되지 않았다. 그러니까 김구가 가장 문제적 인물이 된 것이다. 해방공간에서 통일정부를 세운다거나 친일파 척결을 내세우는 것은 위험한 일이었는데, 좌우익이 통합되거나 통일정부가 성립된다는 것은 친일파들에게는 죽음과 같은 것이었기 때문이다. 연립정부를 꺼낸 여운형, 송진우 등이 암살된 것 역시 이와 무관하지 않다. 하지만 김구를 제거한다는 것은 결코 만만한 일이 아니었다. 그는 국민들의 절대적 지지를 받고 있었기 때문이다. 그래도 자기들이 살아야했기에 결국 그들은 김구를 제거하기로 한다. 일평생 조국 독립을 위해 헌신한 대가가 동포의 손에 의해 이렇게 비참한 죽음으로 끝나게 된 것이다.

　조국을 사무치게 사랑한 정지용, 친일파라면 거의 알레르기적 반응을 보인 정지용이 그와 생각이 동일했던 김구의 죽음을 어떻게 받아들였을까? 김구가 죽고 나서 쓴 정지용의 마지막 시가 앞서 언급한 「곡마단」이었다. 그의 운명을 예감한 듯 그는 이 작품에서 자신을 줄을 탄 곡예사로 비유하고 있었다. 이후 그는 전쟁 직전까지 마지막 조국 순례의 길

---

15) 이승만의 "뭉치면 살고 흩어지면 죽는다"라는 망언이 나온 것이 이때이다.

을 떠난다. 그리고 그 과정에서 얻은 그 찐한 조국에 대한 사랑을 기행문으로 남겼다. 마지막 순간까지 조국과 민족을 포기하지 않고 싶었던 것이다.

이후 전쟁이 일어났다. 그런데 그의 머릿속을 지배한 것은 전쟁 그 자체가 아니었을 것이다. 그보다는 친일파들에 대한 분노와 그의 정신적 지주였던 김구의 잔상이 계속 지배하고 있었을 것이다. 그의 죽음을 두고 "이 겨레 이 강산이 미친듯이 우는 소리"를 그는 환청으로 듣고 있었던 것은 아닐까. 그 소리를 쫓아서 그는 거침없이 달려갔을 것이다. 그 부르는 곳이 어디였을까 하는 것은 굳이 말할 필요가 없다. 그리고 이를 추동하는 힘은 물론 민족애, 조국애였다.

## 2. 자아비판과 객관적 현실의 만남–오장환

8월 15일 해방이 왔지만, 그 갑작스러움 때문에 해방이 되었다는 사실은 우리 민족에게 분명 당황스러운 것이었다. 이런 면은 시인이자 대표적 모더니스트 가운데 하나였던 오장환에게도 마찬가지였다. 그 감각이란 우선 주체할 수 없는 희열과 감격이었을 것이다. 오장환은 신장이 좋지 않아 해방 직후 병원에 있었고, 당연스럽게도 그 감격을 이곳에서 맞이했다. 그 감격을 주체 못해 그는 매일 병원 밖으로 나와 만세를 불렀다고 한다[16]. 해방 직후 발표된 「병든 서울」에서 표현한 것처럼, 그가 병원에서 해방을 맞이했다는 것에는 여러 상징적 의미가 있을 것이

---

16) 오장환, 「에쎄닌에 관하여」, 『에쎄닌 시집』, 1946.5.

다. 우선 그 하나는 사실적 차원에서 형성되는 것이고[17], 다른 하나는 여전히 치유되지 못한 병, 곧 근대에 대한 안티 담론과 서자에 대한 자의식에서 오는 병에서 형성되는 것이라 할 수 있다. 물론 이 이전에 건강한 고향과 어머니를 발견함으로써 그는 파편화된 인식들로부터 벗어나는 자의식적 희열을 맛보았을 수도 있었겠지만, 어떻든 그것이 완벽하고 전일적인 것이었다고는 할 수 없을 것이다. 그러니 다시 병의 징후를 느낀 것이 아니겠는가.

해방 직후 발표된 일련의 글을 보면 그는 여전히 자신을 둘러싼 어두운 그림자들로부터 완전히 벗어나 있지 않음을 알 수 있다. 그것은 육신의 병뿐만 아니라 자신의 문학관, 특히 일제 강점기 행해진 그의 문학들에 대한 문제로부터 괴로워하고 있었다. 그것이 원인이 되어 오장환에게 있었던 해방 직후의 반성적 차원에는 두 가지 감각이 내재되어 있었던 것으로 보인다. 하나는 자신의 문학관에 대한 것이고, 다른 하나는 시대적 상황과의 관련이다. 물론 이런 반성적 테제들이 외따로 분리되어 있는 것은 아니라는 점에서 그 복합적 특성이 있을 것인데, 먼저 전자의 경우 그가 집중적으로 탐색한 소월 시의 이해를 통해서 자신의 내면을 드러낸 부분이다. 오장환은 이때 소월 시에 대한 분석을 여러 차례 시도하고 있는데, 가령 「조선시에 있어서의 상징」[18]이라든가 「소월 시의 특성」[19] 혹은 「자아의 형벌」[20]등이 바로 그러하다. 여기서 그가 주목한 것이 문학에 있어서의 상징의 의미와 그 기능에 관한 것이다.

---

17) 오장환은 오래 전부터 신장병을 앓았다고 하고, 또 이 병이 원인이 되어 1951년 사망한 것으로 되어 있다. 김학동, 『오장환 평전』, 새문사, 2004 참조.
18) 『신천지』, 1947.1.
19) 『조선춘추』, 1947.12.
20) 『신천지』, 1948.1.

원론적인 측면에서 보면, 상징이란 객관적 상관물의 발견과 그를 통한 원관념의 감추기 혹은 은폐로 구현된다. 그러니까 그 핵심은 시적 자아의 사유를 드러내지 않고, 또 정치적 의도를 우회적으로 표현하기 위한 방법적 의장으로 사용될 수 있는 장점이 있다. 오장환이 주목하게 된 부분도 여기에 있는데, 그것은 시의 직접성이 아니라 간접성이 주는 장점이었다. 이는 현실과 분리하기 어려운 것인데, 물론 소월 시에서 어떤 정치적 의도가 직접적으로 드러난 경우는 드물다. 그렇다고 해서 이런 정서가 전혀 없는 것도 아닌데, 가령, 「옷과 밥과 자유」라든가 「바라건데는 우리에게 우리의 보섭 대일 땅이 있었다면」[21] 같은 시들이 그러하다.

우선, 상징 체계 구축이라는 국면에서 소월 시를 이해한 오장환의 글들은 그 나름대로 분석적이고 과학적인 면이 있다. 게다가 저항의 측면에서 미약했던 조선 문단의 현실에서 이 정서로부터 한발자국도 나아가지 못한 것에 대한 자기 변명의 의도도 분명 있었을 것이다. 두 번째는 해방 정국이 요구하는 윤리감각과의 밀접한 관련성이다. 그것은 과거의 경력이 현재화될 수 없는 연좌제적인 성격으로부터 자유로울 수 없는 문제이긴 하지만, 어떻든 저항성의 상실과 더불어 이 시기가 요구하는 윤리적 수준은 오장환에게도 결코 만만한 문제는 아니었을 것이다. 그가 일제 강점기에 친일 경력을 했다는 뚜렷한 근거는 보이지 않지만 엄밀한 윤리성이 요구되는 해방 정국에서 과거의 문단 생활은 분명 만족할 만한 것은 못되었기 때문이다. 그래서 오장환이 문학에서의 상

---

21) 오장환도 이 작품에 주목한 바 있는데, 그는 이 시가 민족적 감정을 잘 드러낸 시로 분석하고 있다. 오장환, 「조선시에 있어서 상징」 참조.

징적 장치가 갖는 함의와 그것의 사회적 기능에 주목한 것이 아닐까 한
다[22].

어떻든 오장환은 해방 직후 적극적인 리얼리스트로 변신하게 된다.
그는 말하자면 이 시기 어떤 시인보다도 철저하게 모더니스트에서 리
얼리스트로 바뀌는 모범적인 사례를 보여주고 있었던 시인 가운데 하
나이다. 이를 대표하는 시가 바로 「병든 서울」이다.

> 8월 15일 밤에 나는 병원(病院)에서 울었다.
>
> 너희들은 다 같은 기쁨에
>
> 내가 운 줄 알지만 그것은 새빨간 거짓말이다.
>
> 일본 천황의 방송도,
>
> 기쁨에 넘치는 소문도,
>
> 내게는 곧이가 들리지 않았다.
>
> 나는 그저 병(炳)든 탕아(蕩兒)로
>
> 홀어머니 앞에서 죽는 것이 부끄럽고 원통하였다.
>
> (중략)
>
> 아, 저마다 손에 손에 깃발을 날리며
>
> 노래조차 없는 군중이 "만세"로 노래를 부르며
>
> 이것도 하루아침의 가벼운 흥분이라면……
>
> 병든 서울아, 나는 보았다.
>
> 언제나 눈물 없이 지날 수 없는 너의 거리마다
>
> 오늘은 더욱 짐승보다 더러운 심사에
>
> 눈깔에 불을 켜들고 날뛰는 장사치와

---

22) 이에 대해서는 김윤정, 「시대와 상징주의의 의미」, 『한국현대시와 구원의 담론』, 박
문사, 2010. 참조.

나다니는 사람에게

호기 있이 먼지를 쐬워 주는 무슨 본부(本部), 무슨 본부(本部),

무슨 당, 무슨 당의 자동차.

(중략)

그러나 나는 이처럼 살았다.

그리고 나의 반항은 잠시 끝났다.

아 그 동안 슬픔에 울기만 하여 이냥 질척거리는 내 눈

아 그 동안 독한 술과 끝없는 비굴과 절망에 문드러진 내 쓸개

내 눈깔을 뽑아 버리랴, 내 쓸개를 잡아떼어 길거리에 팽개치랴.

-「병든 서울」 부분

해방 정국과 관련하여 이 시에는 적어도 몇 가지 감각이 전제되어 있다고 볼 수 있다. 하나는 윤리적인 것이고, 다른 하나는 병든 서울에 대한 인식, 곧 상징적인 측면이다. 먼저 후자의 경우를 보면, 이 시기 오장환의 시선은 현저하게 사회적인 것으로 내려와 있었다. 그것은 일제 말기의 건강한 고향에서 비롯된 것이라 할 수 있는데, 이를테면 일제 강점기의 건강한 고향과 해방 공간의 현실적 공간이 마주하여 만들어낸 것이 병든 서울에 대한 인식이었던 것이다.

현실이 부정적이고, 병든 모습을 간직하고 있었다면 이에 대한 응전도 마땅히 마련되어야 할 것인데, 그러한 단면이 잘 드러나 있는 것이 이 시의 마지막 연이다. 시적 자아는 여기서 "아 그 동안 독한 술과 끝없는 비굴과 절망에 문드러진 내 쓸개/내 눈깔을 뽑아 버리랴, 내 쓸개를 잡아떼어 길거리에 팽개치랴." 하면서 존재의 변이를 새롭게 시도하게 된다. 그 변신이란 다름아닌 리얼리스트로의 전화일 것이다. 하지만 이

시기 리얼리스트로 인식 전환을 했다고 해도 그에게 그러한 감각이 전면적으로 바로 다가온 것은 아니었다. 그에게는 여전히 부르주아적 근성, 곧 소시민의식이 남아 있었기 때문이다. 그러한 예를 보여주는 작품이 「공청으로 가는 길」이다.

> 눈발을 세차게 나리다가도
> 금시에 어지러히 흐트러지고
> 내 겸연쩍은 마음이
> 공청(共青)으로
>
> 동무들은 벌써부터 기다릴 텐데
> 어두운 방에는 불이 켜지고
> 굳은 열의에 불타는 동무들은
> 나 같은 친구조차
> 믿음으로 기다릴 텐데
>
> 아 무엇이 자꾸만 겸연쩍은가
> 지난날의 부질없음
> 이 지금의 약한 마음
> 그래도 동무들은
> 너그러이 기다리는데……
>       –「共青으로 가는 길」부분

이 작품의 출발은 소시민성에서 시작된다. 지금 시적 화자는 동지들이 기다리는 '공청'에 나서는 길 위에 서 있다. 하지만 발걸음이 흔쾌히

떨어지지 않는다. 그 머뭇거림이란 다름아닌 소시민성 때문이다. 그는 이렇듯 해방 공간에서 리얼리스트로의 완전한 존재 전환을 이루어내지 못하고 있었다. 이는 그의 세계관이 여전히 모더니즘의 테두리에서 벗어나지 못하고 있었다는 증거라 할 수 있다.

오장환의 이런 감각은 이 시기 이용악의 행보와 좋은 대조가 된다. 물론 해방 이전 이용악의 창작방법은 오장환과는 현격하게 다른 위치에 있었다. 그는 동반자적 입장에서 불온한 현실에 대해 서정화하는 면들을 보여주었기 때문이다. 이런 면은 오장환에게서는 발견할 수 없는 것들이라는 점에서 이들 사이에 차이점이 발견된다. 물론 해방 이전에 이용악도 모더니즘의 감각에 입각해서 창작 활동을 한 바 있다. 하지만 이것은 어디까지 취미나 호기심 차원을 넘지 못하는 것이었고, 그의 서정시의 주류적 흐름은 현실 인식에 바탕을 둔 것, 바로 유이민들의 비참한 삶들을 포착해 내는 것으로 한정되어 있었다. 이런 차이가 해방 공간에서 오장환과 이용악의 시세계를 구분하는 준거점이 되었을 것이다.

어떻든 해방 공간에 모더니스트였던 오장환의 이런 변신만으로도 자신의 시세계를 한발자국 더 넓힌 사례라 할 수 있다. 비록 현실적인 것과 내면적인 것 사이에 놓인 갈등을 완전히 해소하지는 못했지만 말이다. 하지만 이런 모색마저도 해방 공간의 현실은 결코 쉽게 허락하지 않았다. 그는 이 과정에서 더 이상 남쪽의 현실에서 자신의 창작을 이어갈 수 있는 방법이 존재할 수 없음을 알게 되었기 때문이다. 그리하여 그는 또 다른 선택을 하게 되는데, 바로 북쪽 사회를 향한 발걸음이다. 오장환이 삼팔선을 넘은 것은 1947년말 쯤으로 추정된다. 미군정과 남로당의 대결이 심화되면서 더 이상 미군정에 대항할 여력이 없었던 〈문학가동맹〉 성원들은 이 시기 대부분 월북의 길을 선택하는데, 그가 월북한 시점이 이들의 행보와 일치한다. 임화가 해주에 간 것도 이때인데, 오장환 역시 이 시기 임화의 뒤를 따른 것으로 추정된다.

북한에서의 그의 활동은 남쪽의 그것과 비교할 수 없을 정도로 달라져 있었다. 완전한 존재의 변이를 이룬 것이라 해도 과언이 아닐 만큼 전연 다른 시인으로 새롭게 탄생한 까닭이다. 그의 마음 한구석에 남아 있었던 소시민의식은 더 이상 발견할 수 없었거니와 전망이라든가 당파성을 주제로 한 시들이 표나게 등장하고 있었다. 이를 잘 보여주는 시집이 바로 『붉은 기』이다[23]. 이 시집은 전쟁 직전에 간행된 것인데, 주로 소련 여행 체험을 담은 시들로 채워져 있다. 기행 시집이긴 하지만 그의 세계관을 지탱하고 있는 맑스 레닌주의적 시각을 제대로 반영하고 있었다는 점에서 그 의미가 있는 것이라 하겠다. 남쪽에서 어렴풋이나마 보여주었던 진보의 사유들, 가령 「공청으로 가는길」에서 드러났던 소시민 의식은 더 이상 발견할 수 없다는 사실이다. 그의 리얼리스트로의 전화는 이 시점에서 완성되었거니와 그가 필생의 창작방법으로 간직하고 있었던 모더니즘의 방법적 국면들은 그로부터 사라지게 된다. 그는 어쩌면 한국 근대 시사에서 모더니스트가 보여주었던 정신과 의장을 바탕으로 리얼리스트로 제대로 옮겨간 최초의 시인이 아닐까 한다. 그러한 점이야말로 오장환 시의 구경적 의의라고 할 수 있을 것이다.

---

23) 이 시집이 나온 것은 1950년 5월인데 정확히 한국전쟁이 발발하기 한달 전이었다.

## 3. 민족과 원형의 발견- 윤곤강

모더니즘적인 성향을 갖고 있던 시인이 해방 공간에서 어떤 이념적 선택을 했는가에 대해 알아보는 자리에서 빼놓을 수 없는 시인 가운데 하나가 윤곤강이다. 해방이 되자 윤곤강이 우선 선택한 것도 〈문학가동맹〉이었다. 하지만 윤곤강의 이러한 선택이 이념에 대한 뚜렷한 주관이 있었기에 가능한 것이었다고 하기에는 어려운 측면이 있다. 행동으로는 〈문학가동맹〉의 입장에 서 있긴 했지만, 그 이념적 표현인 문학 작품 속에서 그가 보인 행보는 이 단체가 요구해온 것과는 거리가 있었던 까닭이다. 물론 해방이 되자 윤곤강도 이에 대한 기쁨과 더불어 새로이 건설될 민족문학의 주체랄까 이념 등에 있어서 계급적인 것의 중요성을 강조한 바 있다. 해방 직후 윤곤강이 처음 쓴 것으로 추정되는 「삼천만」[24]이라는 시에서 이런 단면을 확인할 수 있기 때문이다. 그는 여기에서 해방의 기쁨을 이야기했고, 그 기쁨의 정서가 완결되기 위해서는 민족과 계급에 대한 해방이 전제되어야 비로소 가능한 것임을 말한 바 있다. 하지만 한 편의 작품에 어떤 세계관이 담겨져 있다고 해서 그것을 한 시인의 세계관의 본령이라고 말하는 것은 쉽지 않은 일이다. 적어도 하나의 뚜렷한 세계관을 보이려면 몇 편의 작품이나 산문 속에서 이런 사유들이 지속적으로 드러나는 과정이 있어야 하는 까닭이다.

계급 문학을 향한 윤곤강의 행보는 이 시기에 쓴 비평에서도 어느 정도 확인되는 부분이다. 윤곤강은 해방 직후 이전과 마찬가지로 산문 형식을 통해서 제법 많은 활동을 보여준다. 하지만 이 시기 그가 발표한

---

24) 작품의 부기에 의하면, 이 시는 1945년 8월 20일에 쓴 것으로 되어 있다.

글 가운데 〈문학가동맹〉이 내세운 이념을 고양하거나 이를 추동하는 글들은 거의 보이지 않는다[25].

어떻든 그럼에도 불구하고 그는 〈문학가동맹〉에 가입했는데, 이는 아마도 이념적인 것보다는 윤곤강 자신이 지나온 과정에서 형성된 개인적인 친분이 많은 영향을 준 것으로 보인다. 가령, 이 단체를 이끌었던 임화와는 카프시절부터 익히 알아온 사람이거니와 카프 검거 사건때 함께 감옥갔던 사람들과의 친분관계도 〈문학가동맹〉에 참여하는 계기에 일정 부분 영향을 준 것으로 보인다[26].

이런 외적 환경과 함께 이 시기 윤곤강의 행보를 이해하기 위해서는 해방 이전에 그가 가졌던 이념이랄까 문학관과의 연관성을 살펴보아야 보다 큰 설득력을 가질 수 있을 것으로 보인다. 앞서 언급대로 그는 한때 카프에 가담했고, 이에 기반한 계급시를 창작한 바 있다. 물론 그 반대편에 놓인 사조에 대해서도 관심을 갖고 있었고, 또 이에 기반한 작품 활동도 꾸준히 해온 터이다. 그러니까 윤곤강에게는 어느 하나의 세계관으로 규정할 수 없을 만큼 다양한 사상을 갖고 있었던 것이다. 이런 다양성은 개인의 기질이나 생리적인 국면에서 이해할 수 있는 것이긴

---

25) 해방공간에 윤곤강이 발표한 글로는 「文學과 言語」,《민중일보》, 1948.2.28. 「나라말의 새 일거리」, 『한글』, 1948.2. 「文學者의 使命」,『백민』. 1948.5.1. 「孤山과 時調文學」,《조선일보》, 1948.9. 등이 있다. 이 가운데 해방 직후의 상황과 어느 정도 부합하는 글이 「문학자의 사명」이다. 하지만 이 글에서도 윤곤강은 집단보다는 개별성의 총합 같은 것을 민족문학의 토대로 인식함으로써 집단 위주의 문학, 곧 당파성 같은 것을 뚜렷하게 표명하지는 않았다.

26) 윤곤강은 카프 2차 검거 사건 때 붙잡혀 전주 감옥에 수용된다. 이 때의 경험을 담은 시가 「日記抄」인데, 이는 이때 함께 감옥에 갔던 김남천의 「물」과 대비된다. 그만큼 윤곤강은 함께 감옥 체험을 한 동료들과 깊은 유대관계를 맺고 있었던 것으로 보인다.

하지만, 그 이면에 자리한 소시민성이 가장 큰 원인이었던 것으로 보인
다. 윤곤강은 잘 알려진 대로 부농출신이었고, 그런 계급적 기반이 일제
강점기 동안 그의 사유의 기반으로 자리한 시인이다. 소시민성이란 경
우에 따라 좌익기회주의라 불리는 회색지대를 맴돌 수 있는 것이기도
하고, 다른 한편으로는 현실을 일정 부분 수긍할 수 있는 모호한 지대를
형성할 수도 있다. 이런 유동성이 그의 문학을 형성하는 데 큰 축으로
자리한 것이거니와 그것이 일제 강점기의 문학적 특성이었다고 할 수
있다.

그러한 다양성을 간직한 채 그는 해방을 맞이했다. 이제 그의 소시민
성에 대해서 시험당할 환경과 조건이 모두 사라질 수밖에 없는 시대를
맞이한 셈이다. 하지만 그의 선택은 해방 이전과 달리 계급적인 것에 기
울지 않았다. 오히려 그 상대적인 자리에 놓인 민족적인 것에 현저하게
관심을 갖고 있었다. 이런 변신에는 분명 어떤 필연적인 계기가 반드시
놓여 있을 것인데, 그 하나가 이 시기 다른 모더니스트들이 보여주었던
행보처럼 모더니즘이 갖고 있는 인식적 기반에서 찾을 수 있다.

모더니즘이란 치열한 자기 모색을 시도하는 것에서 비롯되는 사조이
다. 그 모색이 시작되는 지점이 근대이거니와 그것은 영원의 상실과 불
가피하게 연결되어 있다. 자율적 주체로 태어난 근대적 인간형은 이 잃
어버린 영원의 감각을 회복하기 위해서 끊임없이 유동하는 존재이다.
그러니까 자아 내부의 열정과 이를 둘러싼 외부의 환경이 건강한 합일
체로 만날 수 있는 환경이 조성될 때, 그 모색의 과정은 어느 순간 종결
된다고 할 수 있다. 이런 사례를 오장환과 정지용[27]의 경우에서 보았거

---

27) 이 시기 민족적인 것에 현저하게 기운 정지용의 행보를 이해하게 되면, 윤곤강의 그

니와 윤곤강의 경우도 이와 비슷한 행보를 보여준다. 그것이 해방 공간에서의 윤곤강의 변신이었던 바, 그는 근대라는 파편의 감각이나 분열의 정서를 완결시킬 수 있는 건강한 구조체에 대한 열망을 표명한 것이다.

윤곤강의 변신은 두 가지 방향으로 이루어지는데, 하나가 민족적인 것이고 다른 하나는 근원적인 것에 대한 추구이다. 물론 이 두 가지 감각은 파편성이 아니라 완결성이라는 공통점을 갖고 있는 경우라 할 수 있다. 윤곤강은 해방 직후 두 권의 시집을 상재했는데,『피리』[28]와『살어리』[29]가 그러하다. 모두 1948년 같은 해에 출간되었는데, 이 두 시집이 나아간 방향은 모두 통합적인 세계관이다. 그러한 특징을 가장 상징적으로 표현한 말이 작품집『피리』의 서문이다.

> 나는 오랫동안 허망한 꿈 속에살았노라
> 나는 너무도 나 스스로를 모르고 살아 왔노라
> 등잔 밑이 어둡다는 옛말이 올도다
> 나는 너무도 나를 잊고 살아 왔노라
>
> 우리 조상들이 중국것을 숭상한 것을 흉보게면서도
> 아지못게라! 나는 어느새 西區의 것 倭의 것에
> 저도 모르게 사로잡혔어라. 분하고 애달파라
> 꿈은 깨고 나면 덧없어라. 꿈에서 깬 다음

---

것도 정지용과 거의 비례하는 특성을 보여준 사례라고 할 수 있다.
28) 정음사, 1948.
29) 시문학사, 1948.

뼈에 사무치는 뉘우침과 노여움에서 생긴 침묵이
나로 하여금 오랜 동안 입을 다물고 지내게 하였노라
                                             - 머리말대신[30]

여기에는 자신의 현존에 대한 내성과, 해방 당시에 필요로 했던 윤리
감각이 담겨져 있다. 먼저, 자아는 "나는 오랫동안 허망한 꿈 속에 살았
노라"라든가 "나는 너무도 나 스스로를 모르고 살아 왔노라"고 하면서
내성의 세계로 깊숙이 침잠한다. 그가 이런 반성적 토대 위에 선 것은
두 가지 전제가 내포되어 있던 것으로 보이는데, 하나는 사상적 혼돈이
고, 다른 하나는 지나친 서구편향적인 것들에 대한 반성적 자각이다. 윤
곤강은 오랜 시력 동안 뚜렷한 세계관을 표명했다고 보기는 어려운 시
인이다. 한때 카프에 가담하고 이에 연루되어 감옥 체험을 하는 등, 문학
적 실천과 작가적 실천을 공유했음에도 불구하고 그가 뚜렷한 계급의
식의 보유자라고 보기 어려운 측면이 있기 때문이다. 물론 그 반대의 경
우도 마찬가지이다. 그는 한때 순수 서정시나 모더니즘적 사유에 경도
된 바도 있지만 이들 사조가 요구하는 것들에 대해 충실히 응답한 경우
또한 드물었다.

그리고 윤곤강의 시적 행보와 더불어 우리 시단에 유행처럼 번졌던
엑조티시즘에 대한 반성적 사유에 대한 새로운 환기도 짚어보아야 할
문제였는데, 그가 주목한 것도 이 부분이다. 그는 이때 그동안 외국적인
것은 무조건 수용해왔던 문단의 관행에 대해서도 통렬한 자기비판을
하고 있는데, "우리 조상들이 중국 것을 숭상한 것을 흉보면서도/아지

---

30) 『피리』 서문

못게라! 나는 어느새 西區의 것 倭의 것에/저도 모르게 사로잡힌" 사실
에 대해 "분하고 애달파라"고 반성하는 것이다. 이런 자기비판의 이면에
놓여 있는 것이 모더니즘적인 것과 상대적인 자리에 놓인 것, 곧 전통적
인 것임을 알 수 있게 한다.

　우리 것에 대한 강조가 민족적인 것과 분리하기 어렵게 결부될 수밖
에 없음은 당연한 것인데, 윤곤강은 해방 공간에서 이런 감수성을 통합
주의로 승화시키고자 했다. 그 방법적 발견이 곧 민족주의적인 성향을
표나게 드러내는 것이었다. 이는 두 가지 전제 위에서 형성된 것인데, 하
나는 모더니즘의 파편성이고, 다른 하나는 이 시기의 주된 특성 가운데
하나였던 이데올로기적 분화 현상이다.

　윤곤강이 자신의 작품 세계에서 정서의 완결성을 지향했다는 것은 한
때 그가 경도되었던 모더니즘인 사유와의 결별을 의미한다. 그리고 그
러한 결별의 과정에서 그가 응시한 것은 해방 당시의 분열상이었다. 물
론 이 시기 이런 혼돈의 분열에 대해 긍정적인 시선으로 응시한 시인은
없다는 점에서 윤곤강 시인만의 고유성이라고 말하기는 어려울 것이다.
하지만 중요한 것은 그 밀도랄까 열망에 놓여 있는 것이라 할 수 있는
데, 이 시기 윤곤강은 다른 어떤 시인보다도 민족의 통합, 곧 하나의 민
족에 대한 절실한 욕망을 드러낸 보기 드문 시인이라는 점에서 주목을
요한다.

　　누릿 가온대 나곤
　　몸하 호올로 널셔
　　　-〈動動〉에서

이런 밤이사 꿈처럼 오는 이들 ―
달을 품고 울던 벨레이느
어둠을 안고 간 에세이닌
찬 구들 베고 눈 감은 古月, 尙火…

낮으란 게인 양 엎디어 살고
밤으란 일어 피리나 불고지라
어두운 밤의 장막 뒤에 달 벗 삼아
임이 끼쳐 주신 보밸랑 고이 간직하고
피리나 불어 설운 이 밤 새오리

다섯 손꾸락 사뿐 감아쥐고
살포시 혀를 대어 한 가락 불면
은 쟁반에 구슬 구을리는 소리
슬피 울어 예는 여울물 소리
왕대 숲에 금 바람 이는 소리…

아으 비로소 나는 깨달았노라
서투른 나의 피리 소리언정
그 소리 가락 가락 온 누리에 퍼지어
메마른 임의 가슴 속에도
붉은 피 방울 방울 돌면
찢기고 흩어진 마음 다시 엉기리
             ―「피리」부분

이 작품은 시집『피리』의 제목이 된 시이다. 그만큼 상징성이 높은 작품이라 할 수 있는데, 우선『피리』는 이전의 시집과 비교해 볼 때 여러 면에서 구분된다. 가장 특징적인 단면은 형식적인 측면에서이다. 작품의 서두에 시인은 우리의 전통 시가의 한 구절을 제시하면서 작품을 전개해나가는데, 우리의 전통 가요인「동동」이 전제되어 있는 것이 이채롭다. 그런데 이런 면들은 두 번째 시집이었던『만가』의 경우와는 뚜렷이 구분되는데, 이 시집에서 시인은 도입 시, 곧 여는 시를 제시하면서 주로 서구 시인들의 작품을 선택했기 때문이다. 이는 그가 해방 직후 반성한 대로 그동안 모더니즘 시들이 지향했던 지나친 엑조티시즘에 대한 경계의 포오즈가 아니었나 생각된다.

어떻든 이런 변화는 이 시기 윤곤강 시정신의 새로운 변화들이라는 점에서 그 의미가 있다. 하나는 해방 직후 그의 작품들이 전통적인 것으로 회귀했다는 것이고, 다른 하나는 더 이상 모더니즘의 세계관을 고집하지 않게 되었다는 것이다. 이런 의장의 표명은 적어도 그가 해방 공간에서 모더니즘의 형식이나 내용에 대해서는 어느 정도 거리를 두었다고 알리는 증표들이라 할 수 있다. 다시 말하면 일시적, 파편적인 인식이 아니라 항구적, 통합적인 인식을 이때부터 비로소 갖게 되었다는 것을 의미한다.

이 작품의 주요 상징적 이미저리는 '피리'와 '피'이다. 먼저 여기서 '피리'는 다층적 음역을 갖는데, 하나는 자신의 우울한 심정을 드러내는 수단이고, 다른 하나는 민족의 통합에 대한 열망이다. 지금 시적 화자를 지배하고 있는 정서는 암울한데, 그것은 지금의 현실에서 그의 행동 범위는 지극히 제한되어 있다는 것이고 또 그러한 환경에서 그가 할 수 있는 일은 "낮으란 게인 양 엎디어 살고/밤으란 일어 피리나 부는" 현실에 있다는 사실이다. 그런데 이런 환경에서 서정적 자아는 자신이 할 수 있는 작은 역할이나마 하고자 한다. "서투른 나의 피리 소리언정/그 소리 가락 가락 온 눌에 퍼지어/메마른 임의 가슴 속에도/붉은 피 방울 방울 돌"게 하고자 하는 의지의 표현이다.

두 번째는 '피'의 이미지이다. 윤곤강의 시에서 이 이미지는 많은 상징성을 갖고 있는데, 일제 강점기에 이 피의 의미들은 대개 죽어있는 것으로 표상되었다. 일제 강점기라는 현실에서 이해하게 되면, 이는 곧 국권 상실의 음역이라고 할 수 있을 것이다. 그런데 해방이 되어서 이 '피'는 과거처럼 죽어있는 것이 아니라 부활해서 생기있게 돌아가는 것으로 구현된다. "붉은 피는 돌아간다. 가슴 속을/미친 듯 용솟음치며 돌아간다"(「피」)고 하여 생명의 부활을 알리는 것이다. 이렇듯 이 시기 윤곤강의 시에서 '피'는 중의적 의미를 갖는데, 하나가 부활의 상징이라면, 다른 하나는 민족으로서의 의미를 갖는다[31]. 이 작품에서는 그러한 피의 의미 가운데 민족애 내지는 조국애를 표상한다고 할 수 있는데, 이 시기 윤곤강의 정신세계를 염두에 둔다면, 이는 매우 중요한 함의를 갖는 상징이라고 하겠다. "찢기고 흩어진 마음 다시 엉기리"라는 소망의 표현이야말로 이 시기 윤곤강의 민족의식을 잘 알 수 있는 부분이라는 측면에서 그러하다.

해방 직후 윤곤강의 변신과 관련하여 또 주목해야 할 것이 『살어리』의 세계이다. 이 시집은 시인의 여섯 번째 시집이자 마지막 시집이다. 그런 만큼 그의 정신 세계가 궁극적으로 어디로 귀착되었는지를 말해주

---

31) 송기한, 「윤곤강 시에서의 피의 의미」, 『한국문학이론연구』, 한국문학이론학회, 2023. 여기서 연구자는 해방공간 윤곤강의 시에서 드러나는 피의 의미를 세 가지로 분석했는데, 부활, 민족애, 자기 수양 등이 바로 그러하다.

는 좋은 근거가 될 수 있다고 하겠다.

> 살어리 살어리 살어리랏다
> 그예 나의 고향에 돌아가
> 내 고향 흙에 묻히리랏다
>
> 도적이 물러간 옛 터전엔
> 상긔 서른여섯 해의 썩은 냄새 풍기어
> 겨레끼리 물고 뜯는 거리엔 가마귀 떼 울고
> 때 오면 이슬 될 목숨이 하도하고야
>
> 바람 바다 밑에서 일어
> 하늘을 다름질칠 제
> 호련히 나타날 새 아침하!
> 흰 비들기처럼 펄펄 날아오라
>
> 내 핏줄 속엔 어느덧
> 나날이 검어지는 선지피 부풀어
> 사나운 수리의 날개 펴뜨리고
> 설은 몸 밀물처럼 흘러가노라
>
> 살어리 살어리 살어리랏다
> 그예 나의 고향에 돌아가
> 내 고향 흙에 묻히리랏다
>
> 어린애 가슴처럼 세월 모르던 시절하!

바랄 것 없는 어두운 마음의 뒤안길에서
매캐하게 풍기는 매화꽃 향내
아으, 내 몸에 매진 시름 엇디호리라

언마나 아득하뇨 나의 고향
몇 메 몇 가람 넘고 건너
구름 비, 안개 바람, 풀끝의 이슬 되어
방울방울 흙 속에 숨이고녀

눈에 암암 어리는 고향 하늘

궂은 비 개인 맑은 하늘 우헤
나무나무 푸른 옷 갈아입고
종다리 노래 들으며 흐드러져 살고녀 살고녀…

　　　　　　　　　　　　　　　-「살어리」부분


　해방 직후 윤곤강이 시도했던 마지막 단계는 고향의 감각이었다. 고
향이란 원형, 곧 아키타이프이다. 그는 아마도 이런 원형적 세계가 이 시
기가 요구하는 민족 문학의 한 방향이 될 수 있을 것으로 이해한 것처럼
보인다. 이런 면들은 이때 산문의 형식을 빌어 민족문학의 개념을 정의
하는 과정에서 나온 시인의 발언에서 그 시사점을 얻을 수 있을 것이다.
「문학자의 임무」에서 그는 민족적 이념이라는 것을 불변성 내지는 항구
성으로 이해한 바 있는데[32], 그것은 시간과 공간에 따라 달라지는 것이

---

32) 『백민』, 1948.5.

아니고 일체의 것을 초월하고 어루만져주는 무진장하고 전지전능한 힘
으로 파악했다. 이는 흔히 말하는 영원의 감각에 가까운 것이었다는 점
에서 그 의미가 있다. 다시 말하면 민족적 이념이란 일시적이고 순간적
이 아니라 영원한 것이고 어떤 순간에도 흔들리지 않는 그 무엇이라고
본 사실이다. 그런 다음 그는 이 이념이라는 것이 위로부터의 전체성이
아니라 개별자들이 모인 전체성이라고 이해했다. 말하자면 민족이란 전
체적인 것에서 오는 것이 아니라 개별적인 것들이 모여서 하나의 집단
을 이룰 때 가능해지는 것이라고 본 것이다[33].

　집단의 이념에 충실한 그의 민족 문학론은 이 시기가 요구하는 것들
과 어느 정도 정합성을 갖는 것이라 생각할 수도 있다. 그것은 해방 공
간의 혼란한 양상들을 민족적인 단일성에 의해 초월할 수 있다고 보았
기 때문이다. 물론 이런 시각에는 다소의 오해가 들어갈 수 있는 것도
사실이다. 그것은 우선 민족이라는 개념에서 문제가 발생할 소지가 있
었기 때문이다. 가령, 민족이 혈연적인 것에 기반한 것인가. 아니면, 이
념적인 것에 기반한 것인가에 대한 설명이 제외되어 있기 때문이다. 만
약 전자에 기대게 되면, 그것은 궁극적으로는 이승만류의 반민족적인
것에 쉽게 동화될 개연성이 충분히 있는 것이다.

　「살어리」라는 제목이 시사하는 바와 같이 서정적 자아는 "살어리 살
어리 살어리랏다/그예 나의 고향에 돌아가/내 고향 흙에 묻히리랏다"
라고 했다. 그런데 의미있는 것은 그 다음 행이다. "도적이 물러간 옛 터
전엔/상긔 서른여섯 해의 썩은 냄새 풍기어"라는 부분과 "겨레끼리 물
고 뜯는 거리엔 가마귀 떼 울고/때 오면 이슬 될 목숨이 하도하고야"라

---

33) 위의 글 참조.

는 부분이다. 그러니까 서정적 자아가 고향에 회귀하고자는 것은 두 가지 의도가 내포되어 있는데, 하나는 일본 제국주의의 패퇴이고, 다른 하나는 민족의 대동단결이라는 관점에 의해서이다. 물론 이 두가지 전제는 둘이면서 하나이기에 상호 분리되는 것은 아니라 할 수 있는데, 그것은 모두 민족이라는 건강성 없이는 성립하기 어렵기 때문이다.

근원을 향한 윤곤강의 서정화는 몇 가지 면에서 그 시사적 의의가 있는 것이라 할 수 있다. 하나는 모더니즘의 정신과 방법에 대한 포기이다. 이 사조가 파편이나 일시성의 감각에 의해 지탱되고 있음은 잘 알려진 일인데, 시인이 그 상대적인 위치에서 이 정서를 표명했다는 것은 더 이상 그가 이 사조에 머물러 있지 않다는 것을 의미한다고 하겠다.

두 번째는 민족을 향한 통합의 의지이다. 서정적 자아는 이 작품에서 제국주의의 유산과 겨레의 분열을 이야기하면서 이를 포회하고 초월할 수 있는 공간으로 고향을 제시했다. 그것은 아마도 분명 새롭고 신선한 대안일 수 있었다. 고향이란 원형이고, 근원의 정서인 까닭이다. 원형이 갖는 의미는 통합이고, 단일한 것이기에 이 음역에는 어떠한 분열 등이 개입할 소지가 없다. 윤곤강이 이런 감각에 집착한 이유는 분명하다. 민족이라는 것에 대한 가열찬 열망이 만들어낸 정서이기 때문이다.

해방이란 크게 보면 우리만의 것이 되어야 했다. 그래서 하나의 민족을 향한 거대한 발걸음만이 유효한 시기였다. 그럼에도 개인의 이익, 집단의 이해를 내세우기 급급한 것이 해방 공간이 갖는 현실적 한계였다. 따라서 이를 초월할 수 있는 또다른 대안이나 이념이 집중적으로 필요한 시기이기도 했다. 그래서 이를 대신할 새로운 감각으로 그가 제시한 민족적 정서는 좋은 대안이 되었을 것이다. 민족을 향한 발걸음만이 해방 공간에서 뿜겨져 나오는 분열을 뛰어넘을 수 있었던 시의적절한 수단이 될 수 있었기 때문이다. 하지만 이러한 노력에도 불구하고 분단은 이루어졌고 통합을 외치던 서정시인의 목소리는 힘없는, 의미없는 것이 되어버렸다. 결과론적으로 보았을 때에는 적어도 그렇다고 말할 수 있다. 이러한 때 윤곤강의 외침이 더욱 아련하게 들리는 것은 결코 부질없는 일이 아닐 것이다. 해방 공간에서 윤곤강 문학이 갖는 의의는 여기서 찾아야 할 것이다.

## 4. 계몽의 대상으로서의 민족-김기림

해방 직후 김기림의 활동은 비교적 활발한 편이었다. 그는 일제 강점기 대표적인 모더니스트였거니와 이를 통한 그의 감각은 해방 직후의 상황과 관련하여 주목받기에 충분한 것이었다. 김기림의 행보는 일단 임화 중심의 문학 단체였던 〈조선문학건설본부〉에서 시부 위원장을 맡는 것에서 시작되었다. 이후 이 단체가 발전적으로 해체되어 〈문학가동맹〉으로 개편되었을 때에도 동일하게 시부 위원장으로 활동했다. 이 직책을 가진 채 그는 제1회 전국문학자대회에서 시부분에 대한 일반 보고를 하게 된다. 그것이 「우리 시의 방향」이다.[34] 이 글은 모더니스트가 발표한 글이라는 점에서 의미가 있는 것이라 할 수 있는데, 이 대회에서 발표된 글의 대부분이 해방 이전 카프 계열의 작가에 의해서 이루어졌기 때문이다.

김기림이 발표한 이 글은 두 가지 점에서 주목의 대상이 된다. 하나는

---

34) 『건설기의 조선문학』, 1946.6.

모더니스트가 인식하는 해방공간에 대한 현실이고, 다른 하나는 대부분의 모더니스트들처럼 리얼리스트로의 전화 가능성 때문이다. 우선 전자의 경우, 해방 공간의 현실에 대한 김기림만의 고유한 사유를 읽어내기 어렵다는 측면이 있다. 새로운 국가 건설을 위한 요소라든가 혹은 민족 문학의 주체와 같은 예민한 문제들에 대해서 특별한 언급을 하지 않은 까닭이다. 해방공간이란 문학과 정치가 자연스럽게 결합될 수밖에 없다는 것과, 이때의 문학 주체가 백성이라는 정도의 언급만이 있을 뿐이다[35]. 이런 사유의 표백은 〈문학가동맹〉이 내세운 최소한의 요구사항도 제대로 반영하지 않고 있다. 가령, 민족반역자라든가 친일파 등등에 대한 언급이 구체적으로 드러나지 않고 있는 것이다. 이는 매우 예외적인 것이라 할 수 있거니와 여기에는 그저 과거에 대한 냉엄한 반성 정도만이 담겨 있을 뿐이다. 그 연장선에서 민족 문학의 주체라든가 그것이 무엇을 매개로 형성되어야 한다는 것에 대해서도 언급을 회피하고 있다.

김기림의 이런 태도는 적어도 그가 해방 직후 온전한 리얼리스트가 아닌 데에서 오는 것이라 할 수 있다. 오장환 등이 보여주었던 리얼리스트로의 전환은 적어도 김기림에게는 이루어지지 않은 것처럼 보인다. 뿐만 아니라 정지용의 행보와도 어느 정도 거리가 있는 것인데, 김기림은 정지용처럼 좌파적인 민족주의 색채를 드러내지 않고 있었다.

김기림의 이런 행보를 이해하기 위해서는 해방 이전에 가졌던 그의 사유의 단면들을 먼저 알아 볼 필요가 있다. 김기림은 초기에 엑조티시즘에 입각한 시창작을 했거니와 산문에서도 이런 감각은 그대로 유지되고 있었다. 그가 이런 사유를 갖게 된 것은 과학과 근대에 대한 신뢰

---

35) 「우리 시의 방향」, 『김기림전집』, 심설당, 1988, pp.136-141.

때문에 가능한 것이었다. 그 정신의 끝자락을 차지하고 있었던 것이 르네상스라고 하는 유토피아적 근대정신이었다[36]. 그러한 단면을 담고 있는 시가 이때 발표된 「貨物自動車」이다. 이 시에는 기계 문명에 대한 그의 입장이 잘 드러나 있는데, 이 작품의 소재인 '화물자동차'에 대한 시적 화자의 시선에서 이를 확인할 수 있다. 그는 근대의 산물인 화물자동차에 동경의 시선을 던지고 있다는 점에서 근대를 우리 사회가 이루어내야 할 지향점으로 여기고 있었음을 알 수 있다. 김기림의 이러한 의식은 '나'와 '화물자동차'가 대비되어 형상화되고 있는 데에서 드러나는데, 시적 화자에 의하면 '나'는 '화물자동차보다도 이쁘지 못한 사족수'에 불과한 반면 '화물자동차'는 '행복'과 '장래'를 지니고 '꿈들'을 '걷어실고 저 먼-- 항구로 밤을 피하야 가'는 존재로 비유하고 있다. 시에 등장한 '화물자동차'는 물론 근대의 기술 문물을 대표하는 것으로 이 시에서 김기림은 근대 문명이 낙후된 우리의 현실과 현재의 질곡을 극복하고 우리에게 희망의 미래를 열어줄 수단임을 암시하고 있는 것이다.

과학의 신기성에만 초점을 둔다면, 김기림의 이러한 시각은 어쩌면 그를 속류 모더니스트로 만드는 요인으로 작용할지도 모른다. 근대에 대한 아무런 인식론적인 기반 없이 그 표피적인 현상만으로 상황을 판단하는 부류들이 여기에 속하는 까닭이다. 하지만 이를 보다 넓은 차원의 세계, 가령 국가와 민족의 미래라는 국면으로 그 영역을 확장하게 되면, 김기림의 사유는 이런 한계랄까 단점으로부터 벗어날 수 있다.

르네상스적 미래에 대한 긍정과 이를 조선 사회에 대한 긍정적 모델

---

36) 송기한, 「과학에의 경도와 유토피아 의식」, 『한국 현대시와 근대성 비판』, 제이앤씨, 2010, pp.103-104.

로 인식한 그의 관점은 해방 이후에도 그대로 지속된다는 점에서 주목
을 요한다. 그의 이런 관점은 「우리 시의 방향」에서도 그대로 나타나는
데, 그가 이 글에서 한 부분을 할애하여 쓴 것이 '초근대인'이다. 그는 여
기서 근대를 초월하자고 하면서 이른바 초근대라는 개념을 제시한다.
근대는 역사성의 한 끝을 장식했기에 더 이상 의미가 없다고 했거니와
이제는 새로운 단계의 시대정신이 필요해졌는데, 그것이 초근대라는 것
이다. 그런데 여기서 주목해야 할 부분이 그가 다시 르네상스를 환기하
는 부분이다. "봉건적 귀족에 대하여 한 근대인임을 선언하는 것은 르네
상스의 한 영예였다"고 하면서 "오늘에 있어서 다시 초근대인임을 선언
하는 것이야말로 새 시인들의 자랑일 것이다"[37]라고 말하고 있는 것이
다. 그의 이러한 사유의 저변에는 국가에 대한 이해, 민족에 대한 이해가
전제되어 있다. 김기림은 봉건 대 근대, 근대와 초근대를 구분하면서 인
식의 지평을 넓혀가고 있지만 그 구분의 근거가 무엇인지에 대해서는
뚜렷이 제시하지 않고 있다. 그럼에도 불구하고 그는 해방 직후의 상황
을 타개하고 새로운 사회로 진입하는 데 있어 근대의 전략이 여전히 유
효한 것이라고 판단하고 있었다. 그는 해방 직후에도 계몽의 정신과 같
은 근대의 긍정적인 국면에 굳건히 기대고 있었던 것처럼 보인다. 이는
해방 이전에 표나게 내세웠던 르네상스적 유토피아란 아직까지 실현되
지 못했다는 것이고 이제 해방이 되었으니까 비로소 그것이 실현될 수
있는 현실이 되었다고 보는 것이다. 그에 대한 기대가 반영되어 나타난
것이 이 글의 요체라 할 수 있다. 실제로 해방 이후 전개된 그의 시세계
를 살펴보게 되면, 이런 혐의는 더욱 짙어지게 된다.

---

37) 김기림, 「우리 시의 방향」, pp. 141-142.

順이 준 꽃병과 팔뚝의 크롬 時計사 내 것이지만

아―저 푸른 넓은 하늘이야

蘭의 것도 英의 것도 내 것도 아닌

우리 모두의 하늘이 아니냐

(중략)

바다도 山도 꿈도

아―저 넓은 하늘이야 말할 것도 없이

우리들 모두의 것이 아니냐

모두 즐겁고 살지고 노래하며

英이도 蘭이도 順이도 나도 함께 살 나라의

하늘과 들과 바다와 꿈이 아니냐

　　　　―「우리들 모두의 꿈이 아니냐」 부분

　해방 직후 쓰여진 시인의 이 시가 말해주는 것은 꿈, 유토피아에 대한 그리움이다. 일제 강점기 과학의 명랑성을 이야기하면서 도래해야만 할 근대 정신의 유토피아를, 해방 당시의 현실에도 여전히 유효할 수 있음을 기대한 것이 이 작품의 특징적 단면이라고 하겠다. 이 시의 핵심은 '모두'의 상상력에 놓여 있다고 하겠는데, 이 '모두'의 상대적인 자리에 놓인 것이 '나'와 '순이', 그리고 '난'이다. 이들은 구체적이고 한정적인 차원에 놓인 것이라는 점에서 한계를 갖고 있는 것이지만, '모두'는 이런 구체성, 한계성을 벗어난 자리에 놓이는 것이며, 이것에 의해 전취되는 것만이 진정 꿈이 될 수 있음을 역설하고 있다. 가령, '하늘'도 그러하거니와 '아침 바다'와 '초록빛 벌판', 그리고 개인적 소망에 의해 이루어지는 '꿈'조차 모두의 것이어야 한다. 이런 전제 속에서 김기림이 말하고자 했던 것은 이 작품의 맨 마지막 연일 것이다. 그는 여기서 "英이도 蘭이도 順이도 나도 함께 살 나라의/하늘과 돌과 바다와 꿈이 아니냐"고 하면서 그것은 "우리들 모두의 것이어야 한다"고 했기 때문이다.

「우리들 모두의 꿈이 아니냐」는 「우리 시의 방향」의 연장선에 놓이는 시이다. 시인은 여기서 우리들 하늘과 땅, 그리고 바다가 어느 특정 개인의 소유가 아니고 우리 모두의 것임을 강조했다. 그리고 거기서 형성되는, 혹은 만들어 나가야할 것들, 그것이 곧 기대해마지 않았던 꿈일 것인데, 이 역시 우리 모두의 것이 되어야 함을 강조하고 있는 것이다. 그러니까 김기림이 판단하기에 해방된 조국과, 이 조국이 어떤 형태의 것으로 될 것인가 하는 것은 어느 특정 세력이나 계급이 아니라 전민족적 차원에서 이루어져야 하는 것임을 강조했다고 보아야 한다. 이런 부분들은 분명 자신이 몸담고 있던 〈문학가동맹〉의 이념들과는 배치되는 부분이 아닐 수 없다. 이는 일제 강점기 갖고 있었던 위대한 민족의 부활, 곧 르네상스적인 유토피아 의식과 크게 다를 것이 없는 부분이다. 그래서 김기림은 해방 공간에서 이념적인 부분보다는 계몽과 같은 근대적인 것들에 대해 보다 더 관심을 가질 수밖에 없었고, 근대 속에서 형성될 수 있는 것들에 대해 보다 지속적인 이해의 폭을 넓혀나간 것이라 할 수 있다.

> 검은 煙氣를 올려
> 銀河라도 가려 버려라
> 그러나 새ㅅ별만은 남겨 두어라
> 窓마다 뿜는 불길은
> 어둠을 흘기는 우리들의 눈짓

지금은 한구석이나

(중략)

그대 옆에

鎔鑛爐로 꺼지지 않았느냐

그대 앞에

화통은 달은대로 있느냐

그것이 꺼지면, 우리들의 心臟도 꺼진다


旋盤에 닥아서자

希望 곁에 가까이 있자

皮帶와 齒輪마다 우리들의 體溫을 돌리자

힘있게 살고 있으며 자라난다고

새벽에 싸이렌을 울리자

동트기 전에 뚜ー를 울리자

　　　　　　－「工場에 부치는 노래」 부분


　이 작품은 해방 이전의 「貨物自動車」와 꼭 닮아 있는 시이다. 다른 점이 있다면, 시적 자아의 목소리에서 울려퍼지는 자신감일 것이다. 그러한 감각이 과장법에 기대어 더욱 고양되고 있는 것이 「공장에 부치는 노래」의 특징인 셈인데, 이런 감각은 1연부터 자신있게 표명되어 있다. "검은 煙氣를 올려/銀河라도 가려 버리라"고 하는 까닭이다.

　이러한 자신감은 해방 직후 갈라진 여러 분기점들을 하나로 수렴될 수 있다는 희망 섞인 기대에로까지 나아가고 있는 있는데, ""머지 않아 모두가 돌아가겠지/다만/제일 소중한 것을 저버리지 않으면 그만이다"는 사유가 바로 그것이다. 이런 판단은 해방된 조선이 단순한 갈등에 기인한 것이고, 그것이 곧 국가나 민족의 차원에서 쉽게 소멸될 수 있을 것이라는, 그러한 소박한 소망이 반영된 결과에서 나온 것이라는 점이다. 물론 이는 분명 해방 공간에 대한 현실 인식이 과학적이 아니라 심정적 차원에 의해 이루어졌다는 한계라 할 수 있을 것이다.

어떻든 그것이 어떤 맥락으로 수용되든, 그에게 중요했던 것은 건강한 민족과 부강한 국가였다. 그는 여전히 르네상스적인 부활이 실현될 수 있다면, 현재의 혼란과 봉건적 미몽의 상태는 언제든 극복될 수 있는 것으로 이해했다. 이 시기 김기림에게 무엇보다 중요했던 것은 근대의 기획에 대한 믿음이 여전히 강했다는 사실이다. 그러한 기대를 보여주는 것이 바로 「새나라 송」이다.

거리로 마을로 山으로 골짜구니로
이어가는 電線은 새나라의 神經
일홈없는 나루 외따룬 洞里일망정
빠진곳 하나없이 기름과 피
골고루 도라 다사론 땅이 되라

어린技師들 어서 자라나
굴둑마다 우리들의 검은 꽃무꿈
연기를 올리자
김빠진 工場마다 動力을 보내서
그대와 나 온백성의 새나라 키어가자

山神과 살기와 염병이 함께 사는 碑石이 흔한 마을 마을에 모ー터와

電氣를 보내서
山神을 쫓고 마마를 몰아내자
기름친 機械로 運命과 農場을 휘몰아갈
希望과 自信과 힘을 보내자

鎔鑛爐에 불을 켜라 새나라의 心臟에
鐵線을 뽑고 鐵筋을 느리고 鐵板을 피리자
세멘과 鐵과 希望 우에
아모도 흔들 수 없는 새나라 세워가자

녹쓰른 軌道에 우리들의 機關車 달리자
戰爭에 해여전 貨車와 트럭에
벽돌을 실자 세멘을 올리자
애매한 支配와 屈辱이 좀먹던 部落과 나루에
새나라 굳은 터 다져가자

　　　　　　　　　　－「새나라 頌」전문

　해방 이후 김기림은 시의 미학적 요건보다는 전달 내용에 주력하는 시들을 주로 썼다. 이 시기의 시에서 시어의 세련성이나 미적 구성은 사실상 찾아보기 어려운 것이 사실이다. 대신 시는 본격적인 계몽의 정신과 이를 표현한 '노래'로 대부분 채워진다. 김기림은 '노래'라는 시적 형식을 통해 대중과 자신 사이의 거리를 좁히고 대중을 향한 계몽이라는 자신의 필생의 기획을 펼쳐나가기 시작한다. 그것은 '나라세우기'와 관련되는 것으로써 김기림은 자신의 이상이던 근대적 국가 건설을 위해 의욕적으로 시 속에 펼쳐나가기 시작한다.

김기림의 작품들 가운데 「새나라 송」만큼 이 시기 그의 사유를 잘 보여주는 것도 없을 것이다. 이 작품은 근대 문학의 계승이나 축이 계몽에 있다는 것을 보여주는 것인데, 이런 면은 카프 계통의 시들이 그 계승을 계급적인 면에 두는 것과 비교될 수 있을 것이다. 근대를 향한 김기림의 사유는 계몽과 과학의 정신에 두고 있다는 점에서 그 의의가 있는 것인데, 특히 계몽의 관점이 표나게 드러난 점이 무엇보다 눈에 띈다. 그의 계몽 정신이 이렇게 드러난 것은 해방 공간이 갖는 특수성과 불가분의 관계에 놓여 있는 것이라 할 수 있는데, 그는 해방을 일제로부터 벗어났다는 단순한 정서, 극적 환희에서 그치는 것이 아니라 이를 계기로 새로운 국가 건설이라는 머나먼 기획으로 인식했다. 말하자면, 자신이 지금껏 꿈꾸어왔던 온갖 사유과 그것을 실험하고 실현할 수 있는 장으로 인식했던 것이다.

그러한 면들은 작품의 연마다 직접적으로 표명되어 있는데, 우선 1연을 보면, 시적 자아는 전선줄을 새나라의 신경이라고 했거니와 신경이 한 인간의 육체 곳곳을 지배해나가는 것처럼 전선이 전국토의 중추가 될 것임을 소망했다. 그 가운데 계몽주의자로서 김기림의 면모가 잘 드러난 연은 아마도 3연일 것이다. 그는 해방된 조선을 암흑과 미몽이 지배하는 공간으로 인식하고 그러한 상태로부터 각성되는 것을 과학, 곧 문명으로써 가능해지는 것이라 이해했기 때문이다. "山神과 살기와 염병이 함께 사는 碑石이 흔한 마을 마을에 모ー터와/電氣를 보내서/山神을 쫓고 마마를 몰아내자"고 했는데, 이런 감각이야말로 계몽 정신의 본령이거니와 탈미신화라는 계몽의 커다란 이상에 부합하는 것이라 하겠다. 김기림의 이런 시각은 조선에 대한 완전한 변화를 의미하며 이는 곧 계몽의 정신에 의해서만 가능한 것으로 사유했다.

이런 사유의 표명이 계몽과 밀접한 관련이 있는 것이라면, 이후의 연들은 해방 이전의 「貨物自動車」나 이 작품과 비슷한 시기에 쓰여진 「공장에 부치는 노래」의 연장선에 놓이는 것이라 할 수 있다. 김기림은 이런 계몽의 정신을 근저로 해서 조선이 나아갈 방향을 모색했다. "鎔鑛爐에 불을 켜라 새나라의 心臟에/鐵線을 뽑고 鐵筋을 느리고 鐵板을 펴리자/세멘과 鐵과 希望 우에" 나라의 기초를 세운 다음, "아모도 흔들 수 없는 새나라 세워가자"고 했던 것이다. 그가 희망했던 "아무도 흔들 수 없는 새나라"는 과학 정신에 의해서 가능한 것이고, 그가 지금껏 꿈꾸어왔던 르네상스적 유토피아의 정점에 놓이는 것이었다.

김기림은 모더니스트이되 그 한계 속에 갇혀 있는 시인이 아니었다. 그는 근대 문명을 찬양했고, 그 기반이 된 과학에 대해 열광했다. 그는 이런 인식성의 출발을, 르네상스가 시작되었던, 다시 말하면 봉건적 질서가 무너지는 지점을 생각했고, 그 곳이야말로 새로운 패러다임이 열리는 신기원으로 인식했다. 그의 이러한 사유는 그를 때로는 표피적인 모더니스트, 혹은 경박한 모더니스트로 분류하게끔 만들었지만 해방 공간에 처한 우리의 상황을 염두에 두게 되면, 김기림의 이런 인식이 결코 저열하다거나 근대성의 제반 사유를 깊이있게 천착하지 못한 사례로 간주할 수는 없을 것이다.

하지만 중요한 것은 어떤 사조나 이론을 기계적으로 대입해서 그 정합성의 여부를 따지는 일만큼 어리석은 일도 없을 것이다. 특히 저개발 국가에서는 더욱 그러하다고 할 수 있을 것인데, 김기림은 해방된 조선의 현실이 일제 강점기와 마찬가지로 계몽의 정신이 여전히 필요하다고 보았다. 과학이라는 합리성과 이성보다는 미신과 같은 봉건적 질서가 여전히 지배하고 있었고, 이때까지 한 번도 달성하지 못한 근대에 대한 이상을 여전히 간직했던 것으로 보인다. 이런 면은 적어도 그의 순수한 자의식과 계몽적 열정이 만들어낸 결과였을 것이다.

그리고 다른 한편으로 보면, 해방 당시의 이합집산하는 분열상 또한 김기림의 자의식 형성에 일정한 영향을 끼쳤던 것으로 보인다. 여기에는 두 가지 감각이 요구되었는데, 하나는 통합의 힘에 대한 믿음이고, 다른 하나는 건강한 민족주의와의 관련성이다. 그에게 중요한 것은 해방 공간에 분기하는 여러 이념들의 혼재 현상이 아니었다. 하지만 이러한 이념들의 집산도 실상은 현재보다 더 나은 조건을 향한 열망과 무관한 것은 아니었다. 그런데 김기림이 판단하기에 계몽은 그러한 분열을 하나로 통어하여 새로운 지대, 그것은 결국 건강한 공동체를 향한 지대가 필요한 것이 아니었는가 하는 의문을 가졌을 개연성이 많았을 것이라는 점이다. 이념도 중요하지만 그 앞에 계몽의 정신만으로도 해방 정국의 상황을 헤쳐나갈 수 있는 수단으로 판단했던 것처럼 보인다.

그리고 두 번째는 민족주의적 관점이다. 이를 담아내는 말이 "아무도 흔들 수 없는 나라"인데, 실상 이 구절만큼 김기림의 국수주의랄까 민족주의를 잘 대변해주는 것도 없다고 판단된다. 따라서 김기림은 해방 전후의 시기에 있어서 가장 강력한 민족주의를 소유한 자라고 해도 과언이 아닐 만큼 이 방면의 맨 앞 자리에 놓인 시인이라 할 수 있을 것이다. 너무 낭만적이라거나 비과학적 소유자라고 비난받을지 모르지만 역사는 늘 그래왔고 앞으로도 이런 주의가 계속 영향력을 발휘한다면, 김기림이 이때 펼쳐 보인 "아무도 흔들 수 없는 나라"야말로 우리 민족이 요구하는 최대의 찬사 내지는 예찬의 정서가 될 것이다. 이 시기 김기림 문학이 갖는 의의는 바로 여기서 찾아야 한다.

# 제7장
# 신인들의 문학, 역사를 헤쳐나가는
# 새로운 항해자들

## 1. 『전위시인집』과 그 구성원들

### 1) 『전위시인집』의 의의

1946년 주로 현실지향적인 시인들, 특히 신인들을 중심으로 『전위시인집』이라는 사화집이 만들어졌다. 서문은 김기림이 썼고, 발문은 오장환이 맡았는데, 이 시집의 발간과 관련하여 그의 발문이 눈길을 끈다.

여기 다만 가쁘게 숨소리만 나는 이땅의 다함께 같은 呼吸을 하면서도 어딘지 모르게 치밀한 계획이 있어 보이고 물러스지 않는 鬪志가 숨어보이고 모든 것은 測定되어 오직 目的하는 것으로 매진하려는 機關車와 같이 悄하고 우람한 詩人들이 있다. 그들은 靑年들이다. 萬사람이 靑春이래야만 갖일수 있는 勇氣와 自由에의 不節한 希求만 이끌온 몸과 마음 모든 條件으로 具備하고 있다[1].

여기에 나와 있는 대로, 오장환이 『전위시인집』에 실린 작가들에 대해서 갖는 기대랄까 평가란 숨가쁜 소리와 투지, 그리고 미래에 대한 계획에 두고 있다. 그와 더불어 강조되었던 것이 청춘의 정서이다. 이런 조건들이 구비되어 있기에 『전위시인집』을 간행한 주체들은 해방공간의 현실을 헤쳐나갈 수 있는 기본 자격이 갖추어져 있다는 것이다. 해방 공간이 요구하는 윤리성을 감안하면, 오장환이 내린 이런 진단은 크게 틀린 것이 아니다.

동인지라는 것이 비슷한 세계관을 가진 사람이 내는 사화집이라는 점에서 보면, 『전위시인집』에 참여한 시인들의 이념이 어떤 지향점을 갖는 것인지에 대해서 굳이 말하지 않아도 된다. 그것은 오장환의 발문에서 드러난 것처럼, 현실에 대한 강력한 발언과 이를 토대로 한 실천적인 것들에 대해 이들의 시적 에네르기가 모아져 상재된 것이기 때문이다. 이런 맥락에서 『전위시인집』은 해방공간의 현실에서 시사적으로 크게 두 가지 의미가 있는 것이었다고 하겠다. 하나는 〈청록파〉와 대응하는 것이고, 다른 하나는 현실 변혁의 주체로서 이들이 갖는 독특한 위치일 것이다.

잘 알려진 일이지만 해방 공간의 현실이 요구하는 것 가운데 가장 중요한 것은 모랄 감각이었다. 그것은 일제 강점기라는 특수성이 만들어 낸 것이기에 이 범주로부터 자유로운 자들만이 해방 공간에서 자기만의 크나큰 음성을 만들어낼 수 있었다. 그러한 조건을 잘 갖춘 사람은

---

1) 『전위시인집』, 「발」, 노농사, 1946, p.1

당연히 문단의 이력이 없거나 미약한 존재로 모아질 수밖에 없었는데, 조금이라도 이름있는 작가라면 일제 말기의 회유나 억압적 상황으로부터 벗어날 수 없었고, 그것은 곧 윤리적 타락과 연결될 수밖에 없었기 때문이다. 신인이란 바로 이런 객관적 상황으로부터 한발자국 떨어져 있게 만들었거니와 그것이 해방 공간에서 자기 활동을 하는 데 있어서 크나큰 힘이 되었다. 물론 이런 조건이 이들 문인들에게만 한정되는 것은 아니었는데, 〈청록파〉에 참여했던 문인들 또한 마찬가지이다. 이들 역시 〈전위파〉 문인들과 마찬가지로 신인급에 속했기 때문이다. 그러니까 어쩌면 초기 해방 공간의 문단사는 이들 신인을 매개로 형성되고 또 도덕적 역량을 확장시켜 나가는 기회로 이용했을 개연성이 큰 경우라 할 수 있다.

그리고 『전위시인집』이 갖는 두 번째 의의는 〈청록파〉와의 상관관계 속에서 논의해야 한다는 점이다. 일제 강점기라는 역사의 공백이랄까 암흑을 어떻게 뛰어 넘고 또 계승해야 할 것인가 하는 문제 역시 이 시기가 요구한 모랄 감각 못지 않게 중요한 요소였기 때문이다. 그래서 민족문학 건설에 있어서 리얼리즘의 전통을 이어받아서 당파성 등을 주장하는 측이 있는가 하면 모더니즘의 전통에서 근대성을 계승하고자 하는 측이 있었다[2]. 물론 이와 무관한 제3의 지대도 존재하고 있었는데, 그들은 바로 이들 신인 그룹이었다. 이들 그룹을 리얼리즘이나 모더니즘의 계통으로 분류할 수도 있겠지만 이들의 성향이나 문학의 지형도

---

2) 이는 근대성의 제반 문제와 관련되어 있는 것인데, 가령, 리얼리스트들의 경우에는 계급성이라든가 당파성의 연장선에서 해방공간을 응시하게 되었고, 김기림과 같은 모더니스트들은 여전히 계몽의 매혹을 통해서 해방 공간의 현실을 헤쳐나가고자 했다. 그러니까 민족 문학 건설에 있어서 당파성이냐 혹은 계몽성이냐 하는 것들이 이 시기 기성문인들이 가질 수 있었던 입장이었다고 하겠다.

를 이해하게 되면, 반드시 어느 하나의 계통으로 편입시켜야 할 뚜렷한 근거가 내재되어 있다고는 볼 수 없을 것이다. 그래서 해방공간에서 이들 신인들만의 고유성이랄까 독자성이 드러나게 되는데, 잘 알려진 대로 〈청록파〉는 우파 문학을 계승하고 발전시키는 역할을 담당하게 된다. 반면, 좌파 계열은 『전위시인집』의 시인들이 그 역할을 맡게 되었다는 점에서 그 차별성이 있는 경우이다.

　『전위시인집』에 참여한 시인은 총 5명이다. 『청록집』의 시인들이 3명인 것에 비하면, 숫자가 상대적으로 많은 편이다. 이들은 약속이나 한 듯이 시인당 5편의 작품을 발표했다. 그러니까 총 25편의 시가 여기에 실려있는 셈인데, 이 가운데 시집을 상재하면서 보다 많은 활동을 보여준 시인들은 김상훈과 유진오이다. 함께 작품을 발표한 김광현, 이병철, 박산운 등은 시집으로까지 상재하지 않았기 때문이다. 이는 해방 공간의 특수성이 보여준 것이거니와 어떻든 정치 우위의 현실이 가져온 불가피한 결과로 보인다.

## 2) 봉건유제의 극복-김상훈

　『전위시인집』에 실린 김상훈의 시들은 「말」, 「전원애화」, 「葬列」, 「기폭」, 「바람」 등 5편이다. 하지만 해방 직후 김상훈의 시세계를 살펴볼 때, 이들 작품들을 통해서 시인의 시세계가 갖고 있는 전모를 밝히는 데에는 어느 정도 한계가 있거니와 그가 이시기에 상재한 시집 『가족』, 『대열』의 시세계를 함께 탐색해보아야 한다. 그래서 『전위시인집』은 그저 하나의 상징적인 사건, 혹은 이 시인이 갖고 있는 정신의 한 편린을 보여준 것에 그치는 것이라 할 수 있다. 그 전반적인 실체는 그가 발표한 시집을 중심으로 이 시기 그가 보여준 현실 정향적인 면모를 이해하는 것이 중요하다고 할 것이다.

해방 직후 김상훈의 문학을 이해하는 준거점은 통상 세 가지이다. 하나는 시인의 출생 배경이며, 둘째는 이 시기 그가 신인이었다는 점, 셋째는 일제 말기 징용 체험을 했다는 점이다. 김상훈은 1919년 경남 거창군 가조면 일부리에서 태어났지만 그의 삶은 처음부터 순탄한 것이 아니었다. 그는 남아선호 사상이 남아있었던 봉건 유습에 따라 아들이 없던 큰집에 양자로 들어가게 된다. 그가 입양을 간 큰 집은 소위 부르주아 계층이었다. 그가 이런 환경에 놓여 있었던 것이야말로 그의 시세계를 형성하는 데 결정적인 요인으로 작용하게 된다. 둘째는 그가 이 시기 신인의 신분[3]인데, 이는 다른 신인 작가들과 마찬가지로 윤리 감각으로부터 자유로웠다는 점이다. 이런 깨끗한 윤리성이 그로 하여금 당대의 불온한 현실에 대해 거침없이 발언할 수 있게끔 한 계기가 되었다고 할 수 있을 것이다. 셋째는 징용 체험이다. 그는 일제 말기 원산의 선반공으로 일하게 되었는데, 징용에 따른 선반공의 경험, 다시 말해 노동 체험이야말로 해방 직후 시인의 세계관을 형성하는 데 있어 절대적인 영향을 주게 된다. 이러한 면들은 이 시기 동일한 처지에 놓여 있었던 다른 신인들과 구분되는 것이라 할 수 있다.

등짐지기 삼십리 길 기여넘어
갑분 숨결로 두드린 아버지의 門 앞에

---

3) 김상훈은 1939년에 작품 「석별(《조선일보》, 11.27.)을, 12월에는 「初秋(」『학우구락부』, 1939.12.)를 발표한 바 있는데, 이는 어디까지나 습작기 수준에 머무는 작품들이었다. 그러니까 본격 작가로서의 길을 걸은 것은 아니라고 할 수 있다.

무서운 글자 있어 共産主義者는 들지 말라
아아 千날을 두고 불러왔거니
떨리는 손이 문고리를 잡은 채
멀그럼이 내 또 무엇을 생각해야 하느냐

태여날 적부터 도적의 영토에서 毒스런 雨露에 자라
가난해도 祖先이 남긴 살림
하구 싶은 말 가지구 싶든 사랑을
먹으면 禍를 입는 저주받은 果實인 듯이
진흙 불길한 땅에 울며 파묻어 버리고
나는 마음 약한 식민지의 아들
천 근 무거운 압력에 죽엄이 부러우며 살아왔거니
이제 새로운 하늘 아래 일어서고파 용솟음치는 마음
무슨 야속한 손이 불길에 다시 물을 붓는가

징용살이 봇짐에 울며 늘어지든 어머니
형무소 窓구멍에서 억지로 웃어보이든 아버지
머리 씨다듬어 착한 사람 되라고
옛글에 日月같이 뚜렷한 성현의 무리 되라고
삼신판에 물 떠놓고 빌고
말 배울 쩍부터 井田法을 祖述하드니

이젠 믿어운 기빨 아래 발을 마주랴거니
어이 역사가 역류하고 습속이 부패하는 지점에서
지주의 맏아들로 죄스럽게 늙어야 옳다 하시는고

> 아아 해방된 다음날 사람마다 잊은 것을 찾아 가슴에 품거니
> 무엇이 가로막아 내겐 나라를 찾는 날 어버이를 잃게 하는고
> ―「아버지의 문 앞에서」 전문

　해방 직후 김상훈의 사유를 가장 잘 대변해주는 시는 아마도 「아버지의 문 앞에서」일 것이다. 이 작품은 몇 가지 면에서 그 의의가 있는데, 하나는 자신의 전기적 상황을 담고 있다는 점이고, 다른 하나는 해방 공간에 대처하는 시인의 자세를 읽을 수 있다는 점이다. 김상훈은 입양된 처지에 놓여 있었고, 그 입양의 주체였던 큰 아버지는 지주였다. 그래서 아버지라는 존재는 김상훈에게는 이중적인 내포로 다가올 수밖에 없었는데, 봉건 유습으로서의 아버지와 부르주아로서의 아버지가 갖는 의미가 그러하다. 시인의 세계관으로 볼 때, 해방 공간에서 요구하는 실천적인 사유와 행동을 담보받기 위해서는 이 부정적 요소들은 분명 초월의 대상이었을 것이다. 김상훈이 이런 상황을 두고 '아버지의 문'이라고 한 것은 상징적인 의미가 있었던 것인데, 여기서 문이란 시적 자아에게 일종의 통과제의에 해당하는 것이었다. 그는 이 문을 나서야 비로소 현실 변혁의 주체가 될 수 있었기 때문이다. "무엇이 가로막아 내겐 나라를 찾는 날 어버이를 잃게 하는고"라는 시인의 아이러니는 바로 이런 상황을 대변하는 것이라 할 수 있다. 다시 말해 아버지를 넘는 행위, 곧 그의 영향으로부터 벗어나는 행위야말로 해방 공간의 전위가 될 수 있는 전제 조건이었던 것이다.
　이런 전기적 사실과 더불어 또 하나 주목해야 할 것이 징용 체험과 그것에 대한 시적 반응이었다. 이런 면은 우리 문학사에서 낯선 영역이 아닐 수 없는데, 이미 산문에서는 이런 경험들이 몇몇 작품에서 서사화된

바 있다. 가령, 엄흥섭의 「귀환일기」라든가, 김만선의 「귀국선」 등이 그러하다. 하지만 운문의 형식에서는 김상훈의 경우가 거의 처음인 것처럼 보인다. 물론 이용악의 「하나씩의 별」도 있긴 하지만 이는 단지 해방된 조국을 향해 찾아오는 귀향일기라는 점에서 김상훈의 경험과는 어느 정도 거리가 있는 것이었다.

김상훈의 「아버지의 문」은 자신이 경험했던 징용 체험을 소재로 한 작품이다. 그러나 이는 어디까지나 경험차원의 것이었을 뿐 거기서 어떤 구체적인 상황이 제시되어 있는 것은 아니었다. 다만 해방을 맞이하여 어머니와 해후하는 정도의 장면만이 제시되어 있을 뿐이다. 그런데 여기서 중요한 것은 이 체험이 가지고 온 시적 주체의 다짐이라 할 수 있는데, 그런 감각이 지주의 맏아들이라는 회의에 덧씌워짐으로써 시적 자아는 강력한 자기 반성에 이르게 된다. 그런 다음 그런 감각이 궁극에서는 실천적 주체로 거듭 태어나게 하는 계기로 작용하게 된다.

나는 이제 두 살백이다
지주의 맏아들에서 가난뱅이의 편으로 태생하였다
살부치기를 모조리 박멸하고
앵무새처럼 노래부르든 버릇을 버렸다

나는 아무것도 없다 아무것도 모른다
다만 조국을 사랑하는 한가지 길밖에
인민을 위한 인민의 나라를 세우는 것밖에
나는 이래서 시를 쓴다 그리고 가장 자랑스럽다

지하에서 地熱을 안고 솟아나온

위대한 혁명가가 노선을 지시하는 단 아래
내 눈물고인 가슴이 감격을 참지 못하고 섰으면
만세소리 潮水처럼 낡은 城砦에 부대치고
아아 나의 미칠듯한 기쁨이 거기에 있다

우리 공화국을 방해한
간악한 부르조아야 거기 있거라
倭賊의 개 이제 또 누구에게 충성을 맹서하고
동족을 쏘는 피묻은 총알을 얻느냐
죄지은 놈이 삭은 동아줄에 매달려
묘혈에 떨어지는 것을 보면 한량없이 기쁘다
                                    ─「나의 길」부분

「나의 길」은 「아버지의 문」의 연장선에 놓인 시이다. 서정적 자아는
새롭게 실존적 탄생을 했다고 한다. 생물학적 탄생이 아니라 자신의 조
건과 상황에 맞는 역사적 탄생을 했다는 것이다. 가령, "지주의 맏아들
에서 가난뱅이 편으로 탄생"했고, 또 "조국과 인민을 사랑하는 주체"로
새롭게 태어난 것이라고 한다. 그 다짐의 밑바탕을 장식하고 있는 것이
"아무 것도 가진 것이 없다는" 무소유의 자세이고 이를 바탕으로 조국
에 대한 한없는 사랑을 제시하고자 한다.

이렇게 실존적 탄생을 한 시적 자아 앞에 놓인 장애물은 두 가지이다.
하나는 부르주아이고, 다른 하나는 '왜적의 개'이다. 그러니까 봉건적인
요소와 반민족적인 것들이 시적 자아가 뛰어넘어야 할 크나큰 산이 되
고 있는 셈이다. 이런 맥락에서 본다면, 이 시기 김상훈의 시들은 〈문학
가동맹〉의 노선을 충실히 따른 것으로 보인다. 봉건 유제의 극복과 민족

반역자에 대한 반담론의 형식이 고스란히 작품 속에 재현되어 있는 까닭이다.

김상훈의 시들이 목표로 한 것은 인용시들에서 알 수 있는 바와 같이 철저하게 반봉건적인 것에 주어져 있었다. 그가 자신이 만들어가야 할 민족문학에 이 감각을 제시했던 것은 무엇보다 그의 전기적 사실과 분리하기 어려운 것이다. 그는 자신의 시에서 표명한 것처럼 지주의 억압에 신음하는 소작인들의 삶을 똑똑히 보았거니와 또 이들 지주들이 어떻게 일본 제국주의와 결탁해서 자신들의 이익을 전취해나갔는지에 대해서도 분명히 알고 있었기 때문이다.

그리고 이 시기 김상훈의 작품 세계와 관련하여 또 하나 주목해서 보아야할 것이 『가족』이라는 시집이다. 이 작품은 긴 형식의 장르, 곧 서사시의 형태를 취하고 있는데, 이는 시인의 언급에서도 잘 드러나 있거니와 실제로 그는 서사시라는 장르에 대한 뚜렷한 개념이랄까 이해를 갖고 있었던 것으로 보인다. 그는 이 작품의 서언에서 헤겔적인 의미의 서사시가 어떤 장르적 특성을 갖고 있는 것인지에 대해 비교적 뚜렷이 이해하고 있었다. 그는 서사시라는 이론적 장르가 해방공간이라는 역사적 현실에 꼭 들어맞는 것이 아님을 알고 있었던 것인데, 그럼에도 『가족』이라는 서사시를 썼고, 그것이 이 시대의 어떤 필연적 요구에 의한 것임을 밝히고 있는 것이다. 그가 말한 필연적 요구란 다름아닌 "하구 싶은 이야기를 마음껏 해보려"[4] 했다는 데에 있었다는 것이다.

시인의 이런 판단을 존중한다면, 『가족』을 서사시라는 형식을 빌려서 쓴 것에 대한 필연성, 다시 말해 서사시가 해방 당시에 기능할 수밖

---

4) 『항쟁의 노래』(신승엽편), 친구, 1989, p.230.

에 없었던 필연적 이유가 무엇이었을까를 다시 한번 묻게 된다. 김상훈의 말처럼, 헤겔적인 의미의 서사시가 해방 당시에 재현되는 것은 가능한 일이 아니었다. 그렇기에 고전적 의미의 서사시로 『가족』을 이해하는 것은 잘못된 잣대를 적용하는 일이 될 것이다. 그럼에도 서사시 『가족』은 쓰여졌고, 이를 쓴 저자 자신도 이런 조건에 대해 충분히 이해하고 창작했다. 여기서는 다만 이 작품이 쓰여질 수밖에 없었던 이유와, 그것이 민족문학에서 어떤 자리를 차지하고 있는가에 대해서 이해하면 그만일 것이다.

　해방공간에서 서사시 창작 배경 가운데 하나는 시인의 언급대로 현실에 응전하는 사람들의 이야기에 대한 표현의 필요성이다. 서사(narrative)에 대한 시대의 필연적 욕구인데, 이것이 가능하기 위해서는 무엇보다 시의 양식이 길어져야 했다. 이런 요인들이 『가족』을 창작하게 된 첫 번째 배경일 것이다. 둘째는 그러한 사람들의 이야기 속에서 전형을 창조하고 싶었다는 시인의 의도가 반영된 결과이다. 전형이란 보편성 속에서 특수성을 구현하는 방법적 의장이다. 보편이란 다수를 대표하는 것이고 특수란 개성의 표현에 해당된다. 이런 전형이 가능하기 위해서는 대표성을 갖고 있는 인물이 설정되어야 하고, 그 인물의 성격이 발전하는 구조가 있어야 한다. 그리고 세 번째는 해방 공간만이 갖는 특수한 상황이다. 물론 진보적 상황이 발생하고 새로운 변혁이 필요한 시대에는 신성한 것들에 대한 필연적 요구가 발생하는 것이기에 서사시의 등장 환경을 해방공간만의 상황으로 이야기하는 것은 적절하지 않은 것일지도 모른다. 그럼에도 해방 공간이란 어느 누구도 권력을 잡을 수 있는, 그리하여 새로운 국가 건설에 나설 수 있는 초유의 공간임을 전제할 때. 새로운 주체를 세우게 되면 국가 건설이 가능한 시대였다.

새로운 국가를 향해 나아가는 건설의 주체가 영웅적 요소를 갖는 것임은 자명한 것이거니와 그 한 단면을 이미 조기천의 『백두산』은 우리에게 일러주고 있었다. 말하자면 새로운 국가 건설이라는 신성성, 이를 담당하는 인물의 선험성은 분명 존재하는 것이고, 그 특징적 단면들이야말로 고전적인 의미의 서사시 주인공과 꼭 닮아 있는 것이었다. 이 시기 서사시의 가능성은 이런 환경적 요인에서 찾아야 할 것이다.

『가족』은 우선 봉건적 질서와 그 해체라는 관점에서 이해하게 되면 「아버지의 문 앞에서」의 연장선에 놓인다. 뿐만 아니라 「나의 길」과도 일정 부분 겹쳐진다. 『가족』의 가장 중요한 주제 가운데 하나는 봉건적 질서의 해체이고, 다른 하나는 이러한 과정을 통해 근대 사회로 편입되는 과정에서 일어나는 가족 간의 갈등이라 할 수 있다. 이는 작품 속에서의 여러 장면들 혹은 인물들 사이의 대립 등에서 잘 드러난다.

이 작품에서 봉건적 질서를 가장 잘 대표하는 인물은 황참봉이다. 그는 지주이고, 이 지위를 통해서 온갖 봉건적 특혜를 누리는 전형적인 전근대적인 인물, 곧 봉건 사회를 대표하는 인물형이다. 뿐만 아니라 그는 재산이 많은 탓에 전통적인 축첩 제도을 이용하여 자신의 욕구를 채우는 인물이다. 반면 그 상대편에 놓인 인물들, 특히 여자들은 대부분 그의 희생자가 된다. 이 작품의 주인공인 복례도 그 피해자 가운데 하나이다. 그는 자신의 부모가 갖고 있던 소작이나마 지키고자 기꺼이 황참봉의 첩으로 나서는 인물이다.

황참봉의 봉건적 행보는 해방이 되어서도 전혀 바뀌지 않는다. 그는 해방 직후 곧바로 존재의 새로운 변신을 시도하는데, 친일분자였던 황참봉은 재빨리 현실추수주의자가 되어 해방 직후 남한 사회에서 빠르게 적응해갔기 때문이다. 이를 통해 이 시대를 이끌어가는 지도세력의

한 축을 담당하게 된다. 해방 직후 「가족」에서 나타나는 갈등 양상은 황 참봉을 중심으로 한 봉건적, 친일적 인물군들과 이에 대항하는 인물군 들로 새롭게 짜여지기 시작한다. 이런 구도에서 가장 주목되는 인물이 복례이다.

> "오늘부터 시작하는 것이다
> 슬픈 이야기가 끝난 다음부터
> 살려는 노력은 개시되는 것이다
>
> 찬란한 명일을 기다리는 마음만이
> 뼈아픈 진통의 의의를 안다
> 쓰러지는 자를 위하야
> 엄숙히 熱淚를 거두라
>
> 영원히 새것으로 밀려오는
> 우리들의 명일 때문에 우리는 살아야 한다"
>
> 渭雨는 福禮의 눈앞에서
> 처음으로 웃음을 배운 사람처럼 웃어보였다
> "당신이 말한대로 길동무가 되리다"
> 福禮의 웃음도 花心같이 붉었다[5]

복례는 해방 직후 전위의 투사로 거듭 태어나는 이 시기 전위의 상징

---

5) 위의 책, pp.143-144.

적 인물이다. "나는 농노의 딸이올시다/지주의 獸慾에 짓밟혔습니다"라고 외치는 것에서 알 수 있는 것처럼 복례는 이제 과거의 전통적인 인물이 아니다. 옛날 봉건성에 갇힌 복례가 아니었던 것인데, 리얼리즘적인 범주에서 이해하게 되면, 그녀는 선진적인 노동자, 투사로 새롭게 변신하고 있었던 것이다.

복례의 이러한 변신은 전통의 해체와 그에 따른 근대로의 편입 과정이 어떻게 이루어지는 것인가 하는 것을 일러주는 사례가 아닐 수 없다. 하나는 전통적인 농민층의 분해 과정이다. 근대 사회로 편입되면서 전통적인 농민층은 필연적으로 해체, 분해될 수밖에 없는데, 그 도정이란 통상 두 가지 방향으로 이루어지는 것이 일반적이다. 하나는 부르주아로의 상층 분해이고 다른 하나는 프롤레타리아로의 하층 분해이다. 이런 과정은 '복례'를 비롯한 작품 속의 여성인물도 피해가지 못한다. 김상훈은 이런 분해과정을 통해서 전통적인 농촌이 어떻게 해체되고 봉건적인 질서가 또 어떻게 붕괴되는가를 그리고 싶어 했을 것이다. 그것이 아마도 그가 말한 "하고 싶은 이야기"의 또 다른 단면이 아니었을까 한다. 그리고 복례는 이때의 현실이 요구했던 전위적인 투사, 선진적인 노동자형이라는 점에서 특별한 함의를 갖는다. 이는 서사시의 주인공에게 요구되는 선험성이라든가 영웅성이라는 점에서 「가족」이 갖는 시사적 의의라 할 수 있다.

그리고 또 하나 주의 깊게 보아야할 인물이 지주의 아들이었던 위득의 변신이다. 그는 황참봉의 자식이었지만, 그와는 다른 길을 간 인물이다. 한때 부르주아 자식이었고 복례를 이성적으로 사랑했던 인물이지만 복례와 마찬가지로 새로운 환경에서 혁명적 전사로 새롭게 태어나게 된다. "당신이 말한 대로 길동무가 되리라"라는 그의 말은 이들의 관계가 더 이상 봉건적, 혹은 생물학적 끈으로 연결되지 않고 있음을 말해주는 것이다. 혁명이 타오르는 등불 앞에 이들은 새로운 전위가 되어 역사의 주체로 거듭 태어나고 있는 것인데, 이런 변모는 유적 연대성, 곧 민중성의 또다른 표현이라는 점에서 그 의미가 있는 것이라 할 수 있다.

김상훈의 문학은 이 시기 시인들과는 다른 새로운 지점에서 시작된다. 그는 서사 양식을 차용하면서 인물들의 성격 변화를 역사적, 사회적 환경에서 풀어내었다. 그 도정에서 그는 이 시기가 요구하는 민주적, 혹은 민족적 가치에 대해 집요한 탐색을 보여주었는데, 그것이 현실을 헤쳐나가는 전위적 인간형을 그려내는 것이었다. 뿐만 아니라 봉건적인 인물들이 근대적 환경 속에 편입되면서 어떤 변신을 하는지에 대해서도 예리하게 포착해내었다. 그의 이러한 과정들이 모두 민주적 질서를 향한 열망, 민족 문학을 향한 집요한 탐색 속에서 이루어졌다는 점에서 그 의의가 있을 것이다.

### 3)전위로서의 행동 문학-유진오

『전위시인집』의 또다른 주체였던 유진오는 이 시집에 「공청원」, 「장마」, 「횃불」, 「삼팔이남」, 「누구를 위한 벅차는 우리 젊음이냐?」 등 5편의 작품을 실었다. 유진오는 우리 사시에서 비교적 낯선 이름이다. 그것은 무엇보다 그의 문학적 이력이 짧은 데서 오는 것인데, 그는 해방 공간에서의 활발한 활동에도 불구하고 일찍 생을 마감함으로써 문학사의 뒤안길로 사라진 인물이다[6].

---

6) 그는 1950년 6월 인민군이 들어오기 직전 전주 형무소에서 처형된 것으로 알려져 있다.

유진오는 전북 전주군의 고산면 오산리에서 아버지 유치준과 어머니 남원 양씨의 4형제 가운데 네 번째로 태어났다. 그리고 14살 되던 해인 1936년 4월에 서울 중동중학교에 입학을 했으며, 여기서 그의 평생의 문학 친구 가운데 하나였던 시인 김상훈을 만나게 된다. 학교 졸업 후에 그는 일본 와세다 대학과 메이지 대학 등에서 불문학을 전공한 것으로 알려져 있다[7]. 유진오가 언제 문단에 정식 등단했는지에 대해서 정확한 기록이 남아 있는 것은 없다. 다만 학창 시절에 시를 비롯한 문학 전반에 대해 활발하게 활동했을 것으로 상상되지만, 이 또한 뚜렷하게 흔적으로 남아 있는 것은 없다. 유진오가 본격적으로 작품 활동을 시작한 것은 해방 직후였다. 1945년 11월 『민중조선』에 시 「피리ㅅ소리」를 발표하면서부터인데, 이 잡지의 발행인 겸 편집인이 김상훈으로 되어 있으니, 그의 작품 활동은 김상훈과의 우정, 그리고 그의 권유에 의해서 이루어진 것으로 보아야 한다.

이 작품을 발표한 다음 유진오는 1948년 1월 15일 유일한 시집이었던 『창』을 발간한다. 이 시집이 갖고 있는 의미는 등단 시기뿐만 아니라 그 이전과 이후 시기의 작품 세계에 대한 실마리를 찾을 수 있다는 점에서 그 의의가 큰 작품집이다. 이 시집은 어느 한 가지 주된 경향으로 이루어져 있지 않다. 여기에는 여러 작품 세계들이 혼재되어 있다[8]. 특히 해방공간이 요구하는 현실과 어느 정도 거리를 두고 있는 순수 서정시들에 주목하게 되면, 이 시집 속의 작품들은 결코 짧은 기간에 쓰여진

---

7) 이상은 최명표 편, 『유진오 시전집』, 신아사, 2018에 나와 있는 연보를 중심으로 기술한 것이다.
8) 몇몇 평자들은 이 시집 속에서 현실지향적인 시들을 발견할 수 없고 낭만적 리리시즘의 세계가 살뜰히 전개되고 있다고 이해했지만, 시집을 꼼꼼히 들여다 보게 되면, 이는 전혀 근거없는 이해라 할 수 있다.

것이 아님을 알게 된다. 시인이 발문에서 말한 것을 보면, 이러한 심증은
더욱 굳어지게 된다.

> 이 시집 『창』은 나의 지난날의 편린이요 앞으로의 지향의 의미에서 보
> 아진다면 다행이다.
> 4부로 분류한 것은 연대순으로 한 것은 아니다. 이 21편의 시는 해방
> 전의 것 몇 편과 해방 후로는 1945년 9월로부터 1946년 6월까지의 시와
> 그리곤 1947년, 9, 10월의 시를 편편히 섞어서 끼어 놓았다.[9]

이 글에서 알 수 있듯이 유진오의 문학 행위는 비교적 오랜 세월에 걸
쳐 이루어진 것으로 보인다. 그럼에도 그가 처음부터 현실주의에 입각
해서 시를 쓴 것은 아니다. 해방 이전에는 주로 농도짙은 리리시즘에 기
초한 시를 썼던 까닭이다. 그리고 그러한 시세계의 주조를 이룬 주제는
주로 그리움이었거니와 그 대상은 자신이 가졌던 첫사랑의 정서로 채
워져 있었다. 가령 초기의 대표작이었던 「順이」가 그러하다.

> 그리움이여__
> 千里길을 내달렸도다
>
> 얼골도 말소리도 모르는
> 이따금 날러드는 平凡한 葉書조각에
> 흘리운 듯 팔리운 듯 그리웠든 이

---

9) 시집 『창』 跋, 정음사, 1948.1.15.

꿈결같은 이야기......
지난날 허고 많은 주림과 슬픔
목마른 바램의 끝없는 새암 줄기

이제는 새 새악시 얌전한 안악
도란도란 이야기는 웃음에 차서......

머얼리 바라만 보듯 듣기만 하고
눈섭 하나 까딱이지 못한 채
사뿐히 놓여지지 안는 발길은
千里길을 되가야 하나니

배운 건 한 가지나
잃은 건 열 가지나 되는 듯
절름거리는 마음 무척 서글퍼

안타까움이여......
千里길은 아득하도다

　　　　　　　-「順이」전문

　이 작품의 주제는 이러하다. 서정적 자아는 자신의 첫사랑이었던 순이를 잊지 못하고 사뭇 그리워 한다. 그것은 순이가 시집간 이후에도 변하지 않고 오랜 세월 지속된다. 그래서 순이가 어떻게 사는지 궁금해서 그녀를 은근히 만나러 간다. 하지만 그녀는 이미 다른 사람의 부인이 되었을 뿐만 아니라 그 삶에 만족하여 살아가는 인물로 바뀌어 있었다. 이

런 모습 속에 시적 화자는 좌절하게 되고 슬픔에 젖어들게 된다. 하지만
그것은 과거로 퇴행하는 폐쇄적인 감정이 아니라 그리움이라는 보다
더 적극적인 감수성으로 현재화하면서 이를 초월하고자 하는 성숙한
정서로 발전시킨다. 이 시에서 보듯 유진오는 초기에 농도 짙은 서정시
를 썼거니와 현실 세계에는 적극적으로 개입하지 않았다. 하지만 이런
감각은 해방을 맞이하면서 이전과는 전연 다른 양상을 보여주게 된다.
그 단적인 예가 되는 작품이 「나는야 거기 이름없는 풀잎이 되어」이다.

> 나는야 이우러져 자라났다
> 그늘져 후미진 石築 밑을 걸을 때마다
> 번질거리는 돌문패서껀
> 불이라도 지르고 싶은 마음
> 눌르며 달래며 자라왔다
>
> 개나리 피어 휘늘어지면
> 안개 같은 몬지를 풍기며
> 料亭으로 달리는 自動車를
> 눈물 어린 눈으로 흘겨만 보든
>
> 나는야 이젠
> 불꽃 이는 가슴을 안고
> 山脈처럼 부푸러 오르는 血管을 움킨채
> 마구 마구 달려간다
>
> 새 나라의 이름으로

지경을 닦는 찬란한 마당으로
나는야 동무들의 앞장을 서서
미친 듯이 달려간다

오오 새 나라야 새 나라야 우리 나라야
송이 송이 꽃송이가 피어날 때엔
나는야 거기 이름없는 풀잎이 되어
조심스레 모시리라 정성스레 받들리라
     -「나는야 거기 이름없는 풀잎이 되어」 전문

이 작품은 제작 동기가 비교적 뚜렷이 드러나 있는 시이다. 기왕에 그의 시가 보여주었던 리리시즘의 포기와 새로운 현실에 적응하고자 하는 시적 자아의 다짐이 잘 표현되어 있기 때문이다. 이 결기란 계급적 기반 위에 있는 것이거니와 이를 토대로 민족문학 건설에 대한 시인만의 고유한 방향으로 연결되고 있다. '오오 새 나라야 새 나라야 우리 나라야'라는 것은 해방 직후 현실에 대한 시인의 심정적 열정일 것이다. 이런 정서들은 빼앗긴 산천과 주권이 돌아온 날, 민족의 주체라면 당연히 느꼈어야 할 것들이라 하겠다.

그리고 무엇보다 이 시에서 주목해야 할 부분은 반민족적, 반민중적 정서에 대한 분노이다. 민족문학 건설이, 반민족적인 것들이 배제된 인민성 혹은 건강한 시민성에 바탕을 두어야 한다고 믿는 자라면 시적 자아가 기대했던 방향과는 반대로 흘러가는 불온한 현실에 대해 분노의 정서를 표출하는 것은 당연할 것이다. 서정적 자아가 특히 주목하는 부분은 여기인데, 가령 "안개 같은 몬지를 풍기며/料亭으로 달리는 自動

車를/눈물어린 눈으로 흘겨만 보든" 좌절의 정서가 해방 직후에도 고스란히 계승되고 있다는 사실이다. 이는 계급적, 혹은 민족적 거리를 만드는 주요 동기이거니와 현실을 향한 유진오의 실천적 동기는 바로 이런 분노의 정서에서 시작되는 것이었다.

유진오는 이 시기 다른 어떤 문인들보다 열정과 분노로 가득찬 시인이었고, 이를 통해 실천을 담보해나간 시인이었다. 이런 면모는 신인이나 기성 시인 모두를 통해서도 단연 돋보이는 경우였다. 그는 열정의 시인이었고, 시로 대중을 선도하고 이를 견인해낼 줄 아는 시인이었던 것이다. 『전위시인집』에 실린 「누구를 위한 벅차는 우리의 젊음이냐?」는 그런 선도성을 잘 보여주는 그의 대표시이다.

> 누구를 위한
> 벅차는 우리의 젊음이냐?
> 어느 놈이 우리의
> 분통을 터트리느냐?
> 우리들 젊음의 힘은
> 피보다도 무서웁다
>
> 머얼리 바다 건너 저쪽에서도
> 피 끓는 젊은이의
> 씩씩한 行進과 부르짖음이
> 가슴과 가슴들 속에 波濤처럼 울려온다
> 젊은이 갈 길은 단 한 길이다
> 가난한 同族이 우는 곳에

피빨이 서 날뛰는

외국 ㅁㅁㅁ들과

망녕한 슈監님들에게

저승길로 떠나는 路資를 주어

ㅁㅁ으로 쫓아야 한다

　　　-「누구를 위한 벅차는 우리의 젊음이냐?-國際靑年데에」 부문


　이 작품은 1946년 9월 1일 10만 청중이 모인 동대문 운동장에서 낭독한 시로 알려져 있다. 그의 낭독시를 듣고 관중들은 대단히 열광했다고 한다. 그러니 그가 군정 당국의 요주의 인물이 될 수밖에 없었고, 그 결과 청중을 선동한 죄로 감옥에 간 것은 어쩌면 불가피한 것이었다고 하겠다. 이 낭독 행사는 해방 이후 첫 필화사건으로 기록된다. 그러한 대중성, 혹은 유명세는 유진오로 하여금 일약 유명 시인의 반열에 오르게끔 만든 계기가 되었다. 임화는 그를 '계관시인'[10]이라고 했거니와 오장환은 '시인의 박해'라는 제목의 글로 이를 헌사하기도 했다[11]. 신인이었던

---

10) 임화는 이때의 사건을 소재한 작품 「계관시인-옥중의 유진오 군에게」라는 시를 썼다. 그 내용은 다음과 같다.
　억수로 내리는 양광아래/요란히 흔들리는 수만의 손과/아우성치는 동포의 고함 속에/그대는 호령하는 장군처럼/노래하였다//조국의 자유를 위하여/아낌없이 내어버릴/젊은 생명의 날//피끓는 청년의 9월 1일//인민의 행복을 위하여/죽음의 아름다움을 노래부르던 성동원두//그대의 떨리는 입술/흰 이마와 검은 머리 위/물결치는 바다는/정녕 정녕 사랑하는 조국의/영구히 푸른/우리들 모오두의 하늘//아 이 하늘 아래/일찍이 형제이었던 한 사람의/포리는 그대의 옷깃을 잡었다//사랑하는 시인이여/돌층계를 내려서는/그대의 조용한 얼굴 위/둥그러니 어리었던 하늘은/비록 감람가지와 월계수가/붉고 푸르지 않다 하더라도/고난한 조국이 시인에게 주는/영광의 화관이었다//아아 조국의 자유와 더불어/우리들 온 조선 시인이/제마다 부러워하는/영광이여 영원하거라.//
11) 오장환은 이글에서 유진오의 석방을 강력히 요구하고, 만약 그에게 죄가 있다면, 그

유진오가 기라성 같았던 문학 선배들에게 받은 칭송들은 과분한 것이었고 이에 무척 고무되었을 것이라는 사실은 분명했을 것이다. 신인으로서는 받기 어려운 현란한 찬사를 대 선배시인으로부터 받았으니 더욱 의기양양했던 마음을 가졌던 것은 아닐까. 여기서 오는 격앙된 감격과 고양된 정서들이 이후 유진오가 나아가는 앞길에 크나큰 영향을 주게 된다.

「누구를 위한 벅차는 우리의 젊음이냐?」는 행사시이면서 또한 낭송시이기도 하다. 행사나 낭송 위주의 시는 대중의 감성에 직접 호소하는데 그 특징적 단면이 있는 것이기에 리얼리즘 시에서 흔히 요구되는 논리성이나 정합성들은 크게 중요하지 않다. 따라서 사회적 모순이나 계급적 연관성을 위한 시인의 열정이나 정서적 요구가 꼭 필요한 것은 아니었다고 하겠다[12]. 하지만 이 작품이 겨냥하는 곳, 곧 공격하고자 하는 주체들에게는 아지프로 경향의 작품보다 훨씬 커다란 위협으로 다가왔을 개연성이 크다. 그래서 상대편에 놓인 세력들은 유진오를 경계하고자 했던 것이고, 실제로 시집 『창』의 발문을 쓴 조운도 이점을 지적한 바 있다. "시를 원자탄보다 무리들의 선두에 서 있는 것"[13]이 유진오 시가 갖고 있는 폭발력 내지 영향을 말하는 것이라 할 수 있다.

이 시기를 전후로 해서 유진오에게 순수 서정시는 의식의 외연 밖으

---

의 시를 듣고 열광한 수많은 대중도 공범이라고 역설했다. 오장환, 「시인의 박해」, 『문학평론』, 1947, 4.

12) 그의 시들이 현실 속에서 피어오르는 계급적 연관성이 부족하다는 지적은 옳은 것이라 할 수 있다(신범순, 『한국 현대 시사의 매듭과 혼』, 민지사 1992, p.258.). 하지만 낭송 위주의 시에서 그런 의장이 꼭 필요한 것은 아니라는 점에서 비판의 대상이 될 수는 없을 것이다.

13) 조운, 시집 『창』 발문 참조.

로 멀리 날아간 듯 보인다. 시집 『창』의 일부에서 읽어낼 수 있었던 낭만의 서정 세계나 아름다운 리리시즘의 세계는 더 이상 보이지 않는 까닭이다. 시인 역시 이런 변화에 대해 익히 알고 있었다. "시인이 되기는 바쁘지 않다. 먼저 철저한 민주주의자가 되어야겠다. 시는 그 다음에 써도 충분하다"[14]고 말하고 있기 때문이다.

행사 위주의 시는 무엇보다 실천이 담보되어야 한다. 이른바 운동으로서의 문학이 그 정점에 놓여 있어야 하는 것은 당연한 일일 것이다. 유진오는 대중 앞에 낭송하고, 선동하는 차원에서 자신의 문학적 임무가 완결되는 것으로 생각하지 않았다. 운동으로서의 문학, 행동으로서의 문학은 그의 육신 속에 내재된 채, 문학과 행동이 쌍생아처럼 움직이기 시작한 것이다. 이 시기 그는 문학공작대의 일원이 되어 전국으로 순회하는 일을 맡게 된다. 1947년 〈조선문화단체총연맹〉에서 "인민을 위한 문화"라는 전제 하에 조직된 문화공작대 일원으로 참가하는 것이다[15].

유진오는 〈문학가동맹〉이 요구하는 민족 문학의 요건들에 대해 충실히 이행해 나가고 있었다. 이는 문학 내적인 문제뿐만 아니라 외적인 문제에서도 동일했다. 집회가 있는 곳이면, 그는 나가서 시를 낭독했고, 집단이 요구하는 자리가 있으면 이 또한 주저하지 않고 합류하여 그들과 함께 했다. 하지만 점증하는 객관적 상황의 악화는 더 이상 진보주의 문학의 활동을 전진할 수 없게 만드는 형국이 되었다. 이런 현실적 한계들은 더 이상 남쪽에서 문학운동을 이끌어나갈 수 없게 했거니와 1946년과 1947년 사이에 이루어진 문인들의 월북 행렬은 이런 현실의 반증이

---

14) 유진오, 앞의 글 참조.
15) 오성호, 『한국 현대리얼리즘 시인론』, 태학사, 1990, p.240.

었다.

그런데, 유진오는 이 행렬에 참여하지 않았다. 그 이유는 명확하지 않지만 몇 가지 원인이 있었을 것으로 추정된다. 하나는 문화공작대의 활동에서 보듯 굳이 북쪽으로 가지 않고도 남쪽에서 얼마든지 민족 문학 건설을 위한 운동을 이어갈 수 있을 것이라 판단한 것이다. 그가 이 활동에 매우 적극적인 포오즈를 취한 것도 이 때문일 것이다. 그는 1949년 2월 지리산문화공작대장의 직함을 받고 지리산에 입산하게 되고 여기서 김지회 등과 3일 남짓 보내기도 했다. 이 활동 후 하산하게 되지만, 그 과정에서 이들을 감시하고 있던 민보단 단원에게 체포된다[16]. 이후 서울로 압송당하는 운명에 처하게 되거니와 그해 9월 군법회의에서 사형 선고를 받고 감옥에 갇히는 신세가 된다. 이후 가족과 친지들의 탄원을 받고 감형을 받아 사형은 면하게 된다[17].

그리고 그가 월북하지 않는 두 번째 이유는 가족적인 한계에 그 원인이 있었던 것으로 보인다. 그는 누구보다 어머니에 대한 효성이 지극했고, 그렇기에 그 곁을 떠난다는 것은 상상할 수 없는 운명의 소유자였다. 이런 단면은 후에 보도 연맹 사건과 처형 직전의 상황에서 추정할 수 있는데, 그 상황은 이듬해 발발한 한국전쟁에서 일어난다. 그는 여기서 새로운 운명을 맞게 되는데, 전쟁 직전인 1950년 3월 그는 감형을 받고 전주형무소로 이감된 상태였다. 그는 거기서 전쟁을 맞았고, 인민군이 전주로 들어오기 직전 긴급 처형된 것으로 알려졌다. 물론 그가 이때 죽지

---

16) 이때가 1949년 2월 28일이고, 장소는 전북 남원이었다.
17) 이때의 감형은 항렬이 같은 집안사람이었던 「김강사와 T교수」를 쓴 동명이인의 소설가 유진오의 도움이 있었고, 또 안재홍, 신익회 등 정치인들의 도움도 받은 것으로 알려졌다.

않았다는 이설도 존재하는데, 그것이 바로 어머니의 역할이었다. 그의 어머니는 유진오가 처형 직전에 자신의 전재산을 정리한 다음, 처형책임자에게 이를 건네주고 아들을 구해냈다고 한다. 그만큼 어머니와 그, 혹은 그의 가족 관계들은 돈독했던 것이다. 이런 저간의 사정이야말로 그가 북쪽으로 올라가지 않은 근거가 될 수 있을 것이다. 하지만 이는 어디까지 풍문에 불과한 것이고, 실제로는 이때 처형된 것으로 보인다. 이 이후 유진오의 행적은 어디에서도 드러나지 않고 있기 때문이다.

　윤리와 도덕으로 무장한, 민족 문학 건설에 대한 유진오의 꿈은 이렇게 역사의 격랑 속으로 사라져 갔다. 무기력한 한 개인이 거대한 역사의 톱니바퀴와 함께 하지 못하고 벗어날 때, 홀로 겪을 수밖에 없는 비극의 결말을 유진오는 이렇게 온몸으로 처절하게 보여준 것이다. 그는 누구보다 민중을 사랑했고, 민족에 대한 애틋한 열정을 보여준 시인이었다. 하지만 이 연약한 서정 시인 앞에 놓인 것은 감당할 수 없을 만큼 거대한 권력 내지는 힘이었다. 연약한 서정 시인으로서는 감히 어떻게 할 수 없는 권력, 그는 이를 넘지 못했고, 우리 민족 또한 이로부터 벗어나지 못했다. 그것이 유진오의 비극이었고, 우리 민족의 비극이었다.

## 2. 『청록집』과 그 구성원들

　박두진, 조지훈, 박목월 등이 중심이 된 『청록집』이 1946년 6월 6일 을유문화사에서 간행되었다. 장정은 김용준(金瑢俊)이 했고, 소묘는 김의환(金義煥)이 했다. 사화집의 주체인 세 명의 시인은 모두 1930년대 말 정지용의 추천으로 《문장》지를 통해서 나온 신인들이다. 이들이 여기에 발표한 목록은 이러하다. 박목월은 「임」, 「윤사월」, 「삼월」, 「청노루」, 「갑사댕기」, 「나그네」를 비롯한 15편의 작품을 실었고, 조지훈은 「봉황수」, 「고풍의상」, 「완화삼」, 「승무」, 「고사」, 「산방」 등 12편을 실었다. 그리고 맨 마지막이 박두진이었는데, 그는 「향현」, 「묘지송」, 「도봉」, 「푸른 하늘 아래」, 「설악부」, 「어서 너는 오너라」를 비롯한 12편을 발표했다. 그러니까 목월의 작품이 가장 많았고, 조지훈과 박두진은 12편으로 동일했다.

〈청록파〉는 삼인이 모여 만든 동인지이지만, 목월의 그림자가 짙게 배어 있는 사화집이다. 그것은 다음 두 가지 이유 때문에 그러한데, 하나는 작품 수가 다른 두 동인에 비해서 많았다는 점이고, 다른 하나는 『청록집』의 제사된 단어가 목월의 「청노루」에 기반을 두고 있는 것이라는 점 때문에 그러하다. 게다가 목월이 이 시집에서 주도적 위치에 있을 수밖에 없었던 것은 그의 스승이었던 정지용의 평가도 빼놓을 수 없을 것이다. 일찍이 정지용은 이들을 추천한 자리에서 목월에 대해 이렇게 평가한 바 있다.

> 북에는 소월이 있었거니 남에 박목월이가 날 만하다. 소월의 툭툭 불거지는 삭주구성조(朔州龜城調)는 지금 읽어도 좋더니, 목월이 못지 않아 아기자기 섬세한 맛이 좋다 민요풍에서 시에 발전하기까지 목월의 고집이 더 크다. 소월이 천재적이요, 독창적이었던 것이 신경, 감각 묘사까지 미치기에는 너무 '民謠'에 시종하고 말았더니, 목월이 요적(謠的) 데상 연습에서 시까지의 콤포지션에는 요(謠)가 머뭇거리고 있다. 요적 수사(謠的 修辭)를 충분히 정리하고 나면 목월의 시가 바로 조선시다.[18]

---

18) 정지용, 「시선후기」, 『문장』, 1940.9.

"북에는 소월, 남에는 목월"이라고 한 정지용의 언급은 목월에게는 매우 파격적인 언사였다. 신인에 불과했던 목월에게 시단의 원로급이자 많은 국민들의 사랑을 받고 있었던 소월과 동일한 반열에 올려 놓았다는 것이야말로 예외적인 일이기 때문이다. 정지용은 목월의 시에서 간취되는 전통적 정서, 이를테면 7.5조가 시인의 개성을 탈락시키는 요인으로 파악했거니와 그러한 것들이 잔존해 있는 그의 시가 여기서 벗어난다면, 이전에 볼 수 없었던 독창성을 갖고 있다고 믿었다. 그만큼 그의 시에서 가능성을 크게 본 것이다. 반면 소월의 시들은 내용과 형식에서 이전에 볼 수 없었던 근대적 요소를 갖고 있었음에도 불구하고 민요적 정서와 형식에 너무 치우쳐 있어서 시의 개성을 살릴 수 없는 것으로 이해했다.

하지만 이것은 어디까지나 해방 이전의 일이기에 굳이 이를 그 이후의 시기까지 이끌어들일 필요는 없었을 것이다. 그리고 『청록집』에는 기왕의 사화집에서 발견하기 힘든 한 가지 중요한 사실이 발견된다. 바로 시집 발간 때 늘상 있어왔던 후기나 발문 등의 형식이 없었다는 점이다[19]. 특히 이들을 등단시켰던 정지용의 서문이라든가 추천사 등이 있을 만한데도, 그러한 흔적을 어디에서도 찾아볼 수가 없는 것이다. 여기에는 아마도 한두 가지 사정이 있었을 것으로 보이는데, 그 하나는 정지용과 이들 사이에 놓인 사상적 거리 내지는 편차가 아닌가 한다. 잘 알려진 것처럼, 정지용은 일제 강점기 자신이 펼쳐보였던 행보와 달리 해

---

19) 이런 면은 이 시기 간행된 이육사의 시집이나 정지용의 시집을 보면 대번에 알 수 있는데, 윤동주 시집은 정지용이 발간사를 썼고, 이육사의 경우는 서문을 신석초, 김광균, 오장환, 이용악 등이 썼다. 『육사집』, 서울출판사, 1946참조. 『하늘과 바람과 별과 시』, 정음사, 1948 참조.

방 직후에는 〈문학가동맹〉에 가입했다. 이 단체의 시부 위원장이 김기림이었고, 그는 위원으로 이 단체에 참가하고 있었던 것이다[20]. 반면 목월을 비롯한 〈청록파〉 시인들은 정지용이 참여하고 있었던 〈문학가동맹〉이 아니라 〈조선청년문학가협회〉에 가담했다. 이 단체가 결성된 것이 1946년 4월 4일 이었고, 결성 장소는 서울시 종로구 기독교 청년회관 강당이었다[21]. 이들이 내세운 강령은 대략 세 가지로 모아지는데, 첫째, 자주 독립 촉성에 문화적 헌신을 기함, 둘째, 민족 문학의 세계사적 사명의 완수를 기함, 셋째, 일체의 공식적 예속적 경향을 배격하고 진정한 문학 정신을 옹호함으로 되어 있다[22]. 이 강령에서 주목해서 보아야 할 것이 세 번째 항목인데, 일체의 공식적 예속적 경향을 배격하고 진정한 문학 정신을 옹호함이란 곧 예술의 도구화 내지는 수단화에 대한 반대를 의미했다. 이런 선언의 대항 담론에 놓여 있는 것이 늘상 카프 문학을 비롯한 현실주의 경향임은 잘 알려진 일이다. 실제로 김동리의 '구경적 문학'이나 조연현의 '원형적 문학'이란 선언들은 모두 이러한 내용의 개념화에서 나온 것들이다. 어떻든 이런 사상적 거리가 정지용과 〈청록파〉 사이에 놓인 간극이 아니었을까 한다. 그 넘나들 수 없었던 사상의 강물이 이들 사이를 벌려 놓았던 것처럼 보인다.

『청록집』의 발간은 이 시기에 여러 면에서 의의가 큰 것이었다. 이 사화집이 주목을 끌 수 있었던 것은 이 시기의 시대적 요건과 분리하기 어

---

20) 하지만 그가 해방 직후 〈문학가 동맹〉에 가입했다고 해서 그를 두고 곧바로 좌익 문인으로 분류하는 것은 옳지 못하다고 하겠다. 그는 이후 우익계열이었던 백범의 노선을 따르는 한편, 한국 전쟁기에는 의용군 쪽에 가입한 혐의가 짙은 경우이다. 자세한 것은 송기한, 『정지용과 그의 세계』, 박문사, 2014 참조.
21) 송기한 외, 『해방공간의 비평문학』, 태학사, 1996, pp.349-350.
22) 윗글, p.350.

려운 것이라는 점에서 그러한데, 우선 〈문학가동맹〉계가 주도하는 문단에서 이에 맞설 수 있는 그룹이랄까 집단의 등장은 이를 지지하는 쪽에서 무척 반가운 일이었으리라는 점이다. 잘 알려진 것처럼 해방 공간에서 주도권을 쥐고 있었던 것은 〈문학가동맹〉 쪽이었다. 이들이 해방 문단의 전면에 나설 수 있었던 것은 우익진영보다는 친일로부터 비교적 자유로웠기 때문이다. 1940년 초반 소위 일제 암흑기를 거치면서 대다수의 기성 문인들은 일제의 회유와 협박으로부터 자유로운 처지가 아니었다. 특히 역사에 대한 관심과 현실적 책무로부터 비교적 옅은 사상을 가졌던 비카프계 문인들은 일제의 그러한 회유책에 상당수가 넘어간 상태였다. 그렇기에 해방 공간에 그들이 취할 수 있는 운신의 폭이란 상당히 좁은 편이었다.

해방 공간의 현실은 과거의 그러한 역사적 진실에 대해 결코 외면될 수 있는 성질의 것이 아니었다. 높은 도덕성이 요구되었던 이 시기에 그들은 되도록 역사의 전면에서 후퇴한 입장에 설 수밖에 없었던 것이다. 실제로 이들의 행위는 문학 단체를 비롯한 각종 행위에서 좌파에 비해 뒤처져 있었던 것이 사실이다.

반면, 『청록집』의 저자들은 이런 저간의 사정에서 비교적 자유로웠다. 적극적인 의지를 갖고 친일 행위를 하지 않은 이상, 이들은 내선일체(內鮮一體)라는 일제의 압박으로부터 벗어날 수 있었기 때문이다. 친일에 대한 윤리적 부담과 그로 인해 당연히 수반될 수밖에 없었던 민족 문학 건설의 현장에서 기왕의 우파 문인이 가질 수밖에 없는 한계, 그것은 곧 우파 진영의 문학사적 공백이라 할 수 있는데, 그러한 한계와 틈을 〈청록파〉가 메울 수 있는 여력을 갖고 있었던 것이다. 그 공백을 하나의 사화집에 불과한 『청록집』이 메울 수 있다는 것이야말로 우파 진영에는 새로운 이정표가 아닐 수 없었다. 그것이 『청록집』의 발간이 갖는 두 번째 의의라고 할 수 있을 것이다.

실상 이러한 면들은 이후 전개된 남한만의 문학사를 고려하게 되면, 더욱 커다란 시문학사적 의의를 갖는 것이기도 했다. 그것은 전쟁 이후 현실을 추방할 수밖에 없었던 상황에서 일제 강점기와 해방, 그리고 전후의 현실을 고스란히 이어갈 수 있게끔 한 매개라는 점에서 그러하다[23].

셋째 『청록집』은 해방 이후 동인지의 효시라는 점에서 그 의의가 있다. 물론 이 이전에도 우리 시사에서 동인지의 시대가 전혀 없었던 것은 아니다. 1930년대 〈시인부락〉과 〈시문학파〉도 있었고, 〈3.4문학〉의 사례도 있었던 까닭이다. 하지만 이들 그룹이 뚜렷한 형태의 동인시집을 펴냈던 것은 아니었다. 그럼에도 이들 잡지를 동인지라고 말할 수 없는 것은 일종의 잡지 형태에 보다 가까웠기 때문이다[24].

## 1) 민족주의적 관점에서 형성된 허구의 자연-목월의 경우

목월이 문단에 등단한 것은 잘 알려진 대로 정지용의 추천에 의해서이다. 1939년 『문장』지에 「길처럼」, 「그것이 연륜이다」가 1회 추천되고 이어서 「산그늘」이 2회 추천되면서 문단에 나온 것이다. 목월 시의 주된 소재가 자연임은 잘 알려져 있는데, 문제는 그러한 자연이 갖는 내포 혹

---

23) 그렇다고 해서 이들이 펼쳐 보인 문학이 시대의 맥락과는 무관한, 수구적인 성향의 것이라고 한정시켜 볼 필요는 없을 것이다. 이들의 문학 속에서 근대적 현실을 부정하고 새로운 유토피아에 대한 전망이 다른 어떤 시인보다 강했기 때문이다.

24) 〈시인부락〉의 경우를 예로 들게 되면, 이 잡지는 1936년 11월에 창간되었다가 1936년 12월에 종간된다. 약 2호만 나오게 된 것인데, 여기서 알 수 있는 것처럼, 동인지보다는 잡지의 형태에 가까웠다고 보는 것이 옳다고 하겠다.

은 시사적 의의에 있을 것이다[25]. 물론 자연이 시의 소재로 자리한 것은 목월에 의해 처음 시도된 것은 아니다. 어쩌면 이 소재는 상고 시대부터 시의 한 자락으로 자리한 보편적인 것이었다고 해도 틀린 말은 아니다. 그리고 가깝게는 정지용의 시에서도 자연은 전략적인 소재로 등장한다. 그런 면에서 목월을 비롯한 〈청록파〉는 정지용 시의 충실한 계승자라고 해도 무방할 것이다.

자연이 근대시에서 의미가 있는 것은 그것이 근대성에 편입되어 의미화될 때이다. 이런 면을 적극적으로 수용하게 되면, 『청록집』에서 묘파된 자연의 의미는 크게 두 가지 각도에서 그 설명이 가능하다. 하나는 창조된 자연의 의미이다. 여기서 창조라고 하는 것의 영역은 반미메시스의 영역에 놓인 것이라 할 수 있는데, 일찍이 자연의 모방을 예술의 한 특징적 단면으로 사유했던 사람은 아리스토텔레스이다. 그는 그러한 예술의 특징적 수법을 대상에 대한 기계적 재현으로 이해했다. 다시 말해 대상 그 자체를 여과없이 예술 속에 구현하는 것이 목표였던 셈이다. 그러니까 새로운 어떤 것을 만들어내는 창조의 영역과는 거리가 있는 것이었다.

하지만 목월이 만들어낸 자연은 분명 반미메시스적인 것이었다는 점에서 일반적인 모방론과는 거리가 있는 것이었다. 그렇다면, 목월은 왜 이런 형식의 자연을 만들어냈을까. 〈청록파〉 구성원들의 작품 세계를 탈속의 경지나 초월적인 사회의 어떤 부분과 곧바로 연결시키는 것은

---

25) 목월 시를 연구한 대부분의 경우들이 그의 시의 특색을 자연에 두고 연구한 것도 여기에 그 원인이 있다. 이승훈, 「박목월의 시세계」, 『목월 문학 탐구』, 민족문화사, 1983. 이승원, 「박목월과 자연」, 『한국 시문학의 비평적 탐구』, 삼지원, 1985. 박현수 편, 『박목월』, 새미, 2002. 여기에 수록된 대부분의 논문들이 목월 시에 나타난 자연적 특징들에 주안점을 두고 연구한 글들이다.

상당한 난점을 갖고 있는 것이 사실이다. 경우에 따라 목월의 작품 「나그네」[26]를 예로 들면서, 일제 강점기의 소시민이나 한가한 사람이 빠질 수 있는 유유자적의 극치라고 폄하한 바 있기 때문이다.

머언 산 청운사
낡은 기와집

산은 자하산
봄눈 녹으면

느릅나무
속잎 피어가는 열두 구비를

청노루
맑은 눈에

도는
구름
　　　- 「청노루」 전문

이 작품은 한 편의 아름다운 그림과 같은 이미지를 제공해준다. 그러는 한편으로 동화의 세계를 연상시켜주기도 한다. 그러한 분위기를 고

---

26) 잘 알려진 대로 「나그네」는 목월의 고향 근처를 배회하면서 쓴 시이고, 작품이 나온 시기는 일제 말로 되어 있다. 그래서 독립이 간절히 요구되던 시기에 술이나 퍼먹고, 한가하게 유랑하는 자아야말로 한심함의 극치가 아닐 수 없다고 말했던 것이다.

양시키는 것이 일상의 현실에서는 불가능한 일일지도 모른다. 실제로 이 작품에 등장하는 '청운사'라든가 '자하산' 혹은 '청노루' 등은 현실 세계에서는 존재하지 않는 물상들이다. 그것들은 그저 가공의 자연, 환상의 자연, 궁극에는 창조된 자연이기 때문이다. 그렇다면 목월은 일제 말기에 왜 이런 반미메시스적인 수법을 즐겨 사용했던 것일까. 그는 일찍이 자작시 해설에서 이런 류의 작품을 쓸 수밖에 없었던 이유를 다음과 같이 밝히고 있다.

> 나는 「청노루」를 쓸 무렵, 그 어둡고 불안한 시대에 푸근히 은신할 수 있는 〈어수룩한 천지〉가 그리웠다. 그러나, 한국의 천지에는 어디에나 일본 치하의 불안하고 바라진 땅이었다. 강원도를, 혹은 태백산을 백두산을 생각해 보았다. 그러나 그 어느 곳에도 우리가 은신할 한 치의 땅이 있는 것 같지 않았다. 그래서 나 혼자의 깊숙한 산과 냇물과 호수와 봉우리와 절이 있는 〈마음의 자연〉 지도를 간직했던 것이다[27].

이 글은 1958년, 자신의 시를 해설한 『보랏빛 소묘』에 있는 것인데, 자신의 시들이 반미메시스의 영역에 놓여 있는 것임을 말하고 있다. 이런 해명은 환경의 변화에 따라 쓰여진 글일 수도 있기에 일종의 자기 변명의 범주에 드는 것일 수도 있다. 특히 나라가 없는 시기에 「나그네」와 같은 시를 쓴 그로서는 더더욱 자기 변명이 필요했을지도 모른다. 이런 윤리적 감각은 누구나 가질 수 있다는 점에서 보면, 일견 설득력이 있는 경우이다. 하지만 자기 나름의 고유한 논리가 서 있고, 그것이 일관성을

---

27) 박목월, 『보랏빛소묘』, 신흥출판사, 1958. p.83.

갖고 있는 것이라면 변명도 때론 정합성을 갖기도 한다.

"마음의 자연"을 갖고자 했던 목월이 그려낸 세계란 '청록'의 지평이다. 그것은 가공의 것이니까 비현실적인 것이라 할 수 있는데, 이런 의장이 문학을 정의하는 가장 중요한 규범 가운데 하나로 수용되고 있는 반영론을 초월하고 있다는 점에서 그 의의가 있는 것이기도 하다. 목월에게 이 영역은 매우 중요한 것이 아닐 수 없는데, 그가 이 시기 생산해낸 '창조적 자연'은 문학의 새로운 정의에 준하는 것이었다는 점에서 그러하다.

이와 더불어 「청노루」의 또다른 시사적 의의는 이른바 저항성의 감각이다. 외부 현실에 적극적으로 대응하지 못하는 환경에 시적 자아가 놓여 있을 때, 이를 헤쳐나가는 방식은 여러 가지가 있을 수 있을 것이다. 그 하나가 목월이 보여준 허구의 세계일 것이다. 작가의 말대로 지금 자신이 처한 환경은 불온성에 젖어 있는 환경이다. 따라서 그와 마주하거나 그에 틈입해 들어가는 것은 이 현실에 대해 긍정하는 포오즈가 되는 것처럼 비쳐질 수도 있을 것이다. 동일성이란 긍정의 사유에서나 가능한 것이다. 그 논리에 서게 되면 목월은 어떻든 동일화가 가져올 수 있는 위험성에 대해 자각하지 않을 수 없었을 것이다. 그래서 그가 선택한 것은 그로부터의 거리두기였다. 그런 차별화의 정서가 만들어낸 것이 가공의 자연이었던 것이다. 이 자연이 목월에게는 일제 강점기라는 현실을 우회할 수 있는 새로운 은신처가 될 수 있었던 셈이다. 이 시기 그의 창조적 자연이 의미가 있는 것은 이 외부 현실이 가져오는 것과 분리할 수 없다는 점에서 찾아야 한다. 그의 시에서 민족주의적 특성을 읽어낼 수 있는 것은 이 부분이다.

산이 날 에워싸고

씨나 뿌리며 살아라 한다

밭이나 갈며 살아라 한다


어느 짧은 산자락에 집을 모아

아들 낳고 딸을 낳고

흙담 안팎에 호박 심고

들찔레처럼 살아라 한다

쑥대밭처럼 살아라 한다


산이 날 에워싸고

그믐달처럼 사위어지는 목숨

그믐달처럼 살아라 한다

그믐달처럼 살아라 한다

　　　　　－「산이 날 에워싸고」 전문


　자연을 소재로 한 이 작품은 『청록집』에 수록된 작품 가운데 「청노루」와 더불어 가장 주목의 대상이 되는 시이다. 〈청록파〉를 두고 〈자연파〉라고 하는 것도 실상 이들 시의 소재가 대부분 자연에서 온 것들이기 때문이다. 우선 이 작품의 문면에 드러난 내포는 일단 도피주의이다. 마치 고려시대 유행했던 「청산별곡」을 연상시키는 것도 이 때문이다.

　목월 시의 특성이 자연을 소재로 하고 있다고 했는데, 그럼에도 『청록집』에 수록된 자연들은 그 형상화 방식이나 내포에 있어서 일관성을 갖고 있는 것은 아니다. 이런 면에서 「산이 날 에워싸고」는 「청노루」와 구별된다고 할 수 있는데, 이 작품에서 자연의 묘사 방식은 자연에 대한 충실성에 있다고 하겠다. 여기서의 묘사란 창조라든가 허구와는 다른 영역인데, 이렇듯 단일 시집에서도 자연에 대한 목월의 사유 체계는 다양성을 갖고 있었다.

「산이 날 에워싸고」에서의 자연은 구체성이 아니라 추상성 혹은 익명성이라는 데에 그 특징적 단면이 있다. 여기서 구체성이란 대상의 이름과 관련된 것인데, 목월이 자연을 새롭게 인식하고, 거기에 의미를 부여하는 창조의 의장을 구사하고 있었지만, 이것은 어디까지나 명명이라는 범주를 벗어나 있는 것은 아니다. 가령, 청노루라든가 자하산, 청운사 등이 그러하다. 하지만 이 작품에서는 그마저도 등장하지 않는다. 이런 반미메시스적인 특성이야말로 창조된 자연과 동일 영역에 놓이는 것이라는 점에서 주목을 요한다. 목월은 식민지 하에 놓여 있었던 조선의 산천이 외세의 말발굽 아래 놓여 있었고, 그러한 까닭에 거기에 기투할 수 없다고 했다. 그 결과 그가 찾아낸 것이 가공의 청운사이라든가 자하산, 청노루였던 것이다. 이 시기가 요구했던 민족주의적 이상을 충실하게 구현한 셈이다.

시인의 이런 시정신에 기대게 되면, 「산이 날 에워싸고」에서 표명된 자연의 익명성 또한 허구성과 동일한 차원에 놓이는 것이라 할 수 있다. 목월의 표현대로 그것은 금강산이나 백두산, 혹은 한라산과 같은 구체성이 아니라는 것, 그리하여 일제의 영향과는 무관한 지대에 놓여 있는 것이기 때문이다. 다시 말해 산이라는 추상성이나 허구성은 '청노루'와 같은 가공의 자연과 동일한 음역이라고 할 수 있다.

그런 다음 시적 자아는 자연과 밀접한 동일성의 관계를 유지하고 있는데, 그러한 아우라를 가능케 해주는 것이 고립적 자아이다. 여기서의 자아는 현실의 제반 끈들과는 철저히 차단되어 있다. 작품의 내용에서도 그러한 단절성은 그대로 표명되어 있는데, "산이 날 에워싸고/씨나 뿌리며 살아라 한다/밭이나 갈며 살아라 한다"고 하기 때문이다. 자아는 익명화된 자연으로부터 고립되어 있고, 그 유폐된 곳에서 자아만의 고유한 삶의 지대를 형성하고 있는 것이다.

그리고 또 하나 여기서 주의 깊게 보아야 할 것이 이른바 근대와의 관련성이다. 자연이 반근대의 자리에 가장 앞서 놓인 것임은 일찍이 정지용의 「백록담」에서 이해한 바 있다. 〈청록파〉의 자연미가 정지용의 그것과 분리할 수 없음은 여기에 그 원인이 있다. 어떻든 자연과 자아가 하나가 되어야 한다는 것이 반근대성의 영역에 놓여 있음은 당연한 것인데, 그 기원은 정지용의 작품에서부터이다. 그 경로야말로 한국 모더니스트 혹은 근대적 사유에 편입된 자아들의 모범적인 경로였다고 하겠다.

뿐만 아니라 이런 근대적 사유 앞에 놓인 것이 인과론의 세계였고, 또 합리주의의 세계인데, 계몽이라는 긍정성에 기대게 되면, 이런 인식 체계 자체가 인간이 추구해야할 삶의 조건, 그리고 이를 개선해나가기 위한 전제로부터 크게 분리되는 것은 아니다. 하지만 그것이 편향된 길, 일찍이 리오타르 등이 이야기했던 도구적 차원에 이르게 되면, 그 부정성은 넘을 수 없게 된다[28]. 그것이 근대 초기 제국주의의 형태로 구현되었음은 잘 알려져 있거니와 일제 강점기 문인들의 근대에 대한 안티 의식은 곧바로 민족주의적 특성과 자연스럽게 연결될 수밖에 없는 것이었

---

28) 리오타르는 근대 문명의 위기를 이성이 도구화되는 데에서 찾고 있는데, 그것이 이렇게 되는 이유는 거대 담론을 위한 성채 쌓기에 그 원인이 있다고 본다. 따라서 이성이 이런 도구화로부터 벗어나기 위해서는 거대 담론이 아니라 작은 담론을 지향하는 세계가 되어야 한다고 본다. 자세한 것은 리오타르, 『포스트모던의 조건』, 민음사, 1992 참조.

다. 이 의미를 보다 확장해서 이해하게 되면, 이 자연친화적인 사유 체계야말로 시대적 맥락과 밀접히 연결된 것이라 할 수 있다.

하지만 목월의 시에서 드러나는 자연이 허구라고 하더라도 그 작동 원리가 그에 준하는 것이라고는 할 수 없다. 비록 창조된 것이라고 해도 자연은 자연일 뿐이고, 그것의 형이상학적인 속성인 섭리라든가 이법은 내포된 채 그대로 재현되고 있는 까닭이다.

> 방초봉 한나절
> 고운 암노루
>
> 아랫마을 골짝에
> 홀로 와서
>
> 흐르는 냇물에
> 목을 축이고
>
> 흐르는 구름에
> 눈을 씻고
>
> 하얗게 떠가는
> 달을 보네
>          -「삼월」전문

「삼월」은 「청노루」와 더불어 『청록집』에 수록된 목월의 대표시 가운데 하나이다. 다만 「청노루」에서 볼 수 있는, 자연에 대한 과감한 창조는 무뎌져 있다. 그럼에도 이 작품 역시 반미메시스적인 특징이 잘 드러나 있는 시라고 할 수 있는데, 작품의 문면에 나와 있는 대로 이 시의 소재는 암노루이다. 이는 땅과 하늘을 매개하는 존재이며 그것의 역할은 자연이 주는 섭리를 충실히 이행하는 것이다. 가령 흐르는 물에 목을 축이는 실제적인 행위가 드러나 있기 때문이다. 그러는 한편으로 이 주체는 곧바로 "눈을 씻고, 하얗게 떠가는 달을 응시"하는 등 천상과의 결합을 시도한다. 이런 과정을 통해서 암노루는 지상과 천상을 하나의 동일체로 묶어내는 주체로 새롭게 탄생한다. 이는 조화라는 범주를 떠나서는 성립하기 어려운 것이며, 또한 미메시스적 자연과 반미메시스적인 자연이 결코 분리되어 있는 것이 아님을 말해주는 지점이 된다고 하겠다.

목월은 서정시에 허구의 영역을 처음 도입한 시인이라고 해도 과언이 아니다. 허구, 곧 픽션의 영역은 산문의 영역에서 흔히 구사되던 의장인데, 그는 이를 서정의 영역에서 처음 시도한 것이다. 문학이 허구와 감성의 영역에 치우쳐 있는 까닭에 논리의 세계와 맞서 있는 것은 사실이다. 그러한 세계를 진단해보고 새롭게 제시해보고자 시도한 허구의 영역은 대항담론으로서 의의를 갖고 있었던 것이다. 이는 어디까지나 산문의 영역에서 가능한 것이었지만 목월은 이를 서정의 영역으로 옮겨 온 것이다. 그는 그 의장을 사회 속에 편입시킴으로써 시의 역할이 산문 못지 않은 비판성을 획득할 수 있음을 시론적으로 제시해 주었다. 그것이 민족 담론이었는데, 비록 일제 강점기라는 대타의식에서 형성된 것이라는 한시적 효과가 있는 것임에도 이 의장은 매우 의미있는 것이라 할 수 있다.

## 2) 인과론 혹은 근대에 대한 저항-박두진의 경우

박두진이 문단에 나온 것 역시 정지용의 추천에 의해서이다. 그는 1939년 『문장』 6월호에 「향현」과 「묘지송」, 그리고 1940년 『문장』 1월호에 「의」, 「들국화」 등 5편의 작품이 정지용의 추천을 받았다. 이때 등단작 가운데 가장 주목을 끌었던 작품이 「묘지송」이었는데, 잘 알려진 것처럼 이 작품의 주제랄까 소재는 '죽음'에 관한 것이다. 그런데 그가 묘파해낸 죽음 의식은 이전과는 매우 다른 것이었다. 죽음이란 소멸이며, 비극과 같은 하강적인 이미지로 주로 형상화되었는데, 박두진의 「묘지송」은 지금까지 이해되었던 의미와는 전혀 다른 지점에 놓이는 것이기 때문이다. 그것은 소멸이 아니라 생성이며 예찬과 부활의 의지인데, 실상 이런 면들은 당시에도 다소 의외로 받아들여진 듯하다. 이 작품을 추천한 뒤 정지용의 다음과 같은 말을 보면, 그런 저간의 사정을 말해준다.

> 朴斗鎭君, 당신의 詩를 詩友 素雲한테 자랑삼아 보였더니 素雲이 經驗하는 山의 詩를 抛棄하노라 합디다. 詩를 무서워 할 줄 아는 詩人을 다시 무서워 할 것입니다. 悠悠히 펴고 앉은 당신의 詩의 姿勢는 매우 편하여 보입니다.[29]

이 언급에는 적어도 두 가지 내포가 있는 것처럼 보인다. 하나는 관습화된 소재가 주는 파격의 문제이고, 다른 하나는 그러한 파격에서 오는

---

29) 「시선후」, 『문장』 1939. 6.

시적 자아의 감수성의 문제이다. 전자는 죽음의 새로운 의미가 가져온 이해일 것이고, 후자는 흔히 부정적으로 다가오는, 이 소재에 대한 서정적 자아의 대응에서 오는 것이라 할 수 있다.

이 시기 이런 논란에 대해 시인 역시 이를 감각적으로 인식한 듯 보인다. 그가 등단한 이후 쓴 글이나 이후의 문학관에서 이에 대한 자신의 입장을 밝혀 놓은 것이 있기 때문이다. 그는 「시와 시의 양식」[30]에서 '개성적 양식'이라는 말을 유난히 강조하고 있는데, 그가 표나게 이 말을 강조한 것은 「묘지송」에 나타난 소재의 파격성을 두고 한 말일 것이다. 그에 따르면 "개성적 양식이란 같은 시대의 작가, 같은 시파의 시인으로도 그 각 개성의 차이에 의하여 명백하게 구별되는 것"[31]이라고 했다. 이른바 하나의 동일성에 의한 무개성을 강력하게 비판한 것인데, 그는 그 연장선에서 당대 유행처럼 시도되었던 모더니즘 예술에 대해서도 긍정적인 시선을 보내지 않았다.

소위 모더니즘이란 이 땅에다 뿌리박고 건전하게 성장할 수 없는 극히 부자연한 것이 아닐 수 없다. 만약 이식이 가능하다면 그것은 어느 온실 속에서 심기어질 하나의 표본 밖에는 안될 것이다.[32]

박두진은 여기서 모더니즘이라는 범 세계적인 현상을 하나의 거대 담론, 곧 동일성의 감각으로 이해한 듯하다. 이른바 판박이의 예술로 보는 것인데, 그가 이런 시각을 드러낸 것은 예술이란 개성 혹은 각 민족마다

---

30) 『문장』, 1940.2,
31) 위의 글.
32) 위의 글.

의 고유성과 대립적인 위치에 있는 것이라 이해했기 때문이다. 어떻든 분명한 것은 그는 등단 무렵부터 자신의 시정신을 고유의 개성으로 강조했거니와 일반화된 모더니즘 예술에 대해 비판적인 시각을 갖고 있었다는 사실이다. 그래서 그가 그 안티담론으로 내세운 것이 바로 자연을 소재로 하는 시의 생산이었다. 그러니까 등단 무렵 이후부터 〈청록파〉라는 레테르가 붙여지기까지, 혹은 그후에도 그는 자신의 시세계에서 자연이라는 감각을 결코 포기하지 않게 된다.

박두진의 자연시들은 산문 정신에 기댄 것이고, 거기서 근대의 제반 특성을 읽어낸 경우였다. 실제로 이 시기 이런 의장에 바탕을 둔 그의 시들은 「묘지송」과 더불어 매우 예외적으로 받아들여진 것처럼 보인다. 박두진을 1회가 아니라 2회 추천의 과정을 통해서 문단이라는 무대에 서게끔 한 정지용의 선후평도 이런 사정과 밀접한 관련이 있을 것이다.

> 박두진군, 박군의 시적 體臭는 무슨 森林서 풍기는 植物性의 것입니
> 다. 실상 바로 다욱한 森林이기도 하니, 거기에는 김생이나 뱀이나 개미
> 나 죽음이나 슬픔까지가 무슨 體臭, 發散수 없이 白日에 서늘얺고 푹은
> 히 젖어 있습디다. 鳥類의 우름도 奇怪한 外來語를 섞지 않고 人類와 親
> 密하야 自然語가 되고 보니[33]

여기서 박두진 시의 특성과 관련하여 정지용이 말한 것은 두 가지이다. 하나는 그의 시에서 드러나는 식물성의 감각이고, 다른 하나는 외래어와 분리된 자연어의 문제이다. 식물성이란 자연을 특색으로 한 박두

---

33) 정지용, 「시선후」, 『문장』, 1940.1.

진 시의 보편적 경향이라는 점에서 별반 특이점이 없는 경우이다. 반면 자연어의 문제는 이 시기 모더니즘에 대해 안티의식을 가졌던 박두진의 시적 경향과 더불어 일맥 상통하는 면이 있는 경우이다. 이는 어쩌면 초기 정지용의 시들이 보여주었던 엑조티시즘의 경향과는 거리가 있었던 것이고, 이것이 궁극에는 반근대성의 한 단면이라는 점에서 의미가 있는 것이기도 하다. 그리고 이런 면들은 정지용을 비롯한 이 시기 『문장』지 구성원들이 보여주었던 취미로서의 골동품에 대한 경사, 곧 상고 정신과도 분리하기 어려운 것이라 하겠다.

박두진의 시들은 〈청록파〉의 구성원들과 마찬가지로 자연이라는 아우라로부터 크게 벗어나 있는 것이 아니다. 이를 근거로 그의 시에 나타난 자연의 의미를 탐색할 지렛대를 갖게 된다. 뿐만 아니라 박두진은 『청록집』을 간행한 이 사화집의 주된 구성원 가운데 하나이다. 그러한 까닭에 그의 시에서 드러나는 자연의 의미를 이해하기 위해서는 다음 두 가지 전제도 필요하다. 하나는 청록파의 다른 구성원들인 박목월, 조지훈의 자연과 박두진의 그것이 어떻게 동일하고 또 다른 것인가이고, 다른 하나는 박두진의 문학적 세계관과 『문장』파의 그것과 놓여 있는 함수 관계이다.

우선, 박두진이 정지용의 추천을 받았으니 앞서 언급대로 그의 영향 관계를 당연히 알 수 있었던 바, 이 시기 「백록담」의 세계로 안착한 정지용의 그것과 박두진의 그것은 비슷한 면을 보여주고 있다. 그것은 곧 반세속주의 내지는 반근대주의라 할 수 있는데, 이런 감각은 작품 선후평을 썼던 지용의 언급에서 알 수 있거니와 다른 한편으로는 신인으로서 박두진이 만났던 세계와 동일한 공간에 놓이는 것이었다. 그 공통 분모란 반근대성의 정서였다.

그렇다면, 이 시가 일러주는 반근대성이란 무엇일까. 그리고 그것이 갖고 있는 시대적 함의란 어떤 지점에서 찾아야 하는 것일까. 이런 물음 앞에 서게 되면, 박두진이 펼쳐보였던 '자연'의 음역이란 대개 어떤 것인 지를 이해하게 된다. 그 한 단면을 알 수 있는 작품이 그의 추천작 가운데 하나인 「香峴」이다.

　　아랫도리 다박솔 깔린 山 넘어 큰 山 그 넘엇 山 안 보이어, 내 마음 둥 둥 구름을 타다.

　　우뚝 솟은 山, 묵중히 엎드린 山, 골 골이 長松 들어 섰고, 머루 다랫넝 쿨 바위엉서리 얽혔고, 삽살이 떡갈 나무 억새풀 우거진 데, 너구리, 여우, 사슴, 山토끼, 오소리, 도마뱀, 능구리 等 실로 무수한 짐승을 지니인,

　　山, 山 山들! 累巨萬年 너희들 沈默이 흠뻑 지리함즉 하매,

　　山이여! 장차 너희 솟아난 봉우리에, 엎드린 마루에, 확 확 치밀어오를 火焰을 내 기다려도 좋으랴?

　　핏내를 잊은 여우 이리 등속이, 사슴 토끼와 더불어 싸릿순 칡순을 찾 아 함께 즐거이 뛰는 날을, 믿고 길이 기다려도 좋으랴?

—「香峴」 전문

정지용은 「시선후」에서 이 작품을 두고 식물성의 상상력에 바탕을 두 고 있다고 했거니와 인류와 친밀한 자연어들이 나열되어 있다고 한 바

있다[34]. 시의 문면에 드러난 제반 양상을 고려하면, 정지용의 이런 평가는 상당히 정확한 것이었다고 하겠다. 그런데 중요한 것은 이런 표피적인 평가가 아니라 그것에 내포된 의미일 것이다.

익히 알려진 대로 박두진의 자연시들은 기독교적인 특색을 보여주고 있다. 이는 자연을 창조의 대상으로 인식한 목월 시와 다른 측면이고, 고전이라는 한국적 정서와 자연을 결부시킨 조지훈의 시와 구별되는 점이라 할 수 있다. 뿐만 아니라 박두진 시의 가장 특징적 단면은 아마도 시의 산문성에서 찾아야 할 것이다[35].

박두진 시에서 드러나는 산문성과 그의 시정신은 어떤 관계가 있을까. 그리고 그것이 갖는 근대적 의미 혹은 민족주의와는 또 어떤 관련이 있는 것일까. 이 모든 것에 대한 의문은 「향현」의 주제와 밀접한 관련이 있는 것인데, 우선 이 작품이 노래한 것은 수평적 사회에 대한 그리움이다. 수평이란 수직 혹은 위계와 상대되는 개념인데, 힘의 논리를 내세운 것이 근대적 사고의 한 특징이고 보면, 이 작품에는 분명 반근대적인 것과 밀접히 관련이 있다. 뿐만 아니라 인과론, 곧 양육강식론이 한 단계 발전하여 나타난 것이 제국주의임은 잘 알려진 일이다. 그러니까 박두진이 이 시에서 말하고자 한 근본 의도는 "핏내를 잊은 여우 이리 등속이, 사슴, 토끼와 더불어 노는 세상"에 대한 그리움일 것이다. 그것은 기독교적 에덴 동산과 같은 것인데, 에덴동산은 양육강식이 없는 세계였거니와 모두가 식물적 먹이사슬, 곧 수평적 세계를 바탕으로 하고 있었다. 그러한 까닭에 힘의 논리가 지배할 여지가 없었다.

---

34) 위의 글 참조.
35) 송기한, 「산문적 표현과 근대적 자연관의 길항관계」, 『한국 현대시와 근대성 비판』, 제이앤씨, 2009 참조.

그러나 에덴 이후의 사회는 어떠한가. 강자만이 독식하는 사회였고, 그래서 힘이 절대적으로 필요했다. 근대는 이를 더욱 부채질했고, 이 시기 유행처럼 번진 제국주의는 그 대표적 표상이었다. 우리에게는 그런 근대성의 제반 혐오들이 일제 강점기라는 형태로 덧씌워졌다. 시인은 지금 이곳의 그러한 현실을 부정하고자 했고, 그 너머의 세계에 대한 그리움을 강렬하게 희구했다. 박두진의 시들이 민족 혹은 민족주의와 분리하기 어려운 것은 여기에 있다. 그는 목월과 더불어 일제 말기에 이런 자연관을 통해서 불온한 현실에 대해 강렬히 저항하고자 한 것이다. 이런 면을 두고 민족주의적 색채로 이해하는 것은 결코 틀린 말이 아닐 것이다. 목월 시와 겹쳐지는 부분은 아마도 여기에 있을 것이다.

어떻든 이런 유토피아의 세계가 구현되기 위해서는 수직이 아니라 수평의 지대로 옮아가야 했다. 수평이란 다양한 물상들이 현장성으로 등장해야 정합성을 가질 수가 있다. 박두진의 시들에서 많은 동물들, 식물들이 등장한 것은 이 때문이다. 이를 방법적으로 구현하기 위해서 그의 시들이 산문적으로 나아갈 수밖에 없었다. 그의 시의 산문적 성격은 이런 필연성이 만들어낸 결과였다[36].

> 해야 솟아라. 해야 솟아라. 맑갛게 씻은 얼굴 고운 해야 솟아라. 산 넘어 산 넘어서 어둠을 살라먹고, 산 넘어서 밤새도록 어둠을 살라먹고, 이글 이글 애띈 얼굴 고운 해야 솟아라.

> 달밤이 싫여, 달밤이 싫여, 눈물 같은 골짜기에 달밤이 싫여, 아무도 없는 뜰에 달밤이 나는 싫여---,

---

36) 이런 산문성은 후기에 박두진의 시들이 참여시로 나아가게끔 하는 근본 동인 가운데 하나로 자리하게 된다.

해야, 고운 해야. 늬가 오면 늬가사 오면, 나는 나는 청산이 좋아라. 훨훨 깃을 치는 청산이 좋아라. 청산이 있으면 홀로래도 좋아라.

사슴을 따라, 사슴을 따라, 양지로 양지로 사슴을 따라 사슴을 만나면 사슴과 놀고.
칡범을 따라 칡범을 따라 칡범을 만나면 칡범과 놀고,---

해야, 고운 해야. 해야 솟아라. 꿈이 아니래도 너를 만나면, 꽃도 새도 짐승도 한자리 앉아, 워어이 워어이 모두 불러 한자리 앉아 애뙤고 고운 날을 누려보리라.

-「해」전문

「향현」과 더불어 박두진 초기시를 대표하는 것이 「해」이다. 그가 이 '해'의 상상력을 얼마나 중요시 했는가는 1949년 자신의 첫 시집의 제목을 '해'로 명명한 것에서도 알 수 있다[37]. 이 작품에서 '해'의 기능적 의미는 소멸의 상상력이다. 뿐만 아니라 그의 시의 형식적 의장인 산문적 리듬이 잘 드러난 시이기도 하다. 그러니까 「해」는 산문적 리듬과 그 속에 구현된 '해'의 서정화, 그리고 이 두 속성이 만들어낸 궁극적 가치가 어우러진 걸작이라고 할 수 있다. 그러기에 "이 한편의 작품으로 어쩌면 박두진은 스스로가 부르고 싶은 모든 것을 다 노래해 버리고 말아 버린 감이 없지 않을 만큼 절정에까지 도달해버렸다"[38]는 평가가 나왔을 것이다.

---

37) 박두진은 1949년 『청록파』 동인 가운데 가장 먼저 자신의 첫 창작시집 『해』(청만사)를 간행하게 된다.
38) 조연현, 「박두진」, 『박두진』(박철희편), 서강대 출판부, 1996, p. 18.

온갖 동식물이 평화롭게 사는 공간, 그곳은 에덴의 유토피아일 것인데, 박두진은 그 아름다운 구현을 위해 이렇듯 우회적으로 서정화시키고 있었던 것이다. 모든 수직적, 위계질서적 역학관계를 만들어내는 것들이 '해'의 기능적 속성으로 말미암아 모두 수면 아래로 가라앉고 있다. 그 토양 위에서 '핏내'를 잃은 육식동물과 초식동물이 수평, 혹은 평등의 세계를 구현하고자 했다. 이런 상상력은 물론 식민지라는 배경을 떠나서는 성립할 수 없는 의미들일 것이다. 그의 시들이 일제 말기에 빛나는 한줄기 빛이 될 수 있었던 것은 이런 함의를 갖고 있었기 때문이다. 만약 그가 없었다면, 암흑기인 이 시대는 더욱 어두운 공간으로 남아 있었을 것이다.

### 3) 일상성에 대한 초월로서의 고전 세계와 나그네 의식-조지훈의 경우

〈청록파〉 시인 가운데 연령상 조지훈이 가장 어리다. 박목월, 박두진이 1916년 출생인데 비하여 조지훈은 이보다 네 살 아래인 1920년 출생인 까닭이다. 그 역시 다른 〈청록파〉 구성원들과 마찬가지로 정지용의 추천을 받고 문단에 나온다. 그런데, 조지훈은 다른 시인들과 달리 3회 추천을 받고 문인이 된다. 「고풍의상」[39]이 제일 먼저 추천되었고, 「승무」[40], 「봉황수」[41]가 그 뒤를 이었다. 추천이 완료되면, 추천 소감을 게재하도록 되었는데, 조지훈의 추천 소감은 「봉황수」를 쓴 다음호에 나

---

39) 『문장』, 1934, 4.
40) 『문장』, 1939, 12.
41) 『문장』, 1940, 2.

왔다. 이로써 그는 시인이 되었고, 그 소회를 적은 것이 「약력과 느낌 두 셋」[42]이었다.

조지훈의 초기 시를 이해하기 위해서는 그의 등단과정을 먼저 이해하는 것이 필요하다. 그 추천자가 정지용임은 앞서 언급했거니와 그는 「고풍의상」을 추천작으로 한 다음 아래와 같은 추천사를 남겼다. 이 글은 조지훈의 시를 이해하는 데 있어서 주요 준거 틀이 된다는 점에서 그 의미가 있다.

趙芝薰君, 「華悲記」도 좋기는 하였으나 너무도 앙징스러워서 「古風衣裳」을 取하였습니다. 매우 有望하시외다. 그러나 당신이 美人畵를 그리시라면 以堂 金股鎬 畵伯을 당하시겠습니까. 당신의 詩에서 앞으로 生活과 呼吸과 年齒와 省略이 보고 싶습니다[43].

3회 추천된 조지훈 시의 일관된 특성은 전통지향적인 것들에 놓여 있다. 특히 비슷한 시기에 추천된 박목월이나 박두진의 시들이 주로 자연을 소재로 한 작품들이었음을 감안하면 적어도 조지훈은 이런 감각으로부터 한발자국 벗어나 있었던 것이다. 「華悲記」는 그 인식적 기반이 도시적인 것에서 얻어진 것이고, 그 소재 또한 도시의 병리적인 현상들을 담아낸 시이다. 이런 반도시적 성향의 시들은 이 시기 커다란 유행 가운데 하나였는데, 가령 김해강, 조벽암, 윤곤강 등이 이 시기 이런 성향의 작품을 꾸준히 창작하고 있었기 때문이다[44]. 그러니까 조지훈이

---

42) 『문장』, 1940. 3.
43) 정지용, 「시선후에」, 『문장』, 1939.4.
44) 송기한, 『한국 현대 리얼리즘 시인 연구』, 박문사, 2022. 참조

「華悲記」를 제작, 발표했다는 것은 그가 이 시기 유행에 대해 결코 외면하지 않고 있었다는 사실을 말해준다.

우선, 등단 초기부터 조지훈이 모더니즘 계통의 시를 창작해내었다는 사실은 주목해야만 할 일이다. 하지만 그의 이러한 시도는 정지용에 의해 좌절되는데, 추천사에서 드러난 바와 같이 모더니즘 계통의 시들은 제대로 된 평가를 받지 못했다. 하지만 조지훈이 애초부터 모더니즘 계통의 시를 창작해내었다는 사실을 주목해 보아야할 일이다. 「華悲記」가 추천작에서 제외됨으로써 그 반대편에 놓여 있었던 전통지향적 경향의 시세계로 경도되긴 했지만 그의 사유의 저변은 점증하는 근대의 세례가 강하게 자리하고 있었고, 이런 감각이야말로 그의 시를 이해하는 중요한 단서가 되기 때문이다. 그는 초기부터 서구 여러 시인들의 시와 사상가들의 서적을 탐독[45]했을 뿐만 아니라 등단을 전후해서는 근대식 교육 또한 받은 바 있다. 이런 환경은 그로 하여금 등단 초기뿐만 아니라 그 이후에도 모더니즘 계통의 시를 꾸준히 창작하게 되는 계기로 작용한다[46].

어떻든 이런 이중적 경향에도 불구하고 조지훈의 초기 작품 세계는 타율적인 강요에 의해 형성되는 결과를 맞이하게 된다. 말하자면 조지훈의 시에서 드러나는 전통지향적 성향은 자율적 선택이 아니라 타율적 강요였던 것이다[47]. 이는 아마도 『문장』지가 지향하는 세계관과 당

---

45) 조지훈, 『시와인생』, 신흥출판사, 1959. 조지훈은 이 글에서 습작기 시절 보들레르나 랭보 등을 비롯한 프랑스 모더니즘이나 상징주의 계통의 시를 탐독했다고 말하고 있다.
46) 엄성원, 「조지훈의 초기시 연구」, 『한국문학이론과 비평』 35집, 한국문학이론과 비평학회, 2007. 6.
47) 김용직, 「시와 선비의 미학」, 『조지훈』(최승호편, 2003), 새미 참조.

대의 시대적 환경과 밀접한 관련이 있었던 것으로 보인다. 잘 알려진 것처럼, 『문장』은 일상을 넘어선 탈속의 경지를 지향하고 있었다. 그것이 『문장』지의 근본 지향점이거니와 이는 일제 말기라는 상황과도 분리하기 어려운 것이었다. 이태준의 '골동품에 대한 취미'와 이병기의 '맑고 깨끗한 난초의 세계'가 그런 신성한 영토의 장이 되어 주었다. 뿐만 아니라 정지용이 이 시기 표나게 주장했던 자연과의 동일성도 그 연장선에 놓여 있는 것이었다.

신인이었던 조지훈이 선배 문인들이 갖고 있었던 이념과, 세속과의 관계항에서 만들어지는 여러 복잡한 실타래들에 대해 깊이 있게 이해하는 것은 불가능했을 것이다. 그래서 서로 상반되는 경향의 작품을 제출했던 것이 아닌가 한다. 정지용은 문학 정신이 아직 제대로 갖추어져 있지 않은 신인 조지훈에게 『문장』지가 추구했던 방향성과 이 시기 '탈속'이 가질 수 있는 함의에 대해 작품을 추천하는 과정에서 세심하게 일러준 것이 아닐까 한다. 그런 방향성이 〈청록파〉들에게는 교묘하게 맞아떨어지는 효과를 가져왔다는 점에서 아주 절묘한 것이 아닐 수 없었는데, 가령, 『문장』 파들이 지향했던 탈속의 한 방향이었던 자연시의 흐름을, 박목월과 박두진이 계승한 것이라면, 골동품이나 상고 정신(上古情神)의 흐름 등은 조지훈이 계승한 것이 되기 때문이다. 따라서 비록 타율에 의해 형성된 조지훈의 문학 정신이긴 하지만, 어떻든 그 방향이 『문장』지의 그것과 동일한 것이었다는 점에서 조지훈의 시와 『문장』과의 함수 관계를 알 수 있는 대목이다.

> 하늘로 날을듯이 길게 뽑은 부연끝 풍경이 운다.
> 처마끝 곱게 느리운 주렴에 半月이 숨어

아른아른 봄밤의 두견의 소리처럼 깊어가는 밤

곱와라 고와라 진정 아름다운지고.

파르란 구스빛 바탕에

자지빛 호장을 받힌 호장저고리

호장저고리 하얀 동정이 화안히 밝도소이다.

살살이 퍼져나긴 곧은 선이

스스로 돌아 곡선을 이루는 곳

열두폭 기인 치마가 사르르 물결을 친다.

초마 끝에 곱게 감춘 雲鞋 唐鞋

발자춰 소리도 없이 대청을 건너 살며시 문을 열고

그대는 어느 나라의 고전을 말하는 한마리 胡蝶

胡蝶이냥 사푸시 춤을 추라 蛾眉를 숙이고

나는 이 밤에 옛날에 살아

눈감고 거문고ㅅ줄 골라 보리니

가는 버들인양 가락에 맞춰

흰 손을 흔들어지이다.

             -「고풍의상」 전문

이 작품은 조지훈이 시인으로 출발하는 데 있어 처음 추천을 받은 시이다. 그러니까 등단작 가운데 하나가 되는 셈인데, 이 작품은 이런 의미 외에도 시대적인 맥락과 관련하여 주목을 끄는 시이기도 하다. 하나는 문단사적 의미인데 잘 알려진 것처럼, 『문장』지는 고전 부흥과 밀접한 상관관계를 갖고 있는 잡지이다. 이미 『문장』이 창간되기 전부터 고전 부흥에 대한 필요와 관심은 있어온 터이다. 1930년대 후반에 집중적으로 창작되기 시작한, 고전적인 것에 바탕을 둔 서사 문학의 활발한 창작

행위가 그러하다. 여기에는 김동리의 『화랑의 후예』[48]도 있었고, 정비석의 『성황당』도 있었다.[49] 뿐만 아니라 이태준의 여러 작품도 이 영역으로부터 벗어나는 것이 아니었다. 그리고 가람 등이 시도한, 양식으로서의 시조 부흥 운동도 그러한 흐름 가운데 하나이다.

1930년대 말에 고전 부흥 운동이 갖는 시사적 의의는 지극히 한정적인 것이다. 점점 조선적인 것을 잃어가는 현실에서 그 마지막 편린이라도 남기고 싶은 간절한 열망이 이 운동을 촉발시킨 매개였기 때문이다. 그러니까 이 운동은 민족적인 범주와 분리시켜 논의하는 것은 어려운 일이라고 하겠다.

고전에 대한 이런 저변이 낳은 결과 가운데 하나가 조지훈의 「고풍의상」이다. 이 작품이 말하고자 하는 근본 의의는 이른바 조선적인 것의 아름다움에 있다고 하겠다. 그는 그러한 것들의 표명을 선의 가락에서 찾았고, 이를 감각화하면서 그 의미를 확대시켜 나갔다. 정지용이 조지훈을 추천할 때, 모더니즘 계통의 시를 제외하고 「고풍의상」을 추천작으로 한 이유는 바로 여기서 찾아야 한다. 다시 말해 시대적 요구가 그로 하여금 조지훈 미학의 한 축을 담당하게끔 만들었던 것이다.

　　닫힌 사립에
　　꽃잎이 떨리노니

　　구름에 싸인 집이
　　물소리도 스미노라.

---

48) 1935년 《중앙일보》에 발표.
49) 이 작품은 1937년 《조선일보》 신춘 문예 등단작이다.

단비 맞고 난초잎은
새삼 치운데

볕바른 미닫이를
꿀벌이 스쳐간다.

바위는 제자리에
옴찍 않노니

푸른 이끼 입음이
자랑스러라.

아스럼 흔들리는
소소리바람

고사리 새순이
도르르 말린다.

　　　　　　　　-「山房」전문

　고전적인 정서와 더불어 조지훈 시의 한 특색은 이른바 정(精)의 미
학에서 찾을 수 있다. 정의 미학을 대표하는 작품 가운데 하나가 「산방」
이다. 인용시는 봄이 오는 산의 변화 모습을 사실적으로 묘사한 작품이
다. 어떤 직관, 통찰과 같은 주관의 개입에 의해서가 아니라 자아의 시선
에 놓인 산의 모습을 그저 카메라의 눈으로 그려내고 있는 것이 이 작품
의 특색이다. 그런데 주관이 배제된 자연에 대한 묘사는 우리 시사에서

매우 드문 영역이라는 점에서 그 의미가 있는 것인데, 자연을 묘사하는 시들에서 흔히 발견되던 '자아'의 적극적인 개입을 「산방」에서는 찾아보기 어렵기 때문이다. 자연을 벗하며 그것과 더불어 유유자적하던 고전 시가에서 흔히 볼 수 있었던 강호가도의 세계나 소월의 경우처럼 비애에 젖은 자연과는 거리를 두고 있는 것이다[50]. 이를 두고 자연에 대한 관조나 새롭게 응축된 자연이라고 이해하는 것은 당연한 것이거니와 봄에 대한 이러한 인상적 묘사는 박목월이 탐색하고 발견해낸 창조적 자연과 밀접한 연관이 있을 것이다.

　조지훈의 시에서 자연이 이렇게 거리화되어 있다는 것은 그의 작품 세계를 이해하는 데 몇 가지 시사점을 제공해준다. 우선 자아에 대해서 분명한 자기인식을 하고 있다는 것이 그 하나인데, 그러한 행위들은 이 작품 속에서는 거의 감지되지 않는다. 자연은 저기 있고 나는 이와 분리된 채 단지 여기에 있을 뿐이다. 자연에 대한 거리화는 '자연'과의 융합에 의한 소멸도 아니고, '자아'와 '대상' 사이의 팽팽한 긴장관계를 통해 얻어진 자연스런 합일의 경지도 아니다. 이는 정지용의 「백록담」의 경우와 비교하면 잘 알 수 있는 대목인데, 「백록담」에서의 자아와 마찬가지로 이 작품에서는 서서히 소멸되어가는 자아의 모습이 전연 감지되지 않는다. 이 작품 속에 고유한 자아, 혹은 각성화된 자아란 애초부터 존재하지 않는 까닭이다. 자연을 보는 객관화된 시선만이 존재할 뿐이고, 이에 조응하는 자연 풍경만이 있는 그대로 재현, 묘사되고 있을 뿐이다.

---

50) 조지훈 초기시의 자연과 소월의 자연은 거리화라는 측면에서 어느 정도 동질성을 갖고 있다. 그러나 소월의 자연이 다가갈 수 없는 비애의 자연이라면, 조지훈의 자연은 소월처럼 감상성에 젖은, 거리화된 자연이라기보다는 감정이 절제된 관조화된 자연이라는 점에서 차이가 있다.

이처럼, 조지훈의 초기 시들은 「고풍의상」이나 「산방」에서 펼쳐지는 정의 미적 성질로 말미암아 그의 시들은 흔히 정적인 것으로 이해되어 왔다[51]. 그의 초기 시의 한 단면을 이해하게 되면, 이런 평가가 크게 잘못된 것은 아닌데, 특히 『청록집』에 수록된 그의 「산방」의 경우가 그러하다. 그러나 「華悲記」를 비롯한 일련의 작품을 목도하게 되면, 그의 시가 정의 세계에 갇혀 있는 것만은 아니라는 사실을 알 수 있다[52]. 그만큼 그의 시들은 이 시기 여러 다양한 스펙트럼을 구현하고 있었다.

한 시인의 시세계가 어느 하나의 국면으로 고착되어서 단일한 경향의 시만을 담아내는 것은 아니다. 그러니까 조지훈의 시를 이 정적인 경우로 한정해서 『청록집』에 수록된 그의 시를 이해하는 것은 단견에 불과하다. 아직 완전한 시정신이 형성되지 않은 초기 단계이긴 하지만, 일상의 현실과 끊임없이 조우하고자 하는 역동적 에너르기가 그의 정신 속에 꿈틀거리고 있었기 때문이다. 말하자면 정과 동이라는, 이 두 가지 상반되는 시세계가 처음부터 공존하고 있었다고 보아야 할 것이다. 이 갈등이야말로 조지훈의 시세계를 새롭게 탐색해 들어가게 하는 좋은 단서라 할 수 있다. 그것은 그의 시가 정(靜)의 세계에만 머물 수 없는 역동적 측면을 담고 있었다는 점에서 그러한데, 점증하는 근대의 불안과 갈등으로 말미암아 동양적 고요를 뒤흔드는 시적 고뇌가 조지훈의 내면 속에서 끊임없이 요동치고 있었던 것이다.

외로이 흘러간 한 송이 구름

---

51) 오세영, 「조지훈의 문학사적 위치」, 『조지훈』(최승호편), 새미, 2003.
52) 「계산표」, 「귀곡지」를 비롯한 『白紙』 계열의 시들은 거의 대부분 모더니즘적 경향, 곧 동적인 경향을 갖고 있었다.

이 밤을 어디메서 쉬리라던고,

성긴 빗방울
파초잎에 후두기는 저녁 어스름

창 열고 푸른 산과
마주앉아라.

들어도 싫지 않은 물소리기에
날마다 바라도 그리운 산아

온 아침 나의 꿈을 스쳐간 구름
이 밤을 어디메서 쉬리라던고.
　　　　　　　　　 -「파초우」전문

　그러한 고뇌를 표현하는 구체적인 행위는 이제 움직임, 곧 동(動)의 미학으로 표명된다. 그리고 그 움직임을 재현하고 있는 것이 이른바 '나그네'의 의식이다. 이 의식이란 일종의 떠돌이의 감각에서 우러나온다. 가령 어느 특정 주체가 어느 한곳에 정주하지 못할 때 발생하는 의식인데, 자아와 합일할 대상, 혹은 인식을 통합할 대상을 만나지 못한 의식이기에 강한 주관성 내지 욕망으로부터 자유롭지 못한 상태에 놓여 있게 된다. 그런데 이러한 의식이 성립되기 위해서는 다음 두 가지 전제가 필요한데, 하나는 역동적 힘이고, 다른 하나는 이를 추동해줄 수 있는 목적이다. 만약 그러한 목적과 힘이 없는 나그네라면, 단순한 여행자 혹은 무기력한 산책자에 그치게 될 것이다. 다시 말해 안일하고 산책자적인 의식만으로는 나그네 의식이란 성립할 수 없다는 뜻이다.

「파초우」는 나그네 의식이 매우 선명하게 나타난 작품이다. "외로이 흘러간 한 송이 구름"이나 "이 밤을 어디메서 쉬리라던고"에서 보듯 시적 자아는 이 의식으로부터 자유롭지 않은 까닭이다. 게다가 그런 떠돌이 의식들은 객수감과 같은 하강적 이미저리들과 결부되면서 더욱 비애스러운 것이 된다.

이 시기 조지훈의 시에서 드러나는 나그네 의식은 세 가지 경우에서 그 의의가 있는 것이었다. 하나는 미흡한 시정신이고, 다른 하나는 근대로 편입되는 과정에서의 좌절감, 그리고, 세 번째는 객관적 상황이 주는 열악함이다. 먼저 첫 번째의 경우를 보면, 이는 신인이면 누구나 겪을 수 있는 것이라는 점에서 조지훈만이 갖고 있는 고유성이라고는 할 수 없을 것이다. 그럼에도 이 분열된 시정신을 시인의 작품 세계에서 중요한 항목 가운데 하나로 수용할 수 있는 것은 그가 이 시기 서로 상반되는 사조를 공유하고 있었기 때문이다. 그는 이 시기 전통지향적인 것과 모더니티지향적인 것을 동시에 내포한 매우 특이한 정신사적 이력을 갖고 있었던 것이다. 실상 이런 면이야말로 신인으로서 조지훈이 갖고 있었던 특이한 국면이었다고 할 수 있을 것이다. 그리고 두 번째는 근대성과의 관계이다. 이 시기를 경과한 시인치고 이런 감각으로부터 자유로운 작가는 아무도 없을 것이다. 이 시기를 살아나가는 것 자체가 근대인의 한 모습이고, 근대가 주는 제반 모순 관계를 온전히 담아내고 있었기 때문이다. 조지훈의 시에서 드러나는 나그네 의식도 궁극적으로는 이 근대와 밀접한 관계에 놓이는 것이라 할 수 있을 것이다.

세 번째는 이 시기를 지배한 객관적 분위기에서 오는 상황논리이다. 이 문제는 근대성과의 제반 문제와 결합된 것이기도 한데, 근대가 긍정적으로 비춰지지 못한 것도 시대 상황이 주는 열악함 때문이었을 것이다. 우리에게 근대화란 곧 제국주의의 지배논리와 분리되는 것이 아니다. 그리고 이 부분은 그가 한편으로는 고전 속으로 침잠하고자 했던 자의식과도 일정 부분 연결되는 지점이다. 과거의 시간성이란 이 시기 한편으로는 긍정적이었고, 다른 한편으로는 부정적이었다는 점과 밀접한 관련이 있었을 것이다. 시간의 부정성이란 상황이 열악함을 말하는 것이고, 긍정성이란 새로운 지대를 향한 가열찬 발걸음과도 같은 것이라 할 수 있다. 제국주의 지배 하에 놓인 시간의 항구성이야말로 시적 자아에게는 결코 용인될 수 없는 것이었지만, 새로운 전망에 대한 기대야말로 시적 자아에게는 유토피아의 한 자락으로 작게나마 남아있었을 것이다. 그 희망의 목적의식이 시적 자아로 하여금 역동성을 갖게 했고, 그 궁극의 결과가 나그네 의식이었던 것이다.

서정적 자아의, 대상과의 적극적인 대면의 시도가 의도적으로 "창을 열고" 산과 마주하는 행위로 나타난다. 그가 마주한 자연은 언제 들어도 싫지 않은 물소리이며, 날마다 바라보아도 그리운 산으로 감각되는 것들이다. 그럼에도 여기서 시적 자아와 자연과의 의사소통은 동기 그 이상의 의미를 갖고 있지 못하다. 그리움과 기대, 희망과 예찬의 대상인 자연은 시인에게 아직도 저멀리 존재하고 있고 시적 자아의 의식에는 여전히 나그네 의식으로 둘러싸여 있기 때문이다. "이 밤을 어디메서 쉬리라던고"에서 알 수 있듯이 동일성을 향한 시적 자아의 꿈은 여전히 미종결인 상태로 남아있다.

조지훈의 고전 의식과 나그네 의식은 상호보족적인 것이다. 과거로의 조용한 여행과 현재의 역동적인 나그네 의식은 상호 대립적이면서도 새로운 지대로 나아가고자 하는 에네르기라는 점에서 서로 겹쳐져 있는 것이기 때문이다. 특히 그의 고전 의식들이 근대에 대한 뚜렷한 저항과 일제 강점기에 대한 동화의 거부라는 점에서, 민족적 고유성의 예민한 돌기라는 점에서 그 의의가 있는 것이었다고 하겠다.

## 3. 『새로운 도시와 시민들의 합창』과 그 구성원들

남쪽만의 단독 정부가 수립된 이후 극심했던 문학계의 대립, 갈등은 어느 정도 진정되는 듯 보였다. 하지만 이는 어디까지나 잠재적인 것이었고, 새로운 갈등을 예비하는 잠복기 정도의 시간을 갖는 의미만을 갖고 있었다. 그 드러남이 한국 전쟁임은 잘 알려진 일이다. 어떻든 단독 정부가 결성됨에 따라 이에 준하는 문학 형식 등이 필연적으로 요구받고 있었는데, 이를 반영하듯 1949년 일련의 문학 그룹이 등장하게 된다. 바로 『새로운 도시와 시민들의 합창』이라는 사화집을 낸 일련의 모더니스트 그룹이다. 이 동인지는 1949년 도시문화사에서 간행하였고 참여자는 김경린(金璟麟), 임호권(林虎權), 박인환(朴寅煥), 김수영(金洙暎), 양병식(梁秉植) 등 5인이었고, 이들이 수록한 시는 모두 20편이었다. 하지만 양병식은 번역시를 싣고 있었기에 실제 창작시는 17편에 불과했다. 다만 양병식의 번역시가 이들 사화집의 기조와 전연 무관한 것은 아니었기에 동인지의 지향점을 훼손시키는 것은 아니었다고 하겠다. 그의 번역시들이 대부분 서구 대표적인 모더니스트들의 작품이었기에 이 동인지가 추구했던 방향과 어느 정도 부합했기 때문이다.

이 시집에 수록된 작가 순서는 다음과 같았는데, 순서상 가장 앞에 있었던 시인은 김경린이었다. 그는 '미혹의 연내'라는 소제목 하에 「파장

처럼」, 「무거운 지축을」, 「나부끼는 계절」, 「선회하는 가을」, 「빛나는 광
선이 올 것을」 등 다섯 편을 실었다. 그리고 두 번째가 임호권이었는데,
그는 '잡초원'이라는 소제목 하에 「생명의 노래」, 「생활」, 「등잔」, 「검은
비애」, 「시내」 등 역시 다섯 편을 발표했다. 박인환은 '장미의 온도'라
는 소제목 하에 「열차」, 「지하실」, 「인천항」, 「남풍」, 「인도네시아인민에
게 주는 시」 등 다섯 편을, 김수영은 '명백한 노래'라는 소제목 하에 「아
메리카타임지」, 「공자(孔子)의 생활난」 등 두 편을 발표했다. 양병식은
창작시는 발표하지 않고 번역시만 세 편 실었는데, SPENDER, S.의 「결
코 실재하지 않지만」, ELUARD, P.의 「우인(友人)피카소에게」, POUND,
E.의 「나는 자기를」 등이 그러하다.

『새로운 도시와 시민들의 합창』은 해방 직후 나온 동인지로서는 세
번째이다. 『청록집』, 『전위시인집』[53]에 이어 이 시집이 상재되었기 때문
이다. 이들 시집들은 여러 면에서 기왕의 사화집들과 공통점 내지는 차
이점이 있어서 비교의 대상이 될 수밖에 없는데, 우선 이 사화집들이 모
두 신인들에 의해서 만들어졌다는 사실이다. 물론 등단 시기가 제각각
이지만 어떻든 해방 직후에 이르기까지 기성 문인으로 크게 대접받던
시인들이 아니었다. 이런 공통점에도 불구하고 분명한 차이점 또한 있
었는데, 『청록집』은 흔히 자연을 서정화한 시집이면서 우파를 대표하
는 사화집이었던 반면, 『전위시인집』은 〈문학가동맹〉에 가담했던 신인

---

53) 순서상으로 보면, 1946년 여름에 『청록집』이 나오고 가을에 『전위시인집』이 나왔으
니 1949년 4월에 나온 『새로운 도시와 시민들의 합창』은 세 번째가 된다. 물론 합동
시집 형태로 나온 것은 이미 여러 권이 나온 터이다. 가령, 『해방기념시집』이라든가
『3·1기념 시집』, 『년간조선시집』 등이 있는데, 이들 시집들은 동인지 보다는 행사 시
집이나 기념 시집이라든가 단체의 이념을 홍보하기 위한 것이라는 점에서 차이가
있다.

들이 만든 시집, 곧 좌파 성향의 시집이었다. 그러니까 해방 직후 극심한 대립관계에 있던 집단들 속에서 이 두 시집은 탄생했고, 또 그들 신인들의 감수성과 집단의 이념을 대변하고 있었던 것이다[54].

이런 대응관계는 실상 해방공간의 현실을 그대로 대변하고 있다는 점에서 주목을 요하는데, 익히 알고 있는 대로 해방공간은 좌우익의 대립과 혼란이 다른 어느 때보다도 극심한 시기였다. 해방공간이라는 말에서 알 수 있는 것처럼, 이런 혼란은 누구나 권력을 잡을 수 있는 희유의 공간이었다는 것과 밀접한 관련이 있을 것이다. 그 혼란의 대응관계가 만들어낸 것이 『청록집』과 『전위시인집』의 등장이었다.

하지만 이런 혼란도 1948년 남쪽만의 단정 수립으로 일단 수면 아래로 가라앉게 된다. 이 시기 여러 번의 대결과 갈등을 통해 좌익 성향의 인물들이 북쪽으로 돌아감으로써 더 이상의 대립구도는 만들어지지 않았기 때문이다. 그 빈 공백을 메우고 등장한 것이 『새로운 도시와 시민들의 합창』이다. 순전히 이념적인 측면에서 보자면, 이 사회집은 『청록집』의 연장선에 놓여 있다고 보아도 무방하다. 그것은 〈문학가동맹〉계 시인들이 사라진 자리에서 이 동인 시집들이 등장했거니와 『청록집』과 비교하면 이념적인 낙차는 크게 없었다고 할 수 있다.

『새로운 도시와 시민들의 합창』은 모더니즘을 지향한 사화집이다. 이런 사정은 "바야흐로 전환하는 역사의 움직임을 모더니즘을 통해 사고

---

54) 『전위시인집』의 시인들과 달리 『청록집』의 시인들이 이 시기 어떤 명백한 이데올로기적인 관점을 드러낸 경우는 없다. 하지만 1948년 전후에 있었던 김동석과 김동리, 혹은 조연현 사이에 벌어진 순수와 참여의 논쟁에서 조지훈이 후자의 편에 있음으로 해서 이데올로기적인 색채를 분명하게 드러내고 있었던 점은 상기할 필요가 있을 것이다. 조지훈, 「순수시의 경향」, 『백민』, 1947. 참조

해보자"[55]라는 임호권의 서문에서 알 수 있다. 뿐만 아니라 이 사화집의 대표격인 김경린의 머리글에서도 이런 단면은 잘 나타나 있다. 그는 "마치 신세대의 빛깔처럼 현대인의 지성에 자극을 주는 바가 되어 어두운 나의 세계에도 삼투하여 왔던 것이다"고 하면서 그 결과 자신을 포함한 많은 선배들이 모더니스트임을 자처하게 되었다고 말하고 있는 까닭이다[56].

무엇보다 『새로운 도시와 시민들의 합창』은 사회의 욕구에서 만들어진 현상이었다는 점에서 그 의의가 있다. 문학과 사회 사이에 놓인 관계를 부정한다고 해서 그 정당성이 확보되는 것은 아니다. 이는 이 사화집이 1949년이라는 시기에 등장한 것만 보아도 충분히 이해할 수 있는 일이다. 1948년 남쪽 만의 단정 수립이 되었다는 것은 남쪽이 자본주의 체제를 수용했다는 뜻이 된다. 여기서 친일파를 수용했다든가 혹은 민족 반역자 등과 연합했다든가 하는 것은 전연 별개의 문제로 남게 된다. 이런 윤리성을 바탕으로 사회구성체를 논의하는 것조차 어떤 뚜렷한 정합성을 갖는 것은 아니기 때문이다. 중요한 것은 단정 이후 성립된 남쪽의 사회가 역사의 필연적 단계 가운데 하나인 자본주의 체제로 들어섰다는 사실만이 중요할 뿐이다.

근대란 자본주의 체제와 분리하기 어려운 것이거니와 모더니즘은 그러한 사회를 발생론적 배경으로 해서 탄생, 발전하는 사조이다. 그러니까 『새로운 도시와 시민들의 합창』은 이런 사회적 조건이 만들어낸 필연적 결과였다는 점이다. 이 사화집에서 그러한 사회구조를 정확히 직

---

55) 『새로운 도시와 시민들의 합창』, 1949, 도시문화사.
56) 위의 책 참조.

시하고 이를 어떻게 담론화했느냐 하는 문제는 어쩌면 부차적인 것일 지도 모른다. 새로운 체제의 성립과 그에 조응하는 문학의 주조가 만들 어졌다는 것, 그것이 이 시기 『새로운 도시와 시민들의 합창』이 갖고 있 는 중요 의의이기 때문이다.

이와 더불어 또 한 가지 주목할 것은 『새로운 도시와 시민들이 합창』 이 내포하고 있는 구체성일 것이다. 이는 관념이나 추상의 영역과는 상 대적인 자리에 놓이는 것인데, 다른 말로 하면 현실성과 깊은 관련성 속 에서 이 사화집의 의미를 추적해야 한다는 점이다. 문학에서 모더니즘 운동이 우리 시사에 처음 등장한 것은 1920년대 전후이다. 모더니즘이 란 근대라든가 자본주의적 질서를 토양으로 발생하는 사조이다. 그러니 까 1920년대 등장했던 모더니즘이란 근본적으로 한계가 있을 수 밖에 없는 것이었는데, 그것은 일제 강점기가 봉건 체제로 역행하는 사회였 다는 전제에서 그러하다. 그러한 단면이 이 사조가 갖는 한계성이랄까 관념성을 가질 수밖에 없는 근거가 된다고 하겠다.

반면 1949년이란 그 진행 정도가 어떠하든 간에 이미 근대로 편입되 는 사회, 곧 자본주의 체제를 수용한 사회였다. 따라서 이런 사회구성체 를 발생론적 토양으로 하고 있는 모더니즘의 등장은 지극히 자연스러 운 것이었다고 하겠다. 따라서 한국 시사에서 모더니즘은 관념이 아니 라 현실이고, 추상성이 아니라 구체성을 배경으로 비로소 자기 정립을 할 수 있는 최초의 기회를 맞이한 것이다. 그 단초가 된 것이 바로 『새 로운 도시와 시민들의 합창』이었던 것이다. 그리고 이 사화집은 1950 년 한국 전쟁을 기점으로 형성된 극심한 단절을 초월하는 매개, 혹은 문 학사적인 연결 고리를 지속적으로 만들어주었다는 점에서도 그 의의가 있는 것이라 할 수 있다.

『새로운 도시와 시민들의 합창』은 비록 일회성으로 마감된 사화집이
긴 하지만, 그 대다수의 구성원들이 전쟁 직후 새롭게 형성된 시단의 중
심으로 자리하게 된다. 이른바 50년대 중반에 형성된 〈후반기 동인〉의
주요 멤버로 활동하게 된 것이다. 따라서 이 사화집은 1946년 간행된
『청록집』에 비견될 수 있는 의의를 갖는 것이라 할 수 있다. 『청록집』이
단절의 상징인 해방 공간에서 우파의 시사적 연결고리를 갖고 있었던
것처럼, 『새로운 도시와 시민들의 합창』은 전쟁이라는 공간을 초월하는
연결고리를 제공해주었다는 의미에서 그러하다.

『새로운 도시와 시민들의 합창』에 참여한 문인은 5명이지만 실질적
으로 이 그룹을 주도한 사람은 김경린과 박인환이다. 양병식은 번역시
로 참여했기에 창작동인과는 거리가 먼 경우였고, 김수영은 단 2편의
시로 참여한 까닭에 존재감이 거의 없었던 까닭이다. 하지만 적은 시편
이긴 하지만 이후 김수영의 시세계를 일러주는 좋은 준거틀이 된다는
점에서 동인으로서의 비중이 결코 미미한 것이었다고는 할 수 없을 것
이다. 그리고 이들 동인 가운데 좀 이질적인 경우로 임호권을 들 수 있
다. 그는 동인들과 다른 지점에서 시세계가 형성되고 있다는 점에서 그
러하다. 그는 이들과의 차이점을 다음과 같이 언급하고 있는데 이는 사
실에 가까운 것이라 할 수 있다.

> 바야흐로 전환하는 역사의 움직임을 모더니즘을 통해 사고해보자는
> 신시론 동인들의 의도와는 내 시는 표현방식에 있어 거리가 있다. 이러한
> 의미에서 처음부터 나는 동인될 자격을 갖지 못했다.[57]

---

57) 임호권, 「雜草圓」, 『새로운 도시와 시민들의 합창』, p.29.

　　임호권 자신의 언급처럼 그의 시들은 형식에 있어서 모더니즘과는 다
소 거리가 있었다. 뿐만 아니라 그의 시들 속에 동인지가 요구했던 현대
적 감수성을 제대로 포착해내지 못한 한계 또한 내재해 있었다. 물론 이
런 단면들은 작품성의 성취도에서 오는 문제는 아니었다. 근본적으로
그의 시들은 모더니즘 일반의 그것과는 다소 거리가 있었다는 데에 그
이질성이 있었다. 이를 증거하는 시 가운데 하나가 「검은 悲哀」이다.

　　　　그 모습 병처럼 꺼젓는가
　　　　니그로의 詩人아
　　　　빛갈을 통해
　　　　弱小民族의 슬픔을 노래하던
　　　　그대 육체란
　　　　흑인部隊 실은 列車이던가
　　　　남기고 간 많지 않은 詩稿들은
　　　　목메어 외치던
　　　　서글픈 汽笛 소리

　　　　밤도 와
　　　　사랑과 眞實
　　　　때로는 拳鬪 애기로
　　　　수다스러웠던 그대
　　　　異邦을 찾어가던
　　　　따스한 호흡은
　　　　모든 黑人種의 마음 우에 부어준 香油
　　　　色있는 비애

테이프는 끊기지 않고
迫害의 그림자 머므른체 있는데
不死鳥의 정신만 풍기우고
바람처럼 떠나 갔는가
검은 동무를 노래한 詩人아
                    - 박인환, 「검은 悲哀」 부분

이 작품은 「故 裵仁哲에게」라는 부제가 붙은 시이다. 부제에서 알 수
있는 것처럼 요절한 배인철 시인을 추모하는 시인데, 잘 알려진 대로 배
인철은 흑인들의 인권 신장을 위해 작품 활동을 한 예외적인 시인이다.
하지만 안타깝게도 자신의 시세계의 성숙을 보지 못하고 요절하고 만
다. 그는 해방공간에서 활발한 작품 활동을 했고, 이 과정에서 임호권과
상당한 친분을 나누었던 것으로 보인다. 지금 시인이 노래하는 것은 그
런 시인에 대한 애도의 표현인 것이다. 작품의 표현에서 알 수 있듯이
여기에 담긴 내용은 배인철에게 주어지는 것이었다. 그런데 그것만이
전부가 아니었다. 다른 한편으로는 임호권 자신이 이 시대에 말하고 싶
은 세계관 또한 담겨져 있었기 때문이다. 그것이 곧 시대의 어두운 단면
으로 은유한 '검은 비애'가 아니었을까 한다.

임호권이 겸손하게도 자신의 시정신은 『새로운 도시와 시민들의 합
창』이 지향하는 사조와는 다소 거리가 있는 것이라고는 했지만, 시각을
달리 하면 이런 면들은 오히려 박인환이 보여주었던 것과 비슷한 것처
럼 보인다. 말하자면 이 사화집은 표면적으로는 모더니즘을 내세웠지
만, 그 이면에는 리얼리즘적인 속성에 보다 근접해 있기 때문이다. 이는
이 사화집에서 김경린과 더불어 주도적 위치에 있었던 박인환의 작품

세계를 이해하면 어느 정도 수긍되는 면이 있다.

　박인환의 문학적 특색은 그가 본격적으로 활동했던 1950년대의 〈후반기 동인〉에서 뚜렷이 드러난다. 하지만 그 씨앗은 이미 이 동인지가 나온 시기부터 형성되어 있었다. 그렇다고 그의 유일 시집이었던 『선시집』의 세계와 『새로운 도시와 시민들의 합창』에 실렸던 작품들이 동일성을 갖고 있는 것은 아니었다. 여기에 발표된 시들의 경향이 『선시집』의 세계와는 너무도 다른 까닭이다. 그러한 특징을 잘 보여주는 시가 「인천항」이라든가 「인도네시아인민에게 주는 시」 등이다.

　　寫眞雜誌에서 본 香港夜景을 記憶하고 있다
　　그리고 中日戰爭때
　　上海埠頭를 슬퍼했다

　　서울에서 三十키로를 떨어진곳에
　　모든 海岸線과 共通되여있는
　　仁川港이 있다

　　가난한 朝鮮의 프로휠을
　　여실히 表現한 仁川港口에는
　　商館도없고
　　領事館도없다

　　따뜻한 黃海의 바람이
　　生活의 도음이 되고져
　　나푸킨같은 灣內에 뛰여드렀다

海外에서 同胞들이 故國을 찾어들 때
그들이 처음 上陸한 곳이
仁川港口이다

그러나 날이 갈수록
銀酒와 阿片과 호콩이 密船에 실려오고
太平洋을 건너 貿易風을 탄 七面鳥가
仁川港으로 羅針을 돌렸다

서울에서 모여든 謀利輩는
中國서 온 헐벗은同胞의 보따리같이
貨幣의 큰 뭉치를 등지고
黃昏의 埠頭를 彷徨했다

밤이 가까울수록
星條旗가 퍼덕이는 宿舍와
駐屯所의 네온 싸인은 붉고
짠그의 불빛은 푸르며
마치 유니온 짜크가 날리든
植民地 香港의 夜景을 닮어간다

朝鮮의 海港 仁川의 埠頭가
中日戰爭때 日本이 支配했든
上海의 밤을 소리없이 닮어간다
　　　　　　　　- 박인환,「인천항」전문

『새로운 도시와 시민들의 합창』에 실린 박인환의 작품 가운데 가장 주목해서 보아야할 것이 「인천항」이다. 이 작품은 도시적 감각과 엑조티시즘 등의 수법을 구사하고 있어서 이 동인들이 지향하는 방향과 어느 정도 일치하는 면이 있는 것은 사실이다. 다시 말해 역사의 격동기를 현대적 감수성으로 응시해보자는 취지에 일정 정도 부합하고 있기 때문이다.

그럼에도 이 작품을 비롯한 박인환의 시들을 모더니즘이라는 사조에 한정시켜 논의하는 것은 쉽지 않은 일이다. 우선, 작품 속에 표현된 시정신이 리얼리즘의 수준에 가까운 것이기 때문이다. 이는 도시의 병리적 감수성을 담아낸 1930년대의 조벽암이나 김해강의 수법을 잇는 것이면서 다른 한편으로는 이들과 다른 차원의 감수성을 드러내 보이고 있었다. 그 차별적 지점이란 제국주의에 대한 새로운 인식과, 민족 모순에 대한 감각적 이해이다. 박인환은 조벽암 등이 보여주었던 도시의 병리적인 모습에 주목하면서 그들의 시정신과는 다른 국면을 주목하게 되는데, 그것이 제국주의에 대한 비판적 이해였던 것이다.

박인환의 이러한 감각은 1949년이라는 시점에서 볼 때 이례적이면서 또 독창적인 것이었다고 할 수 있는데, 그는 모더니즘을 지향하되, 이 사조의 특징적 단면 가운데 하나인 형식이나 기법보다는 그 내용에 보다 주목한 경우이다. 그리고 그 내용 또한 매우 파격적인 것이 아닐 수 없었는데, 이는 제국주의에 대한 비판적 시선에서 이해할 수 있다. 잘 알려진 대로 연합군을 해방군이 아니라 점령군으로 파악한 것은 〈문학가동맹〉이었고, 박인환은 이 동맹이 가졌던 인식과 같이하고 있었던 것이다. 이런 이해가 다소 파격으로 다가올 수밖에 없는 것은 이 시기가 이미 남쪽만의 단정 수립이 완성되었다는 것, 그리하여 진보적 색채를 갖는 문학이 더 이상 나아갈 수 없는 한계 상황 속에서 이루어졌다는 사실이다. 그만큼 이때 보여준 박인환의 현실인식은 냉정한 것이었고, 또 구체성이 있는 것이었다.

> 나는 不毛의 文明 資本과 思想의 不均整한 싸움 속에서 市民精神에 離反된 言語作用만의 어리석음을 깨달았었다.
> 資本의 軍隊가 進駐한 市街地는 지금은 憎惡와 안개낀 現實이 있을뿐 …… 더욱 멀리 지낸날 노래하였든 植民地의 哀歌이며 土俗의 노래는 이러한 地區에가란켜간다
> 그러나 永遠의 日曜日이 내 가슴속 에 찾어든다 그러할 때에는 사랑하든 사람과 詩의散策의 발을 옴겼든 郊外의 原始林으로간다. 風土와 個性과 思考의自由를 즐겼든 詩의 原始林으로간다.
> 아 거기서 나를 괴롭히는 無數한 薔薇들의 뚜거운 溫度[58]

이 글의 요체는 "資本과 思想의 不均整한 싸움 속에서 市民精神에 離反된 言語作用"에 있다고 할 수 있다. 그가 말하는 시민정신이란 아마도 근대 혹은 문명에 대한 비판정신일 것이다. 하지만 이 사화집이 나올 때, 근대라든가 문명에 대한 비판정신을 말하기는 어려운 시기였다. 뿐만 아니라 시민정신이라는 것을 표나게 드러내기도 쉽지 않은 시기였다. 이성에 기반한, 혹은 근대라는 형이상학에 대해 말하는 것은 어쩌면 한가한 소리처럼 들릴 수도 있었기 때문이다. 그 강박관념이 박인환으로 하여금 사회라는 보다 큰 외연으로 나아가게 한 것은 아닐까. 그리하여 첨예했던 당대의 이데올로기 문제가 자신 앞에 놓여있었다는 것을 크

---

58) 박인환, 「薔薇의 溫度」(서문), 『새로운 都市와 市民들의 合唱』, 도시문화사, 1949.

게 느꼈을 개연성이 크다. 그 정서의 깊이가 그로 하여금 리얼리즘이라는 영역에 보다 경도되게 했던 것은 아닐까 한다. 이 리얼리즘의 정신은 분명 민족주의와 분리하기 어려운 것이라 할 수 있으며, 일제 강점기 이 용악 등이 펼쳐보였던 민족 모순으로부터 멀리 떨어져 있는 것이 아니라고 할 수 있다.

현대성과 그것이 주는 제반 문제들에 대해 진지하게 고민하고자 했던 이 사화집의 동인들에게는 여러 가지 한계에 놓여 있을 수 밖에 없었다. 그것은 당대의 정돈되지 않은 상황이 말해주는데, 해방 직후 형성되었던 이데올로기적인 정서로부터 여전히 자유롭지 않았던 까닭이다. 그러한 현실에 대해 적극적으로 응전하고 자기화하고자 했던 시인들이 임호권과 박인환이었다.

반면, 김경린과 김수영은 이들과는 거리를 두고 있었다. 『새로운 도시와 시민들의 합창』이 추구했던 목표의식에 보다 가까운 시인들은 아마도 이들이 아니었나 생각될 정도로 그들의 시정신은 민족적인 것보다는 현대성의 맥락에 보다 가까이 있었다. 김수영보다는 김경린의 시들을 특히 주의깊게 보아야 하는 까닭도 여기에 있다.

　　하이얀 氣流를 앉고
　　검은 層階에 올라서면
　　거꾸로 떨어지는 愛情과 함께
　　아스리히
　　부서지는 午後의 그림자가 있었다

　　말없이

찌푸러져 가는 나의 視野에
날카로운 눈초리들은
날로 茂盛하고
가늘어져 가는
나의 그림자 우에
오늘도
國際列車의 爆音이 지나간다

多感한 地域에
푸른 季節이 오면
잊어진 사람아

검은 層階우에
흰 발자국을 따러
빛나는 光線이 올 것을 알라

　　　　- 김경린, 「빛나는 光線이 올 것을」 전문

『새로운 도시와 시민들의 합창』에 수록된 작품들이 대부분 그러하듯
인용시 역시 시대의 어두운 그림자가 드리워져 있다. 현재의 삶의 조건
을 '검은 층계'라고 부르는 것이 그것이다. 그럼에도 불구하고 인용시는
이 동인들의 작품 세계와는 방법적 측면이나 시정신에 있어 사뭇 다른
면이 드러난다. 그 하나가 이미지의 조형성이다. 대상을 뚜렷이 인식하
고 이를 언어화하는 수법이 이미지즘에 가까운 수법을 보여주고 있는
까닭이다. 일찍이 이런 창작관을 갖고 있었던 시인으로 김광균을 들 수
있는데, 김경린은 그의 수법을 충실히 계승한 것처럼 보인다. 하지만 이

런 긍정적 측면에도 불구하고 이 작품은 모더니즘의 정신과 기법에는 한참 모자란다. 저속한 리얼리즘을 딛고 새롭게 나아가고자 했던 그의 의도와는 달리 이 작품의 수준은 형편없는 것이었다.

> 低俗한 〈리알이즘〉에 對抗하기 위하여 出發한 현대시는 또한 偶然하게도 놀라운 速度를 갖고 온 地球에 傳波되었다. 그것은 하나의 病理學的인 生理를 內包하였음에도 不拘하고 마치 新世代의 빛깔처럼 現代의 知性에 刺戟을 주는 바가 되어 어두운 나의 세계에도 滲透하여 왓든 것이다. 여기에 魅惑을 느낀 것은 비단 소년인 나뿐마니 아니었다[59].

이 글이 말해주는 것은 창작 방법상의 문제이다. 그런데 그는 모더니즘이 등장하는 정당성을 리얼리즘의 반동에 두고 있는데, 실상 이런 태도는 이미 1930년대 〈구인회〉가 형성될 때 흔히 제기되었던 문제점들이다. 그러니까 전혀 새로울 것이 없는 선언을 마치 처음이자 신선한 것인양 떠들어대고 있었던 것이다. 그럼에도 김경린은 이 사화집이 새로운 시대와 이를 뒷받침하는 지성이 결합하여 만든 필연적 결과로 생겨난 양 의기양양하게 자랑하고 있었던 것이다.

『새로운 도시와 시민들의 합창』이 내세운 모더니즘의 한계는 분명하다. 그것은 곧 이 방면에서 주도적 역할을 한 김경린의 한계이기도 한데, 그는 우선 현대성에 대해 제대로 이해하지 못했다. 모더니즘이 처음 등장한 때처럼, 그저 새로운 기표나 외국적인 담론을 작품 속에 너저분하게 나열해 놓기만 하면 그것이 마치 새로운 시대를 대변하는 시, 곧 모

---

59) 김경린, 「매혹의 연대」(서문), 『새로운 都市와 市民들의 合唱』, 도시문화사, 1949.

더니즘인양 자랑했던 것이다. 물론 해방 직후의 격심한 혼란을 겪은 뒤에 나온 그의 시적 방법론이 약간의 참신성을 갖고 있었던 것은 사실이지만, 이는 어디까지나 표피적인 문제에 불과할 뿐이다. 그리고 이 작품을 비롯한 그의 시가 이 시대의 현실, 곧 여전히 남아있는 혼돈의 흔적이 남아있다는 점에서 그가 선언한 저속한 리얼리즘과는 거리가 있는 것이기도 했다. 그는 이 작품에서 리얼리즘에서 흔히 운위되는 전망의 세계에서부터 자유롭지 못한 면을 보여주고 있는데, 가령 "빛나는 광선"에 대한 막연한 기대치가 그것이다. 이런 원근법이 나오게 된 근거랄까 기원은 물론 '검은 층계'일 것이다. 그러니까 그의 시는 리얼리즘을 저속한 것에 두고 이로부터 벗어나고자 했지만 여전히 그 한계에 갇혀서 벗어나지 못하고 있었던 것이다. 다시 말해 부정적 현실 인식과 그로부터 초월하고자 하는 전망에 여전히 기대고 있었다. 현대에 대한 미흡한 인식과 더불어 김경린은 이 서사구조에서 한발자국도 나아가지 못하고 있었던 것이다. 그러는 한편으로 점증하는 제국주의에 대한 일말의 근거조차 제시하지 못하는 현실 인식의 한계 또한 갖고 있었다.

　김경린이 갖고 있었던 그러한 한계들은 김수영의 경우에서도 동일하게 드러난다. 이 시기 김수영의 시들도 모더니즘의 범주로부터 크게 벗어나 있는 것이 아니다. 현대적 감수성을 제대로 살려 시를 만들어내고자 노력한 시인이었기 때문이다. 『새로운 도시와 시민들의 합창』에 김수영이 발표한 시는 단 2편에 불과하다. 「아메리카·타임즈」와 「공자의 생활난」 등이다. 뿐만 아니라 이들 두 작품을 묶는 소시집의 제목을 「명백한 노래」라고 붙여 놓고 있는데, 이는 다른 동인들의 수법과 동일한 경우였다. 하지만 추가적으로 동인들 모두가 내놓은 산문 형식으로 쓴 문학관에 대해서 그는 외면하고 있었다[60]. 말하자면 자신의 세계관이나 문학관에 대해 솔직한 글을 쓰지 않은 것이다.

김수영은 1945년 『예술부락』에 「廟廷의 노래」를 발표하고 1968년 「풀」을 쓰기까지 약23년간 시작활동을 했다. 분단 이후 소위 정치를 소재로 한 참여시가 거의 드물던 시절에 그는 직접적인 욕설과 야유를 담은 시를 발표함으로써 이 분야의 선두주자로 자리매김되었다. 그가 지금까지도 참여시 분야의 신화적인 인물로 평가받고 있는 것은 그의 시에서 드러나는 이런 담론의 직접성 때문일 것이다. 그의 전체적인 시작 활동 가운데에서 4.19 이후의 시가 더욱 회자되는 까닭도 여기에 있는데, 그를 4.19의 시인이라고 하거니와 이를 가능케 했던 것은 1960년대의 정치 상황이었다. 하지만 그 단초랄까 뿌리는 이미 그 이전부터 형성되고 있었다.

초기 김수영 시의 특색은 언어의 경제성에서 찾아진다. 그의 작품에서 표명되는 이런 언어 절약 현상을 어떻게 이해하느냐에 따라 그의 시를 이해하는 방식이 달라질 것이다. 그의 문학에 대한 올바른 접근법이 늘상 문제되는 것도 이런 특이성에서 기인한다. 그는 이 시기 다른 어떤 시인보다 언어의 경제성에 무척 많은 관심을 기울인 듯한데, 도대체 그런 언어 축약이랄까 경제성이란 그의 시에서 어떤 의미를 갖는 것일까.

> 꽃이 열매의 上部에 피었을 때
> 너는 줄넘기 作亂을 한다
>
> 나는 發散한 形像을 求하였으나

---

60) 위의 책, 참조.

그것은 作戰같은 것이기에 어려웁다

국수 伊太利語로는 마카로-니라고
먹기 쉬운 것은 나의 叛亂性일까

동무여 이제 나는 바로 보마
事物과 事物의 生理와
事物의 數量과 限度와
事物의 愚昧와 事物의 明晰性을

그리고 나는 죽을 것이다
　　　　- 김수영, 「孔子의 生活難」 전문

　제목이 '공자의 생활난'이라고 되어있으니 무척 이채로운 경우가 아
닐 수 없다. 뿐만 아니라 "국수-이태리어는 마카로-니"라는 말도 그 직
접성과 유아적 속성 때문에 색다른 국면이 있는 것이 사실이다. 이 사화
집에 실린 또다른 시가 「아메리카 · 타임즈」이니까 그는 적어도 이 시
기, 아니 근대 초기부터 모더니스트들이 흔히 구사했던 모더니즘의 한
의장, 곧 엑조티시즘의 기법을 제법 구사한 시인이라고 할 수 있다. 이런
면들이 그를 김경린과 더불어 이 사화집이 추구했던 모더니즘의 수법
을 가장 잘 구사한 시인 가운데 하나로 간주하게끔 만들었을 것이다.
　그러나 이런 특징적 단면에도 불구하고 김수영은 이 시기 언어를 매
우 절약하면서 시를 쓰고자 했다. 그것은 양이 아니라 어쩌면 질에 가까
운 것일 수도 있고, 아니면 자신의 사유를 담아내기에 아직까지는 시정

신이 완전히 형성되지 않은 것에 그 원인이 있을 것이다. 하지만 이보다 더 중요한 것은 아마도 그의 탐구 정신에서 찾아야 하는 것이 보다 올바른 이해방식이 아닐까 한다. 시인의 그러한 자세는 「공자의 생활난」을 심층적으로 탐색해보면 어느 정도 수긍하게 된다.

김수영은 이 작품을 '공자의 생활난'이라고 했는데, 잘 알려진 바와 같이 공자는 철학자이다. 그러니까 그는 사색자가 될 터인데, 이런 특색이야말로 지금 이곳 김수영의 자의식을 그대로 드러내는 것이 아닐까 한다. 탐구하되 결코 다가오지 않는 어떤 것, 그것에 대한 갈증을 지금 시적 화자는 갈망하고 있는 것이다. 그에 대한 단적인 표현이 바로 '생활난'이다. 하지만 여기서 이 난맥상은 일상성의 영역에 갇혀 있는 것, 곧 세속의 영역이 아니라는 데 그 특징적 단면이 드러난다. 그것은 어디까지나 정신의 영역, 곧 형이상학의 영역에 속하는 문제이기 때문이다.

형이상의 영역을 침투해들어가고자 하는 자의식은 매우 집요하게 이루어지는데, 그 도정을 보여주는 것이 '국수'에 대한 은유적 인식이다. 그것은 외래어의 하나인 이태리어로는 마카로니지만 이는 어디까지나 표피적인 차원, 곧 언어적인 차원에 한정되어 있는 것이다. 그 차원에서 서정적 자아의 자의식에 떠오른 것은 이른바 본능, 곧 생리의 영역이다. 국수는 먹기에 편리한 식품이다. 요즘 말로 하면 간편 분식, 퓨전 음식이기 때문이다. 이를 본능은 쉽게 알아차린다. 그래서 먹고자 하는 충동이 무의식 저편에서 자연스럽게 일어난다. 그는 이를 두고 '반란성'이라고 했다. 하지만 이 반란 의식은 더 이상 전진하지 못한 채 좌절되고 만다. 그것이 아마도 본능의 영역이 갖고 있는 한계일 것이다. 하지만 이성의 영역은 분명 이와 매우 다른 지점에 놓인다. 그의 호기심을 움직이는 영역은 이성이다. 그래서 그 영역이 끊임없이 작동하게 되지만 그는 여기에 이르지 못하는 한계 때문에 정신의 빈곤성을 느끼게 되는 것이다.

인용시에서 보듯 대상을 똑바로 응시하고 그것의 본질에 육박하고자하는 자아의 정열은 가열차다. 그 탐색의 결과 그가 이렇게 선언하기에 이르는데, 이는 어쩌면 자연스러운 도정처럼 보인다. "동무여 이제 나는 바로 보마/事物과 事物의 生理와/事物의 數量과 限度와/事物의 愚昧와 事物의 明晰性을"이라고 하는 것이다. 그런 다음 그는 "그리고 나는 죽을 것이다"라고 과감하게 선언하기에 이르른다. 시인의 이러한 서사는 현상과 본질 사이에 내재한 간극을 좁히는 과정에서 일어나는데, 그 강도가 매우 치열하며, 여러 혼란스러운 상황이란 철저히 배제된다. 말하자면 그 도정으로 나아가는 길에서 소위 비본질적인 것들은 고려의 대상이 되지 않는 것이다.

언어가 절약되고 경제원칙이 지켜져야 하는 것은 이 도정으로 가는 길이 요구하는 엄정함 때문일 것이다. 만약 그러한 길에 어떤 장애물이 있다면, 그는 이를 그저 유희의 차원에 놓거나 베제시켜버린다. 그러면서 계속 탐색하게 되는데, 「아메리카·타임즈」에서 그곳에 언표된 활자들을 관심있게 보는 것은 이 때문이다. 본질에 근접하는 것이 아니면 가볍게 볼 뿐만 아니라 그의 관심 밖으로 희석된다. 그리하여 그가 응시한 언어들이 경우에 따라서는 언어 유희의 차원에서 머물기도 한다. 그가 언어에 대한 응시과 그 의미화의 과정을 '장난'으로 치부하는 것도 이 때문이다. 김수영 역시 이상보다는 다소 순화된 방식으로 기표들의 미끄러짐, 곧 기호 놀이의 세계에 빠져들기도 한다. 이는 분명, 권위적인 문화, 중앙 권력화된 힘들에 대한 비판 내지는 거부 의식이 내포된 것이라 할 수 있다. 그런 면에서 그는 이 시기 박인환 정도는 아니더라도 현실에 대한 최소한의 저항은 하고 있었던 것으로 이해된다. 다시 말해 관념적 색채가 비교적 농후하게 남아 있긴 했지만, 현실을 우회적으로나마 회피하지 않은 이런 시선이 1960년대의 참여시를 만들게 한 배경이 되지 않았나 생각된다. 이런 사유의 저변에는 남쪽 만의 단정이 수립되는 것과 같은 못마땅한 현실에 대한 인식도 분명 내재되어 있을 것이다. 그것이 김수영을 새로운 민족주의자로 보게끔 하는 계기 가운데 하나가 되지 않을까 한다.

『새로운 도시와 시민들의 합창』은 1940년대 말이라는 조건이 만들어낸 사화집이다. 말하자면, 사회적 필연성이라는 환경이 모더니즘이라는 의장과 이에 기반한 시인들의 정신 세계를 창출해낸 것이다. 모더니즘이라는 양식이 자본주의를 그 발생론적 배경으로 하여 형성된다는 사실을 감안하면, 이 사화집의 등장은 일견 문학사적으로 의미가 있는 것이었다. 하지만 이 사화집은 해방공간이라는 환경으로부터 멀찍이 벗어나지 못하고 있었는데, 그것은 이 시집에 참여했던 작가들의 작품에서 잘 드러난다. 이들 시인들은 완성되지 못한 해방공간의 어두운 음영으로부터 여전히 자유롭지 못하고 있었거니와 다른 한편으로는 모더니즘의 정신과 방법에 대해서도 제대로 이해하지 못하고 있었다. 그들은 시에 새로운 담론과 외래 언어의 수용만으로도 시의 현대성이 확보된다고 믿었는데, 실상 이런 태도는 모더니즘이 처음 도입되던 1920년대 중반의 상황으로부터 더 나아가지 못한 것이라 할 수 있다. 그들은 아직도 일제 강점기에 전개되었던 모더니즘으로부터 진전하지 못하고 그 주변을 맴돌고 있었던 것이다. 그런 한계에다가 해방 공간이 준 유산으로부터도 제대로 벗어나지 못하는 한계를 보여주고 있었다. 박인환과 임호권을 제외하고는 이들 시인에게서 시의 적절한 현실 인식을 거의 읽어낼 수 없다는 점에서 그러하다. 이런 모습들이야말로 『새로운 도시와 시민들의 합창』이 보여준 여러 한계점들이라 할 수 있을 것이다.

# 제8장
## 해방 공간 시문학의 의의

　1945년 8월 15일, 곧 해방 이후 치열하게 전개된 민족 문학에 대한 논의들은 1948년 8월 남쪽만의 단정 수립으로 그 막을 내리게 된다. 여기서 막을 내리게 되었다는 것은 모든 것의 순간적 종료를 의미하는 것이 아니다. 남쪽 만의 단독 정부 수립을 전후로 해서 민족 문학 논의들은 계속 전개되어 왔기 때문이다. 이런 논의의 실제적인 종결은 아마도 한국 전쟁과 휴전의 성립 기점으로 보아야 할 것이다.

　이런 맥락에서 해방 공간의 문학은 남과 북이 마지막으로 공유할 수 있는 지대, 공간이라는 점에서 그 시사적 의의가 있다. 뿐만 아니라 해방 공간이 갖는 문학사적 의의도 이런 공통의 영역에서 찾아야 할 것으로 보인다.

　익히 알려진 것처럼, 해방 공간의 민족 문학은 정치와 이념으로부터 결코 자유로운 것이 아니었다. 문학과 정치가 쉽게 결합될 수밖에 없는 환경이 형성되었고, 누구도 이런 환경으로부터 자유롭지 않았기 때문이다. 다만 그러한 환경에 얼마나 깊이 관여할 수 있는 것인가 하는 문제의식만 남아 있었다고 할 수 있는데, 이를 해결하는 준거점은 당연히 세계관일 것이다. 뿐만 아니라 이때 가장 중요시 되었던 윤리의 문제도 예외일 수는 없다고 하겠다. 특히 이 윤리는 이 시기에 대단히 중요한 것이 아닐 수 없었는데, 어쩌면 해방 공간의 역사를 좌우한 것이 이 윤리의 문제에 있었다고 해도 과언이 아닐 것이다.

윤리란 자아 내부의 것이면서 또한 타자를 향한 것이기도 하다. 그러니까 자아 내부의 문제가 깨끗하게 완결된 것이라면, 타자를 향한 자신의 목소리도 크나큰 설득력을 가질 수가 있을 것이다. 그런데 해방 공간의 현실에서 친일로 표상되는 이 윤리 문제는 어떠한 힘도 영향도 발휘할 수 없었다는 데, 그 비극성이 놓여 있는 경우였다. 당연하면서 의무적이었던 것이 표면화되지 않았던 데에는 이른바 힘의 논리가 철저히 개입되어 있었기 때문이다. 그 힘의 실체를 찾아서 혁파하고 윤리의 문제를 세상 속에 고발하지 않는 한, 해방 공간의 역사는 이미 그 나아갈 방향이 결정된 거나 마찬가지였다고 할 수 있다.

해방 공간의 시문학사를 이끌었던 그룹은 〈문학가동맹〉계와 그 반대쪽의 사람들이었다. 이들을 분기시킨 것은 문학이 이념을 반영할 수 있는 것인가 그렇지 않은 것인가로 귀결되었다. 물론 그 이면에는 어떤 정치적 지향으로 나아갈 것인가 하는 문제가 그 배경으로 자리하고 있었다. 실상, 문학이 사회를 반영할 것인가, 혹은 이로부터 자유로운 것인가 그렇지 않은 것인가 하는 것은 이 시기만의 고유한 문제는 아니었다. 그것은 근대 이후 우리 문학사에서 계속 논의되었거니와 해방 공간을 거쳐 1960년대, 혹은 그 이후 계속 진행되어 온 사안이기 때문이다. 하지만 이것이 가장 표면화된 것은 아마도 해방 공간이 아닌가 한다. 여기에는 누구나 역사의 주인으로 나설 수 있었던, 이 시기만의 특수성이 크게 작용한 것으로 보인다.

그러나 수많은 논의에도 불구하고 민족 문학 논의는 더 이상 진척되지 못하고 종료되는 상황을 맞이하게 된다. 시인들마다 고유한 자기 영역이 있을 수 있고, 또 그 나름의 정합성 또한 분명 있었을 것이다. 그러니까 목소리 높여 자신의 주장을 계속 표명한 것이 아닐까 한다. 하지만 목소리가 높고 자신의 논리가 굳건하고 옳게 보인다 해도 그것이 견고한 성채를 이루어 타자의 논리를 늘상 압도하는 것으로 끝난 것은 아니다. 아니 이런 일은 결코 일어나지 않는 것이 현실이다. 그래서 중간지대라든가 중용의 논리가 필요해진다.

정치가 아니라 문학에서 이 중간의 지대를 발견하는 것은 결코 쉬운 일이 아닐 것이다. 그럼에도 해방 공간에서 이 중간항을 발견하거나 제시할 수 있다면, 그것은 아마도 민족주의가 아닐까 한다. 결과론적인 측면에서 보면, 그나마 이 준거점만이 해방 공간에서 비교적 현실적인 대안이 아니었을까 하는 것이다. 실제로 민족이 갖고 있는 통합적 감수성에 기대어 해방 공간의 분열된 역사를 넘고자 했던 시인들이 많았던 것은 결코 우연한 일이 아니었을 것이다. 이를 두고 편협한 민족주의라고 치부하는 것은 어불성설일 것이다. 분열과 혼돈이 난무할 때, 이를 하나로 묶어줄 수 있는 것이야말로 최고의 이상, 선이 될 수 있기 때문이다. 이것이 정치인 김구를 비롯해서 시인 김기림이나 윤곤강, 이용악, 노천명 등이 표방했던 민족주의를 높이 받들어야 하는 이유이다.

하지만 이들의 숭고한 민족주의도 남쪽 만의 단정 수립으로 그 막을 내리게 된다. 기대나 희망이 사라진 자리에 남은 것이란 공허와 고독일 것이다. 이 시기 이런 감각을 가장 잘 대변했던 시인이 바로 조병화(1921-2003)이다. 그의 폐쇄된 단독자 의식이 시사적 의미를 갖는 것은 이런 시대적 함의 때문이다.

> 바다엔
> 소라
> 저만이 외롭답니다
>
> 허무한 희망에
> 몹시도 쓸쓸해지면
> 소라는 슬며시
> 물 속이 그립답니다
>
> 해와 달이 지나갈수록
> 소라의 꿈도
> 바닷물에 굳어 간답니다
>
> 큰 바다 기슭엔
> 온종일
> 소라
> 저만이 외롭답니다
>             - 조병화, 「소라」 전문

　해방 공간의 신인이었던 조병화는 이 시기 『버리고 싶은 유산』(1949) 과 『하루만의 위안』(1950) 등 두 권의 시집을 상재했다. 두 시집의 전략 적 주제는 고립자 내지는 단독자 의식의 굳건한 드러냄이다. 이를 대표 하는 시가 첫시집에 실린 「소라」이다. 서정적 자아로 은유된 소라는 자신의 근거지인 바다로부터 벗어나 있다. 이런 분리가 가져오는 정서가 단독자 정신임은 당연한 것인데, 그러한 정서를 두고 존재론적 결핍에서 찾는 것은 안이한 일이 아닐 수 없다. 조병화의 그러한 정서가 너무도 분명한 채로 구현되어 있기 때문이다. 그 정서는 "허무한 희망"이 빚어낸 '쓸쓸함', '외로움'인 까닭이다. 허무한 희망이 역사적인 맥락과 분리하기 어려운 것은 자명한 일인데, 이런 감각이야말로 이 시기 시인들의 정서를 대표하는 것이라는 점에서 그 의미가 있는 것이라 할 수 있다.

　해방 공간의 역사는 지나갔다. 하지만 이 역사는 결코 과거의 그것으로만 한정되지 않는다. 남과 북이 분단된 지금의 역사가 현재 진행형이기 때문이다. 그 뿌리는 어쩌면 해방 공간에서 시작되었다고 보아도 과언이 아닐 것이다. 이후 해방 공간의 역사는 통합을 향한 민족의 단일한 정서들을 계속 우리에게 묻고 있다. 그것은 이 시기 시인들이 갈망했던 단일한 단오에 대한 강조, 그리고 동포끼리 동일하게 흐르는 '피'에 대한 그리움 내지는 향수 때문일 것이다. 분열의 역사를 하나로 묶기 위해서는 공통의 지대가 무엇인지에 대해 뚜렷이 인지하고 그것으로 매진하는 일뿐이다. 그것이 바로 하나된 민족을 향한 길, 곧 민족주의의 과감한 선양이 아닐까 한다. 해방 공간의 시문학이 갖는 의의는 바로 여기서 찾아야 한다.

# 찾/아/보/기

## 송 기 한

서울대학교 국문과 및 동대학원 졸
문학박사. 문학평론가
UC Berkeley 객원교수
현재 대전대학교 국어국문창작학과 교수

주요 저서로는『정지용과 그의 세계』,『소월연구』,『치유의 시학』,『한국
근대 리얼리즘 시인 연구』,『한국 현대 현실주의 시인 연구』등이 있고,
산문집으로『내안의 그 아이』가 있다.

# 해방 공간의 한국 시사

초 판 인 쇄 | 2023년 10월 30일
초 판 발 행 | 2023년 10월 30일

지 은 이  송기한

책 임 편 집  윤수경

발 행 처  도서출판 지식과교양
등 록 번 호  제2010-19호
주      소  서울시 강북구 삼양로 159나길18 힐파크 103호
전      화  (02) 900-4520 (대표) / 편집부 (02) 996-0041
팩      스  (02) 996-0043
전 자 우 편  kncbook@hanmail.net

ISBN   978-89-6764-202-0   93800                정가 30,000원